LES CORPS CACHÉS

Du même auteur

Parfaite
Kero, 2015 ; Pocket, 2016

CAROLINE KEPNES

LES CORPS CACHÉS

Traduit de l'anglais (États-Unis)
par Perrine Chambon et Elsa Maggion

CALMANN LÉVY
NOIR

Titre original :
HIDDEN BODIES
Première publication : Emily Bestler Books / Atria Books,
imprint de Simon & Schuster, Inc., New York

Couverture
Conception graphique : Alistair Marca
Photographie : © Tiffani Bearup / Getty Images

ISBN : 978-2-7021-6682-6

Ce livre t'est dédié, maman.
Merci pour la vie.

1

J'achète des violettes pour Amy. Pas des roses. Les roses, c'est pour les gens qui ont mal agi. Cette fois-ci, je me suis bien comporté. En petit ami digne de ce nom. J'ai fait le bon choix. Amy Adam vit dans l'instant présent, pas dans un ordinateur.

— La violette est le symbole de l'État du Rhode Island, dis-je au type qui emballe mes fleurs.

Ses grosses mains crasseuses tripotent les pétales, mes pétales. Typique de New York, putain.

— Ah bon ? répond-il en gloussant. On en apprend tous les jours.

Je règle en espèces et sors en direction d'East Seventh Street avec mon bouquet. Il fait chaud pour un mois de mai et les fleurs sentent bon. Rhode Island. J'y suis déjà allé. Je me suis rendu à Little Crompton l'hiver dernier. J'étais fou amoureux, inquiet que ma copine – feu Guinevere Beck – puisse être en danger à cause de son amie émotionnellement instable – feu Peach Salinger.

Quelqu'un me klaxonne et je m'excuse. Je sais reconnaître mes torts, et si on traverse quand le petit bonhomme clignote, on est en tort.

L'hiver dernier aussi, j'ai eu tort. Je repense encore à cette erreur une dizaine de fois par jour. Je me revois caché dans le placard à l'étage, dans la maison des Salinger. J'avais une envie pressante mais je ne pouvais pas sortir. Alors j'ai pissé dans un mug, un mug en céramique, que j'ai posé par terre après. Je me suis enfui dès que j'ai pu, mais il faut se rendre à l'évidence : j'ai oublié le mug.

Depuis ce jour, je ne suis plus le même homme. On ne peut pas revenir en arrière et modifier le passé, mais on peut aller de l'avant et s'efforcer d'être plus attentif. Aujourd'hui, je me concentre sur les détails. Par exemple, je me rappelle avec la plus grande précision le jour où Amy Kendall Adam est revenue à la librairie d'occasion *Mooney Rare and Used*, revenue dans ma vie. Je revois son sourire, ses cheveux emmêlés (blonds) et son CV (mensonger). C'était il y a cinq mois, elle prétendait chercher un emploi, mais vous et moi savons bien qu'en réalité c'était moi qu'elle cherchait. Je l'ai embauchée et elle est arrivée à l'heure pour son premier jour, munie d'un carnet à spirale et d'une liste de livres rares qu'elle voulait voir. Elle transportait une boîte en verre remplie de superfruits qui, d'après elle, rendent éternel. Je lui ai répondu que personne n'était éternel et elle a ri. Elle avait un joli rire, facile. Elle avait aussi une paire de gants en latex.

J'en ai pris un.

— Ça sert à quoi ?

— À éviter d'abîmer les livres, m'a-t-elle expliqué.

— J'ai besoin de toi en rayon, ai-je rétorqué. C'est un job simple : ranger les étagères, tenir la caisse.

— D'accord. Mais tu sais qu'il existe des exemplaires d'*Alice au pays des merveilles* qui valent plus d'un million de dollars ?

J'ai éclaté de rire.

— Je suis désolé de te décevoir, mais il n'y a pas d'Alice en bas.

— En bas ? C'est là que tu ranges les livres rares ?

J'avais envie de poser la main dans le bas de son dos pour la mener dans la cage, là où les « livres rares » sont rangés, dans des cartons, en sécurité. J'avais envie de la déshabiller, de nous enfermer à l'intérieur et de lui faire l'amour. Mais j'ai été patient. Je lui ai donné un formulaire à remplir, ainsi qu'un stylo.

— Tu sais, je pourrais t'aider à dénicher de vieux livres dans les bric-à-brac, m'a-t-elle dit. On ne sait jamais ce qu'on va trouver dans ces bric-à-brac.

— D'accord, mais seulement si tu promets de ne plus utiliser le mot « bric-à-brac ».

Amy a souri. Pour elle, travailler ici, c'était laisser sa marque. Elle voulait courir les brocantes dans les quartiers chics, écumer les librairies en liquidation et ratisser les rues en quête de cartons. Elle voulait qu'on « travaille ensemble », et c'est comme ça qu'on a appris à se connaître aussi bien, en si peu de temps. À force d'explorer des pièces humides et désertes avant de se précipiter à l'extérieur pour respirer l'air frais, éclater de rire et décider qu'il ne nous restait plus qu'à aller boire un verre, on est devenus une équipe.

Une vieille dame en déambulateur lève les yeux vers moi. Je souris. Elle montre les violettes.

— Vous êtes un gentil garçon.

C'est vrai. Je la remercie et poursuis mon chemin.

Amy et moi avons commencé à sortir ensemble il y a quelques mois, alors que nous étions dans l'Upper East Side, dans le salon d'un homme qui venait de mourir. Elle a tiré un pan de la veste bleu marine qu'elle m'avait achetée pour cinq dollars dans un vide-greniers. Elle m'a supplié de claquer sept cents dollars pour une édition signée et défraîchie d'*Easter Parade*.

— Amy, ai-je murmuré, Yates n'est pas vraiment à la mode en ce moment et je ne vois pas pourquoi il le deviendrait.

— Mais je l'adore, a-t-elle insisté. Ce livre, c'est toute ma vie.

C'est bien les femmes, ça. Elles sont émotives. On ne peut pas faire des affaires de cette façon, mais on ne peut pas non plus regarder Amy, avec ses grands yeux bleus et ses longs cheveux blonds dignes d'une chanson des Guns N'Roses, et lui dire non.

— Comment je pourrais te faire changer d'avis ? m'a-t-elle demandé en minaudant.

Une heure plus tard, j'étais le détenteur d'une coûteuse édition d'*Easter Parade* et Amy me suçait dans les toilettes d'un Starbucks de Midtown. C'était plus romantique qu'il n'y paraît, parce qu'on s'aimait bien. Ce n'était pas une pipe ; c'était une fellation, les amis. Quand elle s'est relevée, j'ai baissé son jean et je me suis arrêté net. Je savais qu'elle n'aimait pas se raser ; ses jambes étaient souvent poilues car elle est à fond contre le gaspillage de l'eau. Mais je ne m'attendais pas à trouver un buisson. Elle m'a embrassé.

— Bienvenue dans la jungle.

C'est pour ça que je marche le sourire aux lèvres, et c'est ce qu'on fait quand on est heureux. Amy et moi, on est plus sexy que Bob Dylan et Suze Rotolo sur la pochette de *The Freewheelin'* et plus classe que Tom Cruise et Penelope Cruz dans *Vanilla Sky*. Nous avons un projet : nous accumulons les exemplaires de *Portnoy et son complexe*. C'est l'un de nos livres préférés et nous l'avons relu ensemble. Elle a souligné ses passages favoris au marqueur et je lui ai demandé d'utiliser un feutre plus délicat.

— Je ne suis pas délicate, a-t-elle rétorqué. Je déteste tout ce qui est délicat.

Amy est comme un feutre ; elle apporte de la couleur à la vie. Elle adore *Portnoy et son complexe*, j'ai envie de posséder tous les exemplaires jaunis de ce bouquin pour les conserver dans ma cave afin que seuls elle et moi puissions les toucher. Je ne suis pas censé stocker plusieurs exemplaires d'un titre, mais j'aime bien baiser Amy près de notre mur jaune de livres. Philip Roth serait d'accord. Elle a ri quand je lui ai dit ça, puis ajouté qu'elle allait lui écrire une lettre. Elle a de l'imagination, et du cœur.

Mon téléphone sonne. C'est Gleason Brothers Electricians au sujet de l'humidificateur, mais ça peut attendre. J'ai un e-mail de BuzzFeed au sujet d'une liste de « librairies indépendantes cool », mais ça peut attendre aussi. Tout peut attendre, quand on est amoureux. Quand on peut marcher dans la rue et imaginer la fille qu'on aime, nue sur une montagne de *Portnoy* jaunis.

J'arrive chez Mooney Books et la clochette tinte quand j'ouvre la porte. Amy me lance un regard noir en croisant les bras. Elle est peut-être allergique aux fleurs. Peut-être que les violettes, c'est nul.

— Qu'est-ce qui ne va pas ?

J'espère que ce n'est pas terminé entre nous, le début de la fin, ce moment où la fille devient pénible, où l'odeur de neuf s'évapore.

— Des fleurs ? s'étonne-t-elle. Tu sais ce qui me plairait plus que des fleurs ?

Je secoue la tête.

— Des clés. Un type est venu, j'aurais pu lui vendre l'exemplaire du Yates, mais je n'ai pas pu le lui montrer parce que je n'ai pas les clés.

Je pose le bouquet sur le comptoir.

— Attends, est-ce que tu as pris son numéro ?

— Joe, dit-elle en tapant du pied. J'aime cette librairie. Et je sais que c'est bête de dire à quel point tout ça me tient à cœur. Mais s'il te plaît. Je veux les clés.

Je ne réagis pas. Il faut que je mémorise la scène, que je la conserve, la musique de fond – *Sweet Virginia* des Rolling Stones, un de mes morceaux préférés – et la luminosité de cet instant précis. Je ne verrouille pas la porte. Je ne retourne pas la pancarte *Ouvert*. J'avance jusqu'à l'extrémité du comptoir, je la prends dans mes bras, je la renverse, je l'embrasse et elle m'embrasse en retour.

Je n'ai jamais donné de clé à personne. Mais c'est ce qui est censé se passer. Votre vie est censée prendre de l'ampleur. Votre lit doit être assez grand pour deux, et quand cet autre arrive, vous devez l'accueillir. Je saisis ma chance. Je paie plus cher pour avoir des clés personnalisées ridicules, roses et fleuries. Et quand je les pose dans la paume d'Amy, elle les embrasse.

— Je sais que c'est énorme, dit-elle. Merci, Joe. Je vais veiller sur elles comme si ma vie en dépendait.

Ce soir-là, elle vient chez moi et on regarde un film débile qu'elle aime bien – *Cocktail*, personne n'est parfait –, on fait l'amour, on commande une pizza et mon climatiseur tombe en panne.

— Est-ce qu'on appelle quelqu'un ? me demande-t-elle.

— Ça sert à rien. C'est bientôt Memorial Day.

Je souris, je m'allonge sur elle et ses jambes poilues me picotent, mais je m'y suis habitué maintenant. J'aime bien. Elle s'humecte les lèvres.

— Qu'est-ce que tu as derrière la tête, Joe ?

— Rentre chez toi et prépare ton sac. Je vais nous louer une petite Corvette rouge et on s'en va.

— T'es dingue. Où est-ce qu'on va aller dans cette petite Corvette rouge ?

Je lui mordille le cou.

— Tu verras.

— Tu me kidnappes ?

Si c'est ce qu'elle veut, oui.

— Tu as deux heures. Va préparer tes affaires.

2

Elle s'est rasée. Je savais qu'elle en était capable. Quant à moi, j'ai tenu parole. J'ai loué une décapotable rouge et on a l'air de vrais connards sur les routes boisées de Rhode Island. Nous sommes votre pire cauchemar. Nous sommes heureux. Nous n'avons pas besoin de vous, nous n'avons besoin de personne. Nous nous fichons de vous, de ce que vous pensez de nous, de ce que vous nous avez fait. Je suis au volant, Amy est la fille rêvée, et ce sont nos premières vacances ensemble. J'ai enfin trouvé l'amour.

La capote est baissée et nous chantons sur *Goodbye Yellow Brick Road*. J'ai choisi ce morceau parce que je veux me réapproprier toutes les belles choses de ce monde corrompues par mon ex-copine, cette grande malade de Guinevere Beck. (Je sais aujourd'hui qu'elle était borderline. C'est une maladie qui ne se soigne pas.) Beck et ses horribles amies m'ont gâché la vie. Où que j'aille à New York, je pensais à elle. J'ai cru que je ne pourrais plus jamais écouter Elton John parce que cette musique passait le jour où j'ai tué Peach.

Amy me tapote l'épaule puis me montre du doigt un faucon dans le ciel. Je souris. Ce n'est pas le genre d'emmerdeuse qui baisse le son pour parler de l'oiseau et se renseigner dessus. Bon sang, elle est super. Malgré tout, ça ne change rien à la réalité :

J'ai oublié d'emporter le mug.

Ce foutu mug me hante. Je sais qu'il y aura des conséquences. Je ne suis pas le seul au monde ; chacun de nous possède un mug d'urine quelque part. Mais je n'arrive pas à me pardonner cette erreur, comme une fille qui « oublie » son gilet après une nuit sans lendemain. Ce mug est une aberration. Une faille. Preuve que je ne suis pas parfait, bien que je me montre habituellement extrêmement précis et méticuleux. Je n'ai pas élaboré de plan pour le récupérer, et je le regrette, à cause d'Amy. Je veux que tout soit impeccable pour nous deux, aussi propre qu'avec du détergeant.

Elle me propose ses lunettes de soleil aux verres rayés.

— Tu conduis, dit-elle. Tu en as plus besoin que moi.

Elle est l'antithèse de Beck. Elle se soucie de moi.

— Merci, Ame.

Elle m'embrasse sur la joue, la vie est un rêve halluciné, et je me demande si je suis dans le coma ou en plein délire. L'amour vous rend aveugle et je suis dénué de rancœur. Amy a tout éliminé, c'est mon infirmière, ma beauté antalgique. Par le passé, j'étais plutôt passionné ; on pourrait même dire obsessionnel. Beck était tellement déglinguée que, pour veiller sur elle, je devais la suivre, lire ses e-mails, vérifier ses comptes Facebook, Twitter, ses textos incessants, toutes ses contradictions, ses mensonges. J'ai fait le mauvais choix avec elle et j'en ai payé le prix. J'ai retenu la leçon. Si ça marche avec Amy, c'est parce que je ne peux pas l'espionner en ligne. Tenez-vous bien : elle n'est pas sur les réseaux. Pas de Facebook, de Twitter, d'Instagram, ni même d'adresse e-mail. Elle utilise des téléphones sans abonnement, si bien que je dois enregistrer son nouveau numéro tous les quinze jours. Elle est résolument analogique, elle me complète parfaitement.

Quand elle me l'a annoncé, je n'en suis pas revenu et je l'ai un peu jugée. Qui peut vivre déconnecté aujourd'hui ? Est-ce qu'elle était cinglée ? Est-ce qu'elle mentait ?

— Comment tu fais pour toucher ton salaire ? Il te faut bien un compte en banque !

— J'ai demandé à mon patron de me payer en chèque et à l'ordre d'une copine qui me donne du liquide après. On est nombreux à passer par elle. C'est la meilleure.

— « Nombreux » ?

— Je ne suis pas la seule à vivre déconnectée.

Les connes veulent toujours être uniques. Elles attendent que vous leur disiez que personne au monde ne leur ressemble (comme dans la chanson *Nothing compares to you*, mes excuses à Prince). Tous ces petits monstres sur Instagram sont assoiffés de célébrité – regardez, j'ai étalé de la confiture sur mon toast ! –, mais moi, j'ai trouvé quelqu'un de différent. Amy ne cherche pas à se démarquer.

Je ne passe pas mon temps à vérifier en douce les mises à jour de son statut ou à passer en revue ses photos mensongères montrant un bonheur soigneusement mis en scène. Quand je suis avec elle, je suis avec elle et quand elle s'en va, c'est pour aller là où elle a dit qu'elle se rendait.

(Bien entendu, je l'ai suivie et je jette un coup d'œil à son téléphone de temps en temps. Il faut que je m'assure qu'elle ne ment pas.)

— Je sens l'air de la mer, remarque Amy.

— On n'y est pas encore. D'ici quelques minutes.

Elle hoche la tête. Elle ne se met pas en colère pour des bêtises. Pas comme Beck. Cette malade mentait aux gens dont elle était le plus proche : moi, Peach, ses fichus amis « écrivains » à la fac. Elle m'avait dit que son père était mort. (Faux.) Elle avait prétendu détester *Magnolia* parce que sa copine Peach n'aimait pas ce film. (Mensonge. J'ai lu ses e-mails.)

Amy est une fille gentille et les filles gentilles mentent aux inconnus par politesse, pas aux gens qu'elles aiment. Aujourd'hui même, elle porte un vieux débardeur de l'université du Rhode Island. Elle n'y a pas étudié ; elle n'a étudié nulle part. Mais elle porte toujours un tee-shirt avec le logo d'une université. Elle m'en a offert un de Brown, spécialement pour ce voyage.

— On peut faire croire aux gens que je suis étudiante et que tu es mon prof, dit-elle en riant. Mon prof marié.

Elle trouve ces tee-shirts dans des magasins d'occasion aux quatre coins de la ville. Sur sa poitrine, on lit toujours *Go Tigers !, Arizona State !, University of Pittsburgh*. Pendant que je range les livres, j'entends les clients lui demander : « Vous êtes allée à Princeton ? Vous êtes allée à l'université du Massachusetts ? Vous êtes étudiante à NYU ? » Elle répond toujours oui. Elle s'attire la sympathie des femmes et laisse les hommes croire qu'ils ont une chance avec elle. (Ils se trompent.) Elle aime bien bavarder. Elle aime les histoires, c'est ma petite anthropologue, mon oreille attentive.

Nous approchons de la route qui mène à Little Compton et, alors que tout va pour le mieux dans le meilleur des mondes, j'aperçois un gyrophare bleu. Une voiture de police nous suit. De près. Son gyrophare est allumé, sa sirène retentit et la musique disparaît. Je freine tout en essayant de contrôler les tremblements dans mes jambes.

— Qu'est-ce qu'il veut ? demande Amy. Tu ne roulais pas trop vite !

— Je ne crois pas.

Je garde les yeux fixés sur le rétroviseur tandis que le policier ouvre sa portière.

Amy se tourne vers moi :

— Qu'est-ce que tu as fait ?

Ce que j'ai fait ? J'ai tué mon ex-copine, Guinevere Beck. J'ai enterré son corps au Nord de New York et j'ai fait porter le chapeau à son thérapeute, le docteur Nicky Angevine. Auparavant, j'avais étranglé sa copine, Peach Salinger. Je l'ai tuée à moins de dix kilomètres d'ici, sur une plage proche de sa maison de famille, et j'ai maquillé ça en suicide. J'ai aussi réglé son compte à un abruti de toxico qui vendait des sodas, Benji Keyes. Son corps incinéré repose dans son box de stockage, mais sa famille le croit mort d'une overdose. Ah oui, j'allais oublier. Ma première amoureuse, Candace. Je l'ai noyée dans la mer. Personne n'est au courant, donc la question demeure purement rhétorique.

— Je n'en sais rien, réponds-je.

Je suis en plein cauchemar.

Amy fouille dans la boîte à gants pour chercher le formulaire de location puis referme le compartiment d'un coup sec. L'agent Thomas Jenks ne retire pas ses lunettes de soleil. Il a les épaules voûtées et son uniforme est légèrement trop grand.

— Permis et papiers du véhicule, demande-t-il.

Il braque le regard sur mon tee-shirt qui arbore le mot *Brown*.

— Vous retournez sur le campus ?

— On va juste à Little Compton. Par étapes. On prend notre temps.

Il ne relève pas ma remarque passive-agressive. Je ne roulais pas trop vite et je ne suis pas un petit con de Brown, ce qui explique pourquoi je ne porte pas de tee-shirts aux logos universitaires habituellement. Il examine mon permis de conduire de l'État de New York. Les secondes s'écoulent et durent une éternité.

Amy se racle la gorge.

— Monsieur l'agent, qu'est-ce qu'on a fait de mal ?

L'agent Jenks lève les yeux vers elle puis vers moi.

— Vous n'avez pas enclenché votre clignotant avant de tourner.

Tu te fous de moi, espèce de connard?

— Oh, réponds-je, je suis désolé.

Jenks déclare qu'il lui faut « quelques minutes » puis retourne à sa voiture en petite foulée. Il ne devrait pas se presser comme ça. Il ne devrait pas non plus avoir besoin de « quelques minutes ». Quand il ouvre la portière de son véhicule pour se glisser à l'intérieur, je repense à mes nombreux crimes, mes activités secrètes, et ma gorge se serre.

— Joe, détends-toi, me dit Amy en posant la main sur ma cuisse. C'est juste une toute petite infraction au code de la route.

Mais elle ne sait pas que j'ai tué quatre personnes. Je transpire, j'ai déjà entendu parler de situations de ce genre. Un gars se fait arrêter pour un contrôle de routine et soudain, par la magie sadique des ordinateurs et du système, il se retrouve accusé de toutes sortes de crimes. J'ai envie de me tirer une balle.

Amy rallume la radio. Cinq morceaux se succèdent, vingt minutes s'écoulent et l'agent Jenks est toujours dans sa voiture, avec mes papiers. S'il compte juste me donner une contravention pour défaut de clignotant et rien de plus, pourquoi est-il pendu au téléphone? Pourquoi ne cesse-t-il de pianoter sur son ordinateur? Ma liberté va-t-elle prendre fin au début de la belle saison, alors que mon iPhone indique un grand soleil quand les nuages s'amoncellent au-dessus de ma tête? Je connais un policier dans cet État. L'agent Nico. Il croit que mon nom de famille est Spencer. Et s'il était tombé sur ma photo dans son ordinateur? Et s'il m'avait reconnu et appelé Jenks pour lui dire: «Je connais ce type.» Et si...

— Joe, m'interrompt Amy dont j'avais presque oublié l'existence. Tu as l'air en pleine crise de panique. C'est pas grave. Ce n'est même pas un excès de vitesse.

— Je sais. Mais je déteste les flics, c'est tout.

— Je sais, dit-elle à son tour en me caressant de nouveau la cuisse.

Elle plonge la main dans la glacière pour prendre une pêche. Une pêche, Peach. Évidemment, j'ai un flash-back et ça me tue. Elle mange une pêche et moi je suis obsédé par Peach Salinger et mon mug d'urine.

Ce mug.

J'essaie de croire qu'il a disparu. J'imagine qu'une femme de ménage le trouve et, dégoûtée, le récure à l'eau de Javel. Je vois un golden retriever – les gens qui ont des maisons de vacances adorent les gros chiens – renifler le placard, tremper une patte dans le mug, le renverser, puis son maître l'appelle, le chien s'en va, ma pisse se répand entre les lames du parquet et je suis sauvé. Ou bien un gamin de la famille joue à cache-cache et renverse le mug. Je suis sauvé. Une cousine, une pimbêche qui passe son temps à envoyer des textos, balance sans regarder ses chaussures dans le placard puis pique une crise en voyant ses précieuses Manolo, ses sandales Tory Burch, détrempées. Elle les jette à la poubelle. Je suis sauvé.

J'entends la portière claquer. Jenks est sorti. Il va peut-être me demander de descendre du véhicule. Ou me mentir. Ou encore essayer de me piéger. Il pourrait demander à Amy de descendre de voiture elle aussi. Il porte de l'eau de Cologne, le pauvre. Il me tend mon permis et les papiers.

— Désolé de vous avoir fait attendre. On a des ordinateurs, mais la plupart du temps ils rament.

— La technologie… Ça finira par nous tuer, non ? dis-je en soupirant.

Libre. Libre !

— Raison de plus pour ne pas oublier d'utiliser votre clignotant, me sermonne-t-il.

Je souris.

— Je suis vraiment désolé, monsieur l'agent.

Jenks nous demande si nous habitons « en ville » et je lui réponds que c'est plus calme à Brooklyn. Tout va bien se passer. Je suis béni. Je sens les effluves rassurants de son eau de Cologne. J'imagine sa petite vie, elle se lit dans ses yeux, une vie ratée, des rêves qu'il n'a pas réalisés et ne réalisera jamais, non parce qu'il a la trouille, mais parce qu'il ne sait même pas en reconnaître les signes, le genre de signes qui poussent quelqu'un à faire ses valises et foutre le camp. Il est devenu policier par commodité, pour l'uniforme : pas besoin de réfléchir à sa tenue tous les matins.

— Amusez-vous bien, nous dit-il. Soyez prudents.

Je reprends la route, soulagé que ma journée et ma vie ne se soient pas arrêtées là. J'ai une main sur le volant, je glisse l'autre sous le jean coupé d'Amy. J'aperçois devant nous la bifurcation, celle qui mène à Little Compton. Je ne veux pas recroiser le chemin d'un policier, j'accepte d'avoir merdé, d'avoir oublié un détail et je jure que ça ne se reproduira jamais plus.

Cette fois-ci, avant de tourner, j'enclenche mon fichu clignotant.

3

Nous nous arrêtons chez *Del's Lemonade* et nous installons à une table de pique-nique pour déguster un granité au citron. Amy hausse les épaules.

— C'est pas mal, remarque-t-elle. Mais honnêtement, c'est pas si bon que ça.

J'adore son esprit de contradiction.

— Les gens trouvent que tout est meilleur en vacances, dis-je.

— On vit à l'ère du commentaire. Les gens malheureux attribueront une seule étoile à ce granité et ceux qui manquent de confiance en eux et veulent que tout le monde les envie diront que c'est le « meilleur granité du monde ».

Parfois je regrette qu'elle n'ait pas rencontré Beck.

Je m'exclame :

— Incroyable ! Tu viens de dresser l'exact portrait de mon ex.

Elle fait claquer sa langue.

— Laquelle ?

Comme nous sommes en vacances, je me lâche un peu. Je lui parle de Beck, même si on n'est pas censé mentionner son ex-copine à la nouvelle.

— Un pur produit d'université d'élite ? me demande-t-elle. Est-ce qu'elle était snob ?

— Parfois. Mais elle était surtout triste.

— Tu sais, la plupart des gens qui étudient dans ces écoles, ils deviennent dingues parce qu'ils passent toute leur enfance à essayer d'être admis là-bas. Ils ne savent pas profiter du moment présent.

Je pourrais la baiser là, tout de suite, sur cette table.

— Tu as tout à fait raison, lui dis-je. Tu es déjà sortie avec quelqu'un comme ça ?

Elle secoue la tête.

— Tu peux me parler de tes histoires, mais je ne te dirai rien sur les miennes.

C'est la dernière femme sur terre à connaître la valeur du mystère. Elle jette son granité dans une poubelle et nous nous allongeons sur la table pour regarder les branches des arbres agitées par le vent.

— Parle-moi, dit-elle. Raconte-moi.

Je commence au début, dans la boutique, Beck sans soutien-gorge (Amy explique qu'elle cherchait à attirer l'attention) qui achète son Paula Fox (pour m'impressionner, selon elle). C'est en ça qu'Amy est si belle et différente. Elle ne m'interrompt pas pour raconter sa propre histoire ou me faire une scène de jalousie. Elle boit mes paroles, elle absorbe tout. C'est cathartique pour moi de parler de l'attitude vicieuse de Beck, et c'est pour ça que, parfois, on a besoin de monter dans une voiture pour aller prendre l'air. Je ne crois pas qu'on aurait pu avoir cette conversation à New York. Je me sens tellement lucide avec Amy. Elle comprend tout de suite quand j'évoque le jour où Beck a tweeté depuis le *Bemelmans Bar* et qu'elle a dû chercher le mot « solipsiste » dans le dictionnaire. Quand je lui raconte que, pour désigner Little Compton, Beck disait « LC », elle esquisse une moue entendue. Elle voit ce que je veux dire. Exactement. Elle me comprend. Elle tourne la tête vers moi.

Avec suspicion, d'une voix plus aiguë, elle me demande :

— Vous êtes venus ici ensemble ?

— Non.

Techniquement, ce n'est pas un mensonge. J'ai suivi Beck jusqu'ici. C'est différent.

Je lui explique que Beck m'a trompé avec son psy.

— C'est horrible, s'indigne-t-elle. Comment tu l'as appris ?

Je l'ai retenue prisonnière, je me suis introduit chez elle et j'ai trouvé la preuve sur son MacBook Air.

— J'ai eu un pressentiment.

C'est un mensonge, mais c'est quand même un peu vrai.

— Alors je lui ai posé la question, elle m'a tout avoué et voilà. On s'est séparés.

Amy me caresse la cuisse. Je lui dis de chercher Nicholas Angevine sur Google. Elle s'exécute, lit les titres des journaux et me regarde, horrifiée.

— Il l'a tuée ?

— Eh oui.

C'est impressionnant. J'ai tellement bien réussi mon coup que je n'apparais même pas sur la page Wikipédia consacrée au meurtre.

— Il l'a assassinée et ensuite il a enterré son corps près de la résidence secondaire de ses parents, dans le Nord de l'État.

Elle frissonne.

— Elle te manque ?

— Non. Ça me fait de la peine pour elle, bien sûr. Mais ça ne se passait pas bien entre nous. Et quand je t'ai rencontrée, ça paraît horrible à dire, mais… je me suis rendu compte qu'elle ne me manquait plus du tout.

Elle frotte son genou contre le mien.

— C'est gentil.

Elle me promet de ne pas me tromper avec un psy. Elle se méfie des médecins et des psys, des gens qui « gagnent leur vie grâce au malheur des autres ».

Bon sang, j'adore sa façon de penser, romantique et méfiante à la fois. Je l'embrasse.

— Je reviens, dit-elle.

Elle laisse son sac près de moi et traverse le parking pour aller aux toilettes. À un moment, elle se retourne et m'adresse un clin d'œil, comme à la librairie. Quand elle disparaît, je prends son téléphone dans son sac.

Lorsque je fouine dedans, je n'ai jamais peur de ce que je vais trouver. Je veux juste être au courant de tout. Comme le type dans ce vieux film avec Julia Roberts qui adore la regarder essayer des chapeaux et danser sur *Brown Eyed Girl*. Dans le téléphone de Beck, rien ne me faisait jamais sourire, mais explorer celui d'Amy conforte mes sentiments pour elle. Le premier élément de son historique de recherches Google, c'est « Henderson est nul ». Elle lit des résumés de son talk-show F@#k Narcissism, que nous regardons deux fois par semaine pour le critiquer. Il est toujours assis sur le canapé alors que ses invités sont installés au bureau. L'idée, c'est d'étaler son narcissisme et son égocentrisme, mais chaque interview finit invariablement par aborder le film pourri dont son invité est venu faire la promo. D'après Amy, le succès d'Henderson est la preuve que notre culture se dirige tout droit vers une apocalypse cannibale.

— Qu'est-ce que tu trafiques ?

Je sursaute et fais presque tomber le smartphone. Je lève des yeux coupables tandis qu'elle se tient au-dessus de moi. Elle est debout, bras croisés, sourcils froncés.

Merde. Je déglutis. Je suis pris la main dans le sac.

— Amy, dis-je en serrant l'appareil. Je sais ce que tu penses, mais ce n'est pas ce que tu crois…

Elle tend la main.

— Donne-moi mon téléphone.

— Amy… Je suis désolé.

Elle détourne le regard. Je lui rends son portable. J'ai envie qu'elle s'assoie à côté de moi, mais elle croise de nouveau les bras. Elle a les larmes aux yeux.

— Et dire que j'étais justement en train de penser que j'étais vraiment heureuse avec toi.

— Je suis désolé.

— Pourquoi est-ce que tu fouilles dans mes affaires ? demande-t-elle. Pourquoi est-ce que tu gâches tout ?

— C'est pas ce que tu crois, plaidé-je en tendant le bras vers elle.

— Non, répond-elle en repoussant ma main. Je comprends. Tu ne me fais pas confiance. C'est normal après tout, non ? Le jour où je t'ai rencontré, je suis arrivée avec une carte bancaire volée. Bien sûr que tu ne me fais pas confiance.

Je suis surpris de la façon dont cette vérité sonne dans ma bouche, quand je réponds :

— C'est faux, je te fais confiance. J'ai fouillé dans ton téléphone parce que je suis dingue de toi et quand tu vas aux toilettes tu me manques.

Je me mets à genoux et je l'implore.

— Amy, je le jure. J'ai jamais été aussi amoureux de quelqu'un et je sais que ça paraît dingue, mais je t'aime. Même quand tu vas juste aux toilettes, j'ai envie d'être avec toi.

Au début, elle ne réagit pas. Rien. Puis elle pousse un soupir et m'ébouriffe les cheveux.

— Lève-toi.

Nous nous réinstallons sur le banc au moment où une famille émerge d'un minivan. Ils parlent fort, ils sont tous blonds. Cinq minutes plus tôt, nous nous serions moqués d'eux. À présent, nous restons silencieux. Je les désigne de la tête.

— Toi et moi, on n'a pas été élevés comme ça et, du coup, on est un peu perturbés, dis-je. C'est dur pour des gens comme nous de faire confiance, mais j'ai confiance en toi.

Elle regarde la maman enduire ses enfants de lotion.

— C'est vrai. Tu as raison. Au sujet de l'enfance pourrie et de la confiance.

Je lui prends la main ; elle regarde le père tenter de raisonner son fils de quatre ans, qui ne veut rien entendre, et lui expliquer qu'il ne peut pas avoir un autre granité ou il n'aura plus de place pour les hot-dogs du barbecue. Le gamin hurle. Il ne veut pas de hot-dog, il veut un granité. La mère s'approche, s'accroupit et serre l'enfant dans ses bras en lui demandant ce qu'il veut. Il crie « granité » et le père reproche à la mère de gâter l'enfant. Elle répond que c'est important de communiquer avec les enfants et de respecter leurs désirs. J'ai l'impression d'être devant la télé. Le programme s'arrête au moment où la famille remonte dans le minivan.

Amy pose la tête sur mon épaule.

— Je suis bien avec toi.

— T'es pas fâchée contre moi ?

— Non. Je suis pareille. Parfois j'ai du mal à croire qu'on puisse se ressembler à ce point.

Je me crispe.

— Tu as fouillé dans mon téléphone ?

Candace, Benji, Peach, Beck, *mugdurine.*

Elle éclate de rire.

— Non. Mais si tu le laissais traîner, je le ferais sans hésiter. Je n'accorde pas facilement ma confiance, moi non plus.

Je hoche la tête.

— Écoute, j'ai pas envie d'avoir ce genre de comportement. On peut changer.

Elle presse ma main.

— Je peux toujours merder, me prévient-elle.

Être ensemble, c'est ce qu'il y a de meilleur au monde, meilleur que le sexe, qu'une décapotable rouge ou que le premier « Je t'aime ».

— Tu crois ?

— Je crois, répond-elle.

Imiter l'autre est un signe d'amour.

C'était une bonne idée, ce week-end. Nous rachetons des granités pour la route avant de remonter dans la Corvette. Il y a eu une explosion atomique et nous sommes les deux seuls survivants sur la planète. C'est pour ça que les gens ne devraient pas se suicider, parce qu'un jour, peut-être, ils auront la chance de s'asseoir à l'ombre avec quelqu'un de « différent et rafraîchissant ! ». Je la fais tellement rire que le granité dégouline de la commissure de ses lèvres. Nous poursuivons notre route, trouvons un coin tranquille, puis je la lèche et, quand c'est fini, c'est elle qui dégouline à la commissure de mes lèvres. Vos vacances ne sont pas les plus belles du monde. Les miennes, oui. Je l'ai mérité. Elle m'a surpris en train de fouiller dans son téléphone mais elle écarte quand même les jambes.

Quand on arrive à l'hôtel, elle pousse un petit cri.

— Waouh !

Et quand nous traversons la chambre jusqu'au balcon, je ne dis rien. Je savais que nous en étions proches, mais j'ignorais que j'allais la voir aussi distinctement, la villa des Salinger, illuminée, éclairée par des feux d'artifice, remplie de gens. Des gens qui ont peut-être vu mon mug. Amy me montre la maison.

— Tu les connais, ceux-là ?

— Ce sont les Salinger. J'en connais une.

Je lui raconte l'amitié malsaine qui unissait Beck et Peach, et l'inévitable suicide de Peach. Amy se recroqueville sur elle-même. Si nous étions dans un dessin animé, mes bras seraient en caoutchouc et je les tendrais jusqu'à la plage, jusqu'à la maison, je gravirais l'escalier branlant qui mène à la chambre pour récupérer mon mug d'urine et je serais enfin débarrassé.

4

Le lendemain, nous descendons sur la plage avec nos serviettes Ralph Lauren. Nous nous installons près de la maison Salinger. Je pourrais peut-être demander à utiliser leurs toilettes. Nous pourrions demander tous les deux. Personne ne refuse rien à Amy, et pendant qu'elle ferait la conversation, je grimperais à l'étage. C'est risqué, mais c'est ma seule possibilité.

— Oh là là, commente-t-elle en abritant ses yeux avec sa main. Il a l'air furax, lui.

Je me retourne. Un des membres de la famille siffle et s'approche de nous à grands pas. J'ai les boules.

— Ils sont vraiment aussi cons que tu le disais, marmonne Amy.

— Restons calmes.

Mais lui ne le reste pas. Il fulmine.

— Cette plage est privée ! lance-t-il.

Les familles me fascinent. Peach est morte, mais je reconnais son nez, ses cheveux frisés.

— Vous devez vous installer de l'autre côté du sable.

C'est impossible de s'installer « de l'autre côté du sable ». Amy enlève son tee-shirt comme Phoebe Cates dans *Ça chauffe au lycée Ridgemont*.

— Je suis vraiment désolée, s'excuse-t-elle. Est-ce qu'il y a autre chose qu'on devrait savoir ?

Elle lui sourit, il reluque son corps. Cette fille est un génie. Il retourne l'air contrarié vers son laideron de femme et Amy éclate de rire.

— On va dans l'eau ? propose-t-elle.

— J'ai besoin de me réchauffer.

Ce dont j'ai besoin en réalité, c'est faire une mission de reconnaissance chez les Salinger. Ils sont tellement nombreux, à sauter sur leurs trampolines dans l'eau, sur le sable, comme si la plage, les vagues et la villa ne suffisaient pas. Les gamins gambadent tandis que les hommes plus âgés, vêtus de shorts à carreaux et de chemisettes, discutent des fringues haut de gamme Vineyard Vines, de parcours de golf en Irlande et de retrouvailles. Les femmes rouspètent contre les nounous, les vendeuses et une serveuse qu'elles soupçonnent toutes de convoiter leurs maris ventripotents. On ne pourrait pas imaginer que ces gens ont perdu leur fille, leur sœur, leur tante. Ils sont en vacances dans tous les sens du terme et leur unique objectif est de signifier aux passants qu'ils n'ont pas le droit d'utiliser leur trampoline ni de s'installer trop près d'eux. Je n'ai jamais vu une telle famille de cons, qui ne vit que pour dresser des barricades. On nous a crié dessus et ce n'est pas aujourd'hui que je mettrai les pieds dans cette maison.

Tant pis.

J'attrape Amy, je la fais basculer sur mon épaule. Elle pousse un cri ; les Salinger nous fusillent du regard, jaloux de nous, jeunes, pauvres, amoureux. Je la porte jusqu'à l'eau, celle-là même où je me suis débarrassé de Peach, ce rivage où son corps s'est échoué des mois plus tard après son soi-disant suicide si tragique. Amy enroule ses jambes autour de ma taille sous le regard envieux des messieurs de la famille qui boivent, amers. Nous restons ainsi, collés dans la tombe liquide de Peach, et quand nous en ressortons, la plupart des Salinger se sont retirés dans la maison. Comme l'air est plus frais à présent, nous enfilons des pulls et, après avoir plongé la main dans son sac de plage, Amy en sort un livre pour enfants intitulé *Charlotte & Charles*.

— C'était mon préféré, m'annonce-t-elle. Je peux te le lire ?

— Bien sûr.

Elle se colle à moi et entame l'histoire. Deux géants, un homme et une femme, vivent sur une île déserte. La femme se sent seule mais lui se sent en sécurité. Quand des humains débarquent, elle est enthousiaste mais lui, réticent. La dernière fois que des humains sont venus, ça s'est mal passé. Ils ont voulu les tuer. Charlotte veut leur redonner leur chance et Charles accepte, mais les humains agitent des cloches dont le son peut être mortel pour Charlotte et Charles. Ils se mettent des bouchons dans les oreilles pour se protéger.

Puis l'île subit un tremblement de terre et les géants aident les humains avant de s'enfuir à la nage vers une autre île. L'avant-dernière page de l'album montre les géants ensemble sur cette île, la nuit. Plusieurs années ont passé. Ils regardent les étoiles et Charlotte espère que des gens vont venir. Charles lui dit que ces gens feraient exactement la même chose et leur gâcheraient la vie. Charlotte admet que c'est possible. Mais elle lui rappelle également qu'il pourrait se tromper. Et dans le coin de l'image, on voit un bateau. Des gens arrivent.

Amy referme le livre et me regarde en souriant.

— Alors ?

— Il est sacrément sombre, ce bouquin.

Elle me donne une tape sur la jambe.

— T'as pas le droit d'être négatif avec *Charlotte & Charles* ! rétorque-t-elle en se mettant face à moi. Dis-moi ce que tu en as pensé.

— Ça m'a bien plu.

— Allez, dis-moi vraiment ce que tu penses, insiste-t-elle.

J'ai l'impression qu'elle me teste alors qu'on est censés être en vacances. Je hausse les épaules.

— J'ai besoin de laisser reposer un peu. Je n'aime pas lire un livre et réagir tout de suite.

Elle incline la tête comme une maîtresse d'école devant un élève lent.

— Je comprends, concède-t-elle. Je l'ai lu cent fois et j'ai eu toute la vie pour y réfléchir.

Elle se met à frissonner.

— Tu as froid ?

Elle range son livre dans son sac et nous quittons la plage. Je n'ai pas réussi à récupérer le mug, je n'ai pas compris *Charlotte & Charles*, et marcher sur le sable n'a rien d'amusant. Jamais.

De retour à l'hôtel, nous prenons une douche ensemble, je glisse mon Charles dans sa Charlotte et elle m'aide à répondre au type de BuzzFeed. Nous ramenons dans la chambre des coquilles Saint-Jacques à la cajun, des sandwiches au homard pleins de beurre et des cannolis. Nous mangeons au lit, faisons l'amour, rions, et nous réveillons les yeux gonflés, heureux.

Je baise Amy dans la douche, dans la baignoire, sur le balcon – son endroit préféré, me confie-t-elle en mangeant des myrtilles au lit – et aussi sur le canapé et le fauteuil. Je mémorise son visage, ses lèvres qui tremblent, « Oh, Joe », ses jambes qui frémissent et s'accrochent à moi. Elle ouvre la bouche comme une petite loutre. Je glisse une myrtille dans cette bouche, qui me suce comme jamais aucune autre auparavant.

— Bien visé, me félicite-t-elle avec un clin d'œil.

Nous vivons ici maintenant, dans cette chambre, entre ces draps, comme dans une chanson de John Mayer. Pour plaisanter, nous imaginons qu'ils vont sécuriser la zone après notre départ parce que personne ne pourra occuper cette chambre comme nous. Je l'aime davantage à chaque minute, chaque heure qui passe. Je le lui dis, même si c'est enfreindre les règles, parce qu'elle ne ressemble pas aux autres filles.

— Je sais, me répond-elle. Ce qui est bizarre, c'est que les gens deviennent généralement plus agaçants quand on les connaît, mais toi, tu l'es de moins en moins.

Je lui balance un oreiller.

— Je ne suis pas agaçant.

Elle hausse les épaules de façon provocante et on se bagarre avec les oreillers. Elle m'immobilise sur le lit, me met des myrtilles dans la bouche. Je pose mes lèvres sur les siennes pour qu'on les mange ensemble, comme une seule personne. Je lui parle de *Charlotte & Charles*, elle me dit de laisser tomber et je couvre son corps de baisers tout bleus. Ils vont être obligés de jeter les draps, après. Au moment où elle jouit, elle crie et lance un oreiller à travers la pièce. Il passe par la fenêtre, par-dessus le balcon.

Elle glousse.

— Bon, ça doit être ce qu'on appelle un orgasme avec oreiller.

L'espace d'un instant, je revois Beck se donner du plaisir avec un coussin vert. Je donne une petite fessée à Amy.

— À la fin de la journée, il n'y aura plus d'oreillers dans la pièce, dis-je, prêt à repartir pour un tour.

Elle pose la main sur mon torse.

— Attends, Joe, il faut qu'on sorte.

— On peut ne rien faire.

Ça devait être beaucoup plus facile dans le temps, avant l'apparition des restaurants et de ce fichu *Guide des réductions de Little Compton*, qui existe uniquement pour contrecarrer nos projets sexuels.

— Regarde, dit-elle en feuilletant le guide, *Scuppers by the Bay*. Et il y a de la musique live.

— Est-ce qu'ils livrent ?

Je sais que cette question est inutile.

Elle est déjà hors du lit et m'assure qu'après avoir bien dîné, je la remercierai. C'est comme ça qu'on sait qu'on est amoureux. On enfile un pantalon, on fait semblant de s'enthousiasmer pour des huîtres et du rock live, on prend les clés et on y va.

Scuppers by the Bay est rempli d'abrutis. Le resto est bondé et les serveurs ont l'air défoncés. Au fond, un groupe spécialisé dans les reprises massacre *What's Love Got to Do with It* de Tina Turner, et le vacarme des cuisines est concurrencé à une table voisine par les pleurs d'un bébé dont les parents pinaillent sur des brochettes de Saint-Jacques. Nous n'avons pas de réservation et la réduction n'est pas valable ce soir, alors on nous propose de patienter au bar pendant une ou deux heures.

Je suggère à Amy de partir, mais elle m'indique d'un signe de tête un couple près du bar. Ils sont trop bien habillés pour l'occasion. Il fait tourner son vin dans son verre et elle sirote un truc bleu. Je n'ai pas envie de leur parler, mais quand Amy me souffle de la suivre, j'ai un début d'érection. Elle applique du gloss sur ses lèvres.

— OK, dit-elle, on va se faire passer pour d'autres et se greffer à eux.

— Sérieux ?

Elle a les yeux qui brillent.

— Tu es Kev, et moi Lulu.

On se ressemble vraiment. Moi aussi, j'aime bien les fausses identités, mais d'habitude je les utilise pour fuir ou survivre, comme, par exemple, le jour où j'ai fait croire à l'agent Nico que je m'appelais Spencer Hewitt à cause de ma casquette Figawi.

— Je sais pas, Amy, lui dis-je pour la taquiner. Lulu, ça paraît vraiment pas crédible.

Elle tape dans ses mains, tout excitée, et on opte pour Kev et Mindy, du Queens.

— Moi, je suis chef, et toi, tu veux devenir acteur.

— Acteur ?

Ça m'ennuie. Pourquoi pas réalisateur ? Ou médecin ? Elle me prend le menton.

— T'es trop sexy pour faire autre chose, mon chéri.

J'aimerais bien la conduire dans les toilettes handicapés pour la baiser, mais elle a déjà adressé la parole à ce gentil petit couple. Quand une femme a envie de se faire des amis, aucun pénis au monde ne peut la détourner d'une conversation superficielle au sujet du correcteur automatique de l'iPhone – qui vous écrit « merle » au lieu de « merde » – et de l'incompétence légendaire des loueurs de voiture. Nous faisons donc connaissance avec Pearl et Noah Epstein. Originaires eux aussi de New York – « incroyable ! » –, ils sont avocats et s'avèrent plutôt sympas, marrants. Quand nous échangeons une poignée de main, Noah annonce :

— Salut, voici Pearl, et moi, c'est Noah, de la catégorie « vrais juifs » comme on pourrait dire aux Grammy.

Nous parlons de Woody Allen et rencontrons ensuite Harry et Liam Benedictus. Harry (diminutif d'Harriet – évidemment) est conseillère financière et lui est courtier. Ils ont « deux enfants de moins de trois ans » et sont coincés mais pas avares de compliments. Liam est « un mordu de ciné » et veut tout savoir sur ma carrière. Nous bavardons de tout et de rien – « C'est trop drôle quand ta mère t'envoie des textos, non ?! » –, et je m'invente une maman cinglée qui m'envoie des recettes spéciales cocotte-minute. Amy raconte que sa mère à elle croit que MDR signifie « merci du renseignement » et nos nouveaux amis nous trouvent « trop marrants ».

La conversation s'égare parfois, sur les hauts et les bas du NASDAQ, mais nous réussissons à survivre. Dans ce bar, malgré tous les mensonges que nous débitons à ces inconnus, il n'y a jamais eu autant d'honnêteté entre nous. Chaque mensonge nous rapproche, nous rend complices, fusionnels. Amy parle de son père imaginaire qui lui envoie des articles consacrés à Rachael Ray, la chef qui présente l'émission culinaire à la télé. Elle est vulnérable, nous avions besoin de ça, de prétendre avoir des parents qui nous envoient des textos, nous appellent, nous aiment et demandent de l'aide pour ouvrir leur pièce jointe. L'hôtesse nous informe que nous pouvons nous installer si nous acceptons tous de partager un box et j'ai envie de pénétrer Amy qui bat des mains. Elle adore les box. Comme toutes les femmes.

En se dirigeant vers la table, elle murmure :

— J'avais raison, non ?

— Oui. On s'amuse bien.

Je m'assois à côté d'elle. Nos jambes sont collées l'une à l'autre. Elle tapote la table du bout des doigts et propose un jeu.

— Écoutez, lance-t-elle. Scène de sexe préférée au cinéma. Je commence : *The Town.*

À cet instant, tous les hommes du restaurant pourraient échanger leur femme contre Amy.

Elle m'a déjà dit qu'elle adorait voir Ben Affleck et Blake Lively ensemble. Je glisse une main sous sa jupe et, comme elle ne bronche pas, je continue sous sa culotte jusqu'à sa fesse.

Noah adore la nouvelle série d'HBO – sans surprise – et renvoie les Saint-Jacques pas assez cuites en cuisine. Pearl, quant à elle, renverse son verre de chablis et met ça sur le compte de la nervosité. Harry fabrique des bijoux à la main qu'elle vend sur Etsy. Quand le serveur revient avec les Saint-Jacques, je les goûte et hoche la tête :

— Ah ben merle, elles sont excellentes !

Tout le monde rigole à ma blague pourrie. On pourrait être amis dans la vraie vie. Ce serait comme une longue pub pour produits ménagers avec des chiens et des pique-niques à Park Slope, chez les bobos de Brooklyn. Je commence à regretter qu'ils me prennent pour un acteur en devenir baptisé Kevin. D'un autre côté, s'ils savaient que ni Amy ni moi n'avons étudié à l'université, s'ils savaient que nous travaillons dans le commerce, ces gens-là ne seraient pas amis avec nous de toute façon. Je serre la cuisse d'Amy : voilà ce qui est bien réel, tangible.

Amy assure que je vais « percer dans le monde du cinéma » et Pearl ajoute que j'ai « une gueule ». Son mari éclate de rire et les yeux d'Amy brillent, elle a pris un petit coup de soleil aujourd'hui. J'aimerais pouvoir appuyer sur le bouton « Pause » et rester ici, à cet instant, dans la lumière qui décline. C'est de ça que parlent toutes les chansons d'amour, ce moment où l'on sait qu'on va faire un bout de chemin avec quelqu'un et qu'on ne reviendra pas en arrière.

Amy me lance un clin d'œil puis se lève pour aller réclamer une chanson – *Paradise City* des Guns N'Roses –, mais le groupe ne la connaît pas, alors elle fait la moue pendant que nos nouveaux faux amis discutent du menu. Je l'embrasse sur la joue.

— T'es trop mignonne.

— Pourquoi ?

Je lui caresse la cuisse et remonte jusqu'à la jungle :

— J'ai compris le message.

— Quel message ? demande-t-elle.

— *Paradise City*. Les Guns N'Roses, comme la première fois, quand tu m'as accueillie dans ta jungle.

Aucune réaction. Pearl nous demande si nous préférons les calamars ou les palourdes farcies et Amy répond « les deux ». Elle ne se souvient pas de notre lien avec Guns N'Roses. Elle n'est pas aussi intelligente que moi, mais c'est peut-être mieux d'avoir quelques différences.

Au moment de l'addition, Amy s'empare du ticket de voiturier dans ma poche. Elle s'excuse pour aller aux toilettes tandis que je fais mine de sortir pour répondre au téléphone. Nous nous retrouvons dehors, le voiturier nous avance la Corvette et nous disparaissons comme nous sommes venus.

— Je m'en veux un peu, dis-je.

J'aimais bien Pearl, Noah, Harry et Liam.

— Oh, arrête, soupire-t-elle. Quand on est si nombreux à partager une addition, c'est presque plus simple si la moitié des gens disparaît, non ?

De retour dans la chambre, elle amène ses myrtilles dans le lit, me fait une fellation la bouche pleine de superfruits et je lui barbouille les seins de baies écrasées. J'ai envie de parler de nos mensonges, de nos parents, de *Charlotte & Charles*, mais elle dit qu'on devrait dormir parce qu'on a de la route demain. Je sais qu'elle a raison, mais en même temps, je ne supporte pas l'idée de plonger dans le sommeil et manquer une seconde de notre vie ensemble.

Une fois Amy endormie, je sors sur le balcon et aperçois les lumières allumées chez les Salinger, à l'étage. Tant pis pour le mug. Je n'ai plus peur. J'ai une alliée, maintenant, et cette fois, je laisse volontairement le mug derrière moi.

5

Le retour est toujours différent de l'aller. Nous avons tous les deux des coups de soleil et une légère gueule de bois. Nous n'avons pas envie de nous arrêter chez Del acheter des granités parce que la glace au citron paraît toujours tentante au début des vacances, mais jamais quand on rentre chez soi. Il y a de la circulation. Nous rions en pensant à nos faux amis et nous rendons compte que nous avons oublié de regarder la marque des draps de l'hôtel. Amy me prend la main sans raison, comme pour dire « j'arrive pas à croire que tu existes ». C'est l'amour, on est dimanche, et quand nous arrivons en ville, elle me caresse la nuque.

— Est-ce que tu me détesteras si je rentre dormir dans mon lit ? demande-t-elle.

— Je ne pourrai jamais te détester.

Nous arrivons dans sa rue ; j'enclenche mon clignotant et nous éclatons de rire. Ça va devenir une blague entre nous, ce jour où on a loué une Corvette rouge et qu'on s'est fait arrêter pour défaut de clignotant. J'ai hâte de vieillir avec elle. Je me gare. Elle m'embrasse.

— Merci, dit-elle. J'espère que tu sais à quel point tu es génial.

Je la serre dans mes bras et respire son parfum. Derrière nous, quelqu'un klaxonne. Je fais un signe en direction de cet abruti avant qu'Amy descende. À l'agence de location, le gars me demande si je n'ai pas eu de souci avec la voiture. Je lui réponds avec grand plaisir que nous n'avons pas rencontré le moindre problème. Il me regarde comme si j'étais fou. Ça ne me gêne pas puisque c'est le cas. Je suis fou amoureux.

Le lendemain matin, j'ai hâte d'arriver à la librairie. Hâte de voir Amy. De lui annoncer que j'ai retrouvé Pearl, Noah, Harry et Liam en ligne. J'ai hâte de savoir si elle a regardé F@#k Narcissism hier soir et si oui, ce qu'elle a pensé de Kevin Hart. Je me demande quelle culotte elle porte, et découvrir si elle continue de se raser m'excite.

Je presse le pas jusqu'à la librairie et, une fois arrivé, la musique s'arrête subitement dans ma tête. La porte est entrouverte. Si Amy était arrivée tôt, elle l'aurait refermée derrière elle, quant à M. Mooney, il n'a pas mis les pieds ici depuis des années. J'ouvre la porte en grand avant d'entrer. La poussière volète dans la pièce et je perçois l'odeur de la boutique, comme ça se produit quand on revient quelque part après une brève absence et que le parfum des lieux vous frappe. Mes sens sont en alerte. Nous avons été cambriolés et je n'ai pas envie de ce genre de désagrément après un si bon week-end.

Les violettes que j'ai achetées pour Amy sont éparpillées par terre, séchées, au milieu des débris de vase. Le sol est jonché de papiers et de livres retournés. Mon ordinateur portable a disparu. Contournant le comptoir avec précaution, je sors lentement ma machette de sa cachette près de la porte d'entrée. Je ne l'ai pas prise en main depuis un moment et elle me paraît plus lourde que dans mon souvenir.

Je ne vais pas appeler la police ; tous les policiers ne sont pas comme Jenks, et j'ai retenu la leçon. Je m'avance vers le fond, vérifie les étagères sur ma gauche, sur ma droite. Je passe devant les rayons « Fiction » et « Biographie », puis je vois que la porte menant au sous-sol est entrouverte, elle aussi. Le silence de la librairie me pèse. Les cambrioleurs sont partis depuis longtemps, je pense. Mais s'ils sont encore là, je leur tranche la gorge. Je serre la machette dans mes mains en descendant les marches lentement, sans bruit. Parvenu à la dernière marche, je pousse un cri et lâche mon arme. Je n'en ai plus besoin.

Il n'y a personne, mais quelqu'un est bel et bien passé par là, quelqu'un qui mange des superfruits. Un bol est posé par terre, près du mur désormais vide où se trouvait la pile de *Portnoy et son complexe*.

Amy.

Elle a volé tous les exemplaires, sans même m'en laisser un. Elle a pris la première édition de Yates aussi, le livre pour lequel elle m'a sucé, celui qui a tout déclenché. Un exemplaire de *Charlotte*

& Charles taché de myrtilles gît sur le sol, juste à côté de mon ordinateur et des clés roses, celles que j'ai fait faire pour elle. Je prends mon téléphone, je l'appelle, mais bien sûr le numéro n'est plus attribué, comme à son habitude.

Je tombe à genoux en poussant un cri. Elle m'a quitté. Elle m'a volé. J'ai gobé son bobard ; tu parles qu'elle avait besoin de dormir dans son lit ! Elle a dû venir ici juste après qu'on s'est quittés. Je balance ses superfruits contre le mur. Super salope.

Je saisis *Charlotte & Charles*. Je comprends le sens de ce bouquin, à présent. Ne vous fiez pas aux femmes. Jamais. Je l'ouvre et trouve un mot griffonné à l'intérieur :

« Désolée, Joe. J'ai essayé. Mais on est pareils, c'est vrai. On ne dit pas tout. On perd les pédales. On a nos secrets. Prends soin de toi. Bisous, Amy. »

Je n'ai pas dressé de liste exhaustive de tout ce qu'elle a piqué, mais pour l'instant mon estimation s'élève à environ 23 000 dollars de livres rares. Elle savait très bien ce qu'elle faisait le jour où elle s'est présentée ici, et je suis tombé dans le panneau. On devrait me traîner dans un champ et me buter pour avoir été si con, pour m'être fait baiser, aveuglé par ma bite.

« On est pareils. » Putain ! Va te faire foutre !

Elle m'a embobiné avec ses gants en latex et ses yeux de suceuse. Il n'y avait pas d'amour entre nous, ni sur la plage de Little Compton, ni ici dans cette cage, ni dans mon lit. Cette salope est venue pour me rouler, me voler, et moi, je lui ai donné les clés.

Je saisis mon ordinateur portable et fiche le camp de la cage, que je verrouille derrière moi – un peu tard, abruti – avant de gravir les marches et de fermer également la porte menant au sous-sol. Quel abruti, c'est moi que je devrais enfermer à clé dans la cave. C'est à ce moment-là que je le remarque : Amy a mis sens dessus dessous le rayon que j'aime le moins : « Théâtre ». Elle a volé des manuels pour acteurs.

La Préparation de l'acteur
Dix façons de réussir à Hollywood
Comment percer dans le métier
Monologues pour femmes, Volume IV

Tu te fous de moi, espèce de voleuse, sale menteuse aux jambes poilues ? J'ai la tête qui tourne. Amy n'était pas une sociologue sans formation portant des tee-shirts aux logos universitaires pour analyser les comportements humains. Elle n'a pas menti à Noah, Pearl, Harry et Liam. Elle jouait la comédie. Sans ça, pourquoi aurait-elle piqué ces livres ?

Je m'assieds au comptoir, allume l'ordinateur. Elle prétend vivre déconnectée, au-dessus de toutes ces considérations informatiques, mais elle a quand même réussi à effacer son historique de recherche. Mes joues me picotent en l'imaginant par terre, à essayer de me mettre des bâtons dans les roues, d'effacer la recherche qu'elle a effectuée sur mon ordinateur. Elle aurait dû mieux se renseigner sur le fonctionnement de ces machines, sur ce qu'elles peuvent m'apprendre. Google Chrome n'est pas si simple. Elle n'a supprimé que sa dernière heure d'utilisation, pas l'intégralité. Je connais les derniers termes que j'ai tapés (« livres rares » et « hôtels à Little Compton »), ce n'est donc pas difficile de repérer les siens :

UCB, photos d'identité pas chères, photos d'identité gratuites, cours UCB pas chers, Ben Affleck, achats bon prix livres d'occasion, vente livres rares, prix Philip Roth, auditions, castings, audition fille blonde, sous-location Hollywood.

Elle n'a pas non plus effacé ses téléchargements et j'ouvre son inscription à un cours : « Improvisation 101 : les bases de l'impro » à l'Upright Citizens Brigade, ainsi que le script d'un court-métrage dont la première page présente une annonce Craigslist. Elle a donc fichu le camp pour tenter sa chance à Hollywood. « Tenter sa chance à Hollywood » est l'une des phrases les plus exaspérantes qui soit. Encore plus dérangeante que « dangereux serial killer » ou « maladie rare incurable ». J'ai hâte de l'attraper pour lui balancer qu'elle n'est qu'une sous-merde.

J'imprime son historique de recherche. Il n'y a rien de plus terrifiant que de prendre conscience que la personne qui vous connaît le mieux est aussi celle qui vous aime le moins, voire qui a pitié de vous. Elle savait que j'étais paumé et seul. Elle savait que j'avais besoin d'une pipe et d'une copine, au point de la laisser regarder *Cocktail* cinquante fois en une semaine dans mon lit, au point de lui donner une clé. C'est fait et je ne peux plus revenir en arrière. Mais je peux la retrouver. Et l'éliminer.

C'est bien mon intention. Elle ne va pas s'en tirer comme ça. Hors de question qu'elle me prenne pour un idiot qu'on peut rouler dans la farine avant de le laisser seul avec *Charlotte & Charles*. J'ai léché ses tétons, j'ai dévoré sa toison et elle s'est servie de moi. Elle est mauvaise. Elle est dangereuse. Incapable d'aimer. C'est une sociopathe. Pire qu'une borderline. C'est pour ça qu'elle utilise des téléphones à carte. C'est une criminelle.

Elle se croit très intelligente, mais effacer une heure n'efface pas la totalité de l'historique, à moins de supprimer l'intégralité des recherches précédant cette heure. Elle croit que la vie est plus belle quand on est déconnecté. C'est ça, oui. Cette pensée l'accompagnera dans la tombe. Connasse. J'appelle JetBlue. J'achète un billet. Désolé, Amy, tu as perdu.

6

S'il y a bien une chose que j'ai apprise de ce charlatan lubrique de docteur Nicky Angevine et de sa patiente-maîtresse Beck, c'est qu'on n'a aucun contrôle sur les actes des autres. On ne maîtrise que ses propres pensées. Une souris à la maison ? C'est à nous de nous en débarrasser, d'installer des pièges puis de les surveiller. Ma souris, c'est Amy. Je suis chez moi et le processus d'extermination a déjà commencé. J'ai appelé l'UCB au prétexte de vérifier mon inscription, sous le nom d'Adam. J'ai ainsi eu confirmation qu'une fille du nom d'Adam, Amy, avait réservé un cours d'impro.

J'ai donné mon préavis. Il est temps que je me tire de ce trou à rats, de cet appartement où je ramène systématiquement les mauvaises filles, des filles de la ville au cœur froid, et il est hors de question que je devienne un de ces New-Yorkais qui laissent la ville prendre le dessus sur eux. La prochaine fois qu'une fille franchira la porte de cette librairie et battra des cils, je ne serai plus assis derrière le comptoir. C'est terminé.

Nous sommes en juin ; la ville est écrasée par une chaleur répugnante. Le soleil sera différent à L.A., il fait bronzer et il détend, voyez les Beach Boys. C'est une chaleur qui ne vous poursuit pas jusque dans l'ombre.

Je monte dans le train pour mon dernier trajet moite et puant jusqu'à chez M. Mooney. J'ai envisagé de lui écrire une lettre ou de l'appeler, mais ça fait trop longtemps. Je lui dois un au revoir. Mon trajet touche à sa fin et, quand je descends, un groupe de mariachis entonne un morceau pendant que des clampins avinés prennent des selfies. *Bye bye*, passagers du métro.

Sur le trottoir d'en face, un type en costard sort d'une épicerie avec un bouquet de roses fraîches, il court, il tente sa chance, il y croit. Imbécile. Je passe chez le boucher acheter les saucisses préférées de M. Mooney. J'espère qu'il ne va pas se mettre à pleurer. Ou tenter de m'enfermer dans son sous-sol. Je bifurque au coin de la rue, puis frappe à sa porte.

Il ne sourit pas.

— Ne me dis pas qu'on nous a cambriolés une deuxième fois.

— Non, nous n'avons pas eu cette chance, M. Mooney, réponds-je en riant.

Il s'est presque réjoui quand je lui ai annoncé le cambriolage au téléphone. Il m'a dit qu'il n'y avait « rien de plus beau au monde que l'argent des assurances ».

— Alors qu'est-ce qui ne va pas, cette fois ? me demande-t-il d'un ton sec.

— Rien. Vous avez faim ? lui demandé-je en brandissant les saucisses.

Il pousse la porte moustiquaire pour me laisser entrer. Chez lui flotte une odeur de litière pour chat et de vieille dame, or il n'a ni chat ni femme. Deux œufs cuisent sur la gazinière et la radio est allumée.

Il range mes saucisses dans son vieux réfrigérateur.

— Tu veux du café au lait ? me demande-t-il.

Non.

— Avec plaisir ! dis-je avec enthousiasme.

Il agite la mixture en poudre et pose ensuite un petit verre ébréché sur la table, devant moi. Il parle d'un oreiller qu'il a acheté sur un prospectus, et de la vendeuse qui l'a informé de l'impossibilité de le retourner après les trente jours de délai de rétractation. Il parle des œufs du marché local. Avant, ils étaient bon marché mais ils ont atteint un prix exorbitant sous prétexte qu'ils proviennent d'une ferme du coin.

— Dans ce cas, ils devraient être moins chers !

Il agite son bras flasque. Je n'ai pas envie de finir comme ça, seul, des œufs au plat sur la gazinière, à manger des produits locaux en fulminant. D'un autre côté, je ne peux pas m'imaginer retomber amoureux.

M. Mooney finit de cuisiner et vient s'asseoir à table avec moi. Les œufs sont trop cuits, ils brillent. À mon avis, il a utilisé cinq cents grammes de beurre et n'a pas nettoyé sa poêle depuis 1978.

— Alors, que me vaut l'honneur de ta visite ? demande-t-il.

Je bois mon café au lait. Par miracle, j'arrive à l'avaler.

— Eh bien, je me suis dit que j'avais besoin de changement. Je déménage à Los Angeles.

Il lâche un rot. Mouillé. Des morceaux d'œufs ramollis s'échappent de sa bouche.

— Elle s'appelle comment ?

— Qui ça ?

— La fille. Personne ne déménage nulle part sauf pour une fille.

J'hésite, puis je lui parle d'Amy, de son désir de devenir actrice qu'elle m'a caché. Je ne mentionne pas que c'est elle, la cambrioleuse.

— Je savais bien qu'il y avait une fille.

Après avoir saucé le ketchup dans son assiette du bout du doigt puis l'avoir léché, il ajoute :

— Tu devrais peut-être la laisser partir.

Je secoue la tête.

— Non, je sais ce que je dois faire.

M. Mooney soupire.

— « Secouez l'univers et tous les débris atterriront à Los Angeles. »

— C'est de Frank Lloyd Wright.

— Il avait raison, déclare M. Mooney en se levant de sa chaise pour jeter son éponge fétide dans l'évier. Los Angeles est le siège du mal, Joseph. Le creuset de l'idiotie. L'origine de tous les problèmes, le summum de la bêtise de notre nation. Ce n'est pas un endroit pour un homme intelligent. C'est pour ça qu'il n'y a rien de potable à la télévision. Tu ferais mieux de rester ici.

Même s'il ne me l'avoue pas, je sais que je vais lui manquer.

— Je vais vous donner mon adresse e-mail pour qu'on puisse rester en contact.

Il prend mon assiette et la pose sur la sienne. Si je propose de faire la vaisselle, ça va l'énerver, je le sais.

— Les e-mails, ça sert à rien, dit-il. Promets-moi seulement de ne pas gâcher ta vie sur un foutu ordinateur.

Au moment où je lui promets qu'on se reverra bientôt, un cafard détale. Il l'écrase d'un coup de pied.

— Tu n'en sais rien, rétorque-t-il. Tu ne peux pas le savoir.

Il me demande de refermer la porte en sortant.

— Les satanées scoutes qui font la quête sont de plus en plus insistantes.

Mon appartement est vide. Toutes mes affaires tiennent dans l'énorme sac de voyage de mon père, que je n'ai jamais utilisé parce que je ne suis jamais parti aussi loin et que je n'ai jamais eu l'occasion d'emporter avec moi toutes les choses auxquelles je tiens : mes livres, mes vêtements, mon oreiller, mon ordinateur. Quand on frappe à la porte, je ne regarde pas à travers le judas, pensant qu'il s'agit de mon propriétaire venu se plaindre des dégradations. Mais non. C'est M. Mooney, qui porte des lunettes de soleil. Je ne vois pas ses yeux.

— Un petit conseil, me lance-t-il. Fais-toi sucer.

— D'accord.

— Fais-toi sucer, répète-t-il. Ne couche pas avec des actrices. Ne perds pas ton temps dans les fast-foods. Ne regarde pas trop de films. Ne mange pas de légumes « bio ». Ne mets pas les pieds dans une piscine. L'eau est froide et sale. Ne te baigne pas dans l'océan. L'eau est froide et sale. Ne fais pas d'enfant. Pour la plupart, ils finissent sur le trottoir.

— C'est compris.

Il fixe mon réfrigérateur débranché.

— La librairie est fermée ? demande-t-il.

— Oui. À double tour.

— Bien, dit-il en souriant. Peut-être que je vais partir en voyage moi aussi.

— Vous voulez entrer vous asseoir une minute ?

Mais il n'y a nulle part où s'asseoir. Il plonge la main dans sa poche de poitrine et en retire une épaisse enveloppe qu'il me tend. Je proteste.

— Je ne peux pas accepter.

— Si, tu peux. Tu vas en avoir besoin.

Il descend lentement l'escalier et je comprends que je ne le reverrai peut-être jamais. Je prends mes affaires avant de glisser la clé sous la porte. Au premier étage, un gamin grassouillet me demande où je vais.

— En Californie.

— Pourquoi ?

— Pour changer le monde.

Je lui confie quelques livres, ni rares ni importants. Le gamin est content. Je me sens généreux et c'est vrai, je vais changer le monde. Le garçon a déjà commencé à feuilleter *Sa Majesté des mouches*. Prochaine étape : Amy pieds et poings ligotés, coulant au fond d'une piscine. La Californie.

7

Pendant le vol jusqu'à LAX, je ne lis pas. Je ne regarde pas de film. Je glande sur Facebook – auquel j'ai fini par adhérer pour de bon, sous mon vrai nom, Joe Goldberg –, mais ce n'est pas ce que vous croyez. Je me dois de glander sur Facebook. Je suis un chasseur embarqué dans un safari et j'ai besoin de guides dans ce petit quartier niché au pied de la colline d'Hollywood, baptisé Franklin Village. Je dois me camoufler. J'ai besoin d'« amis » et avoir besoin des autres, il n'y a rien de pire au monde. Je suis inspiré par les films *Fast & Furious* où les héros Toretto et O'Conner ne peuvent pas poursuivre les méchants avant d'avoir mis une équipe sur pied. J'ai besoin d'aide pour trouver Amy de même qu'ils ont besoin d'aide pour trouver un baron de la drogue brésilien. Les futurs comédiens de l'Upright Citizens Brigade ont au moins ça pour eux : ils sont ouverts. Ils acceptent « Joe Goldberg, écrivain » comme ami, et ces gens-là parlent beaucoup. De la femme de ménage, de Tinder, de leurs chaussures et de leurs auditions. Et, oui, ils mentionnent aussi une certaine « Amy Déconnectée ».

Le meilleur informateur jusqu'à maintenant est un certain Calvin, qui travaille dans une librairie d'occasion à côté de l'UCB. Il a posté une offre d'emploi à laquelle j'ai répondu. Je crois que j'ai décroché le job ; aucun de ses autres « potes » ne sait tenir une caisse. Je lui pose des questions sur les livres rares, lui demande s'il a déjà eu entre les mains des éditions originales de *Portnoy et son complexe*. Amy a peut-être commencé à écouler son stock. Il répond :

LOL. Mon pote, on doit recevoir un livre de valeur par an. La plupart du temps, les gens qui vivent à Beachwood déposent leurs vieux bouquins quand ils déménagent, quand leurs parents meurent ou ce genre de choses. Ou alors c'est des gens fauchés du quartier qui essaient de vendre leurs trucs mais, en général, c'est super facile, on se fait un peu d'argent, c'est super cool, mon pote.

En plus de ses comptes Facebook et Twitter, Calvin a un site Internet où il révèle tout ce qu'on voudrait savoir sur lui. Il aspire à devenir écrivain-réalisateur-acteur-producteur-designer sonore-comique-spécialiste de l'impro. Pouvez-vous imaginer être tellement en manque d'attention que votre identité nécessite tous ces traits d'union ? Il adore Henderson, Marc Maron, les bretelles, les barbes, les photos de barbes, Tinder, le bacon, *Breaking Bad* et tout ce qui vient des années 80. À Brooklyn, ce type travaillerait dans une boîte de valorisation de marques. Il ferait semblant d'être pauvre et consulterait son plan d'épargne retraite tard le soir. Mais Calvin possède un compte PayPal grâce auquel ses « fans » peuvent l'aider à payer son loyer. Je n'éprouverai jamais le moindre respect pour lui, mais il a le contact facile et il est content que je sois disponible pour le remplacer quand il s'absente pour passer une audition.

Je commande un Sprite Zero et une vodka. Mon deuxième ami le plus utile sur Facebook est un autre type, plus âgé, aspirant lui aussi à devenir comique, et qui se nomme Harvey Swallows. J'ai fait une demande pour un appartement près de l'UCB, dans un immeuble baptisé Hollywood Lawns. Harvey est le gestionnaire et quand je lui ai envoyé un e-mail au sujet de l'appartement, il m'a répondu par une invitation Facebook pour que je devienne son ami et son « fan ». Les gens de L.A. sont comme ça. Harvey est l'équivalent côte ouest de mon ex-collègue « Ethan Point d'exclamation ». Il dévoile tout sur son site Internet : il a pris le nom d'Harvey Swallows avant de venir à Los Angeles pour devenir comique « à l'âge canonique de cinquante-sept ans ». Sa phrase fétiche est : « J'ai raison, ou j'ai raison ? » Il est adepte du #ThrowbackThursday et il a partagé beaucoup de photos de son ancienne vie dans le Nebraska, à l'époque où il était marié, vendait des assurances et étouffait à cause de ses ambitions artistiques. Note à moi-même : ne pas me laisser étouffer par mes ambitions artistiques. Elles vous bouffent le cerveau, vous brouillent le cœur et vous finissez sur une scène dans un sous-sol à débiter des blagues pas drôles en attendant que quelqu'un rigole.

Puisque personne ne rit ni ne paie Harvey pour raconter des blagues, il gère un complexe de quarante-cinq appartements à Hollywood Lawns. Cet endroit est une nouveauté pour moi. Je me déconnecte de Facebook pour passer en revue les photos de mon nouveau chez moi. Il y a une piscine (je pourrais y plonger Amy), un jacuzzi (je pourrais l'ébouillanter), ainsi qu'une salle de jeux (l'étrangler à l'aide d'une canne de billard), et l'immeuble est proche de tout. Y compris d'Amy, bien entendu.

Elle n'est peut-être pas sur Facebook, mais on ne peut pas poursuivre une carrière cinématographique à L.A. sans Internet. Une fille comme Amy, toute nouvelle sociopathe sans agent, sans contacts, commencerait à chercher du travail sur Craigslist. N'importe qui peut publier une annonce de casting sur ce site, et les acteurs peuvent y ajouter leurs photos et leurs CV « constamment », d'après Calvin. Je poste donc une annonce, spécialement destinée à flatter l'ego démesuré d'Amy.

SUJET : Êtes-vous plus grande et plus belle que la fille lambda ?

PHYSIQUE : Film indépendant recherche actrice principale. Belle et blonde. 1m70-1m80. 25-30 ans. Envoyez photos et CV.

Je suis épaté par la rapidité du processus. En l'espace de quelques minutes, des dizaines de filles m'envoient leurs photos. J'ai les mains qui tremblent chaque fois que j'ouvre l'e-mail de l'une d'elles. Certaines sont nues, certaines sont laides, d'autres sont même belles, mais aucune n'est la bonne.

Je recommande une vodka et un Sprite Zero. De l'autre côté de l'allée, deux filles discutent des cours de barre au sol (elles adorent), des glucides (elles détestent) et de réalisateurs (elles rêvent d'en rencontrer). Je me demande si Amy pourrait devenir ce genre de personne à L.A., à condition que je ne la tue pas avant. J'ai une vague envie de lui parler de ces filles, mais j'ai surtout envie de lui hurler dessus, de l'accuser de tout ce qu'elle a fait, mais je n'y parviens pas. Pas encore. J'ouvre un document Word pour m'écrire à moi-même.

Chère Supersalope, tu es mauvaise et je regrette que tu sois entrée dans ma vie avec tes gants et tes conneries. Cocktail *est un film merdique parce que le héros est récompensé, à la fin, d'être un connard superficiel et cupide. Tu penses que tu es promise à un bel avenir. Tu te trompes. Tu es méchante. Même rasées, tes jambes n'étaient pas douces. Tu as eu tort d'arnaquer ces gens à Little Compton. Ils valent mieux que toi. Les myrtilles sont immondes et tu vas mourir, d'une façon ou d'une autre. Tu as besoin d'une coupe de cheveux. Tes jambes sont trop longues. Ton corps ne sert à rien parce que tu n'as pas de cœur. Tu es trop trouillarde et hypocrite pour être sur Facebook. Tu suces bien. Mais tu n'as rien de spécial. Tu es morte.*

La vieille dame à côté de moi tapote sur ma tablette. Elle me montre l'écran.

— Vous êtes écrivain ?

J'enregistre mon document avant de le fermer.

— Oui. C'est un monologue dans un truc que je suis en train d'écrire.

Elle montre les photos des filles.

— Et vous réalisez des films ? Vous faites passer des castings ? Je vois des photos, là.

— Oui.

Et le respect de la vie privée ?

— Enfin j'espère, ajouté-je.

Elle hoche la tête.

— Vous savez, si vous cherchez quelqu'un, ma nièce vit à North Hollywood et elle est très douée. Vous pouvez voir sa photo sur gretchenwoods.com.

Voilà comment ça se passe ici. Quand je lui explique que je tourne un film pour adultes, ça la coupe dans sa lancée et elle tourne la tête vers le hublot. Peut-être qu'elle arrêtera dorénavant d'expliquer à des inconnus comment trouver sa nièce en ligne. Mais elle m'a donné une idée. Écrivain, c'est une excellente couverture pour mon séjour. Je vais prétendre travailler sur un manuscrit intitulé *Kev & Mindy pour toujours*. Ça racontera notre histoire à Amy et moi, et notre dernier week-end à Little Compton. Ça s'ouvrira sur Amy m'annonçant qu'elle ne peut pas dormir seule dans son lit et je connais la fin : moi qui tue Amy.

Je commande une nouvelle vodka et un nouveau Sprite Zero avant de retourner sur Facebook. Un ami de Calvin, Winston Barrel, m'a demandé en ami. Il ne me connaît même pas. J'accepte sa demande. Je reçois immédiatement une invitation à un spectacle comique, en même temps que 845 autres personnes. Parfait. Quand j'attirerai le long corps d'Amy dans une piscine à débordement en faisant croire à un accident – tous les rêves sont permis ! –, tout ira bien parce que je serai devenu un adepte de Facebook, un type normal. Nous vivons à une époque où ceux qui n'ont pas 4 355 amis sont jugés dangereux, comme si des citoyens bien intégrés dans la société n'étaient pas, eux aussi, capables de meurtre. Il me faut des amis, de sorte que le jour où Amy disparaîtra, ils puissent se moquer de l'idée ridicule qui consisterait à dire que le charmant et sympathique Joe ait pu tuer quelqu'un. Je ne peux pas vivre à l'écart. Cette attitude correspond trop au stéréotype éculé mais tenace du « tueur », renforcé par des émissions télévisées dites « d'investigation » qui se fichent du nombre d'époux heureux qui un beau jour assassinent leur femme. Nous voulons tous avoir peur des gens seuls. C'est endémique. C'est américain.

Je clique sur les profils de mes nouveaux amis Facebook vivant à Los Angeles. Je les adore ; on dirait des enfants, pleins d'espoir. Je les déteste ; on dirait des enfants, pleins d'espoir. Je les envie. Ils ne sacrifient pas leur vie pour des librairies et ne perdent pas leur temps sous terre, dans le métro, exposés à tout un tas de produits chimiques et autres saloperies. Les gens partent s'installer à L.A. pour « réussir ». Ils ont des rêves plus ambitieux que les New-Yorkais et sont persuadés qu'une vie sociale intense est cruciale, que le plus important, c'est le réseau.

Honnêtement, je ne déteste pas Facebook autant que je l'aurais pensé. (Prends ça dans les dents, Amy. Désolé, Beck.) Une fois qu'on en est membre, un réseau se construit dont on est le centre, ça donne confiance. Les humains sont divertissants, amusants à observer. Comme les chats. Les gens se sentent si seuls qu'ils passent leur anniversaire sur Internet à remercier ceux qui le leur souhaitent, lesquels connaissent cette date uniquement parce que Facebook la leur a rappelée. Je « like » *Fast & Furious* afin d'asseoir mon image de type sympa puis j'écris à Amy : *Chère connasse, les gens utilisent Facebook seulement pour ne pas être seuls. Va te faire foutre. Amitiés, Joe.*

Le pilote annonce que nous sommes bientôt arrivés et, en me penchant, j'aperçois Los Angeles à travers le petit hublot. Cette ville est tentaculaire et, à l'image de la toison d'Amy le jour où je l'ai découverte, elle recouvre tout. Je ne peux retenir un sourire. Amy pense être déconnectée, mais elle a en sa possession des livres rares qu'on peut facilement tracer et nourrit des ambitions qui nécessitent une visibilité en ligne. Je vais la trouver. J'aimerais pouvoir briser le hublot sans attendre et sauter en parachute jusqu'à Franklin Village, où je sais pertinemment qu'elle se trouve, mais elle risquerait de me voir arriver, et ce serait comme murmurer à un cerf : « *Psst*, je suis là », juste avant de tirer.

8

La première chanson que j'entends à l'aéroport est ce foutu morceau de Tom Tom Club au sujet d'un gars qui sort de prison, et ça me dessoûle direct. Une pimbêche de l'UCLA me rentre dedans avec sa valise démesurée. Les gens sont arrogants. Les touristes me bousculent, tous embarqués dans un pèlerinage pour aller voir Sean Penn, qui se trouve dans la zone de retrait des bagages. À New York, on joue des coudes pour attraper le train et rentrer chez soi ou pour trouver une petite place chez *Trader Joe*. À L.A., on se précipite pour voir de près un acteur, un homme d'un certain âge.

J'ai reçu deux notifications depuis mon atterrissage.

La première est un message d'Harvey : *Wouahou ! T'as un super CV ! C'est pas le cas de ceux qui s'installent ici d'habitude !*

C'est mon destin de rencontrer des gens qui maltraitent la ponctuation. L'autre message provient de Calvin : *On a un lecteur Blu-ray, donc amène des films que tu voudrais regarder pendant que tu travailles.*

On n'est pas censé regarder des films dans une librairie. Je monte dans un taxi ; le chauffeur tape l'adresse d'Hollywood Lawns dans son GPS et je me demande si Amy a pris un taxi ou une navette. Je me demande aussi quand j'arrêterai de me poser ce genre de questions. Je déteste cette phase qui suit la séparation, quand la fille continue de vivre dans votre tête. J'ai besoin de baiser. On emprunte La Cienaga Boulevard, le faste de la ville se dévoile à mesure qu'on remonte vers le nord. Je vois des femmes se promener en nuisette en pleine rue comme si c'était normal. Je vois des sans-abri comme dans *Le Clochard de Beverly Hills*, l'immeuble de Capitol Records, et mon rythme cardiaque s'accélère quand nous approchons de Franklin Avenue – Amy, Amy. Au moment où je sors du taxi, je mets le pied dans une crotte de chien.

— Merde !

J'ai mal à la tête à cause du soleil et de la vodka.

Le chauffeur éclate de rire.

— Les gens à L.A., ils sont accros à leurs toutous !

Hollywood Lawns ressemble à l'immeuble dans *Karaté Kid* et les chiens enfermés dans ces petits appartements surchauffés aboient quand je monte l'escalier. La pancarte indique : *Location au mois.* Je me demande si Amy vit ici, dans cet immeuble. On ne sait jamais. C'est tout à fait le genre de location provisoire qui pourrait l'attirer. À New York, elle sous-louait à la semaine. J'aurais dû me douter de quelque chose à ce moment-là, mais le sexe rend aveugle.

En vrai, Harvey paraît plus vieux, il a le teint cireux, les sourcils épilés. J'ai du mal à le regarder, je le laisse me parler de son spectacle et j'accepte d'aller boire un verre avec lui. Il m'indique que mon appartement est situé au premier étage, juste à côté de son bureau, et je réfléchis déjà à de futures excuses pour éviter de le côtoyer. Il me met en garde contre des choses idiotes :

— Un truc qu'il faut savoir sur le quartier, quand on arrive, c'est qu'on n'est pas à New York. Tu ne peux pas traverser en dehors des clous. Ils te colleront une amende, et elles finiront par s'accumuler.

— Je savais que L.A. n'était pas pro-piétons, mais à ce point, c'est complètement ridicule.

Harvey sourit.

— On dirait moi quand je regarde Joe Rogan dans son talk-show à la télé. Complètement ridicule. J'ai raison ou j'ai raison ?

Comme je n'ai pas l'habitude de discuter de Joe Rogan, je ne cherche pas à l'encourager, de la même façon qu'on évite de rire devant un enfant qui dit des gros mots.

— J'ai vu la pancarte à l'extérieur, dis-je. Est-ce qu'il y a beaucoup de gens qui s'installent ici ?

— Le monde est plein de rêveurs. Tu as des amis qui cherchent un appart ?

— Oui.

Là, je dois rester prudent. Je ne dois pas lui dire que je cherche Amy Adam parce que le jour où elle disparaîtra, je serai suspect. Je fais attention.

— J'ai une copine qui cherche. Mais elle préférerait une coloc.

C'est vrai : Amy n'a jamais vécu seule. C'est un boulet.

Harvey hoche la tête.

— Si j'avais touché un *cent* pour chaque jolie fille qui s'installe ici et dort sur le canapé pour payer moins cher de loyer... soupire-t-il en secouant la tête. Je pourrais retapisser les murs avec ! J'ai raison ou j'ai raison ?

Harvey me présente à un autre habitant de l'immeuble, Dez, genre sûr de lui, un peu voyou. Il vit lui aussi au premier étage et ressemble à un figurant dans un clip d'Eminem des années 2000. Dez a un chien, Little D., et un conseil à me donner.

Il me regarde droit dans les yeux.

— Delilah, la baise pas.

Je hoche la tête.

— C'est noté.

J'ai besoin de quelqu'un comme lui dans mon équipe, quelqu'un qui parle couramment le langage du petit con californien des années 90 et qui peut sans nul doute se procurer du Xanax et autres narcotiques.

Harvey sort les clés de ma nouvelle maison et m'explique que Delilah est en fait très gentille et sympa. Je sais que ça signifie « désespérée » et « chaudasse », et il ajoute que de nombreux types de l'immeuble sont grossiers.

— C'est un peu comme si je présentais un talk-show et que tout le monde venait me voir dans mon bureau pour me raconter sa vie.

Pourquoi est-ce qu'ils veulent tous devenir Henderson ?

— Donc n'hésite pas à passer, quand tu as envie de discuter. C'est comme s'il y avait une ambiance série familiale à la Seth MacFarlane ici, tu vois, Joseph mon pote ?

— Super, réponds-je en mentant.

— J'ai raison ou j'ai raison ? demande-t-il comme si un contrat envers lui-même l'obligeait à répéter sa phrase fétiche au moins deux fois par heure.

Mon appartement pue l'orange pourrie et le poulet. Il est plein de mobilier rose, des meubles de fille. La précédente locataire, Brit Brit, est partie du jour au lendemain, contre son gré.

Harvey allume une lampe rose en forme de bulle qui éclaire un poster de Kandinsky, puis me raconte :

— Ses parents sont venus ici, furieux. Avec la moitié de l'argent qu'ils lui avaient donné, elle s'était fait refaire le nez et elle avait utilisé le reste pour… « se poudrer les narines » ! Elle a fini à l'hôpital parce qu'elle saignait du nez, explique-t-il en secouant la tête et en tapotant le futon rose fluo. Admets que c'est drôle. Enfin bref, la bonne nouvelle, c'est que tu as tiré le gros lot, mon pote. Le futon, le poulet dans le freezer, la télé, tout est à toi. Ses parents voulaient qu'on s'en débarrasse.

Au moins, je n'ai pas besoin d'aller chez IKEA.

— Super.

Harvey ramasse la poubelle.

— À mon avis, s'il y a une chose dont tu n'as pas envie, c'est de vieux poulet. À plus, Joseph !

C'est la première chose presque drôle qu'il m'ait dite. Je tire un couteau Rachael Ray du bloc posé sur le comptoir. Ces couteaux sont utiles, bien aiguisés, même si je regrette que le manche soit orange. Je m'assois sur le futon à la housse tachée de sauce sriracha et de sperme. L'affiche de Kandinsky me fait regretter New York. Le sexe me manque. Quelqu'un frappe à la porte et une fille déboule. Elle ressemble à l'une de celles que j'ai aperçues dans la rue. Entièrement maquillée et vêtue d'une robe moulante trop petite pour elle. Elle est sexy mais pas autant qu'elle le pense. Il me la faut dans mon équipe, et si possible dans mon lit.

— Relax, me dit-elle. Je suis Delilah, je viens juste chercher le blender.

Je suis à deux doigts de lui révéler que son surnom est « Delilah-La-Baise-Pas », mais elle ne me laisse pas en placer une. Elle est en retard pour le travail – elle est journaliste en ragots –, elle vit juste au-dessus (« je m'excuse par avance pour le bruit, les murs sont fins comme du papier ») et cette « petite pute défoncée » lui avait promis un blender. Elle ouvre et claque les portes des placards.

Elle est furax. Elle sait peut-être que les habitants de l'immeuble ont prononcé un décret à l'encontre de son vagin. Elle montre du doigt l'affiche de Kandinsky.

— Techniquement, c'est à moi aussi, indique-t-elle. Mais je pense que tu pourrais l'apprécier. T'as même l'air de savoir de qui c'est.

— D'Andrew Wyeth.

Elle hoche la tête.

— Pas mal, commente-t-elle. Brit Brit ne savait pas de qui il s'agissait. Est-ce que « Harvey Ta Gueule » t'a parlé d'elle ?

Ils ont tous un surnom.

— Un peu. Une triste histoire, apparemment.

Delilah me raconte que Brit Brit est venue ici pour être actrice et a fini prostituée.

— Elle accompagnait des mecs à Vegas et revenait dans un sale état. Elle me poussait à venir avec eux, me répétait que ces types étaient géniaux, qu'on n'avait rien à payer, qu'on logeait au Cosmo et qu'on s'éclatait.

— Mouais…

— Exactement. Alors j'ai pris ma valise et je l'ai accompagnée. Je savais que je n'irais pas jusqu'au bout, mais j'avais envie de les voir à l'aéroport au cas où il y aurait eu quelqu'un de connu, sur qui j'aurais pu écrire un article. Et à l'aéroport, elle me sort : « Au fait, t'es obligée d'en baiser au moins deux mais tu peux choisir lesquels et c'est pas si horrible, je te jure ! »

— Alors lesquels tu as choisis ?

— Aucun, répond-elle en restant de marbre. Je l'ai menacée d'appeler les flics et ses parents si elle montait dans l'avion.

— Tu l'as fait ?

— Bien sûr que non. Elle est revenue le lendemain, je suis allée la chercher, je l'ai emmenée manger une glace chez Baskin-Robbins et je l'ai laissée pleurer.

Je vais dans la cuisine et trouve le blender dans le placard au-dessus du réfrigérateur. Elle me regarde des pieds à la tête.

— Au fait, tu t'appelles comment ?

— Joe Goldberg. Et toi ?

— Je te l'ai déjà dit.

— Je sais. Mais c'est quoi ton vrai nom ?

— OK. Melanie Crane. Enfin, plus maintenant. Melanie Crane a foutu en l'air son master de journalisme en tombant amoureuse d'un mec marié du *New York Times*, m'explique-t-elle en frissonnant. J'ai l'impression que c'était il y a un siècle. C'est ce que j'adore à L.A. Tout est nouveau. Maintenant, je suis journaliste infiltrée et *ghostwriter*. Ici, c'est possible de laisser son passé derrière soi, littéralement.

C'est ce que pensent toutes ces filles (comme Amy), qu'elles peuvent laisser le passé derrière elles. Ignorent-elles que ce n'est pas aussi simple ? Tant que ce n'est pas terminé, ce n'est pas du passé.

— Tu devrais me donner ton numéro, me suggère Delilah en nettoyant le blender. Je reçois plein d'invitations à des fêtes. Tu peux m'accompagner si tu veux, ça te sortira du quartier. Petit conseil, ajoute-t-elle en me pointant du doigt : Force-toi à sortir du quartier. Les gens qui vivent ici vont au *Birds* ou à *La Pou*, mais cette ville offre beaucoup d'autres opportunités. Et c'est important de s'aérer, ajoute-t-elle en soupirant.

Elle m'explique que le *Birds* est un boui-boui sympa avec une bonne ambiance, et que *La Poubelle* est un bar français tamisé et branché ; au Village, tout le monde fréquente l'un ou l'autre. Ça me rappelle cet épisode de *The Office* où B.J. Novak déclare qu'il ne veut pas avoir d'identité au travail. Je ne suis ni du genre *Birds* ni du genre *La Pou*, mais j'entre mon numéro dans le téléphone de Delilah. Elle pourrait m'être utile.

Elle se met à rire.

— Je suis un peu hypocrite.

Je me demande alors si, à L.A., les gens disent tout haut ce que nous, les New-Yorkais, pensons tout bas de nous-mêmes.

— Je m'explique : je vais au *Birds* quasiment tous les soirs et j'ai même un tatouage inspiré de l'un des morceaux qu'ils diffusent là-bas. Mais le truc, c'est que j'y vais tard, après avoir fait un tour ailleurs, tu vois ?

Elle se penche, puis remonte sa robe pour me montrer sa jambe – bien rasée, autobronzée – et les mots tatoués sur l'intérieur de sa cuisse. Des paroles de Journey. Comme si elles avaient besoin de figurer sur sa jambe après avoir été utilisées dans les *Sopranos* et *Glee*, et diffusées dans tous les bars d'Amérique.

— Je sais que c'est nul, reconnaît-elle en me tapotant la tête pour que je me redresse. Mais tu ne peux pas vivre ici si tu n'as pas la foi.

Delilah est presque singulière, et c'est un rôle difficile pour une fille pas assez jolie pour être belle, pas assez futée pour être intelligente. Pour Amy, c'est facile : elle est plus grande, plus belle, plus intelligente. Delilah manque de confiance en elle ; elle ne serait jamais copine avec quelqu'un comme Amy qui se la coule douce et mange des myrtilles en ayant les cheveux gras. Delilah se donne du mal. Amy se contente de se servir. En définitive, c'est mieux de se donner du mal. Je le sais, à présent.

Il y a un moment de silence pendant lequel Delilah et moi pourrions nous enfuir ensemble. J'imagine le scénario d'ici : je la convaincrais de renoncer à ses ambitions qui la tirent vers le bas et sont même gravées sur son corps. Elle me ferait oublier Amy. Mais je veux me venger et Delilah, elle, veut son blender. Elle me fait un signe de la main. Elle sort. *The End.*

Je télécharge Journey. J'imagine la cuisse de Delilah collée à mon visage et j'éjacule sur mon futon rose. Puis je prends une douche, enfile un jean – je refuse de porter un short – et un tee-shirt. Je jette les restes de nourriture de Brit Brit (maladies, résidus de cocaïne) avant de passer dans le bureau d'Harvey. Il est en train de prendre un selfie et la poubelle qu'il ne m'a pas rapportée est posée dans un coin. C'est tellement différent de New York. Dans mon ancien immeuble, je pouvais passer des mois sans croiser le moindre voisin. Mais le bureau d'Harvey est entièrement vitré. Ici, tout le monde veut être regardé, remarqué. L'avantage, c'est que ce désir d'être vu les rend aveugle. Harvey ne me voit même pas franchir la porte et partir en quête d'Amy.

9

Cette petite conne sociopathe, égoïste et cupide, serait incapable de se passer de ses superfruits ; je me dirige donc naturellement vers le supermarché du quartier, le Pantry. En fait, ce n'est pas un supermarché. C'est un musée d'art moderne avec néons, vieille tôle et panneaux en bois détournés. Le sol est spongieux, la typographie des étiquettes de prix élaborée et la lumière non fluorescente. La musique est plus forte que dans un magasin normal et les morceaux forment une vraie compilation – Donny Hathaway, Samantha Fox, les Everly Brothers, DMX. Je les cherche sur Shazam pour me les procurer.

C'est l'épicerie qu'aurait pu concevoir Cameron Crowe : l'éclairage est parfait, tamisé et intime. Chaque rayon porte un nom rigolo. On y trouve un rayon livres (« Avant qu'ils soient adaptés au cinéma »), snacks (« Pas bien ☺ »), épices (« Relevez le défi »), gâteaux et biscuits industriels (« Délicieuses calories inutiles »). Le rayon alimentation pour animaux est encombré et baptisé « Amour inconditionnel » tandis que celui dédié aux aliments pour bébé s'appelle « Amour semi-inconditionnel ».

La plupart des filles ici ressemblent à Amy, grandes, minces, les cheveux en bataille, leurs paniers remplis de superfruits. Je vais la trouver ici. Je le sais. Mais aucun signe d'elle au rayon bio (« Moi d'abord ») ni dans la section promotions (« Faut bien payer le loyer »). *Talking 'Bout my Baby* de Fatboy Slim retentit. Depuis quand on entend ça dans un supermarché ? Je pourrais ne jamais me lasser de cet endroit, et peut-être même apprécier L.A., au moins cette partie-là.

La section fleurs (« Pardonne-moi/Je t'aime ») est déserte ; peut-être que personne n'aime personne dans cette ville. On y vend des orchidées, des roses, et j'aperçois des violettes, d'une teinte plus vive et plus soutenue que celles que j'avais achetées à Amy.

Une petite Mexicaine rondelette vêtue d'une blouse bleu ciel me sourit.

— Elles sont peintes, monsieur, dit-elle en riant. Ce n'est pas Dieu qui les a créées, celles-là !

Évidemment qu'il ne les a pas créées. Ces fleurs sont l'équivalent botanique des implants mammaires. Je la remercie, poursuis mon chemin. Tout le monde ici est heureux.

Mon téléphone vibre. Six textos consécutifs, uniquement des MMS, tous de Delilah. Je les ouvre un par un, survole ces invitations à des fêtes dans Hollywood, incluant l'adresse, les instructions pour se garer, des logos de sponsors, la date et l'heure. L'une d'elles se tient chez Henderson. Henderson ! J'ai envie d'anéantir la partie de mon cerveau qui voudrait partager ça avec Amy. Je réponds à Delilah : *Merci. Je te tiens au courant.*

Elle me renvoie un message : *Amuse-toi bien avec Calvin* ☺.

Je stoppe net. Il y a un problème. Je ne lui ai pas dit où je travaillais. Je réponds : *Hein ?*

Elle réplique : *On est potes. Je l'ai croisé en allant bosser. Il est cool. Accuse-toi bien !*

Elle a volontairement laissé sa coquille pour pouvoir me renvoyer un texto dix secondes plus tard : *Accuse-toi bien, ha ha ! AMUSE-TOI. J'adore le correcteur automatique.*

Beurk. Je ne réponds pas à Delilah-La-Baise-Pas. Je me dirige vers le rayon « Tu refroidis », où sont stockés les plats en portion individuelle et les légumes surgelés pour bobos. Là, devant les plats préparés, je tombe sur Adam Scott. C'est la première célébrité que je croise. Je l'adore dans *Frangins malgré eux, Burning Love* et *Friends with Kids*. J'ai les mains moites, je suis peut-être en train de devenir un véritable habitant de L.A., parce que j'ai l'impression de vivre un moment important.

Et je ne suis pas le seul. Une actrice en devenir l'observe tout en pianotant sur son téléphone, ainsi qu'un abruti, un sachet d'asperges à la main. Deux lycéennes ricanent en prenant une photo de lui et c'est à ce moment-là que je percute. L'avantage des réseaux sociaux, c'est qu'ils ratissent très large, ils sont présents dans le monde entier, vingt-quatre heures sur vingt-quatre. Facebook ne suffit pas ; il faut que je les utilise tous.

Je sors mon téléphone, télécharge Twitter et Instagram ; c'est la chose la plus difficile que j'aie jamais faite. Candace, Peach, Benji, Beck, laissez-moi tranquille parce que je me surprends moi-même en faisant ce truc de dingue. Je suis Adam Scott sur Twitter avant de chercher son nom. Évidemment, les gens ont tweeté et, apparemment, Joshua Jackson et sa copine, injustement jolie, sont également présents.

OMG je viens de voir Pacey #dawsoncreek #pantry #ilovela

Adam Scott, sexy ? Oui ! Tellement sexy que les surgelés fondent devant lui au supermarché en ce moment même. Je ne vous dis pas lequel. #envie

Diane Kruger est trop belle #pasjuste #jaivuunecelebrite #pastranquillepourfairemescourses

L.A., où on ne peut pas faire ses courses sans avoir l'impression d'être un #looser #pantry #adamscott #joshjackson #dianekruger #pasunseulrencarden4mois

Je regarde vers le comptoir et j'aperçois Joshua Jackson. Il se tord de rire. Il est tout proche. Les gens ne viennent pas ici seulement pour acheter des fruits hors de prix, ils guettent les célébrités, comme je guette Amy. Je m'approche d'un type qui décharge une caisse de pêches et j'adopte le langage local pour m'adresser à lui.

— Mon pote, ne le prends pas mal, mais ils hallucinent sur les prix ici, non ?

— M'en parle pas. Mec, ne le répète pas, mais moi je préfère aller chez Ralph. Sur Western. Tu peux acheter cinquante burritos pour cinq dollars.

C'est le moment de mettre en place mon piège :

— Je vois. Ma copine dit toujours qu'elle va chez Ralph. Mais en fait elle vient ici et claque tout mon fric en baies et en produits Wolfgang Puck. Elle me jure que c'est faux et comme on n'a pas les mêmes horaires de travail, je ne peux jamais la surveiller.

Il éclate de rire. Il s'appelle Stevie, il est acteur et batteur, et me demande à quoi ressemble Amy.

— Super jolie fille. Longs cheveux blonds, yeux bleus, elle porte toujours des tee-shirts avec des logos d'université, un jean troué, des grosses baskets fluo. On ne peut pas la rater.

Elle est comme un éléphant au milieu d'un magasin de porcelaine ici à L.A., où les filles portent des robes longues fluides ou des tenues de fitness qui signifient « j'ai pas de boulot mais je fais du sport ».

Il me répond que cette description lui parle, en particulier les baskets. Je lui demande :

— Quand est-ce que tu l'as vue pour la dernière fois ?

Les méninges de Stevie, ralenties par les narcotiques, se mettent en branle. Il lève une main.

— Attends, je crois qu'elle est passée ici il y a trois jours, avec une autre nana. Elles étaient bourrées, elles mangeaient des myrtilles et quand je leur ai dit « mesdemoiselles, il va falloir passer en caisse », elles se sont enfuies.

Oui !

— Comment elle était, l'autre fille ?

Stevie hausse les épaules.

— J'ai surtout remarqué ta copine. Elle était mignonne.

On se tape dans la main. Il me propose de m'envoyer un texto s'il la revoit, mais je lui réponds que c'est inutile, qu'il a mieux à faire. Il insiste. Il s'ennuie à mourir ici et peut sans problème prendre une photo d'Amy « en loucedé ».

Je le teste :

— Sérieusement, mon pote ?

— Absolument, répond-il en hochant la tête.

— Génial.

Je suis surpris qu'il n'y ait aucune ironie dans mes propos. Nous échangeons nos numéros, je remplis mon caddie de Rice Krispies, de lait, de salades Wolfgang Puck et de tranches de dinde.

La caissière m'adresse un large sourire.

— Ray et Dottie vous embrassent !

— Qui ça ?

La maman botoxée derrière moi pousse un petit gémissement.

— Oh, vous êtes trop mignon. Vous êtes nouveau ici. Ce sont les patrons. C'est ce que disent les caissières du Pantry : « Ray et Dottie vous embrassent. »

Je regarde la caissière qui opine de la tête.

Ray et Dottie sont des génies. Quelle meilleure façon de séduire une population de rejetés et de désespérés qu'en ouvrant un magasin où la dernière chose qu'entend le client avant qu'on lui prenne son argent, c'est « embrassent ».

Je poursuis ma visite du quartier en passant devant la librairie délabrée où je vais travailler. Un écriteau sur la porte dit *De retour dans cinq ou dix minutes* et je continue jusqu'au théâtre de l'UCB. Il est plus petit que je ne croyais et s'apparente à une devanture de magasin. Des affiches recouvrent la vitrine dans le but d'attirer le regard et une fille dodue, un bloc-notes à la main, me demande si je veux un billet. J'improvise une réponse :

— Oui. Est-ce que le cours débutant donnera une représentation un de ces jours ?

— Quel cours ?

À l'intérieur, quelqu'un tape au carreau. La fille agite son bloc-notes.

— Vous voulez un billet pour Master Blasters à dix-sept heures ?

Non, sans façons. Elle retourne à l'intérieur et je reprends mon chemin. Je suis bientôt arrivé, non loin du croisement entre Franklin et Tamarind. Marcher ici, ce n'est pas très agréable, rien à voir avec les balades à New York. Je sors mon téléphone pour consulter Facebook, et merde ! Quelqu'un a écrit qu'« Amy Déconnectée » a laissé tomber les cours à l'UCB. J'ai mal à la tête à cause de la chaleur, de cette nouvelle. Merde.

Et puis soudain se produit ce genre de coïncidences, quand on pense à quelqu'un et qu'il apparaît. Devant moi, dans la vitrine du *Birds Rotisserie Chicken Café & Bar*, est affichée une photo d'Amy. Elle provient d'une caméra de surveillance, un cliché de mauvaise qualité en noir et blanc, mais c'est bien elle, cheveux blonds et tee-shirt « Stanford Swimming ». Sous la photo, on peut lire : *La vitrine de la honte.*

J'entre chez *Birds*. Je m'installe au bar. Quand la jolie barmaid vient prendre ma commande, je lui demande de me surprendre. Je souris. Il faut que cette femme me désire. C'est comme ça que je l'amènerai à me parler d'Amy. Elle me lance un clin d'œil.

— J'espère que vous aimez bien l'ananas.

Je déteste ça.

— J'adore. Allez-y.

Ses seins sont fermes, faux, durs comme elle, sanglés sur sa poitrine par son débardeur noir. Elle s'appelle Deana et c'est à ça que ressemblent les filles des clips de Guns N'Roses une fois adultes. Elle me raconte comment Amy a fini par figurer dans la vitrine de la honte.

— Elle a commencé à venir ici il y a quelques semaines. Elle a été chiante dès le début, à réclamer des vodkas myrtille avant de les renvoyer sous prétexte qu'elles n'avaient aucun goût ou ne correspondaient pas à ce qu'elle voulait. Super relou. Je la voyais diluer sa boisson avec de l'eau ! Un jour, elle est partie comme ça, sans payer.

— Je vois le genre. Vous avez appelé la police ?

Deana arrête d'agiter ma boisson et tourne la tête vers un type âgé aux cheveux roux et lisses. Ils échangent un rire entendu.

— Si j'ai appelé la police ? répète-t-elle.

— Vous habitez ici depuis deux minutes ou quoi ? me demande le client.

— Non, je suis arrivé ce matin.

Toute contente, Deana fait tinter une cloche, saisit un mégaphone et j'ai droit à un shot gratuit de tequila Patrón.

Le client se présente : il s'appelle Akim. Deana explique qu'ils n'ont pas appelé la police parce qu'on est à Hollywood. Elle hausse les épaules.

— Ils ont mieux à faire que courir après des filles qui partent sans payer.

Elle ajoute qu'Amy est tolérée à *La Poubelle* parce que là-bas, c'est différent.

— Les mecs paient des verres à ce genre de nanas, le genre mannequin, dit-elle sans dissimuler son dégoût. Personnellement, je me fais pas entretenir. Question de dignité.

Je reste des heures chez *Birds* à boire cette saloperie à l'ananas, à créer du lien avec Deana en riant à ses blagues, en la laissant m'affirmer qu'elle ne drague pas la clientèle. Je laisse un gros pourboire, puis je rapporte mes courses chez moi, je me change et me dirige vers *La Poubelle*, où Amy devrait se trouver. C'est un bar sombre tout en longueur rappelant la coque d'un bateau pirate parisien. Je m'assois au fond. Je reste jusqu'à deux heures, à attendre Amy. J'achète du Xanax à Dez. Je suis sûr de trouver Amy d'ici vingt-quatre heures, quarante-huit tout au plus. Elle a arrêté les cours. Elle va venir. Je le sais.

10

Mais elle n'est pas venue. Elle n'est pas allée à *La Pou* hier soir ni aucun autre soir. Cela fait un mois maintenant et j'ai tout essayé : la randonnée, Craigslist, pirater la base de données locataires d'Harvey, et même le Pilates. Je ne la trouve pas. Tout ce que j'ai récolté, c'est le teint hâlé d'un agriculteur et des chemises neuves au ton clair que je n'aurais jamais achetées à New York. Je m'en veux d'avoir passé toutes ces annonces de casting. Elles n'ont servi à rien. Mais je reste optimiste. J'écoute *Patience*, des Guns N'Roses, tout en pensant aux chasseurs et aux explorateurs qui ont passé d'innombrables nuits en pleine nature, ignorant où ils étaient et s'ils allaient atteindre leur objectif. Mais L.A. est vraiment monotone, et ça me fatigue de la chercher en vain. Quand j'essaie d'en parler aux gens, ils me répondent tous la même chose : Tinder !

Allez vous faire foutre ! Amy n'est pas sur Tinder. Elle est trop intelligente. Trop sournoise. Trop vieux jeu. « On est pareils. » Je suis tellement énervé que j'ai des insomnies et Dez se moque de moi – « T'aimes bien les tranquillisants » – parce que j'accumule les cachets de Percocet, juste au cas où j'aurais besoin de la droguer.

Je déteste L.A. Tout le monde sonne faux. Delilah ne sait pas draguer. Harvey est trop sévère sur l'alcool. Et chaque jour équivaut à trois, avec un matin glacial, une journée caniculaire, une soirée fraîche. Il faut beaucoup de vêtements. Chaque jour ressemble au précédent, d'où le besoin d'un calendrier. Je comprends pourquoi les gens qui ont emménagé ici se réveillent un matin, ahuris, en se demandant à quel moment ils ont eu quarante ans ou bien en quelle année nous sommes.

J'étouffe, je n'ai pas de voiture et je déteste Amy parce qu'elle n'est pas sur Facebook et que je ne peux pas pirater ses e-mails. Je vis presque exclusivement dans ce grand périmètre de terre délimité par Tamarind Avenue à l'ouest et Canyon Drive à l'est. À New York, on peut marcher des heures sans se faire remarquer, ou suivre une femme un long moment à son insu. Mais le cliché est réel et ici, les gens ne marchent pas à part pour entretenir leur précieux corps ou rejoindre un autre mode de transport, une voiture, un bus, un chauffeur. Ils enfilent des baskets et se déplacent avec des gamelles en inox alors que moi, je paierais cher pour passer ne serait-ce qu'une heure sur la Septième Avenue en plein milieu de la nuit. Ça me manque d'être invisible. Et je crois que je suis en train de prendre du poids.

Chaque jour, je suis réveillé par un bruit désagréable. Stevie du Pantry qui m'envoie un texto par erreur, Harvey qui pratique son ukulélé, ou des gens qui débarquent dans l'immeuble pour tourner des plans de courts-métrages pourris. Je ne suis pas snob, mais ici, la personne lambda est… enfin, ce n'est pas New York, quoi. Je fixe mon plafond qui a l'air couvert de pop-corn et pense à mon bel appartement d'avant. Je suis les activités de Pearl, Noah, Harry et Liam ; je vis à travers eux par procuration, à présent. Parfois j'envisage de les demander en ami et de tout leur avouer. Peut-être qu'Amy a commis une erreur et révélé à une des filles un détail susceptible de m'aider à la retrouver. Mais c'est une pro. Elle savait ce qu'elle faisait.

Début juillet, je signe un chèque pour mon loyer que je remets à Harvey.

— Ne sois pas déprimé, me dit-il. Il paraît que ça prend dix ans pour s'intégrer ici. Il faut rester positif. J'ai raison ou j'ai raison ?

D'un geste du pouce, je lui donne la confirmation qu'il attend si désespérément. Il bat des mains. Je m'enfuis. J'en ai ras le bol de toute cette bêtise, Harvey avec son grand sourire à la con, et mon patron, un autre genre d'emmerdeur.

La librairie n'a rien à voir avec *Mooney Books* et Calvin fait partie de ces gens plus intéressants sur Facebook que dans la vraie vie. Il devrait disparaître et ne vivre qu'à travers son écran, avec son épaisse tignasse télégénique. J'ai envie d'éloigner d'un geste brusque la mèche qu'il a sur le front et de lui arracher ses énormes lunettes débiles. J'ai souvent ce genre d'envie ici, d'arracher aux gens leurs vêtements, sans aucune arrière-pensée sexuelle, de leur raser la tête et de les aligner pour une douche de décontamination. Calvin note tous ses mots de passe sur un morceau de papier qu'il garde dans son portefeuille, cet abruti, et il y a toujours un film qui passe à la librairie comme dans un vidéoclub des années 90. Aujourd'hui c'est *True Romance*, et Calvin me répète pour la cinquantième fois qu'ils en ont tourné une partie dans la rue, sur Beachwood.

— Quoi de neuf, mec ?

— Quoi de neuf, Calvin ?

Il a toujours un truc à raconter et se lance dans une anecdote sans doute inventée de toutes pièces au sujet de son gérant. Ces derniers mois, j'ai appris qu'il existait plusieurs Calvin, selon la drogue qu'il consomme. Il y a le Calvin sous cocaïne, qui se prépare pour une audition dans *Better Call Saul*. Il y a le Calvin sous marijuana, détendu, qui regarde un Tarantino en rêvant de tourner dans un Tarantino, et qui éclate de rire à des blagues censées faire sourire. Il y a Calvin l'acteur rejeté, le ventre moulé dans un tee-shirt violet, lunettes sur le nez, empestant les produits capillaires, et qui me demande de me taire parce qu'il est en pleine « visualisation ».

Certains jours, Calvin est scénariste. Il s'attache les cheveux en queue-de-cheval. Il travaille sur un projet baptisé *Food Truck Fantôme*. Ça peut prendre la forme d'un film d'horreur maniéré impliquant un food truck hanté. D'autres fois, c'est une idée de scénario indé sur un food truck géré par des fantômes. Il aime bien dire que c'est « original », comme si une série télé pouvait faire l'économie d'une bonne histoire. Parfois encore, il s'agit d'un script pour un pilote (visant HBO ou FX mais surtout pas les chaînes hertziennes) au sujet d'un tueur en série qui parcourt le pays et assassine des gens avant de les transformer en burritos. La vérité, c'est que *Food Truck Fantôme* est à l'image de Calvin et de tout le monde ici : terriblement superficiel. Le projet change en fonction de ce qu'il a regardé la veille à la télé. Ou de ce que ses amis ont regardé.

Au moins, aujourd'hui, j'ai affaire au Calvin sous cocaïne dans ses bons jours. Il danse, se frappe la poitrine et me parle de *True Romance* pour la énième fois. Je le préfère comme ça, quand il se prépare pour une audition et qu'il se défoule comme un gamin.

Il quitte la librairie pour aller « tenter sa chance à Hollywood » et je publie une nouvelle annonce de casting inutile sur Craigslist : *Cherche fille grande, blonde, belle.*

Mes textes manquent de plus en plus d'inspiration à mesure que le temps passe. Les jours se succèdent sans qu'Amy postule à l'une de mes annonces fictives, et j'ai l'impression d'être un inspecteur dans une de ces séries où l'on répète sans cesse que, passé vingt-quatre heures, les chances de retrouver un enfant disparu sont nulles. Ça peut rendre fou de chercher quelqu'un à L.A. et, à mon avis, c'est pour ça que les gens sont si malheureux ici. C'est hyper dur de trouver ce que l'on cherche : la célébrité, l'amour, une place de stationnement, de l'essence bon marché, de bonnes photos d'identité pas chères, un agent, un manager, un bar qui propose des nachos dignes de ce nom pendant l'*happy hour*, une grande blonde spécialiste de l'imposture prénommée Amy.

Depuis un mois, pas une goutte de pluie, pas un nuage, pas d'Amy en vue. Ça me fait mal au ventre d'y penser parce que j'ai tout bien organisé. J'ai mis en place les pièges. J'ai constitué mon équipe. Calvin sait qu'il doit me contacter si quelqu'un franchit le seuil de la librairie avec un exemplaire de *Portnoy et son complexe*. Amy aurait dû s'y présenter maintenant. Comment se procure-t-elle ses fichus superfruits ?

Harvey, quant à lui, sait qu'il doit me prévenir s'il voit une nouvelle fille débarquer, grande, blonde, portant un tee-shirt d'université. Idem pour Dez. Deana a démissionné du *Birds*, mais j'ai bien préparé le terrain là-bas, ainsi qu'à *La Pou* et dans tous les autres lieux qui séparent les deux bars. J'ai acheté des flacons de vitamines spécial grossesse en expliquant aux barmen que ma copine enceinte était partie. J'ai même réussi à verser une petite larme. Les barmaids du *Birds* m'ont assuré que, dans le Village, nous formions une famille, et elles me trouvent trop mignon à trimballer mes vitamines partout avec moi. À *La Pou*, le gars derrière le bar a compati. Il m'a regardé dans les yeux en soupesant mon sac et m'a promis de rester vigilant. J'avais bon espoir. Alors pourquoi est-ce que je ne l'ai pas trouvée, putain ?

Calvin revient complètement défoncé, braillant, beuglant, esquissant un pas de danse ridicule comme chaque fois que « c'est dans la poche ». Il va sur Tinder.

— Bon sang, dis-je. Tu as déjà eu un rencard hier soir, non ?

Il hoche la tête.

— Oui, mais ce n'est pas ce que je suis en train de faire, là. Je cultive mon réseau, mon frère. Tinder est la plus grande agence de casting du monde. Tous les acteurs et actrices y sont, c'est l'équivalent de la boîte de nuit avant, ou de la fontaine à soda du drugstore dans les années 50, m'explique-t-il.

Il rote et poursuit :

— Putain, Tinder, mon pote ! Mon copain Leo a été recruté sur Tinder la semaine dernière.

— Je croyais que c'était un truc de rencontre ?

Je ne veux pas croire ce que j'entends. Je ne veux pas créer un profil ni qu'Amy s'en serve.

Calvin rote une nouvelle fois avant de répondre :

— Tu fais défiler les candidates. Tu cliques. Tu baises.

Je n'ai pas le choix. Je m'inscris. Je fais défiler. Et vingt-quatre heures plus tard, j'ai les yeux qui brûlent et la tête pleine de visages, au point que j'ai peur de manquer de place dans mon cerveau. Il y a tellement de filles. Elles sont toutes là. C'est une base de données infinie. Quand les filles de Tinder s'approchent de moi dans un rayon de huit kilomètres, mon téléphone me les signale. Tinder me remplit le cerveau et, chaque fois que je fais défiler, j'imagine Amy vêtue d'un tee-shirt USC, bâillant, sortant de mon rayon d'influence, et je ne peux pas m'arrêter de faire défiler parce qu'il faut que je la trouve. Je ne ferme pas l'œil pendant deux jours.

C'est ma décision la plus pitoyable depuis mon arrivée ici. Je crois que la Californie est en train de me détruire. J'appelle M. Mooney. Il n'a aucune patience envers moi.

— Je t'avais prévenu, lâche-t-il d'un ton sec. Va te faire sucer, bon Dieu !

Alors j'essaie. Je rencontre une fille, Gwen, sur Tinder. Ensuite, c'est comme quand on commande du chinois. Sur les photos, Gwen est radieuse et reposée, appétissante comme un plat de porc frit avec du riz. Quand elle se pointe, elle n'a rien de radieux, de même que le porc frit est toujours plus gras qu'on le souhaiterait. Elle est bouffie. Pâle. Elle est la preuve vivante que toutes les filles ne peuvent pas être des « California girls ». Elle me parle de ses cours de théâtre et de son dernier rendez-vous Tinder foireux. Elle boit du vin rouge et se regarde dans le miroir. Le vin lui tache les dents. Elle éternue. Je lui dis « à tes souhaits ». Je bois de la vodka en vérifiant qu'Amy ne se trouve pas dans le bar. C'est différent d'être ici avec une femme plutôt qu'avec Calvin. J'observe les gens. Ça n'échappe pas à Gwen.

— J'étais pareille le premier mois ici, commente-t-elle. Tout le monde est plus beau. Même les hommes.

Évidemment, à ce moment-là, j'aperçois la plus jolie fille que j'aie jamais vue. Je n'arrive pas à savoir pourquoi elle est si jolie. Elle n'a pas une beauté classique et n'est pas super jeune. Son décolleté plongeant révèle juste ce qu'il faut et ses seins sont comme deux boules de crème glacée, douces et onctueuses. Ses cheveux font penser à de la barbe à papa. Ses jambes à du caramel. Quand le barman m'apporte le verre d'eau que j'ai commandé il y a une heure, cette fille et moi tendons la main au même moment pour le saisir.

— Je suis désolée, s'excuse-t-elle.

— Prenez-le.

Elle sourit. Je serais un vrai connard si je la draguais devant Gwen et je ne suis pas un connard. C'est pourquoi j'accepte de visiter le nouvel appartement de Gwen. Elle vit dans une maison d'hôtes avec piscine à Los Feliz. C'est déprimant, exigu, et tapissé de photos de Madonna. Gwen me saute dessus, je ferme les yeux et imagine la fille avec ses cheveux barbe à papa. On se sert l'un de l'autre. Elle me suce.

Je passe la nuit chez elle. C'est vrai ce que disent les acteurs : tout est une question de timing. La seule et unique nuit où je ne dors pas au Village mais à Los Feliz, je reçois trois textos de Calvin que je découvre à mon réveil :

Mon pote, une fille est là avec Portnoy et son complexe.

Elle est chelou, elle veut du cash, pas de chèque, tu veux lui acheter ?

Tout est réglé, elle était pressée donc je l'ai acheté pour toi.

J'ai les mains qui tremblent, cet appart empeste la soupe, je m'extirpe des draps moites pour chercher mes chaussures, et merde ! C'est ma faute. Je me suis laissé déconcentrer. Il faut que je me tire d'ici, mais je ne trouve pas mes chaussures. Je regarde sous le lit où il n'y a que des godemichés, des escarpins et des manuels de comédie. Tant pis pour mes pompes. Je ne les mérite pas.

Mon VTC est à une minute de là. Je sors dans le soleil écrasant, aveuglant, insupportable. Je baisse la tête et vois mes chaussures, alignées avec celles de Gwen, comme si elle voulait que ses voisins sachent qu'elle n'a pas dormi seule.

Je monte dans la voiture et le conducteur me demande s'il doit prendre Franklin ou Fountain. Il ne porte pas de lunettes de soleil, sa clim est en panne et il se trompe dans l'orthographe de ma rue en la rentrant dans son GPS. L'expression « nuit sans lendemain » n'a aucun sens. Une nuit sans lendemain, ça n'existe pas. Parfois, ce que vous faites en l'espace d'une nuit détruit votre avenir.

11

Ce n'est pas un roman. C'est un scénario. Peu épais, avec des pages blanches imprimées seulement au recto et reliées à l'aide d'épingles en cuivre. Calvin se frotte les yeux. Il est défoncé. Il sirote un smoothie au kale.

— Mec, t'avais parlé de *Portnoy et son complexe.*

Je suis furieux.

— Le livre.

— Oui, bah c'est quoi ça, à ton avis ?

— Un scénario ! Qui peut bien acheter des scénarios ?

— Joe, mon pote, ne le prends pas mal, mais t'as besoin de te détendre.

Il plaque un paquet de cigarettes American Spirits sur la table.

— T'as déjà fait une détox à base de jus ? me demande-t-il. Tu es trop tendu. Ça fait monter ton taux de cortisol. Et le cortisol, c'est pas cool.

C'est aussi irritant que de se faire arrêter pour défaut de clignotant. J'ai envie de tuer Calvin. De tuer Amy. De tuer tout le monde, de les foutre dans un mixeur et les transformer en smoothie. La télé diffuse *Fast 5* et je regarde Dominic Toretto et feu Brian O'Conner monter une équipe. Mon équipe à moi est pourrie.

— Joe, mon pote, reprend Calvin. T'as dégotté un plan cul via Tinder et t'as l'air super mal.

— Je me suis dépêché de venir ici pour le roman.

— Le scénario parle du livre, donc c'est un peu comme le livre, mais sous une autre forme, de la même façon que le café frappé reste du café même s'il y a de la glace dedans.

Je ne peux plus me retenir :

— Va te faire foutre, Calvin.

— Mec, faut que tu te détendes.

Toretto n'est jamais détendu, parce que la détente n'a jamais mené personne nulle part. Calvin me parle d'un LP des Flaming Lips, des food trucks, du lac Big Bear et du bacon, de sa défonce de la veille. Je regrette de ne pas avoir devant moi le Calvin sous cocaïne. Le Calvin fumette est insupportable, on dirait un des frères Duplass (le talent en moins), suffisant et ralenti. Ses « potes » lui envoient des messages. Ils sont dans un marché en ville et proposent de nous apporter à manger ; Calvin n'a toujours pas compris que je ne buvais pas de légumes et que je me foutais des food trucks de Koreatown. Ce qui m'intéresse, ce sont les livres.

Quand je lui dis que je n'ai pas faim, il me répond qu'il faut que je rigole un peu et me tend son iPad pour que je regarde une « vidéo d'Henderson à mourir de rire ». Je lui explique que je n'en ai pas envie, mais il insiste.

— Henderson est au top, ajoute-t-il. Il se fout de sa nouvelle copine, et c'est génial. Ce type est génial !

Pour les gens de L.A., tout est toujours « génial ».

— Calvin...

— Joe, mon pote, faut que tu te détendes. Regarde la vidéo. Relaxe-toi. Tu verras, tu vas rigoler.

Mais comment je pourrais me détendre alors que Delilah me bombarde de textos et que Calvin me saoule avec le *Food Truck Fantôme* qu'il veut proposer à Comedy Central ou à l'IFC ? Il se demande s'il ne va pas tenter le tout pour le tout et contacter la chaîne Adult Swim. Il tape sur le comptoir sa vapote qui ne fonctionne jamais, son ego s'enflamme et il estime que le *Food Truck Fantôme* serait plus adapté à HBO, avec pourquoi pas John Cusack comme acteur principal ; il kidnapperait des filles, disparaîtrait et on les chercherait partout en vain parce que « c'est un camion fantôme et qu'il est lui aussi un fantôme sans le savoir ». Je capitule et déclare à Calvin que c'est « génial » ; il envoie un message à son « partenaire d'écriture, Slade ». Je suis prêt à parier qu'ils n'écriront jamais ce *Food Truck Fantôme*, que ce soit la version dessin animé, film, ou série HBO. C'est exactement comme les New-Yorkais avec le Cloisters ou le Met. On dit qu'on va y aller, mais finalement le week-end arrive, il fait trop chaud ou trop froid, ou bien on préfère rester chez soi à regarder la télé.

Mais, après tout, qu'est-ce qui me prend de me croire aussi supérieur? Je ne suis même pas foutu de trouver Amy.

— Je vais à côté me chercher un autre smoothie au kale. T'en veux?

— Non, merci.

— Joe, mon pote, il faut que tu te changes les idées. Regarde Henderson.

— Calvin, je suis crevé.

— Ça dure deux minutes.

— En fait, je déteste Henderson.

— Personne ne déteste Henderson. Tu me fais marrer, mec.

Je capitule une fois de plus et regarde F@#K Narcissism. Il est sur son canapé, vêtu comme à son habitude d'un tee-shirt tape-à-l'œil (#BOOBS), et parle d'une fille au «vagin dégueu». Je n'aime pas cette abréviation. Il qualifie la fille de «cochonne bio» qui tache ses draps de superfruits, et explique que sa chatte est difficile à atteindre tellement elle est cachée derrière sa touffe. Mes mains se mettent à trembler. Je monte le son.

— Des myrtilles! s'exclame Henderson. Je lui ai dit de fourrer ses myrtilles dans sa chatte, et ça me semble normal. Si j'ai faim, je mange un morceau. Mais ces draps, mes draps, ce sont des pièces de grande qualité, vous comprenez? Bon, je suis désolé de passer pour un connard, mais je ne me suis pas contenté de signer un contrat avec Comedy Central. J'ai signé un *sacré* contrat avec ces demeurés. Donc je n'achète pas des draps bas de gamme. Elle veut se faire pardonner et m'offre une petite gâterie, mais après ça, elle m'annonce qu'elle veut regarder mon émission! Vous y croyez, vous? Je me retrouve avec des myrtilles partout, les couilles toutes bleues, forcé à me regarder moi-même à la télé, bonjour le tue-l'amour! T'es assis sur ton futon pourri dans ton appart de merde, tu rêves d'avoir une super fille, des draps luxueux, de l'argent, et le jour où tu décroches tout ça, *bing!* Est-ce que je peux tirer un coup? Non, je suis mon propre tue-l'amour!

Le public explose de rire. Il regarde quelqu'un dans l'assistance. Il lance:

— Je t'aime, Amy chérie. Gros bisous, bébé, sans rancune, hein?

Mon cœur fait un bond et ma gorge se serre. La caméra ne nous montre pas Amy. Je me repasse la vidéo: «Je t'aime, Amy chérie. » Elle couche avec l'ennemi, mon ennemi, notre ennemi. La petite salope perfide. Dans *Crimes et Délits*, Mia Farrow fait la même chose avec Woody Allen : ils regardent des films ensemble, unis dans leur haine envers un producteur de télévision incarné par Alan Alda. Woody est amoureux, adorable, noble, mais à la fin, Mia Farrow décide d'épouser le producteur. Elle affirme à Woody qu'il n'est pas aussi détestable que ça. Quand je serrerai le cou de cette petite pute d'Amy, elle dira la même chose d'Henderson, elle me dira de me détendre. À ce moment-là, au comptoir de la librairie, maintenant que j'ai trouvé Amy, c'est à moi de tenter un coup bas. J'envoie un texto à Calvin : *Ce type est génial.*

Calvin revient à toute vitesse. Il a peut-être pris un peu d'Adderall. Il est heureux que je voie la lumière et le rejoigne au pied de l'autel dédié à Henderson, plus drôle que Richard Pryor, plus intelligent que Jerry Seinfeld (« Tu savais qu'il n'avait même pas fait Harvard ? Il n'a pas dirigé le magazine *Lampoon*, contrairement à Conan ! »), et pourtant, Henderson est un génie (« Littéralement, son QI plafonne à 10 000 »), il est capable de soulever de la fonte, il est champion de lutte et peut tout faire. En ce moment même, il se trouve à Malibu où il surfe et poste ses photos sur Instagram depuis sa planche ! Je pourrais aller là-bas, le noyer puis éclater le crâne d'Amy contre les rochers, mais entre les bouchons et les horaires des bus, je n'y serai jamais avant le coucher du soleil. Je demande à Calvin :

— Il vit sur la plage ?

— Non, dans les collines. Il organise des grosses fêtes le vendredi soir où il invite plein de monde et teste de nouvelles blagues, tu sais, comme le font les comiques parfois sauf que lui, il fait ça à domicile.

On est vendredi. J'ai l'impression qu'on vient de me charcuter le cœur à coups de couteau Rachael Ray.

— Cool, dis-je. Tu veux y aller ?

Calvin hausse les épaules.

— Je sais pas, Joe, mon pote. En ce moment je suis à fond dans l'écriture et, à une époque, je sortais avec des potes à lui. Je l'ai déjà rencontré, mais là j'essaie de me concentrer sur l'écriture, tu vois, pour aboutir à un truc bien explosif, au lieu de sortir glander avec les autres.

Mais Calvin, tu n'aboutiras jamais à rien vu que tu ne termines pas ce que tu commences. Je prends une inspiration. J'essaie de le convaincre :

— C'est super, mais parfois ce dont on a besoin, c'est se reconnecter aux autres, tu sais. Je suis sûr que si tu lui parlais du *Food Truck Fantôme*, il serait fan.

Calvin pousse un soupir.

— C'est vrai, mais même si je l'aime bien et qu'il m'amuse, ce ne serait pas le bon producteur pour le *Food Truck Fantôme*. Tu vois ?

Mais le *Food Truck Fantôme* n'existe pas et je vais retourner vivre à New York un de ces jours (je me fais cette promesse à moi-même), pourtant voilà ce que je réponds :

— Honnêtement, Calvin, t'es un drôle de type quand même. Ton manuscrit pourrait faire un carton, et imagine si Henderson et son équipe se l'arrachent, ça te fera une super pub pour aller démarcher des salles ensuite.

Je vais rester ici toute la journée à lui débiter des mensonges jusqu'à ce qu'il se décide à aller à cette soirée. Amy y sera. Il faut que j'y sois aussi. Mais je ne peux pas y aller seul. Je ne peux pas être un de ces types solitaires et je ne peux pas non plus amener Harvey car s'il y a bien un truc pire que d'être seul à une fête, c'est d'y aller avec un mec plus âgé.

Calvin hésite :

— Je ne connais pas le mot de passe.

Je suis tellement près du but. Je l'ai convaincu par ma flatterie et je n'ai pas le choix. Il me faut ce mot de passe. Maintenant. J'envoie un texto à Delilah : *Petite question : tu connais le mot de passe d'Henderson ?*

Elle me répond : *Le peignoir à capuche de Jim Walsh.*

Merci.

Super mot de passe, non ? J'adore. Nostalgie Beverly Hills.

Je ne réagis pas. Elle me relance : *J'irai peut-être. Toi aussi ?*

Hors de question d'y aller avec elle. Une fois arrivé là-bas avec Calvin, je m'éclipserai sous prétexte d'avoir un rendez-vous avec une fille, puis je trouverai Amy, et je ne peux pas me permettre que Delilah reste collée à mes basques en me demandant qui je cherche. C'est vicieux, c'est cruel, mais il n'y a qu'un seul moyen de l'empêcher de se pointer chez Henderson. Je lui réponds : *En fait non. Tu veux dîner vers 22, 23 heures ? J'ai envie d'aller chez* Dan Tana. *Ça te dit* ?

Elle répond : *OUI*

Calvin a allumé de la musique pour se mettre dans l'ambiance de la fête, en me rebattant les oreilles avec le « guaca » d'Henderson. Je suis sûr que Delilah est tout excitée chez elle, en train de choisir quelle robe sexy elle va porter pour moi ce soir, sans comprendre qu'elle serait plus belle si elle ne cherchait pas à exhiber ses atouts, si elle se faisait désirer.

J'imagine qu'Amy est à genoux en train de sucer son « petit ami » et je suis prêt à parier qu'elle n'a pas à se soucier des préparatifs de la fête. Je suis sûr qu'ils ont des domestiques.

12

Ça ne se fait pas d'arriver à une fête les mains vides, c'est pourquoi mon sac réutilisable Pantry contient de la corde, mon couteau Rachael Ray, des gants en caoutchouc, des sachets en plastique, du gros Scotch et les cachets de Percocet de Dez.

J'ai passé tout l'après-midi à chercher des photos de la maison d'Henderson sur Internet. Parfois il est plus facile de prévoir le crime si on a déjà un peu repéré les lieux. Mais je n'ai pas réussi à en trouver et ça m'a rendu un peu dingue.

Si Amy m'aimait, ce serait différent. Je pourrais croiser son regard, lui faire signe de me rejoindre dehors et nous nous confierions nos regrets et nos blessures. Je lui dirais d'inventer une excuse, nous nous éclipserions et irions en voiture jusqu'à la montagne ou la plage. Los Angeles offre de nombreuses possibilités pour cacher un corps, mais quand la personne qui habite ce corps ne vous aime pas, ce n'est pas chose aisée de la faire passer de vie à trépas.

J'ai acheté à Dez une tonne de Percocet. Nous sommes à Hollywood. Les gens font tout le temps des overdoses. Mais ensuite je me suis souvenu qu'Henderson est amoureux d'elle, donc si elle perd connaissance, il va se mettre dans tous ses états et appeler une ambulance. Du coup, j'ai pris un VTC jusqu'à Home Depot, où j'ai acheté un peu de tout, de la corde, du gros Scotch, des sacs en plastique, des câbles et des gants en caoutchouc. À la caisse, la fille m'a adressé un clin d'œil en me disant qu'elle aussi était fan de *Cinquante nuances de Grey*. Voilà ce qu'est devenue notre société : baiser et tuer, même combat.

Je ressors du magasin avec mon sac et reçois un message de Delilah : *Je te suis pas, mais amuse-toi bien en faisant tes courses.* ☺

Je ne réagis pas. Pour son bien. Je veux qu'elle apprenne à être moins disponible.

À *La Poubelle*, Calvin est déjà à moitié bourré et essaie différents hashtags.

— Lequel tu préfères ? me demande-t-il. « Chez Henderson » ou « Dans la maison d'Henderson » ?

Je commence à préparer le terrain pour mon alibi en lui racontant que j'ai invité une fille rencontrée sur Tinder. Il trouve que c'est cool et il ferait bien de s'en souvenir, si jamais il y avait une enquête ensuite. Il commande un Uber, trois de ses « potes » arrivent – merde merde merde –, et nous payons avant de les retrouver à l'extérieur. Les mecs ont tous apporté de la bière. Ils posent leurs packs de six dans le coffre en se moquant de moi parce que je tiens à garder mon sac réutilisable Pantry sur mes genoux. Nous sommes trop nombreux, les amis de Calvin parlent trop fort et ils continuent de m'emmerder au sujet de mon sac.

Casse-couilles n° 1 :

— T'as ton maquillage là-dedans ?

Casse-couilles n° 2 :

— Non, il a rangé sa bite à l'intérieur.

Casse-couilles n° 3 :

— J'ai entendu parler des bites rétractables. C'est un gain de temps énorme au quotidien.

Calvin leur lance :

— Les mecs, si vous continuez d'emmerder mon pote Joe avec sa bite rétractable, il vous dira jamais où on peut s'en procurer.

Ces mecs sont pâles et bouffis, portent des tee-shirts tape-à-l'œil sous leurs chemises en flanelle froissées et détestent Woody Allen ainsi que Wes Anderson. Ils qualifient *Crimes et Délits* de « bavard ». Je pense qu'ils ne l'ont jamais regardé en entier. J'aimerais pouvoir brandir un couteau sans enfreindre les normes sociales. Mais le chauffeur, lui, est innocent, et ça m'embêterait de le torturer davantage. Nous sommes bientôt arrivés et je ne sais toujours pas comment je vais tuer Amy.

Casse-couilles n° 1 :

— Les Américains ne sont pas assez drôles pour comprendre la série *Parks and Recreation*.

Casse-couilles n° 2 :

— Cette série n'est pas assez américaine pour toucher les Américains.

Casse-couilles n° 3 :

— Je baiserais bien Amy Poehler.

Casse-couilles n° 1 :

— Je Poehletterais bien Amy Baise.

Calvin :

— Dis, tu serais pas un peu bi-Poehler ?!

Calvin me donne un petit coup de coude dans les côtes. Il a pris trop de coke.

— Allez, Joe, mon pote. C'est toi qui tenais à aller à cette soirée. Mets-toi dans l'ambiance. Y a des gens qui tueraient pour être invités là-bas ce soir.

Nous progressons à travers les collines ; cette région aurait besoin d'un bon arrosage. Et ces abrutis, qu'on les noie dans leur propre connerie. Le chauffeur Uber est discret, voire effacé. Je ne serais pas surpris qu'il nous assassine tous. Beaucoup de gens disparaissent, à Los Angeles. C'est une ville triste, hantée. Nous continuons de gravir la colline. Je ne suis pas un casse-couilles en Puma, et ces abrutis ne la bouclent pas un instant.

Ils qualifient Chelsea Handler de salope, Jimmy Kimmel de vendu et disent que Jimmy Fallon a le cul bordé de nouilles. Ils ne comprennent rien à la vie et je me demande quand on va enfin arriver. Jamais je ne bosserai comme un fou pour pouvoir vivre dans ce quartier. Ces collines sont sinistres et impersonnelles. Mes oreilles se bouchent avec l'altitude. J'aurais dû venir seul. Je n'ai aucun plan précis et ces collines ne sont même pas les bonnes, celles qui scintillent au-dessus de *Château Marmont*. Ce sont des collines de hipster, où des gens paresseux en vêtements cool prétendent n'avoir jamais voulu être super riches. Ils recherchaient seulement un peu de confort, de tranquillité.

L'alarme de mon téléphone retentit, il est vingt-deux heures trente. J'envoie un message à Delilah : *J'ai un imprévu, dîner compromis, on se boit un verre plutôt ?*

Elle répond : *Pas de problème. Dis-moi ! Je peux apporter à boire !*

Le monde est trop compliqué, entre Delilah et son amour-propre inexistant, et Amy et son ego démesuré. Je vais m'occuper d'elles l'une après l'autre. Je règle mon téléphone en mode avion. Nous ralentissons. Nous y sommes. Le chauffeur nous informe qu'il ne sera pas disponible pour le trajet de retour plus tard dans la soirée. Il s'en va, le veinard. J'ai la gorge nouée, je suis serré dans mon caleçon (le sèche-linge est pourri à Hollywood Lawns) et je claque des dents. Moi qui commençais à croire qu'on n'arriverait jamais, nous y voilà.

Je suis les casse-couilles dans la maison qu'a brièvement habitée Bobcat Goldthwait dans les années 90 (je m'en fiche royalement). Au niveau du portail ouvert, une caméra de surveillance, via le panneau dont elle est surmontée, nous dit : *Tirez-moi la langue, je ne fonctionne pas*. Les Californiens pensent que c'est cool de n'avoir peur de rien ; aucune mesure de sécurité ne fonctionne, ce qui est une excellente nouvelle, en ce qui me concerne.

Nous traversons la pelouse où des hipsters glandent en prenant des selfies et en parlant d'aller à « La Mecque ». Après avoir donné le mot de passe, nous franchissons l'énorme porte en acajou. À l'intérieur, ça sent l'eucalyptus, le concombre et l'argent. Je ne vois pas Amy. Je serre mon sac dans ma main.

— Détends-toi, me dit Calvin. Regarde autour de toi. Lord Henderson est vraiment une poule aux œufs d'or.

Je le laisse aller trouver le guaca et m'affale dans un canapé. Ça m'ennuie de le reconnaître, mais j'aime bien ce canapé. Il y a tellement longtemps que je n'ai pas été dans un endroit sympa. Si j'avais de l'argent, j'aurais une maison comme celle-là. Je n'arrive pas à croire qu'Amy soit la copine d'Henderson. Elle vit ici dans le confort ; j'étais stupide de la croire coincée dans un appartement miteux avec des colocs partageant ses ambitions artistiques. J'ai la tête qui tourne, je me lève. Je ne vais pas rester assis sur ce canapé où elle a probablement sucé Henderson.

Je me dirige vers la cuisine, rejoint par Calvin. Il n'a toujours pas trouvé le guaca ; il est tombé sur des potes à lui en chemin. Il a pris un truc. Je le sens. Il est en train de changer. Il est arrogant. Il tend la main vers mon sac. Je l'écarte d'un geste brusque.

— Je m'en occupe, lui dis-je.

— C'est bon, répond-il. On a tous mis les bouteilles qu'on a apportées dans la cuisine. Henderson a installé un bar.

Je répète :

— Je m'en occupe.

À ce moment-là, je comprends que tout va peut-être commencer dès maintenant, avant même que j'aie pu boire un verre ou grignoter quelque chose, parce qu'Henderson apparaît. En vrai, il est plus luisant et plus mince qu'à la télé, et il affiche un sourire de figurine de superhéros. Amy n'est pas avec lui, mais elle a sans doute validé son choix de tee-shirt arborant une photo de Louis C.K., le comique, manifestement tirée d'un annuaire d'anciens élèves. En dessous, on peut lire la citation suivante : *Van Halen, c'est nul.* Les uns après les autres, ces abrutis se répandent en flatteries (« super tee-shirt, mon pote, trop stylé, mec, mon pote, t'as raison, Van Halen, c'est vraiment nul »). Henderson répond « merci » comme si la blague était de lui, comme s'il avait confectionné le tee-shirt, comme s'il possédait un dixième du talent de Louis C.K. Rien n'est sincère chez ce type, le copain d'Amy, avec sa peau luisante. C'est vrai ce qu'on raconte : ceux qui réussissent dans le show-biz concluent un pacte avec le diable. Plus on prend de photos d'eux, plus ils se vident de l'intérieur (à l'exception de Meryl Streep). Henderson est un fantôme, que du muscle, pas de gras, tout en surface, rien en dessous.

— Tiens, mec, me dit Calvin, goûte le guaca avant qu'il disparaisse.

— Top guaca, commente un abruti.

Je prends un Dorito que je plonge dans le guaca. Il n'a rien de remarquable, comme tous les autres « guacas » d'ailleurs. La Californie aurait vraiment besoin de revenir sur Terre. C'est juste de l'avocat. Le guacamole, c'est rien que du guacamole, parfois gluant et dégoûtant, jamais délicieux.

Je cherche Amy, je ne la trouve pas, où est-elle ? Les copines collantes sont censées passer leur temps collées à leur mec pendant ce genre de soirées grouillant de filles, non ? Un fan lui pose une question sur sa copine. Je me fige.

— Elle passe la soirée dans le Nord avec ma mère, répond-il.

« Copine. Dans le Nord. » Non. Non ! Je n'avais pas envisagé qu'elle puisse être absente. J'essaie de me calmer mais il y a trop de bruit ; les jeux d'ambiance ne sont pas si drôles que ça ; et certaines filles portent des tenues vintage audacieuses et des coiffures années 50. « Chères New-Yorkaises, vous êtes bien meilleures. » Je passe d'une pièce à l'autre à la recherche d'Amy, même si elle est « dans le Nord ». Je me sers un verre de vin tandis que Calvin se répand en éloges sur Henderson.

— Steve Martin retweete ses messages à chaque fois ! s'exclame-t-il. Quoi qu'il dise. C'est trop cool, non ?

Henderson s'approche, enfournant une poignée de Skittles entre ses dents blanchies.

— Quoi de neuf, mec ? demande-t-il.

— C'est top, commente Calvin. Top du top. Tiens, je te présente Joe, il travaille pour moi à Counterpoint.

Il hoche la tête. Une fille gazouille dans un micro et Henderson demande à Calvin s'il vit toujours dans le Village.

— Je suis sur Beachwood, répond-il en minaudant comme une nana à un concert des New Kids on the Block. Joe vit à Hollywood Lawns.

Henderson tourne la tête vers moi. Les pores de sa peau sont invisibles et ses cils trop longs.

— Le *Birds*, dit-il. J'adore cet endroit. Toutes ces filles bourrées et bien roulées... J'allais là-bas comme on va au McDo. L'orgie.

Henderson « sent » que c'est le moment. Il monte sur une chaise, puis sur son îlot en marbre. Il siffle et tout le monde se tait.

— Ça vous gêne pas si je prends le micro pour vous proposer un petit sketch que j'ai bossé tout seul dans mon coin ?

Tous les invités applaudissent. « Vas-y ! On t'adore, Henderson ! » Et ils entonnent : « Allez ! Allez ! Allez ! »

Henderson nous explique qu'il sort avec une fille (applaudissements). Ça se passe bien (applaudissements). Elle s'appelle Amy (applaudissements). Elle n'est pas là ce soir (tonnerre d'applaudissements, les propositions fusent : baiser, sucer, etc.). Chaque femme présente hurle un truc du genre : « Je veux coucher avec toi ! » Si vous voulez voir le contraire du féminisme, allez chez un comique.

Il poursuit :

— Quand le chat n'est pas là, la souris se masturbe sur le canapé et refuse toutes les invitations à dîner.

Tout le monde hurle de rire. Je crois qu'une telle chose ne se produirait pas à New York.

— Mais le truc, c'est que je suis heureux. Je suis impliqué dans cette relation. Quand Kate Hudson m'envoie un texto pour me proposer un quickie sur le parking de CVS, je lui dis non. Va te faire refaire les nichons.

Les femmes éclatent de rire. Ce n'est pas correct.

— Je suis tellement heureux que je peux passer devant une école primaire sans regretter de ne pas avoir eu un seul rapport sexuel pendant mes années d'écolier.

Ce n'est pas drôle de se moquer de la maltraitance des enfants. Henderson ne mesure pas sa chance.

— Tout à l'heure, j'étais avec des putes japonaises et je leur ai dit : « Je suis tellement comblé dans mon couple que vous avez pas besoin de me sucer, contentez-vous de baiser les unes avec les autres. »

Éclats de rire.

— Ma copine me tuerait si elle m'entendait, alors il faut me promettre de ne rien répéter.

Calvin promet à voix haute de garder le silence, comme tous les autres présents ici.

— Je crois que mes couilles ne sont pas de la même taille.

Les filles s'écrient :

— Tes couilles sont mignonnes !

— Je crois que ma bite est trop grosse. Pour un Juif.

Une fois de plus, tout le monde rit, comme si c'était drôle d'entendre un Juif analyser la taille de ses parties génitales à ce stade d'évolution de l'humanité.

— Alors vous pouvez imaginer comme c'est bon de sortir avec cette fille. Waouhou, rien que de dire ça, « sortir avec une fille ». J'arrive pas à y croire. Vous arrivez à y croire, vous ?

Il secoue la tête. F@#k Narcissism.

— Ma copine, quand on baise, elle est à fond. Vraiment. Il faut me promettre que ça restera entre nous, OK ? Qui a une caméra ? Où est la caméra ?

Tout le monde a une caméra et il le sait très bien. Quelle arrogance de monter sur scène persuadé de ne pas avoir besoin de chute à ses blagues. Il se dandine. Il se moque d'Amy quand elle jouit. Il fait semblant d'avoir terminé et sourit. Un sourire d'hypocrite avant de tirer sa révérence.

— Bon, que personne ne se vexe, mais je baise des femmes depuis un moment maintenant, et je sais que je ne suis pas très bon au lit. Alors je lui demande si elle simule.

La foule crie « ouhhh ! » et Henderson hausse les sourcils.

— Vous savez ce qu'elle me répond ?

Il sourit. Ça doit être horrible d'être lui, d'être rongé par le vice.

— « Il faut que tu comprennes quelque chose. J'ai un ex... je l'ai jamais aimé et il était nul au lit. »

Le sol en faïence espagnole se dérobe sous mes pieds, *This is the End* retentit dans ma tête, puis tout en moi devient silencieux tandis qu'Henderson révèle au monde ce qu'Amy lui a raconté à mon sujet.

Je quitte le salon pour monter à l'étage, jusque dans sa chambre, où Amy le baise en lui disant des choses atroces sur moi. Va te faire foutre, Amy. Elle s'est servie de moi, puis de nous pour divertir son nouveau copain. Puisqu'il connaît des trucs sur moi, j'ai le droit d'en apprendre aussi sur son compte. Je cherche sa boîte à secrets (tout le monde en a une et les gens dépourvus d'imagination la cachent sous leur lit) et bingo : je trouve une boîte à la gloire de son ex-femme. Des extraits de journal intime, des coupures de journaux, des photos, des tickets.

Elle s'appelait Margie, l'accompagnait au *Birds*, s'asseyait sur ses genoux, riait à ses blagues pourries et prenait des selfies à poil sur leur futon merdique. Ils ont vu Billy Joel et étaient très mal placés. Il était plus bouffi à l'époque, et il avait un cœur. Il a divorcé quand il a commencé à devenir célèbre, à gravir l'échelle sociale. Aujourd'hui, Margie vit à Lake Kissimmee et a eu trois enfants avec un vendeur. Elle n'a pas l'air aigrie. « Je l'ai jamais aimé, il était nul au lit. » Il est clair qu'Henderson ne peut pas être heureux sans Margie, donc je vais abréger ses souffrances. En bas, les rires s'intensifient. Il faut que quelqu'un l'empêche de continuer à empoisonner le monde.

Je réduis en poudre quatre cachets de Percocet que je verse dans la gourde en métal posée près de son lit, à côté de ses flacons de Xanax et de ses somnifères. J'emmène sa boîte à secrets dans son dressing où il baise probablement Amy, puis j'envoie un texto à Calvin l'informant que je prends un VTC pour retrouver une fille de Tinder. J'envoie également un message à Delilah : *Désolé, j'ai un empêchement de dernière minute.*

Je comprends pourquoi Calvin aime l'impro. Il y a quelque chose d'excitant à laisser le hasard opérer. Je n'avais pas prévu de tuer Henderson, mais quand on se plaint à la télé de la « touffe » de sa copine, qu'on balance des méchancetés sur Kate Hudson devant une grande assemblée chez soi, qu'on parle de ses habitudes masturbatoires, qu'on ouvre sa maison aux inconnus (le mot de passe était sur Twitter dix minutes après notre arrivée), eh bien... Henderson va apprendre une douloureuse leçon : on ne peut pas se moquer ouvertement de gens qu'on n'a même pas rencontrés.

13

La fête dure longtemps parce que la plupart des invités sont de pauvres fans qui ont besoin d'oublier leur misérable carrière. Je les écoute parler d'American Apparel et analyse leurs expressions (« même tes dents ont l'air motivées ! ») en me demandant ce qu'ils vont devenir. Il n'y a pas assez de fêtes ni de travail pour tous les occuper.

À force d'être caché derrière les costumes d'Henderson, j'ai mal à la nuque. Je pense soudain que je pourrais fuir tout ça, rentrer à New York. Mais j'ai besoin de mettre un point final à cette histoire. Le petit numéro d'Henderson a changé la donne et, maintenant, il faut que je comprenne pourquoi Amy a dit toutes ces horreurs sur moi. Je ne peux pas quitter cette maison et me demander pour le restant de mes jours si je suis nul au lit. Ni laisser passer ma chance de parler à la seule personne qui sait où se trouve Amy.

J'entends un gros *boum* au rez-de-chaussée : les volets roulants automatiques qui se ferment. La maison est vide à présent, j'entends Henderson verser des céréales dans un bol, regarder un enregistrement de Seth Meyers, éteindre la télé et verrouiller la porte (c'est bien, mon garçon) avant de monter à l'étage. Tous les hommes seuls se ressemblent, et comme M. Mooney, il gravit l'escalier d'un pas pesant. J'ai le cœur qui bat. Je suis sur le qui-vive, l'écoutant se préparer pour aller au lit.

Heureusement, sa routine du soir consiste uniquement à se laver les dents et à enduire son précieux visage de lotions. Il entre dans la chambre, puis j'entends le *clic* caractéristique de la gourde en métal où j'ai versé le Percocet, le *plip-plop* des somnifères dans sa main, le *plip-plop* du Xanax, puis une nouvelle gorgée d'eau aromatisée au Percocet. Ensuite, il éteint la lumière, se branle et s'endort quelques minutes plus tard.

Il ronfle, à présent. Et ne bouge pas (merci les cachets). Merci Henderson d'être le genre d'abruti qui s'épile tout le corps. Je lui menotte les poignets à l'aide d'un câble et, bien que ce soit dégradant (ma cage me manque, au moins là-bas je n'avais pas à m'abaisser à ce genre de choses), je tire la couette pour lui attacher les chevilles. Je le recouvre avant de le gifler. Rien. Je recommence. Rien. Je continue pendant un moment jusqu'à ce qu'il se réveille, que la terreur se lise dans ses yeux et qu'il se mette à hurler. On dirait un bébé. Je me mets son casque Beats sur les oreilles en attendant qu'il accepte sa situation. Il est puissant ; c'est vrai qu'il protège des bruits extérieurs. J'allume l'iPod posé sur sa table de chevet (la bande-annonce de *Jersey Boys*, pas très hipster), puis patiente pendant qu'il s'agite tel un requin mourant.

Quand il a fini de se débattre, j'enlève le casque et saisis son iPad. Je lui demande le mot de passe. Il me supplie (« non, non, s'il vous plaît, non »), mais j'approche de lui mon couteau Rachael Ray, si bien qu'il capitule : « Margie19 ».

Je demande innocemment :

— Qui est Margie ?

— Ma femme.

Je le regarde avec insistance. Il rectifie :

— Mon ex-femme.

Maintenant que j'ai accès à son iPad, il faut que je contacte sa femme de ménage.

— Quoi ? Pourquoi ? proteste-t-il. S'il vous plaît, dites-moi ce que vous voulez. Je peux vous donner n'importe quoi. N'importe quoi, mais laissez-moi partir.

— Je t'ai dit ce que je voulais. Le nom de ta femme de ménage.

— Je peux vous virer de l'argent, propose-t-il le front couvert de sueur. Je peux vendre cette maison, récupérer du liquide, vous le donner et m'en aller. S'il vous plaît.

Il ne cesse de négocier, de m'offrir tout un tas de choses si je le laisse partir.

— Je ne veux pas de ton argent. Je veux connaître le nom de ta femme de ménage.

Il finit par percuter.

— Jennifer, répond-il. Elle est dans mes contacts.

Je trouve Jennifer – JENNIFER MÉNAGE au milieu de JENNIFER NICHONS, JENNIFER GROS NICHONS, JENNIFER SANS NICHONS – et lui écris un message : *Jennifer, prends ta journée demain. J'ai du pain sur la planche. Désolé de prévenir si tard.*

Elle reçoit le texto et répond immédiatement : *C'est super gentil !*

À présent, on peut commencer à s'amuser. Je lui dis d'arrêter ses jérémiades et il me demande une fois de plus de le laisser partir. Je lui réponds non, et il se remet à hurler. Alors je m'assois sur le trône moderne et blanc qui lui sert de fauteuil de bureau.

— Je veux savoir à quel moment elle t'a dit ça.

— Laissez-moi partir, putain !

— Quand est-ce qu'elle a dit ça ?

— Je ne sais pas de quoi vous parlez, mais j'ai cinquante mille dollars dans mon coffre.

— Je parle d'Amy.

— Qui ?

— Amy. Ne fais pas comme si tu ne comprenais pas de qui il s'agit. Tu as parlé d'elle dans ton émission, et ce soir aussi, alors ne me dis pas que tu ne la connais pas.

Il déglutit. Il hoche la tête.

— Qu'est-ce que vous voulez savoir ?

— Je veux savoir quand tu l'as rencontrée.

Sa lèvre inférieure se met à trembler.

— Est-ce que… vous travaillez pour la chaîne ?

Je le dévisage. Comment peut-il être aussi stupide ?

— Non. Je travaille pour mon propre compte.

Il se remet à crier et à gigoter. Je me concentre sur l'avenir. J'imagine le tollé que va provoquer l'annonce de sa mort prématurée. Quelqu'un finira par révéler l'existence de la boîte de photos de son ex-femme et les psys déclareront que les comiques sont des dépressifs notoires. Les gens seront sidérés qu'il ait pu se suicider à l'apogée de la gloire. J'entends déjà l'avalanche de clichés que nous serviront les médias. Après un suicide, tout le monde s'improvise philosophe.

Ça montre bien que l'argent ne fait pas le bonheur.

Peut-être que s'il avait été marié, ç'aurait été différent.

Au moins, il ne laisse pas d'orphelin derrière lui.

Quel dommage qu'il n'ait pas eu d'enfant.

Sa pauvre mère...

Et dire qu'il venait d'affirmer devant tout le monde qu'il était comblé.

Henderson finit par se calmer. Il respire, transpire.

— Qu'est-ce que vous voulez ?

— Je te l'ai dit. Je veux savoir quand tu as rencontré Amy.

— Vous êtes son mec ou quoi ?

— Je veux savoir quand tu l'as rencontrée.

Il opine. Il n'y a pas la moindre tache de myrtille sur sa couette, mais il est tellement riche qu'il doit en avoir des tas. Les draps sont plus doux que les nôtres à Little Compton, ceux qu'elle adorait, à l'époque où je n'étais pas nul au lit.

— Je l'ai rencontrée au *Soho House*, dit-il.

Ça ne devrait pas me surprendre, pourtant ça me fait un peu mal de l'imaginer assise les jambes croisées dans un club privé où les riches aiment rencontrer leurs semblables pour s'entretenir de leurs problèmes de riches. C'est le genre d'endroits que fréquentent des filles comme Delilah et des types comme Henderson, des gens intéressés et pleins aux as. Une sorte de bordel, mais en moins honorable.

— D'accord. Et ensuite ?

— Elle était au bar, elle me matait, alors je lui ai demandé l'année de sa promo.

J'enfonce mon couteau dans l'accoudoir de son ridicule fauteuil blanc.

— C'est-à-dire ?

— Elle portait un tee-shirt Peter Stark et je connais des gens qui ont suivi ce programme, explique-t-il.

— C'est qui, Peter Stark ?

Amy, franchement...

Même en cet instant il ne peut s'empêcher d'être obséquieux. Il hausse les sourcils.

— Le programme de production Peter Stark, à l'USC, répond-il comme si j'étais censé le connaître, comme si l'industrie du divertissement était le centre du monde.

J'imagine Amy le jour de son arrivée ici, découvrant ce programme et achetant ce tee-shirt.

— Mec, elle ne vaut pas le coup, OK ? ajoute-t-il. Ça ne vaut pas cinquante mille dollars.

— Et après, qu'est-ce qui s'est passé ?

— Je ne sais pas. Comme d'habitude. Je lui ai payé une dizaine de verres, j'ai chopé son numéro et… après, je ne sais plus. J'ai un chauffeur. J'ai perdu connaissance.

Il est alcoolique et je suis sûr qu'il ne se rappelle pas la plupart des événements de sa vie, mais il vaudrait mieux qu'il fasse un effort.

— Tu l'as ramenée chez toi ?

— Écoutez, c'est vraiment pas cool…

Les gens sont incroyables à Los Angeles… Comme si « pas cool » était le terme approprié pour décrire sa situation, alors qu'il est ligoté et cuisiné.

— Est-ce que tu l'as ramenée chez toi ?

— Quoi ?

— Ne me fais pas croire que ça ne t'arrive pas cinq soirs par semaine. Henderson, je pose les questions, tu y réponds.

— Et ensuite vous me laisserez partir ?

— Oui, réponds-je à cet abruti. Après, je te laisserai partir. Alors est-ce que, oui ou non, tu l'as ramenée chez toi ?

Il fixe le mur.

— Je vous l'ai dit, je n'en sais rien.

— Henderson, reprends-je en me levant parce que tout ça devient ridicule. Ce n'est pas compliqué. Tu l'as rencontrée au *Soho House*. Tu lui as demandé en quelle année elle avait obtenu son diplôme. Finis ton histoire, putain !

— D'accord, d'accord, c'est bon ! Il n'y a aucune histoire, parce que ce n'est pas ma copine. J'ai tout inventé !

Je le regarde fixement.

— Tu l'as montrée du doigt l'autre soir. Tu as lancé : « Salut, Amy ! »

Il éclate de rire, supérieur.

— C'est la télévision, m'explique-t-il sur un ton sentencieux. C'est une plante que j'ai montrée du doigt.

Tout ce que savent faire les gens dans ce milieu, c'est raconter des conneries.

— Donc vous ne sortez pas ensemble ?

Il ricane.

— Elle ne m'a jamais répondu. Je lui ai envoyé une photo de ma bite. Elle doit être prude. Ou gouine. Ou complètement cinglée.

— Alors pourquoi tu racontes à tout le monde que c'est ta copine ?

Il se contorsionne.

— Parce que c'est mon job ! Je ne peux pas raconter que je nique des super meufs tous les soirs. Parfois, les gens veulent entendre parler de relations amoureuses. Parce qu'à la télé, on invente.

— Tu n'as jamais couché avec elle ?

Il éclate de rire.

— Je viens de vous le dire. Elle est gouine ou prude.

Je plante mon couteau dans le fauteuil une nouvelle fois. Il est aussi agaçant dans la vie qu'à l'écran ; comme quoi, tout n'est pas inventé de toutes pièces.

Il siffle à mon intention.

— On peut changer de sujet, maintenant ?

J'en ai ras le bol de la Californie et de ses mensonges, de sa terre asséchée, de ses collines et de sa monotonie. Je vais dans la salle de bains. Non, on ne peut pas changer de sujet. Ça n'a pas de sens. Et les myrtilles, alors ? Je ressors de la salle de bains en trombe.

— Si t'as pas couché avec elle, pourquoi elle t'a raconté que son ex était nul au lit ?

Il tente de se relever en lâchant un râle.

— C'est fatigant, à la fin. Voilà ce qui s'est passé : j'ai rencontré une fille qui s'appelle Amy. Elle m'a dit qu'elle détestait mon émission, ce qui m'a filé une érection parce que d'habitude les filles se jettent sur moi.

Au moins, ça fait du bien de l'entendre. Il continue :

— Elle n'a pas voulu venir chez moi. Elle m'a dit que ce n'était pas son genre, mais toutes celles qui le prétendent oublient leurs principes aussi vite. Donc j'ai pris son numéro et je lui ai envoyé une photo de ma bite.

C'est révoltant. Toute cette histoire. L'idée de sa bite dans le téléphone d'Amy.

— Et ensuite… ?

— Ensuite, rien.

— Comment tu as su, pour les myrtilles ?

Il rit.

— Elle m'a dit que son meilleur coup, c'était avec un mec et des myrtilles. C'était du bavardage de fin de soirée, je sais pas. Je vous l'ai dit. J'invente. Je détourne. Personne n'a envie de m'entendre décrire l'ex de ma copine, le sexe, etc. Ça s'appelle un sketch, d'accord ? C'est ce que font les comiques. C'est pour ça qu'on les paie.

Il croit vraiment qu'il va s'en tirer, mais je retourne dans la salle de bains, j'ouvre le robinet. « Son meilleur coup. » N'empêche qu'elle m'a abandonné, elle a fui mon amour et toutes les bonnes choses qu'on a partagées. Elle préfère aller dans un bar et mentir à des inconnus plutôt qu'être avec moi. *Charlotte & Charles*. Conneries. À côté d'elle, Calvin avec ses rendez-vous Tinder ressemble au gentil John Cusack. Je comprends tout, à présent. Je suis trop bien pour elle. Beaucoup trop bien. Mes mains travaillaient trop bien quand elles agrippaient ses fesses, mon sexe était trop appétissant et elle m'aimait tellement qu'elle ne pouvait pas le supporter.

Je regarde Henderson. Il s'est redressé et gémit.

— Je peux y aller ? demande-t-il.

— Attends, j'ai pas terminé.

— Écoutez, allez la retrouver. J'ai rien à voir là-dedans.

Je consulte son téléphone mais le répertoire regorge de filles prénommées Amy : Amy Toronto, Amy Bourrelets, Amy Nez moche, Amy Nichons, Amy Cul.

— Qui est arrivée en premier, Amy Nichons ou Amy Cul ?

— Il faut me comprendre. Je rencontre tellement de gens. On ne peut pas s'imaginer ce que c'est d'être à ma place.

— En effet. Mais j'imagine qu'Amy Gym, Amy Château, Amy Marmont et Amy Suceuse, elles, ont réussi à se faire une petite place.

— Ça suffit. Toutes celles qui sont dans mon répertoire le voulaient bien.

— Même Amy Gros Cul ?

— En particulier celle-là. Ça suffit, maintenant.

— Dis-moi, est-ce qu'Amy Suceuse s'est mise à genoux avant ou après que tu as entré ses coordonnées dans ton portable ?

— J'ai quatre femmes à mes côtés pour écrire mes sketches, se vante-t-il. Et j'en ai seulement baisé deux.

Je regarde son téléphone.

— Lesquelles ? Amy Bouche de Poisson ou Amy Accompagnatrice ?

— C'est personnel. Aucune des deux. Merde ! Arrêtez. Sérieusement.

Mais la liste est encore longue.

— Est-ce qu'Amy Accompagnatrice Un connaît l'existence d'Amy Accompagnatrice Deux ?

— Écoutez, si vous arrêtez maintenant, je vous donne l'argent. Si vous continuez à me faire chier, vous n'aurez rien.

— Qui suce le mieux, Amy Accompagnatrice Un ou Amy Accompagnatrice Deux ?

— Elles sont aux Alcooliques Anonymes. J'en ai fait partie à un moment, voilà !

— Mais j'imagine que ce n'est pas là-bas que tu as rencontré Amy Grey Vodka et Amy Tequila.

Je ris, mais il se défend :

— Je ne mens pas à ces filles. Je ne suis pas un sale type. C'est affreux ce que vous faites. Arrêtez.

— Est-ce que tu as rencontré Amy Bellagio avant de t'embarquer avec Amy American Airlines ou après ?

— Allez vous faire foutre. Je suis sérieux. Ça suffit ! Stop !

— Mais enfin, ce n'est pas toi qui mènes la danse ici, Henderson. Tu n'as pas encore compris ?

Frankie Valli continue de chanter langoureusement en fond sonore, reprochant aux adolescents leurs actes désinvoltes. Henderson se met à crier. Je cherche Amy Myrtilles. Elle est là, elle aussi. Je ne me suis jamais senti aussi trahi. Ma copine, dans son portable. Ça me dégoûte de la voir coincée entre Amy Massage et Amy Partouze. J'ai envie de la tuer. J'ai envie de tuer Henderson. Je compose le numéro d'Amy Myrtilles et tombe sur ce message que je connais bien. Le numéro n'est plus attribué. Putain !

Henderson hurle, il est cramoisi. Il veut se libérer. Dire qu'il y a cinq secondes, il proposait de me payer… on ne peut faire confiance à personne, ici. Pas étonnant qu'Amy s'y sente chez elle.

Je cherche dans son téléphone une trace de communication avec Amy Myrtilles. J'ai l'impression que je vais choper une infection rien qu'en lisant ses textos. Il me dégoûte, avec ses abus de pouvoir. Je suis sûr que Jack Nicholson n'a jamais rien fait de tel et que Paul Newman n'a jamais écrit à une fille : « Viens avec d'autres meufs, je veux vous voir vous lécher. » Tout le monde se plie à ses exigences. Les filles viennent chez lui. Avec d'autres filles. C'est horrible, pornographique, et pourtant c'est le chouchou de l'Amérique. On est loin de Bill Clinton succombant aux charmes d'une stagiaire ou de Hugh Grant titubant aux côtés d'un travelo sur Hollywood Boulevard. C'est révoltant. Il ne supprime aucun de ses messages et les filles en font des tonnes en qualifiant son sexe d'ÉNORME et SEXY, même s'il ne prête plus attention à elles une fois qu'elles se sont rhabillées. C'est un narcissique sans cœur et tout ce qu'il recherche, c'est la nouveauté. Comme dans son émission, quand il se moque de notre «société de la nostalgie» et invite des groupes sans intérêt et sans importance pour ensuite rentrer chez lui lancer la B.O. de *Jersey Boys* en admirant des photos de son ex-femme. Il réclame de l'eau et j'accède à sa requête. Ça n'a jamais été aussi facile. J'éteins ma musique.

— C'est l'heure de t'hydrater.

Il arrête de gueuler. Il hoche la tête.

— Mec, il faut me croire, je sais que cette ville rend tout le monde dingue, OK ? Je comprends. Mais on va trouver une solution. Vous tenez peut-être même un bon sketch. Donc si c'est ça que vous cherchez, une bonne histoire, on peut y réfléchir ensemble, d'accord? On y est presque.

Il dit ça comme si c'était positif et je me félicite que l'eau contienne des substances létales. Ce type n'est pas bon pour l'humanité. Il fait ressortir ce qu'il y a de pire chez les femmes. Son heure est venue. J'empoigne sa gourde en métal et lui verse l'eau au Percocet dans la bouche. Il tousse et s'étrangle. Mais il boit. Beaucoup. Ses pupilles se rétractent, sa respiration devient laborieuse et ses yeux roulent dans leurs orbites. Je lui mets un sac plastique sur la tête. Je vais dans la salle de bains où je note le nom de ses lotions. Tout le monde se souviendra de lui et de son émission débile, mais pour moi, il sera l'homme qui m'aura fait prendre conscience de l'importance de prendre soin de sa peau.

Je ne dois pas oublier non plus de couper les câbles autour de ses poignets et chevilles.

Le temps que j'enregistre tous ses produits dans l'appli « Notes » de mon téléphone, il est mort. Je récite un kaddish. Je ne suis pas triste. Henderson a accompli beaucoup de choses sur Terre. Mieux vaut mourir maintenant que transmettre à son insu une MST à une fille pleine d'espoir mais dépourvue d'estime d'elle-même, ou devenir gros, *has been*, entamer cette inévitable descente dans l'oubli, voir son émission annulée, et devenir « ce mec qui faisait de la télé, avant ». Ce sont les lois de la physique, tout simplement : il était monté si haut qu'il était forcé de redescendre.

Au rez-de-chaussée, la maison empeste le guaca et la bière. Quelqu'un a balancé une pizza sur le portrait de John Belushi. J'ignore si c'était intentionnel ou accidentel, mais en tout cas, personne n'a pris la peine de nettoyer. Connards. Tous autant qu'ils sont. En même temps, je suis content que les gens soient des porcs. J'enfile mes gants et récupère d'éventuelles preuves (verres tachés de rouge à lèvres, pulls, bols de M&M's ainsi qu'un soutien-gorge dans le bureau) et les apporte à l'étage pour feindre une orgie sexuelle dans la chambre. Nous savons tous combien d'empreintes digitales peuvent se trouver sur un bol de bonbons ou une bouteille de vin. Tout ça va donc ressembler à une fête perverse qui a mal tourné, classique à Hollywood. Je m'empare du casque (il m'appartient désormais) et laisse la B.O. de *Jersey Boys* tourner. Que les gens sachent que ce type n'écoutait pas chez lui les nouveaux groupes cool qu'il invitait sur son plateau. Qu'ils sachent qu'il avait le cœur fragile. Je prends deux tee-shirts tout neufs portant encore leurs étiquettes avant d'envoyer un message vide à partir de son compte Twitter. Son dernier mot est silencieux.

Son ultime Tweet est immédiatement relayé par d'autres et liké, même s'il ne veut rien dire. Je comprends. Son silence incite d'autres à projeter leurs propres voix sur lui. Des critiques qui réfléchissent trop analyseront ce tweet à n'en plus finir sur Salon ou Slate. L'homme qui tweetait en permanence a publié un message vide quelques minutes avant de mourir. Quel symbole ! Sa mort tragique au cours d'une orgie va émouvoir les foules et les gens en retiendront une leçon. De ce point de vue, ce type a de la chance. Si le paradis existe, il va certainement y aller, malgré ses propos à mon sujet.

En quittant la maison, j'achète la B.O. de *Jersey Boys* sur mon iPhone ; le chemin va être long pour rentrer à pied et j'en ai besoin. Nous sommes faits pour marcher. Pas pour le vélo en salle, la course à pied ou l'escalade. La marche stimule l'esprit. Elle permet de clarifier ses idées et de digérer ses émotions.

Je n'ai pas tué Amy, mais je l'ai trouvée, Le *Soho House*. Si j'avais su. J'aurais dû me douter qu'elle irait à l'ouest. Elle ira toujours plus à l'ouest, toujours en quête de quelqu'un de plus riche, de meilleur. Elle souffre d'une pathologie, elle est comme un animal qui ne peut s'empêcher d'errer. Mais je vais bientôt arrêter sa progression, une fois que j'aurai pris une douche et me serai reposé.

Quand je débouche sur Bronson, il est tellement tôt que l'endroit est désert à l'exception de deux joggers. J'hésite à me diriger vers le Pantry, mais j'y vais trop souvent. L'heure est venue de brouiller les pistes. Je traverse la rue. Hollywood Lawns apparaît dans mon champ de vision. Une voiture de police surgit à la sortie du virage, gyrophare allumé. Elle se gare le long du trottoir et le policier en descend, l'arme pointée sur moi. Je pose mon sac réutilisable Pantry par terre et lève les mains. J'ignore comment c'est possible, mais je suis fait comme un rat.

14

Une ordure baptisée agent Robin Fincher m'arrache le casque. Il a d'horribles cheveux blonds, le genre de couleur qu'il vaut mieux dissimuler sous un casque de vélo dégueulasse. Ses yeux sont trop rapprochés. L'un de ses ancêtres a dû se reproduire avec la mauvaise personne et compromettre les gènes de la lignée. Il a la peau rugueuse, il ne sait pas se raser. Le monde est injuste. Même s'il utilisait toutes les lotions d'Henderson, ce Fincher serait toujours un crétin.

— Bouclez-la et tournez-vous, m'ordonne-t-il.

Je ne sais pas pourquoi il m'a pris le casque, ni comment il m'a trouvé, ni ce qu'il sait exactement. Ce que je sais, moi, c'est que les tee-shirts d'Henderson sont dans mon sac. J'ai l'impression qu'ils m'envoient des signaux lumineux.

— Tournez-vous, répète-t-il.

J'obéis. Je reste planté là, sans bouger. Nous sommes à ce moment de la journée où, tel un zombie se relevant lentement dans un film d'horreur des années 50, le soleil s'intensifie peu à peu, éclairant d'abord mes joues, puis mon nez. Mon estomac se contracte et mes mains deviennent moites, pourtant j'ai bien fait mon travail là-haut. Je n'ai pas laissé d'empreinte. Ni de mug d'urine.

— Monsieur l'agent, dis-je en feignant l'innocence parce que plus c'est gros, plus ça passe. Est-ce que vous pouvez m'expliquer de quoi il s'agit ?

Fincher avance vers son véhicule d'un pas lourd.

— Vous êtes un idiot, voilà de quoi il s'agit. Alors fermez-la et attendez, comme je vous l'ai demandé.

Il n'a pas précisé qu'il s'agissait du meurtre d'un millionnaire à Los Feliz, mais il revient vers moi et m'attrape le bras. Je suis quasiment sûr que c'est interdit par la loi.

— Donnez-moi votre permis.

J'obtempère.

— New York, commente-t-il en soupirant. C'est pour ça.

Je m'efforce de ne pas laisser le soulagement se peindre sur mon visage. Mais je suis quand même soulagé. Il n'est pas là à cause du mort dans les collines, sinon il me passerait les menottes au lieu de critiquer Manhattan. Je me ressaisis tandis que mon taux d'adrénaline revient à la normale.

— Vous marchez n'importe où, comme si la ville vous appartenait, explique-t-il. C'est typique.

J'aimerais bien qu'il rencontre le gentil policier du Rhode Island pour en prendre de la graine. Les gens pensent que les flics sont mauvais et ce type devrait être viré parce qu'il y a plein de bons flics dans le monde qui suivent les règles et prennent des risques pour servir et protéger la population.

— Vous vivez ici ? me demande-t-il d'un air supérieur.

— Oui, monsieur.

— Dans ce quartier ?

— Oui. À Hollywood Lawns.

— Alors qu'est-ce que vous foutez avec un permis new-yorkais ?

Tu te fous de ma gueule ?

— Je suis seulement de passage ici.

— Vous êtes un vagabond ?

Un « vagabond » ?

— Non, monsieur. Je suis écrivain.

Il déglutit et je percute : ce type est acteur. Calvin fait la même tête que lui quand quelqu'un, un employeur potentiel, entre dans la librairie.

— Pour la télé, ou un truc comme ça ?

— Non, réponds-je. Je débute.

Il se détourne. Je fais un pas dans sa direction.

— Monsieur l'agent, est-ce que je peux vous demander quel est le problème ?

— Je vous ai autorisé à bouger ?

— Non.

— Vous êtes sourd ?

— Non.

— Est-ce que vous êtes gogol ?

Qui parle encore comme ça ?

— Non, je ne suis pas gogol.

Il fonce vers moi et me regarde droit dans les yeux.

— Vous pensez que c'est correct d'agresser verbalement un agent de police ?

— Non, réponds-je les dents serrées.

— Vous vous prenez pour un dur de New York, un connard de vagabond qui peut traverser les frontières des États et sourire comme un abruti à un policier californien ?

— Non, réussis-je à articuler.

— Ouais… Je savais bien que tous les New-Yorkais étaient des poules mouillées.

Voilà pourquoi il faut équiper les véhicules de police de caméras… Il finit de rédiger son amende pour « traversée irrégulière de la chaussée », exactement comme me l'avait dit Harvey. Je dois payer trois cent soixante-quinze dollars pour avoir traversé la rue alors que le bonhomme était rouge, même s'il n'y avait aucune voiture en vue. C'est tordu, et cette ordure m'annonce qu'il garde le casque.

— Parce que vous êtes un pauvre arriviste, m'explique-t-il. Cette ville ne vous appartient pas. Elle appartient aux automobilistes et vous ne pouvez pas vous déplacer à pied comme ça vous chante.

— Ce n'est pas juste.

J'essaie de protester mais je ne peux pas me battre contre lui. Pas juste après avoir tué Henderson.

— Vous avez intérêt à mettre à jour votre permis. Les connards de votre espèce, persuadés qu'ils peuvent juste débarquer ici sans se mettre en règle avec les autorités, vous ne valez pas mieux que les Latinos basanés qui viennent nous voler nos emplois.

Avant de remonter dans sa voiture avec mon casque, l'agent Robin Fincher me crache aux pieds. Je m'imagine rallier à moi tous les malades mentaux d'Amérique ainsi que les travailleurs mexicains sans-papiers. Nous déboulerions dans son appartement merdique où il se nourrit sans aucun doute de blancs d'œufs et d'épinards (il avait un truc vert coincé entre les dents), et où il soulève de la fonte (ses bras étaient inutilement musclés) en regardant *Cops*.

Une fois rentré chez moi, je cache mon sac Pantry en haut à droite de mon armoire. Je prends une douche. Je m'habille. Je vais voir Harvey dans son bureau pour lui raconter ma rencontre avec ce flic et l'amende pour traversée irrégulière de la chaussée.

— Je t'avais bien dit de faire gaffe, glousse-t-il. J'ai raison ou j'ai raison ?

Personne ne s'est senti aussi disposé à quitter Franklin Village que moi à cet instant, mais à peine revenu dans mon appartement, Delilah me saute dessus, vêtue de sa robe sexy de la veille. Elle s'effondre sur mon futon, en larmes, hystérique. Et merde, j'ai oublié que je lui avais posé un lapin. Je m'avance et m'agenouille devant elle. Elle a le visage couvert de mascara. Elle tremble. Elle lâche son sac à main. Elle agrippe le devant de ma chemise. Sa tristesse paraît feinte, surjouée. Elle aurait pu la réprimer en prenant simplement une grande inspiration avant de venir ici, mais elle tenait à ce que je la voie dans cet état.

— Delilah. Respire.

Mais elle continue de sangloter. Je ferme la porte tandis qu'elle se met à claquer des dents sans prononcer le moindre mot. Elle enlève ses chaussures pointues et se love au creux de mon épaule.

— Delilah, je ne peux pas t'aider si je ne connais pas le problème.

Elle s'essuie les yeux, tend le bras vers son sac, déverrouille son iPhone (1492) et me le tend. Je lis le gros titre : *Henderson et sa maison des horreurs*. Je tiens le téléphone à deux mains. Il y a peu de détails, mais pour l'instant, ça ressemble à une « orgie qui a mal tourné ».

Elle se colle contre moi en se remettant à pleurer.

— Je l'adorais, me dit-elle. Je ne peux pas supporter ça... Je ne peux pas...

Je la tiens dans mes bras. Je lui caresse les cheveux. Il est hors de question que je la baise pour lui faire oublier le chagrin causé par la mort d'une célébrité. Si elle était venue chercher du réconfort après la mort de sa mère, peut-être, mais là, c'est ridicule.

— Tu me ramènes chez moi ? bredouille-t-elle.

Elle habite juste au-dessus, alors je la porte jusqu'au couloir puis l'ascenseur et enfin devant le seuil de sa porte.

— Là, m'indique-t-elle en montrant son lit situé pile au-dessus de mon futon.

J'essaie de me détacher d'elle, mais elle m'embrasse. Audacieux.

— Fais-moi du bien, me dit-elle. S'il te plaît.

Et voilà que je me mets à baiser Delilah-La-Baise-Pas. Après tout, pourquoi ne pas empirer la situation ? Pourquoi ne pas coucher avec la voisine collante du dessus ?

— Joe, me dit-elle. Ouvre les yeux.

Je suis au-dessus d'elle, en train de la pénétrer, et je la regarde.

— Salut, dis-je.

Elle m'attire encore plus près d'elle.

— Ma mère vient la semaine prochaine, murmure-t-elle. Elle veut te rencontrer.

Je m'interromps.

— J'ai pas mal de choses à faire.

Elle m'agrippe les fesses.

— Pas de problème, répond-elle en me donnant des baisers mouillés dans le cou, façon Franklin Village. Je comprends.

Nous nous y remettons et c'est meilleur qu'avec Tinder-Gwen. J'avais bien besoin de ça après ces dernières vingt-quatre heures cauchemardesques, mais Delilah ne jouit pas alors que je suis prêt.

— Jouis, lui dis-je.

Je n'ai pas envie de rencontrer sa mère, elle enfonce ses doigts dans mon dos, mais rien ne vient.

— Jouis.

Je lui tire les cheveux, lui mordille le cou et frotte son clitoris avec mon pouce.

— Jouis !

Je lui tire les cheveux un peu plus, en essayant de ne pas prêter attention aux assiettes publicitaires de *High School Musical* posées sur le comptoir de la cuisine. Je finis par comprendre. Elle ne jouira pas tant que je n'aurai pas accepté de rencontrer sa mère. Elle a besoin de croire que j'irai dîner dimanche avec elle, sa mère, sa famille, elle a besoin d'un oui.

— Je dînerai avec vous.

Elle jouit, confusément, en s'accrochant à moi. Je me retire et fixe son plafond malheureusement aussi vieillot et miteux que le mien. Elle se recroqueville contre moi, je ne sens plus mon bras sous le poids de son corps, elle se lance dans un monologue post-coïtal au sujet de sa famille, sa sœur mariée qui sait tout mieux que tout le monde, sa mère alcoolique qui aimerait que Delilah se trouve un mari, comme si ça allait tout arranger.

— Tu sais, tu es vraiment un bon coup, me complimente-t-elle. J'ai couché avec des mecs assez connus, mais toi tu es vraiment bon.

Je vais dans sa salle de bains, identique à la mienne, une pièce sans fenêtre, minable. Je fais caca. Je ne tire pas la chasse. Je m'en vais. Une heure plus tard, elle m'envoie un texto : *Ma salle de bains sent encore ton odeur, j'adore ça.*

Ma télé se transforme en hommage international à Henderson. Je l'ai tué, personne ne le sait mais tout le monde le sait. L'Amérique est en deuil. Son frère « fait son service », ce qui signifie que tous les gens qui, en temps normal, critiqueraient une couverture médiatique d'une telle ampleur pour une star de la télé sont sur le pont. On ne voit aucune assistante aigrie annoncer que c'était un con. Les heures passent. Delilah veut venir chez moi ce soir ; je lui réponds que je suis malade. C'est impossible de ne pas chercher Amy à l'écran au moment où les hélicoptères survolent la maison d'Henderson, même si je sais pertinemment qu'elle n'y est pas.

Delilah me répond : *Soigne-toi bien avant l'arrivée de ma mère. Elle a hâte de te rencontrer. On va passer un super dimanche. Xx*

Je me souviens avoir parlé de ma mère à Amy, et suggéré qu'on pourrait peut-être aller dîner ensemble. J'en avais envie comme on peut avoir envie de samossas à quatre heures du matin sans raison. Je déteste l'amour. Je déteste L.A. Delilah dépose un kit de survie devant ma porte : soupe au chou kale, un exemplaire du *Los Angeles Times*, et une boîte de vitamines C.

J'ai envie d'une pizza, d'un exemplaire du *New York Times* et d'un café. Je commande une grande pizza aux poivrons. Elle arrive tard, elle est froide, sèche et coûte une fortune. Tous les poivrons ont glissé d'un côté. Le livreur me propose de m'en apporter une autre, mais ça prendrait des heures. « Le timing, y a que ça de vrai, mon pote. »

Il porte un tee-shirt « RIP Henderson ». La vie va trop vite. Je l'ai tué il y a quelques heures à peine. Le livreur sourit.

— Je l'ai trouvé dans un bar sur Vermont. C'est cool, non ? Le tee-shirt, je veux dire, pas le... Enfin voyez, quoi.

— Ouais, réponds-je en prenant la mesure de mon acte.

Personne n'a fait de tee-shirt pour Candace, Benji, Peach, Beck. Ces gens-là n'ont pas de fans. En cherchant à assassiner une invisible, l'insaisissable Amy, j'ai tué une célébrité. Mes autres victimes ont simplement disparu comme les grands-parents dans les vieilles photos de famille ou les animaux domestiques qui cessent de faire partie de notre vie. Une personne connue ne s'efface jamais de la conscience collective. Henderson est présent à la télé et sur les tee-shirts.

Le docteur Nicky Angevine se bat pour sortir de prison, sa belle-sœur a créé un site pour rallier le public à sa cause et clame son innocence. Mais les Américains ne soutiennent pas un psy qui a trompé sa femme avec une patiente.

En revanche, ils soutiennent le comique qui les a libérés, leur a dit qu'il était acceptable d'être narcissique, au centre de l'attention en permanence. Moi, moi, moi. Ce serait sympa d'avoir une présence à mes côtés en ce moment, un être qui me soutiendrait, avec un cœur dont je pourrais sentir les battements, quelqu'un qui m'accompagnerait dans cet enfer et m'aiderait à y voir plus clair. «J'ai raison ou j'ai raison?», dis-je à voix haute.

Mais il n'y a personne pour répondre à cette question stupide. C'est pour ça que les gens ont des petits chiens qu'ils enferment dans leur appartement, parce que parfois on a besoin d'un autre être vivant, qui nous regarde, même si cet être est un loulou de Poméranie.

15

Les gens qui « réussissent à Hollywood » s'installent généralement au nord de la ville. Ils achètent de grandes maisons dans les collines d'où ils surplombent tout le monde. Mais vous avez beau être célèbre, et votre maison haut perchée, vous ne pouvez pas échapper aux rats. Les rats savent grimper, ils sont mobiles. Contrairement aux lapins. Ils n'obéissent pas à l'instinct de terrier.

Amy est un rat, elle s'incruste, c'est le genre de fille qui bat des cils le jour où elle décroche un nouveau job et demande où se trouve l'exemplaire d'*Alice au pays des merveilles* qui vaut un million de dollars. Il n'y a donc rien d'étonnant à ce qu'Amy ait rencontré Henderson au *Soho House*. J'ai perdu mon temps sur Craigslist, au *Birds*. Elle y est passée, puis a jeté son dévolu sur Beverly Hills, le *Soho House* et cet abruti qu'elle mourait d'envie de rencontrer. Je suis sûr qu'elle est repartie en chasse, à l'heure qu'il est. Son tee-shirt Peter Stark doit être tout mité, mais je parie qu'elle le porte encore.

La circulation est infernale et mon chauffeur étant néophyte, il a pris Sunset. Je lui dis :

— Il vaudrait peut-être mieux tourner à gauche vers Fountain, non ?

Il fait la grimace.

— J'aime pas trop les carrefours où il faut tourner à gauche, et va y en avoir plein si on passe par là.

Même ce gamin qui vient juste de débarquer ici est infecté par le virus du « moi moi moi », alors je laisse tomber. Au moins, j'ai réussi à me dégotter une entrée. Bien que ce club soit privé, on y organise des « événements » ouverts aux pauvres anonymes comme moi. Aujourd'hui, par exemple, il y a une audition pour un film indépendant. L'annonce de casting est ridicule, de la pure connerie :

Tu es belle, mais tu es laide. Tu es la vie, mais tu es la mort. Tu es le centre et la périphérie. Tu es un paradoxe. Tu es la mère, l'enfant, et la réunion des deux. Tu es Tara.

Membres ou non membres de la Screen Actors Guild acceptés.

Blondes, apporter photos.

Le chauffeur enclenche son clignotant et j'ai mal au ventre. L'idée de revoir Amy après tout ce temps est troublante, je l'imagine en train de chercher sa prochaine proie pleine aux as, ou peut-être en train d'auditionner pour ce film, essayant d'être « la mère et l'enfant ». Je rêve...

En sortant de mon Uber, je ne retire pas mes lunettes de soleil et passe devant le vigile qui me laisse entrer. Je suis dans l'ascenseur. Ça y est. Trois Scandinaves élancées entrent à leur tour, en ricanant bêtement. Elles sont mon sésame, donc je souris.

— Bonjour, mesdemoiselles.

La plus grande ne cille pas.

— Vous êtes acteur ?

— Non, je suis agent.

Elles ricanent de plus belle. Au moment où les portes se referment, nous sommes rejoints par deux types qui, eux, sont vraiment agents. Arrogants, sans gêne, supérieurs.

— Je lui ai dit d'aller se faire foutre.

— Tu lui as dit d'aller se faire foutre.

— C'est terminé.

— Avant même d'avoir commencé.

— Avant même d'exister.

— Avant d'être conçu.

— Avant que j'y mette ma bite ! dit le premier qui porte lui aussi des lunettes de soleil.

Il hoche la tête à l'intention des femmes :

— Mesdemoiselles.

Elles explosent de rire. Celle qui m'a adressé la parole lui demande :

— Vous êtes agent, vous aussi ?

— Attends une seconde, ma belle, répond-il.

Il la détaille de la tête aux pieds, fait de même avec moi, puis tourne de nouveau les yeux vers elle.

— Si ce type vous a dit qu'il pouvait vous rendre célèbre, il ment, croyez-moi. Vu ses chaussures, il ne peut rendre personne célèbre.

Les portes de l'ascenseur s'ouvrent et nous sommes arrêtés par un nouveau barrage filtrant. Un homme avec de petits yeux se tient derrière un bureau. Il reconnaît les deux imbéciles à mes côtés et les salue avec déférence. L'un des deux siffle dans ses doigts.

— Hé, Paco, t'as trouvé mes lunettes de soleil ?

L'employé obséquieux raccroche son téléphone. Il s'excuse de ne pas avoir trouvé ses lunettes, ni une personne en mesure de les retrouver. Il s'excuse d'avoir été au téléphone et également que l'escalier soit glissant, s'excuse de retarder son interlocuteur pour sa réunion, et encore une fois de ne pas avoir trouvé ses lunettes. Les pétasses devant moi regardent les deux cons gravir l'escalier de marbre.

L'esclave derrière son bureau soupire et se tourne vers elles :

— Est-ce que vous êtes membres ?

— Non, répond leur porte-parole en secouant la tête. Mais on a le mot de passe pour l'audition. Pour le film.

— Et quel est-il ? grommelle l'employé.

— Aniston.

Il leur fait signe d'y aller et leur demande de prendre l'ascenseur plutôt que l'escalier. Il me regarde :

— Vous êtes invité ?

— Non, je suis une victime. Ma copine rêve de devenir actrice et elle est partie ce matin pour passer l'audition ici, du coup je me sens mal de ne pas être là pour l'encourager.

Il éclate de rire.

— Ça se passe à l'étage, dans le hall.

— Je peux m'arrêter au bar prendre un truc à boire en passant ?

Il hoche la tête.

— Dites que Ricardo vous a donné le feu vert. Moi, je rêve de devenir quelqu'un. Alto, danseur, tombeur de femmes…

Je ris. Ça me fait du bien d'être le type qui plaisante avec le réceptionniste au moment où les portes de l'ascenseur s'ouvrent de nouveau pour laisser entrer d'autres invités. Je quitte la pièce aux murs bleus couverts d'œuvres d'art pour gravir à mon tour l'escalier en marbre.

Au deuxième étage, je découvre de jeunes gens minces et magnifiques, avachis de façon très étudiée, rentrant le ventre. Je sors pour admirer Los Angeles. C'est beau, vu d'ici. Sur la terrasse, il y a de petits fauteuils mignons où sont installés des gens tout aussi mignons. Et de petites étagères garnies de vieux romans.

Ce chemin va me mener jusqu'à Amy, je le sais, mais elle n'est ni au bar à boire un mojito, ni en train de déguster un dessert ou d'admirer les fleurs. Je retourne à l'intérieur, dans un long couloir qui compte plusieurs portes. J'essaie la première. Elle s'ouvre, il fait noir à l'intérieur et une femme est assise dans un gros fauteuil devant un écran. Elle est presque entièrement cachée sous une couverture en cachemire et un casque Beats.

— Bonjour, dis-je, mais elle ne m'entend pas.

Elle est plus grande que Beck mais plus petite qu'Amy et ça m'agace que mon esprit ne cesse de comparer toutes les filles à ces deux-là. Je réessaie. Plus fort : « Bonjour ! » Rien. J'avance vers elle, suffisamment près pour voir ce qu'elle regarde sur son écran. Une fille est en train de passer l'audition. Ah, cette femme est donc chargée de la supervision.

— Bonjour.

Toujours rien. Je m'approche. J'aperçois ses pieds nus et bronzés, ses chevilles croisées. Je vois ses cheveux mousseux comme de la barbe à papa et les battements de mon cœur s'accélèrent. Je la connais. C'est la fille de *La Poubelle*, celle qui a pris mon verre d'eau.

Je tombe sur elle ici, alors que je cherche Amy. C'est le destin. Je pose une main sur son épaule. Elle tourne la tête et pousse un cri de frayeur en me voyant. Une étude a démontré que la dynamique d'une relation se jouait lors du premier contact. Voilà la nôtre : je lui fais peur.

Mais elle éclate de rire. Elle me fait signe de m'asseoir et j'obéis.

Ses ongles de pieds et de mains sont vernis en blanc (Amy ne portait aucun vernis) et ses cheveux sont attachés au sommet de sa tête, retombant comme ceux d'une danseuse. Elle bouge, la couverture glisse pour révéler ses jambes couleur de miel, plus soyeuses que celles de Beck, plus fermes, mieux galbées que celles d'Amy. À l'écran, la fille finit de lire et miss barbe à papa sort un bloc jaune de sa pochette.

Elle écrit : *?*, puis me tend son stylo. J'approche ma chaise. Nous sommes dans un de ces moments qui précèdent le sexe, quand chaque mouvement a un sous-entendu érotique. Mon corps ne demande que ça. Je saisis le stylo. Nos doigts ne se touchent pas. Pas encore.

J'écris : *Je cherche quelqu'un.*

Je lui redonne le stylo. Toujours pas de contact.

Qui ?

Elle porte de gros diamants aux oreilles. Je prends le stylo et, cette fois, effleure ses doigts.

Ce ne serait pas fair-play. Elle passe l'audition.

Un vigile déboule dans la pièce. Elle le congédie d'un geste de la main. Aussi simple que ça. Elle m'a sauvé. C'est la chef. Elle me fait signe de rester.

Je vous dois un verre d'eau ☺

Alors elle se souvient de moi, elle aussi. J'écris : La Poubelle.

Oui.

Oui.

Elle attrape un deuxième casque. Je rapproche ma chaise encore un peu plus. Chacun de ses gestes est sexuel. Amy et moi, on plaisantait. Avec elle, c'est plus excitant. Plus pur. Elle se gratte le coude et j'ai envie de coller ma queue contre son ventre. Elle éternue. J'écris : *À vos souhaits.*

Merci.

Je m'appelle Joe. Et toi ?

Elle passe la langue sur ses lèvres. *Salut, Joe. Moi c'est Love.*

Nos jambes, parallèles, et nos avant-bras, qui se frôlent, génèrent de la chaleur. J'écris : *Love ?*

Elle couvre sa bouche avec sa main : *Mes parents sont dingues. Mais c'est un nom rigolo. C'est comme tous les noms. On s'y habitue et on l'accepte. Mais quand même. C'est bizarre d'être Love. Ça paraît super narcissique, non ?*

Love est drôle. *Salut, super narcissique Love.*

Elle sourit et c'est parti pour un rendez-vous amoureux sans paroles. J'écris des blagues. Love prend en photo celles au sujet des actrices et les envoie à quelqu'un par texto. Un serveur surgit. J'écris ma commande : *Cheeseburger à point, frites, vodka soda.* Love se mordille la lèvre, regarde le serveur et fait un V avec l'index et le majeur. « Deux. » Elle est facile, légère, magnifique. Je me promets de ne pas la trouver plus saine que Beck et plus drôle qu'Amy. Je ne laisserai pas des relations amoureuses périmées, toxiques, terminées, assombrir ma relation naissante avec la douce et soyeuse Love. Je suis ici, maintenant.

Elle claque des doigts et indique l'écran. Je continue de la faire rire et quand le serveur revient avec nos burgers, je sors mon portefeuille. Elle aussi, et elle m'attrape le bras en hochant la tête. Elle paie et je rigole tout seul en songeant que le sexe est meilleur quand on est « *in Love* », c'est bien connu. En me voyant rire, elle écrit un mot : *Pervers*.

Je plonge les yeux dans les siens, elle ne détourne pas le regard. Amy m'aurait donné une tape, fait une grimace ou aurait tourné ça en blague cynique. Beck aurait boudé et se serait concentrée sur un sujet ennuyeux comme l'étymologie du mot « pervers ». Mais Love ne me quitte pas des yeux et je comprends. Elle aussi, elle est perverse.

16

Je ne crois pas au coup de foudre. Mais je crois à l'électricité, capable de vous recharger. Je suis en train de guérir. Quand Delilah m'envoie un texto, je lui réponds : *Parti pour quelques jours rendre visite à mon oncle.*

Love saisit une boîte de bonbons. Elle soulève le couvercle avant de me la tendre. J'ouvre la main, m'attendant à ce qu'elle en verse quelques-uns dans ma paume, mais elle écrit : *Tu peux mettre ta main ds ma boîte.*

Tout aurait été parfait si elle avait écrit « dans » au lieu de « ds ».

Je plonge la main dans sa boîte et en prends un. Grâce à nos échanges par écrit, j'ai appris que Love produisait ce film. Elle travaille avec un type, celui à qui elle ne cesse d'envoyer mes blagues. Je lui ai raconté que je cherchais ma voisine, venue passer l'audition.

Love fait ce truc que font toutes les filles quand elles vous aiment bien, quand elles apprennent que vous êtes célibataire et qu'elles ne peuvent pas vous sourire et vous regarder en même temps : elles baissent les yeux, leurs joues rougissent, leurs yeux se plissent… Yes !

J'écris que ma voisine est *très grande. Blonde. Tu as vu quelqu'un qui ressemble à ça ?*

Love secoue la tête. *On cherche une fille plutôt petite. Je ne me rappelle pas avoir vu de blonde. Personne de remarquable en tout cas. Tu as une photo ?*

Je fais non de la tête. *C'est pas grave. Ça n'a plus d'importance.* Son sourire s'élargit.

Tous les premiers rendez-vous ont une fin et le nôtre se termine au moment où une voix retentit dans notre casque. Un type qui parle fort et vite : « Forty pour Love. Forty pour Love. Pause pipi, pause pipi. »

J'écris : *C'est ton copain ?*

Elle rit et secoue la tête. J'ai ma réponse, mon feu vert, mon top départ, mon coup d'envoi. J'enlève mon casque, Love aussi. Je l'embrasse. Elle m'embrasse à son tour. C'est le baiser le plus torride de ma vie. La bouche de Love est comme le *Soho House*, toute de velours et de marbre, « accès réservé ». Je ne vais pas plus loin et me détache d'elle le premier. Elle me dit bonjour d'une voix à la fois sensuelle et dure, comme si elle faisait attention, comme si elle appartenait à cette génération habituée à « choisir ses mots ».

Elle secoue la tête en riant :

— Ça fait un drôle d'effet d'entendre sa propre voix quand on ne l'a pas entendue depuis un moment !

Elle a raison, je ris à mon tour. Elle sent super bon.

— Viens, je vais te présenter mon frère, dit-elle. C'est lui qui a rédigé cette annonce de casting ridicule, mais bon, il est visionnaire.

Elle m'explique que ses parents étaient fans de tennis, mais qu'ils préféraient le regarder à la télé plutôt qu'y jouer. Love ne joue pas beaucoup (tant mieux !) et Forty n'est pas très sportif (et alors ?). C'est drôle ce dont les filles vous parlent, pensant que ça va vous intéresser. Nous traversons la pièce principale. Love adresse des signes de la main à plusieurs personnes. Love est un passeport ; elle est Ray Liotta dans *Les Affranchis*, Julianne Moore dans *Boogie Nights*, une hôtesse, un leader. Avec elle, je peux aller n'importe où. Elle me regarde avant d'ouvrir une porte sur laquelle il est inscrit *Salle de projection*.

— Prépare-toi, me dit-elle. Forty peut être excessif.

Elle ne plaisante pas. La pièce empeste le cigare et le homard. Forty est au téléphone, il nous indique de nous taire pendant qu'il « fait plaisir à son agent ». Contrairement à ce que tout le monde croit, Philip Seymour Hoffman n'est pas mort : il est bien vivant, interprétant le rôle de Forty Quinn. Blond, les jambes arquées, Forty porte un short à carreaux, un tee-shirt Steve Miller Band, et arbore un grand sourire d'enfant. Love m'explique qu'ils sont jumeaux, mais Forty paraît centenaire à côté d'elle. Sa peau est tannée à cause du soleil, de la cocaïne et des travaux d'intérêt général infligés par les tribunaux. Ses cheveux, à l'inverse, sont brillants et soyeux, comme si on les avait prélevés sur un poupon, blonds, soignés, la raie au milieu.

— C'est quelqu'un de passionné, me murmure Love.

— Vous êtes proches ?

— On est jumeaux.

Ça ne répond pas à ma question. Elle passe ses cheveux derrière ses oreilles, puis commence à ranger le bazar. Nous n'avons commandé que deux cheeseburgers, mais Forty, lui, a demandé toute la carte. J'essaie de rester impassible face à ce gâchis de nourriture. Je veux que tout se passe bien.

Cigarette aux lèvres, Forty fait sauter le bouchon d'une bouteille de Dom Pérignon.

— Je ne les ai pas senties, les filles Groundling, explique-t-il au téléphone. Je veux une femme qui ait une âme, tu vois ? Nancy va m'entendre, parce que je lui ai précisément demandé de ne pas m'envoyer de filles drôles sauf si elles étaient pile dans le rôle !

Il raccroche en grognant et Love s'adresse à lui comme si elle parlait à un enfant.

— Forty, calme-toi. Tout va bien.

— Non, tout ne va pas bien. On ne l'a pas trouvée.

— On va la trouver. Pour l'instant, je te présente Joe. Joe le rigolo.

Forty pose sa bouteille, écrase sa cigarette et applaudit :

— Mon vieux, tu m'as vraiment fait marrer !

Je lui tends la main. J'aime ce type, pas parce qu'il me fait un compliment, mais parce qu'il a raison. Je suis drôle. J'ai du talent. Je suis « mon vieux ».

Nous prenons place dans des fauteuils club, discutons des actrices, et c'est étonnamment facile. Toute ma vie, j'ai eu du mal à m'intégrer. Je ne supporte pas la petite clique de Calvin qui se la joue, ni Harvey quand il teste ses blagues, et je ne pourrais jamais passer ma vie aux côtés de Delilah. Mais ici, tout est évident.

Quand Love s'éclipse pour aller aux toilettes, Forty me lance une serviette en papier.

— Sois sympa avec elle.

— Bien sûr ! Alors vous deux, vous êtes de L.A. ?

Il me regarde comme si j'étais fou.

— T'es sérieux, là ?

Je le regarde comme s'il était sain d'esprit.

— Oui.

Il éclate de rire en battant des mains.

— Mec, dit-il, je t'adore parce que tu ne sais pas où tu as mis les pieds. C'est énorme ! ajoute-t-il avant de s'assombrir. Sauf si tu me charries.

— Pas du tout. Je suis venu ici parce que je cherchais quelqu'un et je suis tombé sur ta sœur. C'est tout.

En revenant, Love demande ce qu'elle a raté. Forty lance une nouvelle serviette en papier, dans sa direction, cette fois.

— Tu as raté le moment où mon cœur s'est remis à battre, dit-il. Le moment où j'ai appris que Joe, ton nouvel ami, ne sait pas du tout qui on est.

Love croise les bras.

— Forty. S'il te plaît.

— Tout va bien, dis-je. Je ne travaille pas pour le gouvernement.

Forty rit trop fort et Love saisit la serviette en papier pour la jeter même si elle n'a pas besoin de le faire.

— Pardonne mon frère. Parfois il délire et croit qu'on est célèbres. Mais c'est faux.

— Si, on est célèbres, insiste-t-il. Joe, tu as déjà entendu parler du Pantry ?

— Le meilleur supermarché du monde, réponds-je. Il y en a un juste à côté de chez moi.

— À Brentwood ?

— Non.

— Santa Monica ?

— Non.

— Mec, tu passes ton temps à Malibu ?

— Je vis à Hollywood. Dans un appartement.

Forty marque un temps d'arrêt. On se croirait à l'école quand les autres gamins apprennent qu'on reçoit le petit déjeuner et le déjeuner gratos.

— Cool, commente-t-il. Cool Raoul.

— Nos parents sont les propriétaires du Pantry, m'explique Love.

Je n'en reviens pas et n'essaie même pas de le cacher.

— Mais ça ne nous rend pas célèbres pour autant, reprend-elle.

Tout devient flou autour de moi tandis que Love et Forty se querellent pour savoir si, oui ou non, ils sont célèbres. Je n'arrive pas à croire que Love soit propriétaire du Pantry, mon endroit à moi, mon havre de paix. Pourtant, Ray et Dottie m'« embrassent » depuis ma première visite là-bas.

— Alors, tu viens avec nous retrouver les parents au grand C ? demande-t-il.

Je regarde Love, qui me sourit.

— On va au *Château*, dit-elle. Tu viens ?

— Avec plaisir.

Ça figurait justement sur ma liste d'endroits à visiter mais je ne veux pas avoir l'air d'un pauvre touriste.

Forty se caresse le menton en me regardant. Quand Love lui demande quel est le problème, il soupire.

— J'imagine que notre nouvel ami n'a pas de veste, et je suggère donc un petit arrêt en route pour réparer cette intolérable hérésie. OK ?

Je regarde Love. Je dis OK.

17

Je me sens bien dans la Tesla de Love, comme si j'étais né pour être là. Nous quittons le parking du *Soho House*, je lui montre mes playlists Pantry sur mon téléphone, ainsi que mon historique de recherche Shazam. Elle veut voir les morceaux que j'écoute le plus et reste perplexe.

— Tu écoutes beaucoup de morceaux extraits de *The Hit Girls*. Tu as une copine ?

Je lui réponds qu'elle est drôle et prétends que j'ai regardé le film sur Netflix une nuit et que j'ai bien aimé les scènes dans la piscine. Je ramène la conversation à nous, aux playlists Pantry.

— J'arrive pas à y croire, lui dis-je. J'adore ces playlists. J'y vais juste pour les écouter.

Elle devient tout excitée, trépigne et tambourine sur le volant.

— Je vais t'épater… C'est moi derrière ces playlists !

Elle a raison : elle m'épate. Love est le « music designer », c'est grâce à elle que *Valerie* des Zutons enchaîne sur Gregory Abbott.

— Personne n'y fait jamais attention, dit-elle. Pourtant, je réfléchis à ces playlists, elles m'obsèdent. C'est à cause de mon nom, je crois, parce que je dois avoir dix mille photos de moi posant sur une chanson d'amour, du genre *Stop ! In the Name of Love* devant un panneau « Stop ».

Je crois qu'elle ne va pas se formaliser si je la touche, alors je lui tapote le genou.

— Ne t'inquiète pas. Je ne répéterai pas ton petit secret et je ne vais pas non plus m'enfuir en courant.

Elle a plusieurs sourires, tous différents. Celui qu'elle m'adresse à ce moment-là est malicieux.

— Tu ne peux pas t'enfuir. La portière est verrouillée.

— Très bien.

Elle m'a déjà mis en cage. Je lui apprends que j'aime bien les noms rigolos des rayons du Pantry.

— C'est moi qui les ai inventés quand on a repensé les magasins. J'ai trouvé « Nation Procrastination » quand j'étais à la fac, à me prendre la tête sur mon mémoire.

— J'arrive pas à y croire !

Quand je lui demande si elle a étudié le théâtre à l'université, elle me répond qu'elle n'est pas actrice.

— Évidemment, quand on grandit ici, c'est difficile de ne pas y penser, mais j'ai fondé une association caritative qui s'appelle « Swim for Love », où on donne des leçons de natation à des enfants défavorisés. Je me concentre là-dessus. Les films qu'on essaie de faire, Forty et moi, n'aboutissent jamais, mais ce n'est pas grave. J'aime mieux ça que passer des auditions. C'est triste, non ?

Je lui expose ma théorie selon laquelle chacun de nous veut devenir célèbre pour lutter contre la peur de la mort, mais qu'il n'y a pas de place pour tout le monde. Elle me dit que je m'exprime comme un écrivain et je lui réponds que je suis libraire. Mais assez parlé de moi.

— Parle-moi du Pantry, raconte-moi tout.

Elle m'explique que ses grands-parents ont aidé à construire la Californie, qu'ils ont commencé avec un seul magasin et qu'ils en possèdent aujourd'hui des dizaines dans tout l'État. Ils sont aussi propriétaires d'hectares de terrains et de centres commerciaux. Bon sang, cette fille est pleine aux as.

— Je ne te raconte pas ça pour me vanter. Je veux dire, je ne cherche pas à étaler ma richesse.

— Je sais. Et honnêtement, si tu ne possédais qu'un seul de ces magasins, je serais ravi. J'adore le Pantry.

Elle éclate de rire.

— Oui, j'avais compris. Il faudra remercier ton amie, celle qui a passé l'audition, plaisante-t-elle en me tapotant l'épaule. C'est grâce à elle qu'on s'est rencontrés.

Love est audacieuse, Love est excitée.

— On devrait lui envoyer des fleurs, poursuit-elle. Comment elle s'appelle, déjà ?

— Bien essayé. Je ne dirai rien.

Elle tape le volant du plat de la main. Je ris.

— Je n'arrive pas à croire que, depuis le début, tes parents ont essayé d'attirer mon attention sur toi et que je n'ai rien compris.

— Oui, c'est une idée de mon père, de lancer aux clients « Ray et Dottie vous embrassent ». Mes parents sont super amoureux. Après ma naissance – notre naissance –, mon père a pensé : « Tout le monde devrait s'embrasser tout le temps. »

— Je trouve ça mignon. Mes parents se détestaient et notre supermarché était infesté de rats.

Elle lâche un petit rire aigu. Elle m'explique que Ray et Dottie sont amoureux depuis le collège. Le père de Dottie était boucher, celui de Ray, propriétaire du Pantry. Ils sont tombés amoureux enfants, sont restés amoureux une fois devenus adolescents et sont toujours « amoureux au point d'en être écœurants » aujourd'hui. J'éclate de rire. Love m'avertit que je rirai moins dans une heure quand on sera au *Château* avec eux.

— Ils ne sont pas normaux, précise-t-elle. C'est comme s'ils ne pouvaient jamais se passer l'un de l'autre. Comme des ados.

— C'est inhabituel.

Elle répète que c'est assez dégoûtant et ajoute en soupirant que ça a sûrement influencé sa vie amoureuse. Selon elle, le bonheur de ses parents et le prénom qu'ils lui ont donné ont eu une grande influence sur ses relations. Elle a été mariée deux fois.

— Deux fois ?

J'approche mon téléphone de la vitre. Le réseau est mauvais et j'ai envie de la chercher sur Google.

— Prends mon iPad, me propose-t-elle. Le mot de passe est Love.

« Le mot de passe est Love. » Je prends son iPad pendant qu'elle me parle de ses maris. Elle a rencontré le premier, Michael Michael Motorcycle, à Vegas – « un gros con » –, elle était jeune, stupide, en colère et « défoncée ». Ils sont restés mariés onze mois.

— Onze mois ? C'est impressionnant.

— Tu devrais essayer, me conseille-t-elle.

À certains moments, je n'arrive pas à savoir si elle est sérieuse ou non. Elle a épousé son deuxième mari, un médecin afro-américain, le docteur Trey Hanes, il y a huit ans.

— C'était mon véritable amour.

J'ouvre Safari et consulte son historique de recherche : « bottes, toutous, bottes neige, toutous, labradors, chocolat, labradors, chien noir, bottes au-dessus du genou, labrador beige ».

Je ne comprends pas comment c'est possible. Les riches ont peut-être des réglages spécifiques qui leur permettent de protéger leur vie privée, si bien que quoi que vous cherchiez, vous tombez sur « bottes, toutous ». Parce qu'il est inimaginable que cette femme intelligente au volant de sa Tesla, qui me raconte son mariage avec Trey, soit à l'origine de ce type de recherches.

— On avait tous les deux vingt-sept ans, m'explique-t-elle. On était fous amoureux.

Bottes et toutous…

— Ah oui…

— Et puis il est tombé malade. Un cancer. Les gens parlent toujours du combat contre la maladie, mais Trey n'a même pas pu se battre. On n'a pas eu l'occasion de se battre ensemble, je n'ai pas eu la possibilité de m'occuper de lui après la chimio, ni de me raser la tête par solidarité.

— Il est mort si vite ?

Peut-être que les bottes et les toutous sont en fait un mécanisme de défense.

— C'est horrible, dis-je.

— Ce n'est pas le cancer qui l'a tué. Il s'est noyé juste après le diagnostic, pendant qu'on faisait du surf, m'explique-t-elle en serrant le volant un peu plus fort. Ma mère me tuerait si elle m'entendait. Selon elle, je devrais laisser passer un peu de temps avant de parler de ça. Mais tu sais, on a tous une pensée qui revient en boucle, avec laquelle on dialogue dans notre tête, tu vois ?

MugdurineCandaceBenjiPeachBeckHendersonMugdurine.

— Oui, je vois.

— Moi, je pense toujours à Trey. Je pense qu'il s'est suicidé. Je crois qu'il s'en voulait tellement de m'infliger ça qu'il a préféré en finir. Et qu'il a choisi ce moyen-là. Tu as déjà lu *De chair et de sang* ?

— Oui.

— Tu te rappelles le personnage qui n'arrive pas à accepter son homosexualité et qui se noie dans la mer ?

— Oui.

Je n'arrive pas à croire que la fille qui fait des recherches sur les bottes et les chiens soit en train de me parler de Michael Cunningham.

— Je crois que c'était pareil pour Trey. Il n'a pas supporté l'idée de nous infliger ça, à ma famille et moi. Mes parents sont forts pour les choses agréables. Mais pour les autres... poursuit-elle avant de secouer la tête. Est-ce que j'en ai trop dit ? Tu veux que je mette un peu de musique ?

Elle tend la main vers le tableau de bord et je pose la mienne dessus.

— Non. Et ton frère, il est marié ?

— Ah... c'est devenu une blague dans la famille. Moi, je me suis mariée deux fois avant l'âge de trente ans, mais lui, il n'arrive même pas à sortir plus de cinq minutes avec une fille. Les meilleurs modèles dans la vie peuvent aussi être les pires.

Love m'explique qu'il est impossible d'égaler Ray et Dottie. Ils sont tellement amoureux qu'elle ne comprend même pas pourquoi ils ont eu des enfants.

— On entend des femmes qui disent : « Je m'en fiche de mon mari, maintenant que j'ai mes enfants. » Ma mère, elle nous adore, mais elle aime mon père plus que nous. Et tes parents, ils vivent ensemble ? Tu as dit qu'ils se disputaient, mais parfois c'est juste une façon d'exister.

Ah, les filles riches...

— Non. Ma mère est partie. Ils n'ont jamais été un modèle pour moi.

— Si seulement on pouvait choisir nos modèles ! Mais on fait avec ce qu'on a.

Love a trente-cinq ans, ce sera donc la femme la plus âgée avec qui j'aurai jamais couché, et je prends conscience de la puissance de mon désir pour elle. Elle utilise son clignotant. Elle est gentille. Elle m'apprend qu'elle est « plus ou moins de New York », elle aussi.

— On a des apparts là-bas. Mais je ne peux jamais y rester plus de quelques mois d'affilée. Ça paraît bête, mais je suis trop sensible, je crois.

— C'est-à-dire ?

Love a grandi « essentiellement à Malibu » mais a été éduquée à la maison, avec des excursions de biologie aux Galápagos, des semestres d'immersion dans des écoles privées, et elle adore Los Angeles. Elle voulait devenir avocate.

— On a un problème, dans ma famille. Mon père dit tout le temps : « J'ai deux enfants, le premier veut faire des films et la deuxième veut défendre les méchants. Personne ne veut tenir la boutique. »

— Il parle vraiment comme ça ?

Elle me donne une tape sur la jambe.

— Tu verras !

Love ne croit pas qu'il y ait des bons et des méchants. Elle croit simplement en l'humain. Son souvenir du 11-Septembre est le suivant : elle était en première année de droit à NYU.

— Pour être honnête, je détestais cette fac. Je n'avais pas d'amis. Je restais dans ma chambre à regarder *La Revanche d'une blonde*, en regrettant que ça ne ressemble pas à ça, même si Elle Woods n'a pas d'amis non plus. J'étais malheureuse.

— Tu étais très jeune, non ?

Love a cinq ans de plus que moi, elle est beaucoup plus vieille que Beck et Amy. Mais elle n'est pas si vieille que ça non plus.

— J'ai été éduquée à la maison, et mon père…

Elle s'interrompt et j'imagine que ses histoires ont beaucoup de zones d'ombre, comblées par l'argent.

— Bref, j'ai passé une nuit dans un bar pourri à pleurer en disant que j'attendais un signe.

— Un signe ?

— Oui, un signe qui me donnerait le feu vert pour quitter la fac, m'explique-t-elle en klaxonnant quelqu'un qui essaie de la doubler. Bref, on picole, on va se balader pour se changer les idées, et c'est là que c'est arrivé. Les tours, l'enfer, le monde qui devient dingue. Et mes copines m'ont dit : le voilà, ton signe.

— Waouh.

Je refuse de la juger. Au lieu de ça, je pense à ses seins.

— Tu as le droit d'être horrifié, commente-t-elle en lisant dans mes pensées. J'ai conscience que c'est vraiment atroce de prétendre que c'était mon signe. Ça paraît stupide, égoïste et solipsiste d'affirmer que le 11-Septembre a été comme un signe pour moi, mon feu vert pour quitter la fac de droit.

— C'est sévère.

Beck a dû chercher « solipsiste » dans le dictionnaire. Amy n'avait pas de dictionnaire.

— Mais quand on est jeune, on a besoin d'approbation, on lit son horoscope, on pense des trucs du genre : « Si ce mec au bar me donne deux cerises au lieu d'une, ça veut dire qu'il faut que j'aille boire un verre ailleurs. »

— C'est vrai.

Love veut savoir où je me trouvais le 11-Septembre, alors qu'on est coincés sur cette portion pourrie de Sunset où se succèdent les centres commerciaux. Je suis sincère : ce jour-là, j'ai eu des ennuis au travail. M. Mooney m'a enfermé dans une cage, dans le sous-sol. Quand je suis sorti, la fumée s'était dissipée.

— Waouh.

Elle pianote sur son volant. Elle me dit qu'elle aime les gens excentriques. Les personnes âgées. Les bonnes histoires. Qu'on pourrait tirer un bon film de nos expériences du 11-Septembre. Elle aime l'idée d'un « New-Yorkais qui a raté New York ». Elle me demande quel âge j'avais.

— Seize ans, réponds-je trop vite.

Elle rit. J'ai envie de lécher sa chatte barbe à papa.

— Joe, il faut que tu saches un truc sur moi : je me fiche de l'âge. Je ne suis pas comme ça. Tu peux avoir l'âge que tu veux, ça m'est égal.

Sa mère téléphone et Love lui parle de balles de tennis et de NetJets. Je sais que Love m'aime bien au son mélodieux de sa voix, à sa façon d'annoncer à sa mère qu'elle « vient avec quelqu'un ».

Après avoir raccroché, elle se dirige vers le parking de voiturier d'Hollywood & Highland.

— Est-ce que tu vas me prendre pour une horrible princesse si je te dis que je ne supporte pas les bouchons, que j'ai envie de boire un verre et que j'aimerais autant qu'on t'achète une veste ici ?

Je ne la prends pas pour une horrible princesse et je refuse qu'elle paie mes vêtements chez Lucky ou Gap.

— Ça y est ? me demande-t-elle.

— Presque.

Quand je sors de la cabine, Love porte de nouveaux vêtements elle aussi, une minuscule robe blanche fendue des deux côtés.

— Dis donc, s'étonne-t-elle, je n'arrive pas à croire que cette veste vienne de chez Gap.

Moi je n'arrive pas à croire qu'elle porte une nuisette pour aller dîner, mais j'arrache l'étiquette comme elle me le demande. Ma mère me l'a toujours dit : « Les riches sont différents. »

18

Je vis dans l'instant présent, à cette table, pendant cette soirée au *Château* avec ces gens-là, les Quinn, dont je fais partie. Me voilà réincarné en un membre de cette famille, gendre non officiel de Dottie et Ray – ceux-là mêmes qui m'embrassaient au Pantry ! –, qui savent parler et montrer leur affection. Ce sont des gens bien en chair, joviaux. Nous parlons de l'actualité. Ils ne comprennent pas le raffut qui entoure la mort d'Henderson.

— Je suis vieux jeu, déclare le père de Love. J'aime bien Johnny Carson et Jay Leno. Même Jimmy Fallon parce qu'il s'habille bien ! Mais pas cet idiot sur son canapé.

— Papa, ne sois pas si dur, le sermonne Love.

— Non, interviens-je, je le comprends. Je crois qu'Henderson nous empoisonnait tous. C'est honorable d'interviewer quelqu'un. Ça nécessite de l'honnêteté. De la curiosité. C'est une activité intellectuelle. Les générations précédentes étaient plus à l'aise dans l'écoute que dans la confession, et Henderson a mis en avant l'idée qu'on pouvait tous être au centre de l'attention en permanence. Mais si nous sommes tous sur scène, qui seront les spectateurs ?

Tout le monde me regarde, comme cela s'est produit une ou deux fois ce soir, quand j'ai remis en question la valeur des légumes bio et exprimé mon opinion au sujet du chou kale. Une fois de plus, je les convaincs. Ray applaudit.

— Joe, vous êtes une bouffée d'air pur.

— Quelle intelligence ! s'émerveille Dottie.

Love me caresse la cuisse. Elle a raison : Ray et Dottie ont bel et bien l'air amoureux et ils m'adorent. Ray veut savoir si j'aime les bateaux et Cabo parce qu'il a un nouveau « Donzi » qu'il a hâte de mettre à l'eau, ainsi qu'une « adresse » à Cabo :

— La Groceria, dit-il, amusé par son très mauvais accent. Les voisins nous ont pris pour des fous, mais un nom qui sonne bien, c'est important. Pourquoi ne pas l'appeler « La Groceria » ? Tout sonne mieux en espagnol.

Je lance une recherche Google sur Donzi. Ça coûte dans les 500 000 dollars.

Ray et Dottie insistent pour que je commande tout ce que je veux.

— La première fois au *Château*, c'est un moment unique, m'indique Ray. Cet endroit peut changer une vie, Joe. Tout se passe ici. C'est aussi une tradition familiale et, quand vous êtes avec nous, vous faites partie de la famille. C'est compris ?

Love éclate de rire, mais il a raison. *Château Marmont* est un pays qui n'autorise pas l'extradition, une zone sécurisée, un havre, et tout le monde se soucie de moi. Est-ce que ma chaise est assez confortable ? Est-ce que ma boisson me plaît ? Est-ce qu'il fait trop chaud ? Trop froid ? Est-ce que j'ai besoin qu'on allume le chauffage ? Est-ce que je mange des fruits de mer ? On ne s'est jamais aussi bien occupé de moi, et Love me chuchote : « Mes parents sont pas si terribles, tu vois ? » Tout à coup, je respecte les gens qui ont de l'ambition, parce que c'est un excellent choix de vie.

Forty arrive et me prend dans ses bras comme si nous étions les meilleurs amis du monde. Ray soupire :

— Tu as auditionné tout un tas de filles aujourd'hui, et pourtant c'est ta sœur qui nous présente un nouveau garçon.

— Love est faite pour l'amour, papa, répond-il en faisant un geste de la main vers elle.

— Ton père et moi, on veut juste te voir heureux, explique Dottie.

— Je sais, maman. Et je vous assure, quand j'aurai terminé le casting, finalisé le scénario, donné à mon agent la bio qu'il réclame pour le tournage de ce pilote à Sedona et réécrit le scénario pour l'autre pilote à Culver, je vous assure, mes chers parents, que je rencontrerai une gentille fille, que je l'épouserai et donnerai naissance à deux beaux enfants. Peut-être même des jumeaux.

Love éclate de rire :

— Tu es horrible.

Mais Forty n'a pas terminé.

— Parce que c'est très facile de rencontrer des filles magnifiques et disponibles alors que je mène cinq projets de front.

Il avale cul sec un shot de tequila, puis reprend :

— Mais ce soir, à la vôtre, papa et maman, et au demi-anniversaire de papa.

Avec ma veste de blazer bleu marine et mon tee-shirt uni, je me fonds dans la masse des clients du *Château*. Ray raconte des anecdotes datant du bon vieux temps où il travaillait dans le tout premier Pantry pour quelques *cents* seulement (ses parents ne lui donnaient rien, c'était une autre époque) et Dottie dit que le passé, c'est le passé. Elle ajoute qu'on ne peut pas faire semblant de ne rien avoir quand on possède tant de choses. Elle me pince le bras.

— Son père était le patron, le mien était le boucher, donc s'il sait ce que c'est d'être pauvre, c'est uniquement grâce à moi.

— Je vois, réponds-je.

— Bien sûr. Vous êtes de New York.

Love laisse sa main posée sur l'intérieur de ma cuisse. Nous sommes en famille, et Ray et Dottie m'apprécient parce que je travaille pour gagner ma vie. Je pourrais rester ici pour toujours, mais, évidemment, notre groupe s'élargit de plus en plus. Des amis se joignent à cette fête de demi-anniversaire et Love doit « aller dire bonjour ». Forty me donne une grande tape dans le dos.

— Tu ne bosses pas dans le cinéma, si ? me demande-t-il.

— Non, mais j'aime bien ça.

— Tes notes étaient pertinentes, poursuit-il en ouvrant trois paquets d'édulcorant. C'est exactement de ça qu'on a besoin dans le cinéma.

Il lève la main et tape dans la mienne avant de déblatérer contre *Presque célèbre* :

— Ici, les gens n'aiment pas penser. Ça leur fait peur, on dirait qu'ils craignent de ne plus pouvoir revenir en arrière. Mais toi, tu es un penseur. Comme la statue. Je le sens. Je le vois.

— Merci.

Ray se penche vers nous :

— C'est un professeur.

Forty acquiesce. Voilà un surnom qui me plaît bien, « le Professeur ». Love revient, passe ses bras autour de moi et me murmure à l'oreille « Professeur ».

Je la corrige :
— Non, c'est « le » Professeur.
Ray applaudit et notre invité d'honneur non officiel, le producteur Barry Stein, fait son entrée. Tout le monde se lève pour lui et Bradley Cooper en personne – *Château !* –, le prend dans ses bras avant de l'inviter à s'asseoir. Barry se dirige vers nous. Avec son look très californien, il aurait pu jouer dans *Ocean's Eleven*. Il nous demande de nous rassoir. Il ne sourit pas. Il est trop cool pour ça. Dottie est « effondrée » qu'il soit venu seul.
— Ma femme et ma nounou sont au plus bas à cause du décès d'Henny, explique-t-il.
C'est la première fois que j'entends ce surnom, « Henny ». Il se ressaisit vite, un peu comme Delilah, et passe le bras autour des épaules de Love.
— Mais Dottie, si ça te rend triste de me voir seul, je veux bien prendre cette jolie jeune femme, poursuit-il.
Quel porc… Mais le père de Love rit. Love s'éclipse pour aller aux toilettes, non sans m'avoir donné un bisou sur la joue. Stein pousse un soupir.
— Les meilleures sont toujours prises.
Dottie sourit et enchaîne :
— Je te présente le nouvel ami de Love, Joe.
— C'est quelqu'un de bien, Barry, renchérit Ray.
Barry me dit qu'il est ravi de me rencontrer ; je ne l'aime pas et je n'aime pas non plus l'abruti riche et blond qui s'approche de la table. Sur son chapeau, il est écrit *Vineyard Vines*, et sur son tee-shirt, *Four Seas Ice Cream*. Moi qui voulais venir ici en jean et tee-shirt, dire que j'ai dû m'arrêter en route acheter une veste ! En revenant des toilettes, Love prend ce type dans ses bras.
— Milo, je suis tellement contente de te voir !
Les serveuses lui font une place. Dottie l'embrasse en l'invitant à dîner et Forty me donne un coup de coude.
— Ne sois pas jaloux. Milo est notre demi-frère.
Je lui réponds que tout va bien, puis je me lève pour lui serrer la main. Milo ouvre les bras pour m'enlacer.
— Allons-y franchement, me dit-il.
Milo a des yeux trop grands et un sourire flagorneur. Il est excessivement poli avec les serveuses et complimente Dottie sur

le gâteau qu'elle a acheté pour Ray. Il ment comme il respire. Il est « producteur pour la télévision ».

— C'est ce que je fais pour gagner ma vie, explique-t-il. Mais ce que j'aime, c'est le cinéma.

J'ai envie de savoir s'il a trempé son biscuit dans Love, tandis que cette dernière lui répond qu'il est trop sévère avec lui-même. Tout le monde a un point faible. Celui de Love, c'est Milo. Elle ne comprend pas qu'il se sous-estime devant elle uniquement pour qu'elle chante ses louanges.

— Milo est incroyable ! s'exclame-t-elle. Contrairement à moi, il a fini ses études de droit.

Il baisse les yeux d'un air timide, et je comprends immédiatement qu'ils ont couché ensemble le 11-Septembre. Love continue :

— Et puis il n'est pas seulement producteur. C'est LE producteur. C'est grâce à lui que *New Blood, Connecticut* a remporté toutes ces récompenses. Il est tellement calé.

Milo sourit puis s'adresse à moi :

— Elle exagère... S'il te plaît, parle-moi de toi.

Mais Love ne me laisse pas en placer une :

— Joe, Milo est aussi un écrivain génial. Il revient de Martha's Vineyard, son film a été montré au festival, c'est bien ça ?

— C'était à Nantucket, en fait, la corrige-t-il. Et je crois qu'oncle Barry n'était pas pour rien dans tout ça... En plus, c'est seulement un court-métrage.

Je regarde Barry Stein qui secoue la tête en disant :

— Je n'ai rien fait, monsieur le policier, j'ai juste regardé le film, je vous le jure.

Nous éclatons tous de rire comme si c'était drôle, et Milo parle à tout le monde de son court-métrage. Love s'intéresse à lui, pas à moi. N'étant pas inclus dans la conversation, je m'écarte légèrement pour effectuer une petite recherche sur ce type. Je me connecte à Internet et j'apprends que Milo est le filleul de Barry Stein, pas son neveu. J'apprends aussi que lui et Ben Stiller ont posé pour des photos il y a moins de vingt-quatre heures. Je découvre que son court-métrage s'inspire de « l'histoire vraie de Milo Benson dont le frère aîné a plongé la ville de Darien, Connecticut, dans l'horreur en assassinant de sang-froid leur père, le détenteur de fonds de pension Charles Benson ».

Foutus républicains. Ils s'entre-tuent pour de l'argent, puis le fils progressiste s'enfuit avec la fortune familiale et bâtit une carrière à partir de ce fait divers, d'abord en publiant un livre de dessins, puis en rédigeant un article pour *Vanity Fair* et enfin, en réalisant une émission de télé.

Je reviens à table, où Milo et Forty se démènent pour attirer l'attention et l'approbation de Barry Stein, qui juge les idées de Milo « très prometteuses » puis tapote Forty dans le dos en lui disant qu'il a « encore du travail à faire ». Ces deux déclarations sont radicalement différentes, mais elles sont absurdes parce qu'en définitive soit on a une bonne idée, soit on n'en a pas. Milo commande un « açaï bowl » et Forty un double Patrón. Je me penche vers ce dernier pour lui souffler que son idée me paraît bonne.

Il hoche la tête. Ray lève son verre.

— À la famille, aux bons repas, à la joie, et à ceux qui vivent à fond comme dans *Fast & Furious* !

Ray et Dottie sont la preuve que l'argent peut bel et bien faire le bonheur. Forty grogne – « Papa, arrête avec ces films » – et Love rit.

— Joe, tu dois savoir une chose au sujet de mon père, m'explique-t-elle. Il est obsédé par les films *Fast & Furious*.

Je souris.

— Pas de problème. Tant que ton père reconnaît que *Fast 5* est le meilleur parce qu'il met en avant les valeurs familiales tout en dénonçant notre système judiciaire corrompu et en défendant les traditions américaines, telles que le dîner du dimanche et la loyauté…

Je suis en forme ce soir et Ray applaudit.

— Tout à fait d'accord, Professeur.

Love proteste, elle préfère les « petits films ». Forty est saoul à présent et cite des répliques de *Les Copains d'abord* comme s'il espérait que sa connaissance de films cultes puisse convaincre Barry Stein qu'il a un message original à faire passer. Ray n'aime pas voir son fils dans cet état, saoul et fatigant. Il n'aime pas que Barry Stein incite Milo à se rapprocher de lui pour lui épargner Forty. Parfois, il doit regretter que Dottie et lui aient merdé et eu des enfants.

C'est moche, une famille vue de l'intérieur, les déceptions, le dégoût. Je suis soulagé que Dottie me tire par le bras en me disant :

— Professeur, je n'arrive pas à croire que vous ayez lu tous les livres de Jonathan Franzen. J'ai adoré *Les Corrections*, mais je n'ai pas réussi à le terminer. Dans mon ciné-club, tout le monde avait hâte que ce livre soit porté à l'écran.

— Votre ciné-club ?

— À l'origine, c'était un club de lecture, explique-t-elle. Mais nous avons tous calé sur un livre au sujet d'Haïti je crois, je ne sais plus, c'était très long et triste. Et puis honnêtement, Haïti c'est loin, pour nous. J'aimerais bien mieux connaître le monde, mais au fond, je n'arrive pas à m'y intéresser. Enfin bref, maintenant nous sommes devenus un ciné-club. Mais peut-être que si quelqu'un pouvait nous conseiller des livres…

— Vous devriez repartir sur quelque chose auquel on peut s'identifier plus facilement. Pourquoi pas *Portnoy et son complexe* ?

Je suis à deux doigts de m'étouffer en buvant parce que je n'avais même pas conscience qu'Amy était toujours présente dans un coin de ma tête, or c'est bien le cas, sans quoi je n'aurais pas mentionné ce bouquin.

— Hé, Professeur ! lance Forty.

Il est immédiatement interrompu par une serveuse qui pose la main sur mon épaule.

Elle s'excuse de me déranger, mais elle a un message urgent pour moi. Je cherche Love des yeux, mais elle est partie. La serveuse me remet une serviette en papier.

Commande : Joe Goldberg
Livraison : Suite 79
Heure : maintenant

19

La vie me fait penser à l'un de ces films produits par Barry Stein où tout fonctionne comme prévu. Je lis la commande, trouve la suite de Love et frappe à la porte. Elle met du temps à répondre. J'en profite pour admirer les détails luxueux, le lambris au mur. Même le plateau de room service oublié dans un coin ressemble à une œuvre d'art : flûtes, couteaux à fromage, frites aux truffes. La porte s'ouvre. Love fronce les sourcils, l'air perplexe.

— Je suis désolée. Je n'ai pas commandé de room service.

— Love. Je sais que tu n'as rien commandé, mais j'ai eu ton message à table et…

Elle m'interrompt.

— Je n'ai pas commandé de room service, répète-t-elle.

Puis elle me lance un clin d'œil. OK, je comprends ce qu'elle veut. Elle essaie de refermer la porte, mais je la retiens avec mon pied. Love est gentille, Love est patiente, mais Love est avant tout – oui ! – perverse.

— Mademoiselle, dis-je comme si j'avais fait ça toute ma vie. C'est sur le compte de l'hôtel, en témoignage de notre gratitude.

— Ce n'est pas vraiment le moment, gémit-elle en se caressant la clavicule du bout du doigt. Mon majordome vient de me faire couler un bain.

Je lui réponds que je n'avais pas prévu de me mouiller et que j'ai reçu l'ordre de lui livrer sa commande. Elle ouvre la porte et j'ai l'impression d'entrer dans le coffre-fort d'une banque tellement la pièce respire l'argent, le mobilier, le parquet – il n'est pas le seul à être dur comme du bois –, le short en soie de Love avec son petit haut assorti, sa peau dorée, légèrement plus foncée que la couleur des murs. Une double porte volontairement laissée ouverte donne sur un grand lit. J'admire les draps blancs, frais, puis je la regarde elle, pure, fraîche. Elle secoue la tête.

— Je répète : mon majordome a fait couler un bain.

Elle me fait signe de la suivre dans la salle de bains dont le design spartiate est affreux, un lavabo digne d'un immeuble du quartier de Reseda, un mur au carrelage banal et ébréché, des tuyaux apparents et un rideau de douche triste, tout droit sorti d'un film porno, tiré pour laisser voir une baignoire remplie. Sauf qu'elle n'est pas remplie d'eau, mais d'un liquide jaune. Love se met à rire.

— Ne le dis pas à mon père, lance-t-elle, enfin redevenue elle-même. Je ne fais pas ça tout le temps.

— Est-ce que c'est du champagne ?

— Veuve Clicquot.

Je me mords la lèvre. Pourquoi faut-il toujours que quelque chose déconne ? Je n'aurais jamais dû venir ici et je n'ai pas envie de me plonger dans une baignoire pleine de champagne. Elle aurait pu me dire que c'était du bas de gamme, ça m'aurait agacé quand même parce que je n'ai pas besoin d'une baignoire remplie de pognon. D'abord elle joue à faire de moi son serviteur et maintenant elle veut étaler son fric sur ma bite, littéralement, elle veut me plonger dedans. Nous sommes jeunes, nous nous connaissons à peine et c'est le meilleur moment, la nouveauté. Nous n'avons pas besoin d'une baignoire pleine de pognon, elle sait que je n'ai pas les moyens de remplir une baignoire de Veuve Clicquot et que je n'en ai pas besoin de toute façon, parce que mon sexe suffit.

Elle enlève son short. Une vraie dame aurait commencé par le haut. Elle est épilée, comme je m'y attendais ; pas de jungle à l'horizon. Elle fait glisser une bretelle, dénudant un de ses seins que j'avais tellement envie de voir, elle le soulève, incline la tête et passe sa langue sur son téton ferme, puis le vêtement glisse par terre. Elle entre dans la baignoire et plonge dans son bain de fric. Mon cerveau joue malicieusement avec des paroles de chansons d'amour : *Is this Love is all you need is Love for real ?* Vraiment ?

— Viens me rejoindre, m'invite-t-elle. C'est tellement bon !

C'est hors de question. De tous les fantasmes qu'elle aurait pu mettre en scène, il a fallu qu'elle choisisse celui dans lequel je suis son serviteur. Elle aurait pu ouvrir la porte de sa chambre et prétendre que j'étais un agent de la CIA, le médecin de l'hôtel ou un prisonnier en fuite. Non. Dans ses fantasmes, je suis à son service, un moins que rien, et elle est une princesse. Ce n'est pas mon fantasme, ce n'est pas elle qui commande et je lui ordonne de sortir.

— Joe, qu'est-ce qui ne va pas ? me demande-t-elle.

— Sors de la baignoire.

— C'est pour nous !

— Vide la baignoire, Love.

— Il y en a pour vingt-cinq mille dollars de champagne… Pourquoi tu ne viens pas ?

Je m'approche d'elle.

— Vide la baignoire.

Elle refuse et serre les dents.

— Pourquoi ?

— Parce que je n'ai pas besoin de vingt-cinq mille dollars. Sous quelque forme que ce soit.

— Je pensais que ce serait amusant, réplique-t-elle en boudant.

Elle se lève, certaines parties de son corps dissimulées sous les bulles, et ouvre la bonde. L'argent disparaît dans les tuyaux. Je lui demande de se sécher. Je claque la porte. Si elle pense qu'elle peut m'acheter, qu'elle aille se faire foutre.

J'enlève mes chaussures et me déshabille. Je l'entends saisir l'une des nombreuses serviettes moelleuses. Elle se sèche – voilà pour le symbole – et elle est énervée, elle claque les portes des placards, laisse la baignoire se vider et peste contre le gâchis. Oui, la fille qui a rempli une baignoire de champagne va m'apprendre comment économiser les ressources de la planète. C'est excellent, elle devrait avoir honte parce qu'avec tout cet argent, elle aurait pu nourrir beaucoup d'enfants pauvres. Cette chambre est la mienne à présent, je mène la danse et elle ouvre la porte de la salle de bains, enveloppée dans sa serviette.

— C'est quoi ton problème, putain ? me demande-t-elle. J'aimerais bien savoir.

— Enlève cette serviette.

Elle regarde autour d'elle comme si j'étais le genre d'ordure capable d'enregistrer une scène aussi intime. Je lui dicte les règles :

— Pas un mot.

Elle hoche la tête. Je vais recréer l'atmosphère de notre rencontre au *Soho House.*

— On va jouer à «Joe a dit».

Elle ouvre la bouche.

— Joe a dit: «Pas un mot.»

Elle sourit, complice. Elle lâche sa serviette.

— Joe a dit: «La main sur la chatte.»

Elle pose sa main droite sur son pubis.

— Joe a dit: «La main gauche.»

Elle obéit.

— Frotte ton clitoris.

Elle me regarde. On ne se quitte pas des yeux. J'avance vers elle.

— Embrasse-moi comme au *Soho House.*

Sa lèvre tremble.

— Touche-toi pour voir si tu mouilles. Maintenant touche-moi pour sentir que je bande pour toi.

Elle baisse les yeux vers moi.

— Pousse-moi sur le lit, grimpe sur moi et chevauche-moi jusqu'à ce que tu n'en puisses plus. Dis-moi ce que tu veux, exactement ce que tu veux, et force-moi à te le faire exactement comme tu aimes.

Je tends la main vers un de ses tétons durcis.

— Je vais d'abord te lécher les seins et te caresser.

Elle écarte les jambes. Nous sommes si proches l'un de l'autre à présent que nos cils pourraient se frôler.

— Tu vas jouir aussi fort que possible et tu verras que tu n'as pas besoin de champagne quand tu me baises. Montre-moi que tu le sais. Prends-moi.

Elle soupire. Je continue:

— Possède-moi.

Elle grogne.

— Joe a dit: «Baise-moi.»

Nous sommes sur le lit. Je ne sais même pas comment nous y sommes arrivés. Tout ce que je sais, c'est que je sens sa peau contre la mienne – «*Love is all you need is Love*» – et que le sexe est sans fin. Nous sommes des animaux et elle crie fort. «Joe a dit: "Ne t'arrête pas, baise-moi."» Quand je ne suis pas complètement fasciné par cet enchantement que je vis entre ses jambes, entre les draps, je ris. « Joe possède Love. » Je n'ai jamais connu une fille aussi humide, elle est comme une éponge, digne d'un porno. J'ai envie de la bouffer mais je me retiens – je ne suis pas à son service –, je lui mordille le ventre mais elle m'attire de nouveau au-dessus d'elle parce qu'elle en veut encore. Elle est silencieuse, elle me veut, elle m'attire en elle et j'ai l'impression de vivre l'expérience *Château* version sexe. Je suis à ma place ici, dans Love.

Je veux qu'elle me prenne dans sa bouche – « Fais-toi sucer » – et quand je lui dis, elle n'est plus la même :

— Heu… C'est pas vraiment mon truc.

S'il y avait eu de la musique, elle se serait arrêtée net.

— Ah bon.

« C'est pas vraiment mon truc » est la phrase la plus inutile du monde.

— Mais moi je pourrais te le faire, reprends-je.

Elle a un frisson de dégoût.

— Je ne préfère pas.

Elle m'embrasse et je m'enfonce dans sa chatte comme dans des sables mouvants. C'est impossible de parler fellation alors qu'elle me chevauche comme un Donzi sur l'eau, ondulant sur moi, et tout serait parfait, ma meilleure performance jusqu'à maintenant, s'il n'y avait pas cette petite voix dans ma tête, cette recommandation : « Fais-toi sucer. »

On dirait qu'elle a entendu M. Mooney, qu'elle a compris que j'en voulais davantage. Elle me regarde.

— Il y a du Coca dans le frigo, dit-elle. Tu vas en chercher ?

Je lui apporte la bouteille de Coca en verre. Elle l'agite, et m'éclabousse la poitrine et la queue – oui ! – ; « pas mon truc » faisait simplement partie des préliminaires. Elle lèche le Coca sur mon bas-ventre, plus rien n'existe à part sa langue, ses yeux, ses mains. Elle est descendue sous mon nombril, me caresse l'intérieur des cuisses, elle me prend dans sa main et je sens du Coca me dégouliner le long des jambes.

— Baise-moi, dit-elle.

— Joe a dit : « Suce-moi. »

— Love a dit : « Baise-moi. »

Elle prend le dessus et je la fais jouir comme jamais, je le sais parce qu'elle me le dit. On jouit ensemble et c'est parfait. Symbiose totale et naturelle. J'ai soif, je suis épuisé. J'avale les dernières gouttes de Coca et on éclate de rire sur nos draps collants.

— Maintenant j'ai soif, me dit-elle.

— Je crois qu'il reste un peu de Coca, réponds-je.

Sur mon sexe. Je souris.

— Non, c'est bon.

Elle passe complètement à côté de ma blague.

Elle me pince le téton. Bientôt, elle s'endort et je reste éveillé. Le sexe. Le sexe ! J'ai bouffé les superfruits d'Amy mais ça ne valait pas la peine d'avoir ses poils coincés entre mes dents. Avec Love, c'est parfait, pur, une chatte magnifique et je ne laisserai pas mon esprit critique me rappeler que le goût du Coca a été gâché par le champagne. Va te faire foutre, esprit critique.

Je parcours la chambre à la recherche de sa petite culotte. Je suis un chasseur. Je veux sentir Love, la goûter. Je finis par trouver la culotte dans la poubelle, en compagnie d'une peau de banane, d'étiquettes de vêtements Neiman Marcus et d'un pot de crème pour le visage à moitié entamé. Je déplace la poubelle au milieu de la pièce pour qu'elle la voie en se levant et je m'endors à mon tour.

Le lendemain matin, je suis réveillé par son rire.

— Qu'est-ce qu'il y a de drôle ?

— Je vois que tu as deviné mon petit plaisir coupable. Je ne porte jamais deux fois la même culotte. Je sais.

— Tu les jettes tous les jours ?

Elle m'embrasse.

— Mais maintenant que tu es là, tu peux toutes les garder et les coudre ensemble pour en faire un patchwork.

— Je vais pas faire un patchwork de tes culottes, Love.

— Oh que si.

— Oh que non.

On s'embrasse. Elle me lèche le lobe de l'oreille.

— Tu veux prendre une douche ou tu veux qu'on baise ?

JE VEUX UNE PIPE, PUTAIN. #majourneeala #problemesderiches #jepeuxpasmefairesucer

— Joe a dit : « Laisse-moi te manger. »

Elle s'éloigne.

— Joe, est-ce que ça va poser un problème ?

— Rien ne ressemble à un problème dans cette pièce. Je te taquinais, c'est tout.

Je sens qu'une anecdote se prépare et j'ai raison : Love me dit qu'elle n'a jamais été à l'aise avec le sexe oral. Sa mère affirme n'avoir jamais fait de fellation à son père et elle a expliqué à sa fille que quand un homme vous aime vraiment, il n'en a pas besoin.

— J'arrive pas à croire que tu parles de ces trucs-là avec ta mère.

— On parle de tout.

— Mmmm…

— Quoi ?

— Rien.

— Joe.

— Ne le prends pas mal, mais ils se sont rencontrés au collège. Tu crois vraiment que ton père a passé toute sa vie sans se faire tailler une pipe ?

Elle secoue la tête.

— Justement, j'allais y venir…

Elle me raconte donc le moment où Forty et elle ont fêté leurs seize ans, une fête géante à Beverly Hills avec des centaines de personnes. En cadeau, elle a eu un cheval, et Forty, un massage.

— Quand Forty est rentré, il était mal. Vraiment mal. Je lui ai demandé ce qu'il avait. Il m'a dit qu'il ne pouvait pas m'en parler, mais j'ai insisté.

— Et ?

— La masseuse de mon père l'avait sucé. Et elle lui a dit qu'elle faisait la même chose pour mon père chaque semaine.

— Je suis désolé, mais c'est tordu comme truc.

Love hausse les épaules en ajoutant qu'on peut jouer à « Joe a dit » toute la journée, mais qu'elle ne fera jamais rien de ce genre avec moi. Ni avec personne d'autre.

— Je sais que tu vas me demander si je l'ai fait avec Michael et Trey. La réponse est non.

Je tente une autre stratégie :

— Tu sais, chacun est différent. Ta mère n'aime peut-être pas ça, mais qui sait, toi ça te plairait peut-être…

Elle me répond qu'elle a trente-cinq ans et qu'elle sait exactement qui elle est. Elle m'embrasse puis attrape un menu de room service. Nous commandons des œufs Bénédicte. Nous envisageons les cocktails mimosa au menu, mais le champagne est désormais un sujet délicat. Je lui dis que je l'aime bien. Elle me dit qu'elle m'aime bien aussi.

Nous retournons au lit, et le temps passe ainsi : sexe, un coup à la porte, nourriture, repos, films, sexe, puis on envisage de sortir de la chambre mais finalement non, sexe, petit tour sous la douche, films, collation, une chanson ou deux, sexe, puis « Joe a dit/Love a dit ». Love a un majordome, Henry, à qui elle demande de nous apporter des burgers. Nous regardons distraitement des films sur TBS (la chaîne préférée de Love) et quand *Meilleures ennemies* commence, elle me dit qu'elle n'a jamais trompé ses maris. Je lui dis que je n'ai jamais trompé personne non plus.

— Mais tu n'as jamais été marié ?

— Non.

Je n'ai pas envie de lui parler de Beck ou d'Amy. C'est ça qui est dingue ici, dans cette pièce, avec Love. J'ai passé beaucoup de temps à chercher Amy et après cette longue quête, je peux enfin me reposer. Dans cette chambre, dans ce lit, je pense à peine au mug d'urine du Rhode Island. Comme s'il y avait des gardiens invisibles devant la porte, comme si personne ne pouvait nous atteindre, toucher à notre ADN, notre passé. Nous n'avons partagé que cinq repas, passé peut-être deux jours ensemble. Honnêtement, je ne sais pas combien de temps s'est écoulé. Love est une drogue. Plus elle me parle de sa vie, moins j'ai envie de lui parler de la mienne. Ma vie à moi semble trop étriquée, trop pourrie.

— Pas de problème, me rassure-t-elle. Tu m'en parleras quand tu seras prêt.

Love est patiente. Elle n'insiste pas. C'est même amusant de regarder *Cocktail* avec elle, parce que, contrairement à Amy, elle prend ce film exactement pour ce qu'il est. Love aime *Hannah et ses sœurs*, mais moins que *Crimes et Délits*. Alors que je suis en train de songer qu'elle est peut-être parfaite, elle applaudit au générique de début de *Dirty Dancing*. Elle appuie sur le bouton « Mute ».

— On va couper le son, dit-elle. Je l'ai vu tellement souvent que je n'ai pas besoin des dialogues.

Je lui mets un bandeau sur les yeux pour voir si elle peut le regarder sans le son et sans les images, et j'embrasse tout son corps, le creux de ses genoux et de ses coudes, l'intérieur de ses cuisses. Je ne lui lèche pas la chatte. Je la fais jouir sans toucher son vagin. Elle me dit que c'est une première. Je lui demande :

— Il y a une piscine dans l'hôtel ?

La réponse est oui. M. Mooney avait tort : l'eau n'est ni froide ni sale. La piscine est ovale, géante et bleue, aussi accueillante que le vagin de Love. Je fais tomber mon portable dans l'eau. Love plonge pour aller le récupérer. Son majordome le met dans du riz. Je suis tenté de lui demander de le jeter. D'après Love, mon téléphone cassé est un signe que je dois me détendre. Et c'est peut-être ce que je fais, parce que c'est dur de me soucier de ma vie avant Love.

Voilà pourquoi les gens vont toujours plus à l'ouest et cassent des cailloux dans l'espoir d'apercevoir quelque chose scintiller au fond du ruisseau. Plongez un seau dans l'eau, ressortez-le, filtrez les cailloux et voyez les pépites d'or dans le creux de votre main. Tout ce que j'ai fait valait la peine d'être entrepris, parce que ça m'a conduit tout droit dans les bras de Love.

20

Je n'arrive pas à savoir ce que je préfère : le lit, les draps, la vue, le balcon, les toasts et la confiture qui m'attendaient ce matin au réveil. Le *Château*, c'est Disney World pour adultes, le genre d'endroits où l'on devance tous vos besoins. Je n'ai pas eu à réclamer mon téléphone. Il était là, dans un petit panier à côté du pain, de la cafetière en acier, tellement plus élégante qu'une cafetière en plastique à capsules. Love dort encore. J'enfile un peignoir, me sers un café, étale de la confiture sur ma tartine moelleuse et dorée, puis sors sur le balcon.

Au début, je ne me sens pas très à l'aise, je ne suis pas habitué à me trouver sur un balcon en peignoir un toast à la main. Je vais devoir m'inspecter dans le miroir quand j'aurai terminé, parce que je suis curieux de voir si j'ai l'air différent, si tout ce luxe a resserré mes pores. Je n'ai peut-être même pas besoin d'acheter les lotions d'Henderson. Je suis heureux, et si on nous jetait dehors à cet instant, je m'en ficherais tant qu'on me laisse partir avec la petite coquine allongée dans ce lit. Même l'absence de fellation ne ternit pas mon bonheur. Je suis un homme : c'est bien d'avoir un objectif.

Je m'adosse au garde-fou et allume mon téléphone. Quand il finit par s'activer, il se met à vibrer comme s'il avait une crise cardiaque, provoquée par une avalanche de textos de Delilah :

Salut ! Ça te dit, demain ?
Ma mère te dit bonjour LOL
Ma mère adore le Dan Tana. *On y va ?*
Coucou
Joe ?
Y a quelqu'un ?

Hé, tout va bien ? Harvey dit que tu n'es pas rentré. J'appelle les hôpitaux

Ma mère s'en va lundi. C'est nul

On va au Birds *?*

On va au Birds. *On se voit là-bas ?*

Allô y a quelqu'un ?

Toc toc !

La Poubelle *?*

Suis à La Pou *!*

VA TE FAIRE FOUTRE

Coucou Joe, ça va ? Je sais que j'aurais pas dû te demander de rencontrer ma mère, mais c'est pas ce que tu crois. Elle est cool. Je veux pas que tu croies que je te mets la pression. Donc inutile de disparaître.

Il y a une photo des seins de Delilah, fermes, coquins. Puis un autre texto :

Si tu n'es pas mort, je ne t'adresserai plus jamais la parole. J'ai pas besoin de ça. Il m'arrive beaucoup de belles choses dans la vie et j'ai plein de raisons d'être heureuse. Je n'ai pas besoin que tu agisses comme ça avec moi. Alors sois sympa, laisse-moi tranquille OK ? OK.

Au tour de Calvin, maintenant. Il m'a écrit il y a dix-huit minutes :

Hé mec, belle meuf au magasin. Elle a un Portnoy et son complexe. *Le livre, pas le scénario.*

Je croyais que c'était fini, terminé, mais mon cœur qui s'emballe et mes mains qui tremblent prouvent que non. Amy. Enfin. Je lui réponds :

Retiens-la. J'arrive.

Il me réplique : *Comment ?*

Il veut devenir écrivain mais est incapable d'inventer un stratagème pour faire patienter une fille vingt minutes ? Je lui transmets mes ordres :

Dis-lui que ton patron est au yoga et que tu dois attendre qu'il revienne pour obtenir son autorisation

Cool

Il aurait dû répondre «Bonne idée». D'une main tremblante, je griffonne un mot pour Love qui ronfle – *Je dois filer, je reviens vite* –, puis manque me prendre les pieds dans le peignoir et mes vêtements. Je ferme la porte, pénètre dans le couloir et reviens à la réalité – je n'ai pas de clé, ceci n'est pas ma suite. Je donne un coup de pied à un plateau de room service abandonné. Des crétins paresseux et sans appétit ont jeté de délicieux pancakes encore tièdes. Je ne suis pas à ma place ici. J'avais un objectif, un but, j'ai besoin de tourner cette page, et MERDE !

Je hèle un taxi sur Sunset. Le monde est plus laid que quand je l'ai quitté, et j'ai l'impression d'avoir la gueule de bois alors que je n'ai pas bu. Calvin m'écrit :

Elle a demandé quel genre de yoga. J'ai répondu hatha. Juste pour que tu saches.

Je lui réponds : *Bientôt arrivé.*

Et c'est vrai. Me voilà. J'ai mal au cœur, le taxi roule vite et nous y sommes. De l'autre côté de la rue, je la vois dans la librairie flirter avec Calvin. Salope. Le feu pour piétons est rouge, mais je m'en fous. Je suis dans *Fast 5*, j'ai ma cible en ligne de mire. Je prends le risque de recevoir une deuxième amende pour traversée irrégulière de la chaussée. Je me précipite hors du taxi. Je suis sur la chaussée quand le chauffeur klaxonne.

— Vous ne m'avez pas payé ! hurle-t-il.

J'ai oublié de payer parce que je suis habitué à Uber et que la technologie anéantit nos réflexes. Je jette un coup d'œil dans le magasin. Amy et Calvin ont dû entendre le klaxon parce qu'ils lèvent la tête et qu'Amy écarquille les yeux. Le chauffeur en remet une couche, le feu passe au vert et d'autres conducteurs s'y mettent aussi. Les Range Rover veulent que je dégage de la chaussée et une femme au volant d'une Prius prend plaisir à klaxonner elle aussi, se défoulant sur moi. Même si je fuyais le taxi, ce qui m'est impossible, je raterais Amy. Elle est sortie sur le trottoir, et elle est à pied. À l'angle de la rue, elle grimpe dans une voiture qui attend – elle est passagère, pas conductrice –, et disparaît.

Je ne me fais pas renverser, mais si ça arrivait, je crois que je m'en ficherais. Je suis à bout de nerfs. Je suis passé de l'euphorie de Love à l'adrénaline d'Amy, jusqu'à la chute. Je sors des billets de dix froissés de mon portefeuille pour payer le taxi pendant qu'il peste sur « vous les jeunes et vos Uber ». J'étais si près du but. Toutes ces nuits passées à attendre au Village. Cette petite salope savait. C'est obligé. Le chauffeur s'en va, écœuré, comme si sa journée pouvait être aussi merdique que la mienne.

J'avance vers l'est jusqu'au coin de Franklin et Bronson où j'attends que le bonhomme passe au vert. Je traverse la rue d'un pas lourd, j'entre dans la librairie. Calvin a l'air différent. Il s'est rasé. Il s'est coupé les cheveux. Il porte un tee-shirt *#J'y étais*.

— Mec, j'ai fait tout ce que j'ai pu, mais elle devait y aller. Elle m'a dit qu'elle repasserait.

Je ne prends pas la peine de le contredire. Je me contente de m'affaler sur une chaise derrière le comptoir.

— Alors, t'étais où ? demande-t-il.

— À West Hollywood.

Je n'en reviens pas de l'avoir loupée.

— Tu avais un rendez-vous ? me demande-t-il.

Comme si c'était important, comme si je n'étais pas venu dans cette ville pour tuer Amy, pour la trouver.

Je déchire l'emballage d'une de ses barres énergétiques. Je suis vidé, je réponds :

— Ouais.

— Un rendez-vous de deux jours ? me demande-t-il tout revigoré, comme si ça pouvait lui profiter. Delilah a dit qu'elle ne t'avait pas vu.

Delilah... Je soupire.

— Ouais, un ami en ville. Un rendez-vous. Rien d'exceptionnel.

Il saisit son iPad.

— Elle était super bonne. Cette fille, Amy.

— Ouais.

Mais Love est plus élégante, plus douce, et Amy m'a une nouvelle fois baisé. Je pousse un gémissement. Love ne connaît pas mon numéro de téléphone et il est possible que je ne la revoie jamais. Je lui ai faussé compagnie ; c'est exactement ce qu'Amy a fait avec moi. Love va peut-être penser que j'étais juste attiré par son corps, son lit, ses frites à la truffe. La vie est plus belle quand elle est plus simple. Si je pouvais juste tuer Amy, je n'aurais plus à me soucier d'elle. Elle ne me mettrait plus de bâtons dans les roues. Si Amy était morte, je connaîtrais le numéro de téléphone de Love.

Calvin fait glisser son index et son majeur sur son iPad, comme il a l'habitude de le faire quand il voit une jolie fille sur Tinder. Il sourit.

— On voit presque ses nichons, remarque-t-il. Tu veux regarder ?

Je n'ai pas envie de regarder des nichons, mais il pousse son iPad vers moi. Ceux-là, j'ai envie de les voir, parce que ce sont ceux d'Amy.

— Comment tu as eu cette photo ?

— J'ai fait semblant de prendre un selfie mais en vrai, je l'ai prise en photo.

Ce gars a raté sa vocation. Je pourrais le serrer dans mes bras.

— Tu as autre chose ?

— Ne te mets pas en colère, dit-il en levant les mains.

— D'accord… réponds-je lentement.

— J'ai essayé de lui expliquer que le propriétaire allait revenir. Je lui ai raconté ce bobard au sujet du hatha yoga, mais ensuite j'ai parlé de kundalini et elle a mordu à l'hameçon, parce qu'elle m'a demandé : « Qu'est-ce que tu cherches à me dire, exactement ? » Alors j'ai répondu : « J'essaie de te connaître un peu mieux. » Elle était excitée, Joe. Je suis désolé, mais tu sais, c'était comme dans une sitcom, quand le type essaie de retenir la fille pour son ami, mais que le type lui plaît bien, à la fille.

J'ai le cœur qui se remet à battre. Je jette la barre énergétique à la poubelle.

— Tu as pris son numéro ?

— Non, mais j'ai son adresse. Je lui ai dit que je lui enverrais un flyer pour mon spectacle.

— Tu as son adresse ?

— Oui.

Je tends la main vers son iPad, mais il l'éloigne.

— Ce spectacle, il s'appelle *Au bon vieux temps* et on se la joue complètement rétro. On a décidé de ne pas poster de pub sur Facebook, Twitter ou…

— Calvin. Donne-moi son adresse.

Il se tortille.

— Est-ce que je peux t'avouer quelque chose ?

Bordel de merde.

— Bien sûr.

— Je ne peux pas vraiment te donner son adresse.

— Pourquoi ça ?

— Techniquement, elle l'a donnée à mon groupe d'impro, donc c'est au groupe de décider.

Je prends une profonde inspiration. Non, je ne perdrai pas mon sang-froid.

— Aucun problème. Mais tu sais, je ne lui dirai pas comment je l'ai obtenue.

— Ouais, mais…

Il a fumé trente grammes d'herbe aujourd'hui. Abruti.

— Mais moi je saurai que je te l'ai donnée, et ça me plaît pas.

Calvin, qui enchaîne les rendez-vous Tinder, qui ne regarde jamais Delilah dans les yeux même quand il tombe sur elle au *Birds*, qui ne regarde pas *Enlightened* parce qu'il ne peut pas supporter une série avec tant de filles en voix-off… et ce type va me faire une leçon de morale ? M'empêcher d'atteindre Amy ? Ça prouve à quel point elle est manipulatrice. Je me lève de ma chaise et lui lance :

— Smoothie ?

— Toujours, répond-il. Kale.

Je vais à côté prendre un smoothie au kale, puis m'enferme dans les toilettes pour écraser trois cachets de Percocet de Dez. Vingt minutes plus tard, Calvin s'endort comme une masse. Pas trop tôt. Je glisse la main dans sa poche pour m'emparer de son pense-bête de mots de passe dans son portefeuille, puis me connecte à son iPad où se trouve la base de données de son groupe d'impro. Bingo.

L'immeuble est au coin de la rue, sur Bronson. Elle habite donc bel et bien le quartier. Elle en a peut-être eu assez des riches, peut-être qu'elle a dit à son copain qu'elle avait envie de dormir dans son lit et qu'elle est de retour chez elle maintenant, flippée de m'avoir croisé, à se gaver de poulet surgelé en attendant que son corps évacue l'huile de truffe par tous ses pores.

Je vais au Pantry acheter des violettes (les fausses). Puis je me rends sur Bronson et sonne à l'appartement 326. Rien. Appartement 323. Rien. J'appuie sur la sonnette du 101. C'est une femme qui vit là, et elle est réveillée.

— Oui ? répond-elle d'une voix enrouée.

— Livraison de fleurs !

La fille du 101 ne demande pas à qui elles sont destinées parce que tout le monde aime recevoir des fleurs. Woody Allen le sait bien : dans *Crimes et Délits*, Anjelica Huston se fait assassiner parce qu'elle a envie de recevoir des fleurs et laisse un inconnu pénétrer dans son immeuble. Ma respiration s'accélère quand j'entre dans le hall, et je dois foncer jusqu'à l'escalier parce que le 101 est situé immédiatement à l'entrée. Et là, je m'immobilise. Je suis pris de tremblements. Les fleurs bruissent légèrement. Je ne suis pas obligé d'y aller. Amy me harcèle. Et alors ? Je pourrais quitter cet immeuble et retourner auprès de Love. Je préfère Love. Elle est plus gentille. Elle s'y connaît en musique et elle est prête pour moi. Alors qu'est-ce que je fais dans cette cage d'escalier, à mettre en péril mon avenir avec elle ? Je murmure :

— Je viens tourner la page.

Si seulement *Eternal Sunshine of the Spotless Mind* était inspiré de faits réels. Mais c'est vraiment une pensée merdique, sans originalité, vaine, digne d'un bobo de Los Angeles. Je ne peux pas effacer mes souvenirs d'Amy. En revanche, je peux l'empêcher de bousiller mon avenir.

Je commence mon ascension vers son appartement. L'escalier est en béton blanc et chacun de mes pas résonne. Tout le monde dort dans l'immeuble. Les habitants ont besoin de leur dose de sommeil à L.A. Ils ont besoin d'énergie pour créer des *storyboards* de webséries, pour aller randonner, parler de films qu'ils ne réaliseront jamais et promener leurs chiens qui les détestent. Cœur battant, j'atteins le troisième étage, tourne le bouton de porte qui grince, et je tressaille. Je parie que personne n'a jamais été assassiné ici.

Je crochète la « serrure » du 326 – de nos jours, plus rien n'est bien conçu – et la porte s'ouvre directement sur le salon où sont éparpillés des soutiens-gorge, des bols de céréales, des bouteilles de Corona Light vides et des *US Weekly*. Il y a un canapé recouvert de couvertures effilochées, une petite télé et, à gauche, une kitchenette dotée d'un petit comptoir ridicule censé faciliter les échanges.

La télé est éteinte et l'appartement silencieux, mais le paquet de Cocoa Krispies ouvert sur le comptoir suggère que quelqu'un s'en est servi un bol avant de quitter la pièce. Je dépasse les tabourets de bar pour m'engager dans un étroit couloir. Les murs sont blancs et au bout se trouve une salle de bains dont la porte est ouverte. Sur ma gauche, le placard entrebâillé laisse penser que la porte sur ma droite mène à une chambre. La chambre d'Amy.

Voilà, j'y suis. Je pose la main sur la poignée et pousse la porte. La pièce est exiguë et sombre. Marilyn Monroe est affichée au-dessus du lit, telle une apparition blanche et voilée, immortalisée sur le mur (« Bonjour, Joe »). Sous l'édredon froissé, j'aperçois une silhouette. Des cheveux dépassent, blonds, gras. J'ai le souffle court. Je compte, je fléchis les genoux. Je serre les dents. Et, d'un geste brusque, je retire l'édredon.

Un hurlement retentit et une petite ninja d'une tête de moins qu'Amy, vêtue d'un débardeur et d'une culotte noirs, bondit du lit. Je tombe à la renverse. Le sol est dur. C'est du plancher. Son pied est une arme de défense et elle le sait. Elle me donne un coup à l'entrejambe. Je roule sur le côté en poussant un cri et elle m'en donne un autre dans le rein. Je me recroqueville, elle me frappe dans le coccyx. Quand je me replie davantage, elle me frappe au ventre.

— Stop !

Elle recommence. Plus fort. Et je le mérite, parce que je n'ai pas trouvé Amy, que je ne connais pas le numéro de téléphone de Love, parce que mes couilles se sont rétractées jusqu'à mon intestin.

Elle bondit sur le lit et adopte une posture de karaté.

— Ne bouge pas ! hurle-t-elle.

Comme si je pouvais. Comme si mon corps n'était pas couvert de bleus et douloureux. Je respire. Amy était censée être à ma place. Moi, j'étais censé être la personne sur ce lit, contrôlant la situation. J'ouvre les yeux. Percevant cela comme une menace, la fille saute du lit et me donne un coup de pied dans la tête. Tout s'efface, la douleur, la peur, la couleur, le sang tiède.

Je perds connaissance.

21

— Ne bouge pas ! m'ordonne la fille.

Je ne peux pas bouger, cet ordre est superflu. Pendant que j'étais évanoui, elle n'a pas perdu son temps. Elle m'a attaché les bras et les jambes à l'aide de sangles de sport. Je suis comme une sirène, à plat ventre sur le tapis blanc à longs poils. Je ne peux pas parler. Une sangle passée autour de ma tête me scie la bouche et bloque ma langue. La fille marche de long en large. Elle serre son téléphone portable dans sa main et je me demande à quel moment elle a appelé les flics, pourquoi ils mettent aussi longtemps, quelle horreur m'attend. Putain de sangles !

Il ne me reste plus qu'une chose à faire.

Je fonds en larmes.

Sans la moindre retenue. Je pleure sur tout ce qui est triste, les enfants qui meurent de faim, la manie qu'a Harvey de rafraîchir ses vidéos YouTube, le corps de Calvin qui doit être si difficile à accepter, l'herbe et la coke, le métier d'acteur et celui d'écrivain. Je pleure sur M. Mooney et ses œufs, et sur Marilyn Monroe, coincée ici aussi ; elle a beau être morte, elle est présente partout. Ma ravisseuse saisit une paire de ciseaux puis s'agenouille à côté de moi. Consoler un bébé n'est pas chose aisée. Elle tire la sangle qui me comprime la joue et coupe.

— Ça suffit ! crie-t-elle.

Je sanglote, je bave, je dis :

— Merci.

Elle attrape une serviette de toilette, m'essuie le visage.

— Arrête, répète-t-elle.

— Je… je suis désolé. Je ne vais pas bouger, promis, je sais que la police va arriver.

Elle baisse les yeux vers la gauche. Elle n'a pas appelé les flics. N'importe qui d'autre l'aurait fait. Cette mystérieuse raison est tout ce qu'il me reste, et j'aimerais bien comprendre pourquoi elle ne les a pas appelés, parce que si elle change d'avis, je suis foutu.

— Parfois ils mettent du temps, lui dis-je pour la rassurer. Mais ils vont arriver.

Elle s'immobilise.

— J'ai dit : arrête.

— Je suis désolé.

— Arrête de parler.

— Je vais me taire. Mais je voudrais juste que tu saches une chose avant qu'ils arrivent.

Elle soupire, me regarde.

— Je cherchais ma copine.

— Tu t'es introduit chez moi par effraction.

— Non, la porte était ouverte.

— Non, elle était fermée.

— Va voir, je te le jure. La porte était ouverte, comme Lydia me l'avait dit.

La fille traverse la pièce, ses cuisses sont fermes, brillantes. Elle ouvre. Elle examine la poignée. Elle claque la porte. Je sais crocheter une serrure, putain. Elle revient vers moi.

— Bon, c'est qui, Lydia ?

— Est-ce que la police a ton code ? Tu devrais appeler et t'assurer qu'ils l'ont bien.

Je suis #TeamGirl.

— Ils l'ont, ment-elle.

Elle fait une grimace. Elle reçoit un texto qu'elle lit avant de répondre. C'est probablement sa meilleure amie qui lui recommande d'appeler les flics. Elle doit répondre « C'est bon », et la copine insister en disant « Appelle les flics, c'est de la folie ! » Je sens la dynamique en place. J'ai une chance d'être libéré.

La fille ne veut pas faire intervenir de figure masculine d'autorité, il suffit de voir le nombre de sangles qu'elle possède. Elle s'est préparée à ce genre de situations. Elle appartient à un groupe d'autodéfense, comme la directrice rebelle de l'hôtel dans *Red Eye*. Je n'arrive pas à comprendre la présence du poster de Marilyn Monroe ni le design de l'ameublement. Ils ne collent pas avec ses cuisses musclées, sa résistance. Mais je sais qu'elle préfère me savoir attaché ici plutôt que jeté en cellule dans un coin de la ville qu'elle n'aime pas. Elle aurait pu me faire rouler jusqu'au trottoir pendant que j'étais évanoui. Elle aurait pu m'infliger beaucoup de choses, mais savait comment me dominer sans me briser. Elle balance son téléphone sur le canapé.

— Tout va bien ?

Avec cette question, je lui laisse subtilement croire que nous sommes égaux, que nous souhaitons chacun le bien de l'autre.

Ça ne lui plaît pas, elle s'avance vers moi et agite ses ciseaux à quelques millimètres de mon visage.

— C'est moi qui pose les questions, OK ?

— Oui, d'accord, c'est toi qui décides.

Elle s'accroupit au-dessus de moi. J'aimerais qu'elle enfile un pantalon, putain.

— Qui es-tu ?

Ce que je lui dis a de l'importance. Il faut que je sois quelqu'un qu'elle ait envie de libérer. C'est la question la plus importante à laquelle j'aurai jamais à répondre. Je déglutis.

— Je suis Paul, dis-je tout en réfléchissant.

— OK, Paul. Quoi d'autre ?

— Je te jure que je ne suis pas un malade. Je ne suis pas venu ici pour te faire du mal.

— Tu n'es pas armé, concède-t-elle.

Elle éloigne très légèrement les ciseaux. Je hoche la tête.

— Je ne sais pas très bien où j'en suis en ce moment.

Les filles adorent les mecs comme ça.

Elle éloigne les ciseaux. Je pousse un soupir.

— Je suis en fac de droit, mais je me prends un semestre sabbatique. Je veux devenir procureur.

— D'accord. Et ta copine, elle est en droit aussi ?

— J'ai pas de copine.

Elle brandit les ciseaux. J'ai répondu trop vite. J'ai merdé.

— Tu as dit que tu cherchais ta copine. Tu as même prononcé son nom. Lydia.

— Je suis désolé, j'ai paniqué.

Elle pince les lèvres, pose les ciseaux et prend son téléphone.

— Je devrais appeler les flics.

Je hoche la tête tel un républicain sur une chaîne de télé nationale promettant de baisser les impôts.

— Tu devrais, lui conseillé-je d'un ton sérieux. Je ne t'en voudrai pas si tu le fais. À ta place, je les aurais appelés juste après m'avoir assommé. J'ai débarqué dans ta chambre. Un vrai cauchemar. J'arrive pas à croire que je me sois trompé d'appartement. À ta place, j'aurais fait pareil. Et j'aurais appelé les flics. Je sais que c'est super bizarre.

Elle ne compose pas le numéro de police secours. Elle me regarde.

— C'est pas comme s'ils allaient résoudre le problème. Ils te colleront en cellule et te laisseront sortir demain, c'est tout.

— C'est vrai. Mais bon, quand on merde autant que moi, on mérite de passer une nuit en cellule.

Elle ne compose toujours pas le numéro. Je deviens humain, je deviens Paul. Ses convictions vacillent.

— Je sais que je devrais les appeler, dit-elle. En bonne citoyenne.

Dans un appartement voisin, *Shooting Star* de Bad Company retentit à plein volume. Un instant plus tard, la musique s'éteint tout aussi brusquement. Nous éclatons de rire tous les deux.

— Tous les matins, m'explique-t-elle. C'est son réveil.

— C'est horrible de commencer la journée comme ça. Il vit seul, j'imagine ?

— C'est une fille.

Elle est de mon côté, maintenant, elle se détend. Je le vois.

— Enfin bref, tu as raison, dit-elle.

C'est une phrase importante. Elle reprend :

— Je vais appeler la police.

Mais elle n'en fait rien.

— C'est toi ou moi, poursuit-elle. C'est ce qu'on fait dans ce genre de situations.

— Oui, dis-je sans crainte. C'est ce qu'il faut faire.

Elle déverrouille son téléphone. Je regarde ses doigts, ses ongles courts sans vernis. Elle compose son code. J'entends la voisine marcher à côté. Elle appuie sur le premier chiffre. Elle hésite. Je lui assène le coup de grâce :

— Tu n'as pas à t'en vouloir. Crois-moi, je sais que je l'ai mérité.

Elle arrête de composer le numéro.

— C'est quoi, ton histoire ? me demande-t-elle.

J'ai gagné. Je me lance dans un mensonge élaboré. Je lui explique qu'il y a quelques mois, ma copine m'a trompé. Pendant ma première année de droit, très stressante.

— Tu vas dans quelle fac ?

Dieu bénisse les femmes, créatures curieuses et mystérieuses, passant d'une humeur à une autre.

— L'UCLA.

J'arrive à la partie la plus intéressante. Je lui raconte que j'étais désespéré, déprimé, et que j'ai cliqué sur l'onglet « Coups de cœur » de Craigslist.

— C'est là que j'ai rencontré Lydia. On a bu un café et elle avait ce fantasme que j'arrive chez elle à l'improviste et que je la surprenne au lit.

— Beurk, dit-elle en s'asseyant sur le canapé. Elle vit dans cet immeuble ?

— Elle y vivait. Ou alors je me suis trompé d'adresse. Il faudrait que je regarde dans mon portable. Elle m'a dit qu'elle ne fermait sa porte à clé que quand elle était avec quelqu'un, et que j'étais le bienvenu quand je voulais. Bref, je sais que ça paraît tordu, mais ta porte était ouverte et j'ai cru que c'était son appart.

Elle bondit sur ses pieds. Elle n'arrive pas à croire qu'elle a oublié de verrouiller sa porte. Elle s'en veut. Elle se donne un coup sur la tête avec son téléphone.

— Il faut que je sois plus prudente.

L'atmosphère change. Elle ne parle plus que d'elle, répète qu'elle a oublié de fermer la porte après que « ce mec » est parti. Elle n'a plus peur de moi. Elle a peur de ce qui aurait pu se passer si quelqu'un de vraiment dangereux était entré. Elle balance de nouveau son téléphone sur le canapé et prend ses ciseaux.

— Ne bouge pas.

Elle coupe les sangles de sport qui me menottent et nous faisons connaissance. Rachel est nounou. Elle était à la tête du centre de lutte contre le viol à l'université et continue d'enseigner les techniques d'autodéfense aux femmes. Je me masse les poignets.

— Ça explique ta réaction.

Rachel travaille pour une famille riche à qui appartient cet appartement, voilà pourquoi elle n'a pas appelé la police.

— Ils sont super paranos. Si j'avais appelé les flics et qu'ils les avaient prévenus, ça aurait fait tout un drame, m'explique-t-elle en reposant les ciseaux. C'est des dingues, ils sont millionnaires. On voit bien qu'ils sont complètement sexistes et vieux jeu, avec ce portrait de Marilyn et tous ces tapis à poils. Les vieux imaginent que c'est ça qui plaît aux filles, tu vois ?

Toujours prisonnier et disposé à être d'accord avec tout, je réponds :

— Très juste. Est-ce qu'ils sont connus ?

Elle me répond oui en faisant la moue.

— J'ai signé une clause de confidentialité. Je ne peux en parler ni à mes amis, ni aux journalistes, ni à personne. Même ma mère ne sait pas pour qui je travaille.

— Waouh, c'est dingue.

— Enfin bref, avec un peu de chance, je me casserai bientôt d'ici. Et toi, est-ce que tu vas l'appeler, cette Lydia ?

Je ne comprends pas les femmes de Los Angeles. Elles n'ont peur de rien. Je pourrais être n'importe qui. Je pourrais mentir – et c'est exactement ce que je suis en train de faire. Je pourrais être un pervers, un de ces violeurs qu'elle est entraînée à combattre. Pourquoi me sourit-elle en me posant timidement des questions sur ma copine imaginaire rencontrée sur Craigslist ? Comment a-t-elle pu se remettre aussi vite de ses émotions, au point de flirter ?

— Non, réponds-je en me massant les poignets. Je crois que c'est un signe. Je ne vais pas la contacter.

— OK. Tu rencontreras quelqu'un quand tu seras prêt. J'ai suivi un séminaire incroyable sur l'épanouissement personnel le mois dernier. Un truc de dingue.

Elle est allée à la fac. Elle est diplômée depuis dix minutes et pense qu'on peut tout changer grâce aux meetings, à la communication, aux slogans et à l'espoir.

— Café ? me propose-t-elle en souriant.

Comme je n'ai pas envie qu'elle appelle les flics, j'accepte le café. Elle me propose de m'installer sur le canapé, pendant qu'elle verse des grains dans une cafetière à l'ancienne. Elle se met à parler d'elle. En plus d'être nounou et prof d'autodéfense, elle est tutrice pour les examens d'entrée à l'université et ne comprend pas les fantasmes de viol.

— J'ai suivi un cours de « women's studies » à l'UCLA. De nombreuses femmes qui étudient cette matière ont des fantasmes de viol. Je te laisse m'expliquer ça le temps que je me change.

Elle passe devant moi pour aller dans sa chambre sans fermer complètement la porte. Elle enfile un bas de survêtement Victoria's Secret rose avant de l'enlever pour un jean qu'elle retire à son tour. Moi je reste assis là, à jouer l'intello qui parle des fantasmes de viol, du contrôle et de Craigslist. Rachel la nounou revient, vêtue d'une mini-jupe noire en coton, de grosses bottes UGG et d'un petit tee-shirt court gris. Elle s'est mis du gloss. Beaucoup. Elle s'est coiffée. Parfumée. Elle s'est faite belle pour moi. Je me suis introduit par effraction, je l'ai surprise dans son lit et elle s'est faite belle pour moi.

— Je vois ce que tu veux dire quand tu parles d'arrêter de tout contrôler, mais moi, j'ai l'impression de faire ça dès que je sors de chez moi. Dans ma chambre, c'est moi qui décide. Enfin ça, je crois que tu l'avais compris.

Elle verse le café dans des tasses IKEA ébréchées où il est écrit LOVE en majuscules. La vie est cruelle et le mot « amour » ne devrait pas être affiché partout. Elle sent le cigare.

— Tu as l'air d'un type qui prend son café noir.

Je hoche la tête même si j'ai envie de hurler.

— Merci.

Elle regarde les palmiers par la fenêtre.

— J'aime bien cet endroit, quand même. Et le bébé que je garde est facile. Il ne sait pas encore qu'il sera un connard, ajoute-t-elle avant de pousser un soupir. Mais le trajet pour aller au boulot était horrible. La famille vit à Brentwood et aussi à Malibu, et moi j'habitais à Eagle Rock, donc le père m'a proposé de loger ici. Tu sais comment c'est dans cette ville : soit les gens sont pauvres et chômeurs, soit ils cèdent gratuitement leurs appartements.

— Cool.

J'ai besoin de savoir si Amy vit ici ou si elle a donné cette adresse au hasard. Je reprends.

— Et sinon, tu habites en coloc ?

— Pas depuis la fac.

Amy a donc choisi cette adresse au hasard. Et à cause d'elle, je suis venu ici, j'ai été frappé, menotté et forcé de boire du café amer dans un mug ébréché sur lequel est écrit « LOVE ». Je dis à Rachel qu'il faut que j'y aille. Je ne pense pas qu'on devrait échanger nos numéros. Elle a l'air dépitée.

— Bon courage pour la fac, me lance-t-elle.

— Merci. Bon courage avec les riches.

Elle rit.

— Merci, Paul.

Je traverse Franklin. J'ai raté ma chance de commencer une nouvelle vie avec Love. Je fais un détour pour éviter Calvin et quand j'arrive à mon immeuble, Harvey n'est pas dans son bureau. Dieu existe, donc. Mais Delilah est plantée devant ma porte, bras croisés, yeux plissés. Elle entre directement dans le vif du sujet :

— Je sais quel est ton problème, Joe.

Peut-être que Dieu n'existe pas, après tout.

22

Ce n'est pas mon jour de chance. Delilah fait les cent pas dans mon appartement. Je lui ai posé un lapin, ça l'a foutue en rogne. Et malheureusement, elle ne s'est pas consolée en avalant un pot de Ben & Jerry's. Au lieu de ça, elle est partie en quête d'infos. Elle est obsédée par cette soirée où je lui ai posé un lapin. Elle refuse de me révéler ce qu'elle sait, mais elle a constitué tout un dossier sur mon compte.

— Explique-moi ce qui s'est passé, exige-t-elle. On avait rendez-vous.

Pour tenter de l'apaiser, je réponds :

— Je sais. C'est la faute de Calvin.

— T'es un grand garçon. Tu n'as pas dix ans. Ne me parle pas de Calvin, putain.

— Tu m'as demandé ce qui s'était passé…

J'aimerais bien que la sueur arrête de perler sur mon front.

— Tu ne peux pas te défausser sur Calvin. Il faut que tu assumes tes actes, Joe. Tes actes ont des conséquences, tu m'as posé un lapin et c'est mal.

— Je sais.

— Ah bon ? dit-elle, bien décidée à continuer.

Elle a téléchargé une appli qui l'empêchera de m'envoyer des textos à l'avenir. Mais peu importe cette appli parce que c'est moi qui avais accepté ce rendez-vous et, du coup, elle pense qu'il y a quelque chose qui cloche chez moi.

— Il n'y a rien qui cloche. J'ai zappé.

— C'est pas une excuse.

— Delilah, est-ce que tu peux laisser tomber, s'il te plaît ?

Mais elle n'y arrive pas. Elle a d'autres choses sur le cœur. Elle sait que j'ai confié à un barman du *Birds* que j'avais chopé une fille. (C'est vrai, mais c'est faux.)

— C'est compliqué.
— C'est des conneries ! aboie-t-elle.
— Delilah, on pourrait en parler à un autre moment ?
— Pourquoi ? Tu dois aller quelque part ? C'est l'heure d'aller errer dans les rayons du Pantry comme un zombie ?
— Je n'erre pas dans les rayons comme un zombie.
— Demande à Calvin. Il te dira la même chose.
— Tu viens de me demander de laisser Calvin en dehors de tout ça.
— Ne change pas de sujet.
Elle revient vers moi, bras croisés. Elle me dit qu'elle a appris par Calvin que j'étais chez Henderson et que c'était mon idée d'aller à cette fête.
— Je sais que tu y étais. J'en ai la preuve.
Elle me montre une vidéo sur YouTube où on me voit chez ce type, dans cette putain de cuisine. J'ai envie d'anéantir Internet.
— D'après Calvin, tu as disparu subitement. Alors t'es allé où, Joe ?
J'avais oublié à quel point cet appartement était petit et ses murs fins. Elle essaie de m'enfermer dans une cage et je ne la laisserai pas faire.
— Delilah, c'est pas cool.
— Non, renchérit-elle, c'est pas cool de me laisser te sucer puis de me tourner le dos et de me traiter comme une merde. C'est pas cool du tout. Moi je voulais que tu aies le courage de me dire pourquoi tu n'étais pas allé travailler pendant plusieurs jours, pourquoi tu étais à la fête chez Henderson alors que tu prétends le détester. Mais si tu refuses de me le dire…
Elle s'interrompt et prend une profonde inspiration. Elle s'assoit et me montre le sol.
Je m'assois à mon tour et lui demande :
— Quoi ?
Elle se frotte les mains puis se repositionne, en tailleur. Elle savoure ce moment. Elle l'a préparé. Elle se lance.
— Écoute. Je suis au courant.
Je ne réagis pas.
— Je suis au courant, répète-t-elle.
Je n'aime pas ça. *Je suis au courant.*

Elle le lit sur mon visage. C'est une vraie journaliste d'investigation, putain. Elle prend son menton dans sa main et baisse la tête. J'ai envie qu'elle disparaisse dans la nature. *Pouf*, comme ça. Et en fonction de la suite de la discussion, c'est peut-être bien ce qui va se produire. Elle prend de nouveau une grande inspiration.

— Je suis au courant de ton problème de médocs.

Tu te fous de ma gueule ou quoi ? Je soupire, desserre les poings. Elle ignore qu'elle vient de se sauver la vie. Elle s'assoit à côté de moi, passe son bras sous le mien et me sert un laïus tout droit sorti de ses fantasmes dans lesquels elle est celle qui me délivre de mon addiction. Elle me caresse le dos en me parlant de promesses, de maison de repos et de la folie de L.A.

— Dez m'a dit que tu lui achetais beaucoup de Percocet. Et tu disparais subitement, tu erres sans but. J'ai fini par comprendre.

Selon elle, la faute incombe à cet appartement. Brit Brit a pété les plombs ici, elle aussi. Elle fixe le Kandinsky.

— On peut t'aider à aller mieux. Vraiment. Il faut simplement que tu le veuilles.

J'ai besoin de lui faire croire qu'elle a raison. Je lui explique que je veux m'en sortir seul.

— Je crois qu'il me faut un peu de temps.

Ah.

Elle me tapote la jambe, compréhensive.

— Est-ce que tu as une mutuelle ?

Je lui réponds que oui. Elle me dit qu'elle a une idée, elle s'en va et revient cinq minutes plus tard avec un jeu de société.

— Serpents et Échelles. Parfois, on a juste besoin de redevenir enfant.

Je n'en suis pas sûr, mais je lance le dé et feins de m'intéresser à ses anecdotes ennuyeuses sur des célébrités et sur le jour où George Clooney l'a « en quelque sorte » draguée. C'est à son tour de jouer. Ce jeu est interminable et c'est ce qu'on mérite quand on baise Delilah-La-Baise-Pas. Ça me pendait au nez, j'ai été con.

Elle voulait que je rencontre sa mère ; j'aurais dû me forcer pour lui faire plaisir. Mais con comme je suis, j'ai cru que je pouvais baiser Delilah. J'ai cru que je la comprenais, contrairement aux autres idiots de cet immeuble, j'ai cru qu'il n'y avait rien à craindre parce qu'elle est incapable d'aimer quelqu'un comme moi. Elle aime l'argent et baiser avec des stars. Elle prétend porter ses robes moulantes pour des raisons professionnelles, pour obtenir des ragots, mais en réalité, c'est parce que Nicolas Cage a épousé une serveuse, tout comme Matt Damon, et parce que George Clooney a juré fidélité à une avocate sexy.

Même si j'avais honoré le rendez-vous, si j'avais rencontré sa mère, si je lui avais dit que je l'aimais, lui avais acheté des fleurs sans raison, lui avais demandé d'habiter avec moi et m'étais mis à parler d'engagement et de bébés, malgré tout, ça n'aurait pas duré. Elle aurait continué à « travailler », à porter des robes moulantes, à se rendre à des soirées Golden Globes et à essayer de renverser sa boisson sur James Franco et consorts (c'est comme ça que Calista Flockhart a eu Harrison Ford), et elle m'aurait quitté pour lui à la première occasion.

Mais j'étais aveuglé par mon envie de me faire sucer. J'étais parano à cause d'Henderson, je me sentais seul, je n'ai pas vu la faille. Et il y a quelque chose que Delilah aime encore plus que baiser les stars : chercher des infos. Même si elle ne connaît pas toute l'histoire, elle en sait trop.

— Au fait, ma mère te passe le bonjour, dit-elle en reniflant.

Je lance le dé.

— Dis-lui bonjour de ma part.

Je me demande si Love est réveillée, si Amy est vivante.

Elle consulte ses messages et m'apprend qu'elle ira peut-être à une avant-première avec Ed Norton ce soir. Elle a envie que je la supplie de rester ici. Je n'en fais rien. Elle fait glisser son doigt le long d'une échelle, sur le plateau de jeu.

— Alors, comment tu t'es débrouillé pour entrer au *Soho House* ?

— Quoi ?

— Ma copine Ethel t'a vu là-bas.

— C'est qui, cette copine ?

— Juste une copine. Elle sait qui tu es. Elle t'a vu au *Birds*.

— C'est un peu bizarre.

Je suis victime de harcèlement. C'est comme dans *Fast & Furious*, Delilah a monté sa propre équipe. Elle croit vraiment qu'elle peut me piéger en me forçant à l'épouser, à devenir son mari. Et elle me plaquera ensuite pour Franco ?

— Joe, où est-ce que tu étais ces derniers jours ? À Skid Row ?

— Non.

— Il faut que tu me dises où tu te procures tes médocs. Je sais que tu n'en achètes pas seulement à Dez, parce que lui non plus ne t'a pas vu ces derniers temps.

— Delilah, c'est pas ce que tu crois.

— Alors dis-moi avec qui tu étais.

Je fixe le Kandinsky.

— Joe, reprend-elle. J'essaie de t'aider. Mais je ne peux pas le faire si je ne sais pas où tu te procures tes cachets.

Elle est trop intelligente. Techniquement, je devrais l'éliminer. Mais si je la frappais sur la tête, allais acheter de l'acide pour détruire son corps et me débarrassais d'elle, j'attirerais l'attention. Ses parents se demanderaient où elle est passée. Elle a posé des questions sur moi un peu partout. Je serais suspecté de meurtre. Et ensuite, quand je finirais par trouver Amy, j'aurais plus de mal à la tuer parce que je serais surveillé. Il n'y a pas d'autre solution : Delilah doit rester en vie. Et le seul moyen pour qu'elle me foute la paix, c'est de lui briser le cœur.

Je tapote le plateau de Serpents et Échelles.

— Delilah, je n'ai pas été complètement honnête avec toi. J'ai rencontré quelqu'un.

Elle déglutit. Ses joues enflent un peu ou peut-être qu'elles rosissent simplement. Je lui jure que je suis désolé. Que je suis allé à la fête d'Henderson pour voir cette autre fille.

— Mais elle te pousse dans ton addiction, insiste-t-elle.

Je secoue la tête.

— Les cachets ne sont pas pour moi.

— Alors pour qui ?

— Sa mère. Elle a un cancer. De l'œsophage.

Elle referme le plateau de jeu.

— Je suis désolé.

— Je m'en fous, répond-elle en me tournant le dos.

Je lui dis que je suis horrible. Qu'elle est belle. Que c'est moi le perdant dans cette histoire. Je la prends dans mes bras. Je lui répète que je suis une horrible personne et que je ne la mérite pas. Je lui répète qu'elle est belle. Qu'elle est intelligente, qu'elle pourrait avoir le monde à ses pieds, vu tous ses contacts et ses compétences. Je lui dis qu'elle va trouver quelqu'un de bien mieux que moi et, à ce moment-là, elle me serre plus fort. À ce moment-là, elle me pardonne, quand je lui assure, sans le moindre doute, qu'un jour je viendrai frapper à sa porte, quand elle vivra dans une grosse maison sur les collines avec un sol en marbre et des agents de sécurité. Et là, je regretterai de ne pas être à ses côtés, mais je ne le mériterai pas.

— OK, dit-elle en me serrant la main. Fais-moi plaisir, ne parle pas de moi avec Dez, Harvey et tous ces autres cons. Ils sont horribles.

— Promis.

Delilah s'en va (elle doit aller espionner quelqu'un au *Polo Lounge*) et, une fois seul, je trouve la vidéo YouTube où on me voit chez Henderson. Je passe en revue les commentaires :

L'utilisateur AA212310 a écrit :

Le meurtrier est là, dans la maison.

Cet utilisateur ne répond pas aux nombreuses personnes qui lui demandent ce qu'il entend par « meurtrier ».

Je croyais que c'était un suicide !

T'as des infos ?

Il a été tué ?

Je croyais que c'était une orgie !

Je ne vais pas psychoter sur le fait que cet utilisateur a pour initiales AA. AA signifiant Alcooliques Anonymes, ça pourrait être n'importe qui, c'est absurde de penser qu'il s'agit d'Amy alors qu'Henderson a des millions de fans, dont la plupart sont dérangés, probablement inscrits à un programme des AA, et ont beaucoup de temps libre pour rédiger des commentaires sur YouTube. Je refuse d'imaginer Delilah lisant tout ça, se posant des questions, menant son enquête. Je ne vais pas tomber dans ce piège-là. Je ne me suis pas fait prendre. Tout va bien. Je suis libre. Le seul délit pour lequel j'ai été verbalisé, c'est ce truc du passage piéton.

Mon portable vibre et je reçois quelque chose que je n'ai jamais reçu jusqu'à présent : un message Facebook de Love.

Bon, je sais que c'est du harcèlement, mais je t'ai trouvé sur FB. Je vais à Malibu. Il fait trop chaud et ce serait cruel de ma part de te laisser ici avec une chaleur pareille. C'est donc ma BA de la journée. Tenté ?

Elle a l'air d'avoir compris que je suis en plein cauchemar dans le Village. Comme si elle avait senti que j'avais besoin d'une porte de secours, d'une trêve. Je réponds en majuscules : *OUI.* Elle réplique : *Je suis littéralement devant chez toi.* #psychokillerkeskeuçé.

Elle ajoute juste après : *Mon français est nul mais mon French kiss n'est pas mal du tout ha ha.*

Je réponds : *Rien n'est nul chez toi.*

C'est la vérité, bien entendu.

Je fais mon sac en pensant à la bouche de Delilah quand elle m'a pompé et à l'enthousiasme franc d'Amy. Je ne me ferai pas sucer à Malibu, mais je n'aurai pas à supporter Delilah. Je prends mes vêtements, mes sous-vêtements et mon ordinateur. J'imagine Harvey expliquer à un nouvel arrivant que cet appartement est maudit. La première locataire s'est barrée, ruinant son avenir. Quant au locataire suivant, il est devenu accro aux cachetons (soi-disant) et a disparu du jour au lendemain. Ne soyons pas trop optimistes : je laisse quelques jeans ici.

Dehors, je cherche la Tesla de Love, mais elle n'est pas là. J'entends un klaxon plus bas dans la rue. Elle me fait coucou depuis une Ferrari. J'avance vers elle et elle me sourit quand je monte. Elle n'est pas furieuse que je l'aie abandonnée ce matin à cause d'un « truc au boulot ». Elle ne voit pas du tout les choses comme ça.

— Je sais que tu as une vie. On était tous les deux débordés. J'ai dû envoyer un million d'e-mails ce matin, donc crois-moi, je comprends. Tu as réussi à boucler ce que tu avais à faire ?

— Oui.

— Parfait. Tu peux donc te concentrer sur cette playlist Pantry que j'ai créée pour toi.

Elle commence par Charles Mingus. J'ai l'impression d'être un gamin qui sort du ghetto tandis qu'on passe devant Hollywood Lawns en direction de Malibu. J'envoie un texto à Calvin :

> *J'ai besoin de quelques jours. Je me sens mal. Désolé d'avoir été aussi con tout à l'heure. Delilah... Tu connais la chanson. Bref, je vais partir un peu. Dis-moi comment ça se passe avec ton manuscrit. Je croise les doigts. Tu vas toucher le jackpot. On se tient au courant.*

À New York, à l'époque où je m'occupais d'une librairie, si quelqu'un m'avait parlé de cette façon, je l'aurais viré. À L.A., j'envoie chier mon boss par texto et voilà ce qu'il me répond : *Mon pote, j'ai trop fumé, whaou, on se parle bientôt.*

La vie est trop facile ici. Love me conseille de m'accrocher quand nous bifurquons sur la 101. Des centaines de voitures bloquent les voies. Ça me rappelle ce sketch du Saturday Night Live où ils parlent de la 101 et de la 405. Je n'arrive pas à m'imaginer grandir au milieu de tout ça, toute cette folie.

Sa mère l'appelle et je regarde des photos de Love sur Facebook. Elle est souvent à la plage, mais on ne voit jamais son corps. Elle boit, mais n'a jamais l'air bourrée. Je crois que je me suis trompé ce matin. Je crois qu'aujourd'hui, c'est vraiment mon jour de chance.

23

Les gens qui paient des millions de dollars pour rejouer *La croisière s'amuse* option MST essaient de mettre en pratique leur conception de la vie selon laquelle l'important, c'est le voyage, pas la destination, donc autant en profiter. J'ai toujours eu du mal avec ce principe. J'ai besoin d'avoir un objectif. Je m'efforce d'être un membre productif de la société. Même en ce moment, je fais de mon mieux. J'ai une main dans le vagin de Love et l'autre sur mon téléphone. Je suis multitâche. Je ne m'endors pas sur mes lauriers.

Pendant que Love conduit, je passe en revue mes accomplissements. Grâce à moi, la marque Benji's Home Soda a disparu. Grâce à moi, aucune maison d'édition ne gaspille plus d'encre électronique pour envoyer des lettres de refus à Guinevere Beck et, grâce à moi, quelqu'un de plus méritant a pris le job de Peach Salinger. Grâce à moi, le docteur Nicky Angevine a cessé d'exercer et d'utiliser son diplôme pour manipuler des patientes afin qu'elles le sucent. Grâce à moi, le talk-show d'Henderson n'existe plus et, un jour, on se souviendra de ce moment comme le début de la fin de l'âge du narcissisme en Amérique. Grâce à moi, M. Mooney a eu envie de partir lui aussi. Il vit aujourd'hui à Pompano Beach, heureux comme tout, où il se tape une nana du nom d'Eileen.

Moi aussi, j'ai bien mérité des vacances. J'ai parcouru beaucoup de chemin jusqu'ici et, tandis que le vent me brûle les joues et souffle dans mes cheveux à mesure que nous approchons de l'océan, je décide que c'est ma façon à moi de m'éloigner de tout ce qui est négatif, d'Amy, de ma quête autodestructrice pour la retrouver, de ma paranoïa et de mes mensonges. Avec Love, tout est bon, et tout ce qui est mauvais appartient au passé. Je regarde par la vitre et laisse Amy s'éloigner. Je la laisse tomber d'une échelle comme dans le jeu avec Delilah, puis se pendre avec une sangle de sport. J'ai mieux à faire de mon temps. Je pose mon téléphone.

— Enfin ! s'exclame Love. Je commençais à avoir peur que tes yeux sortent de leur orbite à force de scruter cet écran.

— Je sais. Il fallait que je m'occupe de deux ou trois trucs pour le travail. Mais peu importe. Je suis à toi, maintenant.

— J'aime bien cette idée !

— Moi, j'aime bien cette vue.

— C'est magnifique, n'est-ce pas ? J'adore le Pacifique. Tu es déjà venu, non ?

— Non. Pas encore.

— Quoi ? Attends, attends, attends. C'est ta première fois au bord du Pacifique ?

Je lui dis que oui et j'adore la façon dont Love est comme l'amour même : passionnée, sans limite. C'est comme si elle venait ici pour la première fois elle aussi, et ça la rend euphorique. Elle s'engage sur la voie de gauche et bloque la circulation pour se garer sur le bas-côté.

— Je croyais qu'on allait dans la maison de tes parents ?

— On ira après.

— Après quoi ?

— Une fois que tu auras trempé les pieds dans le Pacifique !

Elle ouvre la portière de la voiture et enlève son petit tee-shirt.

— On fait la course ! lance-t-elle.

J'ai toujours cru que les Blancs en maillot de bain, tout excités, courant pour aller à l'eau, ça n'existait que dans les films et les clips de Don Henley. Je la laisse gagner et, quand je la rejoins, elle prend ma main dans la sienne, m'attire vers elle et m'embrasse.

— Ferme les yeux, dit-elle.

Je lui tiens la main, ferme les yeux et, bon, ce n'est pas comme si j'étais un pauvre gamin du Nebraska. J'ai déjà vu l'océan. Mais jamais comme ça. La côte est vaste. Les vagues bruyantes. Les algues démesurées, comme l'océan lui-même. Une vague s'approche et nous frappe. Je porte Love dans mes bras pour traverser le mur d'écume.

— Tu es déjà allé aux Maldives ? me demande-t-elle quand nous émergeons.

— Ne fais pas ça.

Elle me regarde en s'essuyant la bouche.

— Quoi donc ?

— Tu sais que je ne suis jamais allé aux Maldives. Alors ne me demande pas si j'y suis allé.

— Comment je pourrais savoir que tu n'y es jamais allé ?

Il n'y a aucun sarcasme dans sa voix. Love Quinn doit être la femme la moins encline au jugement au monde. Elle nage jusqu'à moi et me prend dans ses bras avant de me guider de nouveau vers le bord. Elle a des serviettes dans le coffre – est-ce que les riches sont toujours prêts à aller se baigner ? Elle lance une nouvelle playlist Pantry. Le premier morceau est *Make Me Lose Control.* Je lui dis que j'adore cette chanson et elle me répond qu'elle le sait. Elle m'explique qu'elle a pris une partie de mes morceaux et des siens pour créer une sélection infinie, façon poupées russes. Comme je ne comprends pas, elle m'explique que chaque morceau fait référence à d'autres.

— Ah d'accord, alors après celui-là il y aura *Be My Baby* et *Back in My Arms Again*, dis-je.

Elle hoche la tête.

— Tu es vraiment « le Professeur ».

J'aimerais qu'on puisse continuer à rouler vers le nord tout l'été, loin d'Amy et d'Henderson, de Delilah et L.A. Mais à un moment, elle met son clignotant pour quitter l'autoroute et nous enchaînons les chemins de terre jusqu'à atteindre un portail. Au-dessus, un panneau de bronze en forme de demi-lune annonce : *Les Allées.*

— Ta maison porte un nom ?

Elle rit.

— Tu sais, j'aime bien donner un nom à tout.

Love sourit à la caméra, le portail s'ouvre et j'entends Elvis (*Never Been to Spain*), et putain, waouh. Le chemin est couvert d'herbe, de coquillages et de sable qui vient probablement des Bermudes, et il est abrité par une canopée d'arbres qu'on ne voit pas à Hollywood. Nous avançons en faisant crisser les coquillages, dépassant des Maybach et des Ferrari.

— Est-ce que tes parents ont organisé une fête ?

— Pas exactement, répond-elle en appliquant du gloss sur ses lèvres. Forty apparaît dans l'épisode de *True Detective* de ce soir, alors mes parents ont réuni la famille pour qu'on le regarde tous ensemble dans la salle de projection.

— Il est acteur ?

— Pas vraiment. Il ne travaille pas beaucoup. Juste de temps en temps. Je crois que Milo et lui ont un copain qui a fait la musique de la série et lui a trouvé le rôle. Je ne sais pas, dit-elle en soupirant tout en rangeant son gloss. Je n'arrive pas à suivre, mais je n'essaie pas non plus, ajoute-t-elle avant de me tapoter la jambe. Ne sois pas si stressé.

— Je ne suis pas stressé.

Mais je le suis. Quand il s'agit d'être trahi par Amy Adam ou jugé par la police, je sais comment réagir. Mais pas quand il s'agit d'être un libraire dans un manoir.

— Tu n'as pas à t'en faire, m'assure Love. Tout le monde t'aime déjà.

Une petite fille pieds nus, vêtue d'une chemise avec un col relevé, poursuit un petit garçon pieds nus qui ne sera jamais vendeur et ne pointera jamais au chômage. Nous pénétrons dans une version huppée du monde tel que décrit dans les films du réalisateur Rob Reiner, réservé aux riches blancs, et je crois que c'est la première fois que je vois des enfants depuis que j'ai quitté New York. Ce qui me frappe le plus, c'est la sécurité. À New York, on se sent vulnérable en permanence. Il y a toujours un risque de tomber sur un malade dans le métro, dans l'escalier de secours, dans la véranda plongée dans le noir. À la librairie, j'ai eu mon lot de clients dérangés et potentiellement violents. À Hollywood, mon appartement est au premier étage, la fenêtre a des barreaux et je me rends au travail à pied. Je monte dans des voitures conduites par des chauffeurs inconnus qui pourraient être dingues. Mais ici, il n'y a aucun danger et il va me falloir quelques minutes pour m'habituer à cette absence totale de criminalité.

Nous nous garons sur un terre-plein sablonneux et Love laisse les clés sur le tableau de bord. Je lui propose de décharger les sacs, mais elle me répond que les domestiques s'en occuperont. Elle me prend la main et me mène jusqu'à un chemin dessiné à la perfection pour faire croire à une création de Dieu et du vent, alors qu'en réalité c'est l'œuvre d'ouvriers mexicains.

Nous sommes proches, très proches de l'eau, incroyablement bleue, juste derrière le terrain de tennis, incroyablement vert, et Love me raconte l'histoire des *Allées*. La propriété compte quatre maisons, un terrain de tennis sur gazon, un autre sur terre battue près du portail principal, et deux piscines. Il y a aussi un hangar à bateaux où j'aperçois le Donzi dont le père de Love m'a parlé, et j'ai envie de le conduire. Je vais le conduire ! Ils possèdent une plage privée et un cabanon qu'on dirait construit en pain d'épices. Un panneau sur le toit de chaume annonce : *Mini Pantry*.

— Mini Pantry ?

— Il n'y a rien de mini par ici, me répond-elle.

Elle me tâte les couilles et commence à me masturber là, maintenant, à cent cinquante mètres de l'endroit où les enfants ont installé leur stand de limonade. Elle s'agenouille, me caresse, peut-être qu'elle va enfin me sucer. N'importe qui pourrait nous voir. Quand je lui dis ça, elle affiche un grand sourire.

Elle prend mes couilles dans ses mains, je suis comme de l'argile qu'elle travaille du bout des doigts, le visage tout près de moi. Je pose la main sur sa tête, mais je ne pousse pas. Je m'y refuse. Je profite de ses mains, mais ses mains me donnent envie d'avoir sa bouche, alors je pousse un tout petit peu, elle ôte une main et ouvre la bouche. Oui. Oui ! Sur le terrain de tennis, quelqu'un crie : « *Out !* » Au lieu de me lécher, elle lèche ses doigts et sa paume avant de poser de nouveau sa main sur mon pénis, et j'éjacule. Elle s'essuie sur une feuille de palmier tandis que je me rhabille.

— Tout va bien ? Tu as l'air un peu tendu.

Je secoue la tête.

— Tout va bien. J'étais juste stressé à cause des enfants.

Elle me donne une claque sur les fesses.

— Même s'ils nous avaient vus, il faut bien qu'ils grandissent, non ?

Nous nous mettons en route. Pas étonnant que Forty m'appelle « mon vieux ». Cet endroit est une version moderne et améliorée de *Gatsby le magnifique*. On entend la voix de Paul Simon ; mais Paul Simon est vraiment là, en chair et en os. Il est assis sur une chaise de jardin et joue de la guitare pour Barry Stein et Forty, étrange scène à bien des égards, trois hommes, une guitare, pas de Garfunkel.

— Barry Stein le connaît, m'explique Love. Il connaît tout le monde. Je crois que c'est pour ça que mes parents le supportent.

— C'est-à-dire ?

Elle m'explique que Barry Stein est un con imbu de lui-même, mais que ses parents apprécient ses films. Son père aimerait bien travailler dans ce secteur, mais ils n'investissent pas dans le cinéma parce que c'est trop risqué.

Une domestique parmi les milliers qui travaillent ici surgit avec un plateau où sont posés des verres contenant des vodkas limonade. Forty s'empresse d'en saisir deux. Il en offre une à Barry Stein qui refuse, tout comme Paul Simon. Personne ne veut boire avec lui. Love soupire.

— J'aimerais bien que Forty comprenne le message. Il croit toujours que Barry va finir par produire une de nos histoires. Mais ça n'arrivera jamais.

— Pourquoi ?

Elle éclate de rire.

— Parce qu'elles sont nulles !

J'apprécie le fait que Love n'aime ni se déprécier ni se mettre en avant. Ce que je n'apprécie pas, c'est quand elle attire ma tête vers la sienne en brandissant son iPhone.

— Selfie d'après-midi ! Hashtag Summer of Love.

Je souris.

— Cheese !

24

Paul Simon est parti pendant que nous nous installions dans notre suite à l'étage de la « maison principale ». Je ne suis pas habitué à ce genre de choses.

— Où sont les toilettes ?

— Il y en a dans la cabine extérieure et dans la maison principale, mais j'adore celles de la maison bleue, répond-elle.

J'essaie de ne pas paraître étonné, mais parfois le décalage est trop grand. La porte-fenêtre de la maison bleue est ouverte, les toilettes sont droit devant et ont la superficie d'un studio. Un gros chat tigré miaule en sortant.

J'aurai beau essayer, je ne serai jamais à l'aise avec tout ça. Je regarde dehors et vois Dottie embrasser Pierce Brosnan. Un gamin grassouillet se gratte le nez. Je ferme la porte et m'assieds sur les toilettes. Quand j'étais enfant, ma mère avait l'habitude de me laisser à Key Foods. Elle me larguait littéralement là-bas. Elle prétendait qu'on jouait à cache-cache. Je savais que c'était faux, mais je jouais le jeu. Je me cachais dans les toilettes ou à l'étage, là où des gens étaient payés pour repérer les voleurs, comme dans *Casino* mais version ghetto. Les managers me connaissaient tous. Ils connaissaient ma mère. Ils n'appelaient pas la police. Un manager sympa me préparait mon plat préféré, du veau à la parmesane.

Ma mère finissait par revenir, me giflait et me hurlait de ne plus jamais m'enfuir comme ça. Je promettais d'être sage et les employés du magasin faisaient semblant de croire à notre histoire.

Je tire la chasse et m'asperge le visage d'eau froide. Je quitte les toilettes. Des « domestiques » (c'est le mot de Love, pas le mien) vêtus de bermudas s'affairent en me demandant s'ils peuvent m'aider ou faire quoi que ce soit pour moi. Love s'est changée pour enfiler une tenue de tennis et se trouve sur la terrasse près des terrains. Forty me fait signe d'approcher puis me tend une caïpirinha. Milo est là aussi, maintenant. Il parle à Love, il la fait rire. Barry Stein reluque la jupe de Love. Connard.

Forty secoue la tête :

— Je t'ai dit de ne pas t'inquiéter pour ça.

J'indique du menton le tee-shirt débile de Milo et demande :

— Qu'est-ce que c'est, « Wianno » ?

— Le *Wianno Club*, répond Forty. Et mon vieux, je t'assure qu'il n'y a aucune inquiétude à avoir à son sujet.

— Il est où, ce club ?

Forty pousse un soupir.

— Nulle part, répond-il en tapant des mains. Alors, Professeur, tu as des idées de films ?

— Pas vraiment.

Je regarde Milo, les poils blonds sur ses bras, ses dents parfaitement blanches. L'agressivité que je ressens est aussi violente qu'une campagne de pub pour les fast-foods Carl's Jr, quand leurs énormes panneaux vous balancent au visage des photos en gros plan de leur nouveau burger jalapeño. Au lieu de tuer Amy, j'ai envie de tuer Milo.

Forty croque un glaçon.

— Oh allez, dit-il. Tu dois bien avoir une idée ! Tout le monde en a une. C'est quoi le dernier bon film que tu as vu ?

— Aucun. Le gars avec qui je bosse me force à regarder des merdes sur ce site de vidéos comiques, tu sais, Funny or Die.

— Tu as déjà produit un film ?

— Non.

Ce serait mal vu de tirer Milo par son tee-shirt jusqu'à l'océan et de le noyer. Alors je joue le jeu. Je parle à Forty d'une idée que j'ai eue : on montrerait un extrait de *Love Actually* où Liam Neeson est en train de dire à son beau-fils qu'ils ont besoin de Kate et de Leo.

— Et ensuite, continué-je en espérant que Love m'entende et qu'elle s'éloigne de Milo pour voir ce qu'elle rate, ensuite ils sont sur le canapé, mais au lieu de regarder cette fameuse scène de *Titanic*, on montre la scène de *Noces rebelles* où Kate et Leo baisent dans la cuisine.

Forty éclate de rire. Love ne se rend compte de rien.

— C'est génial ! Mon vieux, il faut que tu le fasses.

Forty jette un coup d'œil en direction de Barry Stein pour voir s'il a entendu, mais ce n'est pas le cas. Je hausse les épaules.

— J'ai juste pensé que ça pourrait être marrant.

— Il faut que tu te dises que ça va être marrant, mon vieux.

À ce moment-là, Forty s'en va « passer quelques coups de fil ». Love vient s'asseoir sur mes genoux.

— Tu t'amuses bien ? me demande-t-elle.

— Oui.

Et c'est vrai. Avec Love sur mes genoux, je me sens plus calme. Je peux apprécier la fête, maintenant qu'elle ne parle plus avec Milo. À Malibu, la lumière a une puissance qu'on ne peut pas acheter sur Instagram. Tout le monde semble plus vivant que lors de la soirée au *Château*, les couleurs sont plus vibrantes, l'image est plus nette. Cette propriété n'est pas une maison, c'est un village, et je me demande si les employés du Pantry ont connaissance de cet endroit et s'ils ont envie de s'unir pour venir forcer le portail. Je les imagine hurler des slogans : « On veut des sous, pas des bisous ! »

Dottie annonce qu'il est l'heure de se préparer pour le dîner. Je n'avais pas vu le temps passer. Love dit que c'est ce qui arrive à Malibu.

— Ton cerveau est en mode plage.

Forty revient, iPad à la main.

— Regarde ça, mon vieux.

J'ai l'impression de me retrouver avec Calvin. Je vois le logo de Funny or Die et je pousse un grognement, mais Forty me dit que c'est de l'or. Le générique de début défile, puis on voit Liam Neeson et son fils dans *Love Actually*. Mon cœur s'accélère : c'est mon idée. Ils sont sur le canapé et regardent Kate et Leo dans *Noces rebelles* (mon idée !), puis le générique de fin défile et je vois des mots qui me font plaisir, qui vont bien ensemble, exactement ce que ressentent les gens heureux en mariage :

Écrit et réalisé par Joe Goldberg.

Love éclate de rire en applaudissant, pendant que je prends Forty dans mes bras avant de lui serrer la main en le remerciant. Il me répond qu'il n'y a pas de quoi.

— C'était ton idée, mon vieux !

— Mais je n'ai rien fait ! J'ai juste eu une idée.

— N'importe quoi. Tu avais une fin. Tout le monde a un début, mais toi, tu es le mec qui a proposé une fin.

Il montre « mon film » à Barry Stein. Une nouvelle vie est possible pour moi et je comprends comment on peut se laisser envahir par les ambitions artistiques. Je vais peut-être être « découvert », comme Mark Wahlberg dans *Boogie Nights* avant qu'il fasse tout foirer. Mais Barry Stein trouve que c'est « très mignon ». Je suis en colère. Il fut un temps, à New York, j'étais « différent, sexy ». À Malibu, selon ce vieux con, producteur de comédies romantiques préfabriquées, cucul et dépassées, je suis « mignon ».

Ça me tue. La conversation dévie sur autre chose. Barry Stein tapote son cigare puis en propose à Ray, Forty et Milo. Mais pas à moi. Forty ôte des feuilles de menthe de ses dents, se passe les mains dans les cheveux. Il est blessé, lui non plus n'a pas aimé ce « mignon ».

— J'ai une idée, annonce-t-il.

Mais Barry s'excuse pour aller aux toilettes, Milo pour aller chercher sa crème solaire et Love pour donner un coup de main à sa mère. Je regarde Forty.

— Mignon, mon cul.

Il sourit.

— Exactement, mon vieux. Exactement.

Il se met à me parler d'un script sur lequel il travaille. J'ai envie de croire en nous, de croire que c'est le début de quelque chose. Mais le projet de Forty est nul. Comme s'il se mettait en scène dans le genre d'histoires où on se dit que le gars a peut-être besoin d'un psy et qu'on sait pertinemment qu'il n'aura jamais aucun succès en tant que scénariste. Love avait raison quand elle a dit que leurs idées étaient mauvaises. Cette « idée » s'intitule *Le Troisième Jumeau.*

— Pas comme Love et moi, me prévient-il. C'est l'histoire de deux types, identiques, et qui ont les mains tatouées parce que, quand ils étaient bébés, leur mère n'arrivait pas à les différencier.

C'est étrange quand quelqu'un qui ne sait pas raconter les histoires essaie quand même. D'abord, les jumeaux ont une vingtaine d'années et vivent à Los Angeles, puis il décrit une scène qui se déroule dans une rue sombre de New York.

— Et, à ce moment-là, le titre s'affiche, *boum* : *Le Troisième Jumeau.*

Mon Dieu… et dire qu'on n'en est qu'au début… Love et Milo se dirigent vers les terrains de tennis. Je suis au bon endroit, mais je joue le mauvais rôle.

— Je crois qu'on dit « triplés », lui fais-je remarquer. Trois jumeaux ça n'existe pas, mais des triplés oui.

— Mais ça révèle toute l'histoire d'un coup ! proteste-t-il.

Il passe la main dans ses cheveux et avance dans son récit. Nous sommes à Vegas et c'est un mélange entre *Very Bad Trip* et *Casino* de Scorsese.

— Tu vois, mon vieux ?

Pas étonnant que Forty n'ait jamais vendu un seul script. Je jette un coup d'œil à son iPad. Je vois des dessins et des notes. Tous les gens compliqués ne sont pas des génies. Certains sont juste compliqués. J'ai de la peine pour lui.

— Vegas, dis-je. Qui se marie ?

Il bondit sur ses pieds en poussant des cris de joie.

— Tu as deviné ! Tu es extra-lucide ! C'est fou ! Quel instinct, mon vieux ! Professeur !

Il regarde autour de lui pour voir si Barry Stein assiste à la scène, mais non, toujours pas. Sur le terrain de tennis, Love autorise Milo à boire dans sa bouteille d'eau. Forty continue de parler et le troisième jumeau surgit de nulle part en plein désert afin de tuer son jumeau qui conduit la voiture jusqu'à Vegas pour essayer de sauver la vie de son frère. Nouveau flashback. Forty a oublié une « scène capitale ».

— Joe, dit-il. Imagine ça. Le troisième jumeau…

(Mais appelle-les « triplés », bordel !)

— … plonge dans une piscine et on regarde avec lui la clarté au-dessus, la fête dans la piscine, la musique qui sort d'une bande huit pistes.

— Je croyais que le film se passait de nos jours ?

Il n'est pas en reste :

— Parfois. Mais à d'autres moments, on est dans l'avenir. Ou dans les années 70. C'est un récit non linéaire.

Love murmure quelque chose à l'oreille de son frère, qui reprend :

— Donc le troisième jumeau ressort de la piscine ressuscité. Et c'est là que ça devient flippant. Tu es prêt ?

Dottie agite une cloche à vache. Love me fait signe de venir, mais ne m'attend pas quand Milo l'invite à entrer à l'intérieur. Je dis à Forty qu'on devrait les suivre. Il me regarde et m'annonce :

— Mon pote, j'ai été coupé au montage.

Je hausse les sourcils.

— Tu n'es pas dans l'épisode ?

— Ma mère a organisé cette fête. Ils sont tous extatiques. Ils vont regarder et penser qu'ils m'ont raté. Tout le monde sera gagnant. Je veux dire, je suis allé auditionner, j'ai failli réussir, mais c'est aussi bien comme ça. Mon tout premier agent m'avait prévenu : quand un scénariste se met à jouer, ça peut ruiner sa carrière.

Dottie agite de nouveau la cloche et Forty promet que nous arrivons dans deux minutes. Il prétend que nous devons aller faire une course pour moi à la pharmacie. Dottie réplique qu'on peut envoyer quelqu'un à notre place, mais Forty explique que c'est un nouveau médicament.

— Dépêchez-vous, les garçons, soupire-t-elle.

Forty et moi marchons jusqu'au terre-plein où les voitures ont été garées pêle-mêle comme si des gens bourrés avaient trop fait la fête. Forty fait « plouf plouf » et choisit la Spyder.

Je lui demande :

— Où on va ?

Il attrape les clés et fait ronfler le moteur.

— Au Mexique, mon vieux. Au Me-xi-que.

Nous démarrons.

25

Bien entendu, Forty exagérait. Nous n'allons pas réellement au Mexique. Nous quittons un paradis de canapés, de tacos au poisson et de caïpirinha pour aller chez Taco Bell. Sans déconner…

J'imagine tout le monde réuni dans la salle de projection des *Allées*. J'espère que Love n'est pas assise sur les genoux de Milo. Pourquoi faut-il toujours qu'il y ait un Benji, un Henderson, un Milo ? Ce type va me poser problème, je le sens. Je le cherche sur Google et trouve une litanie de choses énervantes, des récompenses pour ses scénarios, des contributions à *Vanity Fair*, son statut de « célibataire très en vue » selon Nylon. Je déteste que Milo ait « réussi à Hollywood », et tous ceux qui affirment qu'ils ne sont pas jaloux sont des menteurs. Nous nous garons devant Taco Bell et je reçois un texto de Love : *Vous revenez ?*

Je le lis à Forty.

— Dis-lui qu'on est coincés dans la circulation à la plage.

Je regarde la route déserte.

— Sérieux ?

— Non, tu as raison. Dis-lui que je suis super chiant. Elle comprendra.

— Tu devrais peut-être lui répondre toi-même.

— Je conduis, explique-t-il en se garant sur une place avant d'éteindre le moteur. Sérieusement, dis-lui que je suis super chiant. Elle comprendra. Ne t'en fais pas, mon vieux.

Je dis donc à Love que Forty est super chiant. Elle me répond *OK OK OK OK OK*, ajoute qu'elle s'occupe de le couvrir, et nous sortons de la Spyder pour traverser le parking jusqu'au Taco Bell. Une fois assis dans un box, Forty me parle de son autre script, *The Mess*.

— Il était sur la Blacker List, qui est encore plus top secrète que la Black List.

— C'est quoi, la Black List ?

Il éclate de rire.

— Les meilleurs scripts non produits de la ville ! Et la Blacker List regroupe ceux qui sont encore meilleurs que les meilleurs. Il doit y avoir une dizaine de producteurs seulement à y avoir accès, et *The Mess* en fait partie.

— Super, dis-je avec enthousiasme en me demandant si les instituteurs de L.A. ont déjà essayé d'éveiller la modestie chez leurs élèves.

Forty me raconte que ce script parle d'un kidnapping.

— Ah ouais ? Moi aussi, je travaille sur une histoire de kidnapping.

— Sans dec ?

Il essaie toujours d'être tellement cool.

Je lui propose qu'on se fasse lire nos textes, idée qu'il trouve « fabuleuse », et il m'envoie *The Mess* ainsi que *Le Troisième Jumeau*. Je fais défiler mes propres textes sur mon téléphone, ceux que j'écris quand je n'arrive pas à dormir, quand je pense à elle, à tout ce qui a merdé, quand je fais comme le personnage d'Alvy Singer dans *Annie Hall* et essaie de tout rectifier. Je raconte à Forty l'une de mes histoires préférées avec Amy, celle où l'on s'enfuit ensemble en utilisant de fausses identités. Sauf que dans cette version, je la surprends dans la cage alors qu'elle est en train de voler les livres. Je l'enferme et la force à devenir mon esclave.

Finalement, elle retombe amoureuse de moi et nous continuons d'utiliser ces fausses identités. Nous devenons amis avec ces gens rencontrés à Little Compton, Noah, Pearl, Harry et Liam. Forty appelle ça le syndrome de Stockholm, mais il se trompe : elle espérait se faire prendre.

— Ah, quelle vilaine fille, commente-t-il. Bonne idée.

Voilà pourquoi les gens aiment écrire. Vous rendez visite à de vieux amis sans avoir à vous connecter à Facebook, vous suivez leurs activités sans rien rater. Vous les façonnez selon vos désirs, tels qu'ils pourraient être si seulement ils étaient plus courageux, plus intelligents.

— Comment s'appelle ce texte ? me demande-t-il.

— *Les Imposteurs*. Mais ce n'est qu'une description d'histoire, à ce stade, ce n'est pas encore développé.

— Toute histoire commence par une histoire, rétorque-t-il.

Comme si ça voulait dire quelque chose. C'est tellement Hollywood. Il me conseille de lire *The Mess*.

— Les grands esprits se rencontrent, ajoute-t-il. *The Mess* est complètement dans la lignée des *Imposteurs*.

— Tu veux que je le lise maintenant ?

— Envoie-moi ton texte, me dit-il en avalant un cachet. Je ne suis pas pressé de retourner aux *Allées*, putain. Crois-moi, on ne rate rien.

— *Bueno*, réponds-je parce que c'est ce que dirait un connard d'écrivain qui a réussi à L.A., comme Milo.

Nous lisons. Nous convenons que nos œuvres respectives sont géniales. Forty a « halluciné » en lisant *Les Imposteurs* et je lui retourne le compliment. Je prétends être impressionné par la structure de son texte, bien que *The Mess* soit un amas d'idées incohérentes.

À ce moment-là, je prends conscience que j'ai été contaminé par les ambitions artistiques. Rien de bon ne peut en sortir. Je le savais déjà avant d'emménager ici. J'ai enfreint tous les conseils de M. Mooney. Je ne me fais pas sucer. J'ai couché avec une actrice. J'ai nagé dans une piscine. Mais je ne peux pas nier ce que j'ai ressenti en lisant ces mots sur l'écran de l'iPad de Forty : *Écrit et réalisé par Joe Goldberg*.

J'ai besoin que Forty me mette un pied à l'étrier afin de donner une bonne leçon à Milo. Il me faut bien plus qu'une vidéo Funny or Die « mignonne » pour remettre ce connard à sa place, et j'ai lu suffisamment de livres sur le cinéma pour savoir qu'on ne réussit pas dans ce milieu si on ne connaît personne. Maintenant je connais quelqu'un. Je connais Forty Quinn. Quand je lui dis qu'on pourrait fusionner *The Mess* et *Les Imposteurs*, il écarquille les yeux.

— Ce serait un super script ! Putain, ouais ! On a suffisamment de matière.

— Allons-y !

— Est-ce qu'on passe un coup de fil à nos agents ?

Au lieu d'admettre que je n'ai pas d'agent, je lui conseille d'attendre.

— Assurons-nous d'abord d'avoir quelque chose de solide. On ne peut pas se planter sur ce coup-là.

Il me donne une tape dans le dos.

— Très judicieux, Professeur.

Nous décidons d'attendre que les scripts soient « dans les tuyaux » avant d'en parler à qui que ce soit. À Love, à nos agents, à tout le monde. Hors de question que Milo sache que je bosse sur un projet. Je veux pouvoir annoncer à ce connard que j'ai accompli quelque chose. Par ailleurs, Hollywood est stupide, donc si nos scripts ne se vendent pas, personne ne sera au courant de cet échec.

Forty me tape de nouveau dans le dos et nous prenons la direction du comptoir.

— Fêtons ça avec une bonne bouffe.

Je commande des tacos Doritos Locos, des gorditas, un truc qui s'appelle quesarito et qui n'a pas été confectionné par une abuela de Mexico mais par un technicien de l'entreprise au cœur de l'Amérique.

Forty se met à parler de chalupas avec le type de la caisse. Ensuite, nous allons en cuisine et il me présente son « *amigo supremo* », le chef Eduardo. Forty commande une tonne de choses – « *dos tacos* fourrés à la pomme de terre », « *tres gorditas* », un burrito au bœuf, sans oublier « toute la sauce piquante qu'il vous reste ». Tandis que nous attendons l'addition, il plonge la main dans sa poche pour en sortir un petit tas de poudre. J'ai officiellement pénétré dans l'univers de *Moins que zéro*.

Le type à la caisse sourit.

— Ça fait trente-neuf dollars et quatre-vingt-deux *cents*.

— Merci, mon pote, répond Forty. N'oublie pas notre sauce piquante.

Forty siffle et crie :

— Eduardo ! Faut dire aux patrons d'installer un système de pourboire. Comment je fais pour laisser un pourboire à tes gars, moi ?

Eduardo rit.

— Vous êtes drôle, monsieur Forty.

Eduardo est probablement l'ami le plus proche de Forty. Ce dernier sort un billet de cent dollars froissé, il fait semblant d'éternuer dedans avant de le jeter par-dessus le comptoir. Le caissier, qui a déjà vu ce sketch, éclate de rire et l'appelle comme l'a appelé Eduardo, ce que Forty adore entendre :

— Merci, monsieur Forty.

Forty hoche la tête. Nous retournons à notre place et nous parlons du *Troisième Jumeau* comme si c'était un bon texte. Je sabre toutes ses idées en reconstruisant le script depuis le début.

— Plaçons l'action dans le désert, suggéré-je. Le troisième jumeau est un type louche qui débarque et emmerde les jumeaux.

Forty opine, intéressé. Je vois bien qu'il s'identifie au troisième jumeau en alternance avec Milo et, tout à coup, je me sens très heureux d'être fils unique. Je continue :

— Les jumeaux sont contents jusqu'à ce qu'un type vienne leur pourrir la vie. Il se tape leurs femmes, sabote leurs jobs et ensuite, il les trahit tous les deux et on se rend compte qu'en fait, les jumeaux ne sont pas aussi proches qu'on l'aurait cru.

— OK, c'est l'acte deux.

— Mais finalement, les jumeaux parviennent à retrouver confiance l'un dans l'autre. Ils sont certains que ce sont eux, les vrais jumeaux, alors ils élaborent un plan et invitent le troisième à Vegas.

Forty tape du poing sur la table.

— Un plan en extérieur, j'adore !

— Mais ils n'arrivent jamais là-bas, dis-je à cet idiot. Ils s'arrêtent au bord de la route, tabassent le troisième jumeau et le laissent pour mort.

— Putain, c'est sombre.

— Mais à ce moment-là… dernier plan du film, vu de haut, on voit la voiture s'éloigner et un corps balancé au bord de la route.

Les yeux de Forty brillent.

— Le troisième jumeau les a baisés tous les deux.

Je hoche la tête.

— Tu tiens ton film.

Forty pense que ça pourrait marcher. Il déchire un sachet de sauce piquante qu'il avale directement.

— Ensuite, *The Mess*, annonce-t-il.

Il envisage son machin comme une histoire de kidnapping classique, un mélange entre Tarantino et Nora Ephron, mais je l'ai lu et Forty n'est pas écrivain. Il aime simplement associer des noms. Bien sûr, l'histoire se passe à Vegas – Forty fera n'importe quoi pour aller à Vegas –, mais les personnages vont ici et là, le kidnappeur est tantôt un mec, tantôt une fille et ça part dans tous les sens. (Drogue.) Je peux arranger ça. Je vais me contenter de remplacer cette histoire par mes *Imposteurs*.

Il serre la mâchoire et s'enfonce dans sa banquette.

— Ah merde, dit-il, y a un truc auquel j'ai pas pensé.

— Quoi ?

— Est-ce que ça peut rester entre nous ?

— Bien sûr.

— Love a pété un plomb à cause de ce texte la dernière fois. Elle a cru que ça parlait d'elle.

À présent, je suis tout ouïe. Je m'essuie la bouche.

— Pourquoi ça ?

Forty pousse un soupir et me raconte tout. Il me dit que Love est une fille faite pour être en couple, incapable de rester seule, ce qui explique pourquoi elle s'est mariée jeune et vite, puis remariée.

— Après la mort du médecin... poursuit-il en secouant la tête. Elle allait mal. Elle avait peur de porter la poisse. Elle était divorcée et veuve, et tout ce qu'elle voulait, c'était être avec quelqu'un.

Je ne crois pas qu'elle soit comme ça. Peut-être qu'elle l'a été. Mais plus maintenant.

— Je vois.

— Enfin bref, elle s'est juré de ne plus jamais sortir avec quelqu'un si ce n'était pas pour toujours. Alors j'ai plaisanté en disant que son prochain mec, on allait le menotter et l'enfermer aux *Allées* pour qu'il ne puisse pas s'enfuir, ou lui faire de mauvaises surprises comme aller consulter un médecin et découvrir qu'il a un cancer. Et c'est ça qui m'a donné l'idée de *The Mess*.

— Waouh.

Il sourit.

— T'es en train de flipper ! s'extasie-t-il.

— Dans le bon sens du mot.

Et c'est vrai. Je me sens spécial. Love cherchait une vraie relation et elle l'a trouvée, elle m'a trouvé moi. On se connaît à peine, c'est absurde mais putain, qu'est-ce que ça fait du bien d'être désiré !

— Ça me va, reprends-je. J'aimerais bien rester avec elle pour toujours, mais ne lui dis pas que je te l'ai dit.

— Bien sûr. Promis. Ça vaut dans les deux sens. Je n'aimerais pas être casé à trente ans, et je n'avouerai jamais à Love que je t'ai averti qu'elle voulait se caser.

Je reviens sur un sujet délicat :

— Et donc, Milo... Il n'y a vraiment rien entre eux ? Je veux dire, rien de récent ?

Forty soupire.

— C'est tellement ennuyeux. Il faut que tu comprennes ma sœur. Elle est profondément, essentiellement, érotiquement, suprêmement, entièrement sexuelle.

— OK.

— Donc si tu veux savoir s'ils ont couché ensemble, évidemment que oui. À New York, il y a un siècle de ça, quand on était petits. Mais je t'assure, mon vieux, qu'elle n'est pas amoureuse de lui, dit-il en se penchant vers moi et en laissant échapper un rot. Ne le prends pas mal, mais Love aime bien les mecs qui ont une faille, qui ne sont pas de notre milieu.

Je n'arrive pas à croire qu'on puisse encore penser comme ça, mais avant que je puisse réagir, Forty tape des mains :

— Revenons à nos moutons !

Il est partant pour réécrire une nouvelle version de *The Mess*. On est à L.A., où tout le monde a toujours un projet en cours. Mais j'aime bien l'idée de n'avoir qu'un degré de séparation avec Brad Pitt.

Notre repas arrive. Les burritos ont la même odeur que les gorditas, les tacos à la pomme de terre le même goût que les chalupas, et j'ignore pourquoi nous avons tant de trucs à manger puisque Forty a de toute façon l'intention de noyer tout ça de sauce piquante, un condiment sans nuance, tellement fort qu'il recouvre les saveurs de la viande, du fromage et des légumes décongelés dont sont fourrées les tortillas. La seule chose qui vaut le coup, c'est d'être installés face à l'océan Pacifique.

Forty se goinfre comme un orphelin affamé en avalant de grosses bouchées. Il ne me regarde pas dans les yeux en décrivant en détail son bungalow au *Bellagio*, son talent pour compter les cartes, sa passion pour « l'instant présent » et son culte des années 70. La plupart d'entre nous refusent d'admettre que certains sont nés à la mauvaise époque. Forty aurait été plus heureux dans les années 70, avant le SIDA et Twitter, quand il aurait pu se contenter de porter des jeans cool, d'avoir un bon dealer de coke et une vague ressemblance avec Hopper, Nicholson et DeVito. J'ai vraiment pitié de lui parce que, sans machine à remonter le temps, il ne sera jamais heureux.

Nous finissons de nous baffrer puis regagnons la Spyder. Mais Forty ne démarre pas.

— Je vais t'avouer un truc, mon vieux, me dit-il.

Il ouvre la boîte à gants et en sort une enveloppe.

— J'ai rencontré un croupier très gentil la semaine dernière, poursuit-il avant de baisser la voix. J'ai de la thune et j'ai hâte de présenter *Le Troisième Jumeau* à mes gars chez Sony. Je veux pas que ton boulot à la librairie t'empêche de bosser sur le projet.

Il me tend l'enveloppe. Elle est remplie de billets.

— J'en ai pas besoin.

Je ne veux pas de sa charité.

— C'est rien, insiste-t-il. C'est dix mille dont j'avais honnêtement oublié l'existence.

Il a laissé dix mille dollars dans sa boîte à gants. Les riches sont stupides.

— Love va se demander d'où ça vient, lui fais-je remarquer.

Il a une réponse toute prête :

— Tu vends des livres. Tu es un petit homme d'affaires très noble avec une conscience professionnelle irréprochable et un bon business. Tu n'as donc strictement rien d'un type qui aime les autres juste pour leur fric.

J'attends depuis un moment qu'il me dise ça et j'ai bien l'intention de continuer à travailler, précisément parce que je ne veux pas de l'argent des autres.

— OK, dis-je. Très bien.

— Écris-moi des pages, moi je bosse dessus et on pourra lancer le projet. On va terminer d'ici la fin de l'été. Ensuite, on fait la promo pile au moment où les gosses reprennent l'école. Qu'est-ce que tu en dis ?

Il me lance un clin d'œil. Nous sommes tous les deux conscients que cette collaboration est un peu biaisée. Mais quelle union n'est pas fondamentalement déséquilibrée, d'une façon ou d'une autre ? Je ne connais aucun couple parfait, aucuns vrais partenaires qui partagent équitablement les tâches.

Il me demande de lui passer un flacon de codéine qui traîne par terre. C'est dégueulasse dans sa voiture : emballages de Taco Bell, vieilles bouteilles de Sprite, Fanta. Forty est un raté : il est accro à la drogue, il vit dans le passé, un passé qu'il n'a même pas connu. Quand *Variety* écrira un article sur nous, je serai le mec sexy et lui, il sera l'autre à côté.

Il mélange ses médicaments dans le Fanta, avale une gorgée de cette mixture, puis démarre. Il se peut qu'on meure sur la route qui nous ramène aux *Allées*. Mais il se peut aussi qu'on survive. Nous chantons sur les Eagles et bifurquons à gauche en direction de la propriété. Forty appuie sur le frein et baisse le son.

— Juste une chose, me dit-il. Mes parents n'aiment pas trop mon amour pour le jeu. Ils pensent que c'est néfaste, comme si j'étais une jeune innocente de Pennsylvanie qui ne sait pas compter ses cartes. Donc n'en parlons pas.

— Ça marche.

— Autre chose…

Je déteste quand les gens font ça. Il verse le reste de sa mixture médicamenteuse dans l'herbe. J'imagine des écureuils complètement défoncés.

— Si tu fais du mal à ma sœur, je te tue.

Pour la première fois, j'éprouve du respect pour lui. Nous nous garons dans l'allée, où la moitié des voitures sont parties. Nous avons raté une bonne partie de la fête, Milo est assoupi dans une chaise longue. Il est moche quand il dort – un bon point pour moi.

Forty se dirige vers son bungalow et moi, vers celui de Love. La chambre à l'étage est paradisiaque, une pièce sens dessus dessous avec une terrasse couverte de gazon. Love explique qu'ils se sont inspirés d'une station balnéaire de Maui. Je vais sur la terrasse parce que je n'ai jamais marché sur une pelouse aussi proche du ciel. Love me demande de la rejoindre dans le lit.

— Forty a été coupé au montage de *True Detective*, me dit-elle en me reniflant. Tu sens le taco.

— J'avoue.

— C'est vraiment cool de ta part de le supporter. Forty est toujours déprimé quand un truc comme ça arrive, et si tu n'avais pas été là, il aurait certainement disparu à Vegas ou ailleurs. Merci.

— C'est un chouette type.

Elle m'embrasse.

— Je crois qu'il a besoin de changer d'air. Le cinéma l'empoisonne. Il devrait seulement profiter de l'été ici au lieu de faire passer des castings pour ce truc qui n'existe même pas.

Je lui serre la main et lui dis :

— On n'a qu'à faire ça. On reste ici.

— Et ton boulot ?

Je lui dis que je vends plus d'ouvrages de valeur seul qu'au magasin. Je peux garder une adresse postale, monter ma boîte et c'est bon. Love est enchantée pour moi et me propose d'emprunter une vieille Prius que plus personne n'utilise pour aller prospecter les livres et transporter mon stock. J'adore que cette idée lui plaise et qu'elle n'utilise pas le terme « bric-à-brac ». Elle m'embrasse. Elle me chevauche et je vis dans cet instant, à Malibu, avec Love. La saison de la chasse est terminée. Je ne vais plus penser à Amy. Je ne vais plus m'en soucier. Je vais arrêter de m'en vouloir. L'heure est venue de me reposer. C'est ce qu'on fait quand on trouve l'amour. Amy en était incapable. Moi, je le suis. C'est moi qui ai de la chance, pas elle.

26

Deux semaines se sont écoulées depuis le début du « Summer of Love » et il n'y a qu'un seul moment de la journée que je redoute : « l'heure du tennis ! » Comprenez-moi bien : je vis dans un monde de rêve. Chaque matin, Love me chevauche. Après avoir baisé, j'enfile une des nouvelles chemises que j'ai achetées dans l'un de ces magasins ridicules aux prix astronomiques sur Abbot Kinney à Venice, puis je fais un saut en voiture jusqu'à Intelligentsia pour prendre un café hors de prix. Je m'assois dos au mur dans cet établissement imitation Colisée, tellement austère, impeccable et froid, qu'on n'y voit jamais personne sourire et qu'on vous regarde de travers quand vous commandez un café frappé.

Je travaille alternativement sur *The Mess* et *Le Troisième Jumeau,* puis, vers midi, j'expédie des livres si j'ai eu des commandes. À seize heures, j'espère chaque jour qu'il pleuve pour échapper à « l'heure du tennis ! » Je suis nul à ce sport. Mon coup droit est trop fort et les balles sortent du terrain. Mon revers à une main ne touche jamais la balle. Devant mon revers à deux mains, Forty s'esclaffe de rire. Parfois, Milo est présent et me conseille de « relâcher ma prise ». Et parfois, Love fait tout le tour du terrain pour venir de mon côté, comme si j'étais un gamin.

Aujourd'hui, je suis seul avec elle parce que ses parents sont partis en Europe et que Forty et Milo ont pris le Donzi. Love m'envoie des balles que je rate ou expédie à perpète, si bien que nous décidons finalement d'aller nous promener sur la plage. Une fois que nous sommes près de l'eau, elle me sermonne.

— Écoute, je sais que tu détestes le tennis, mais tu apprécierais davantage si tu essayais de t'améliorer. Je t'aime, mais tu es têtu et je n'ai jamais vu quelqu'un refuser à ce point de s'améliorer à quelque chose. Il faut que tu fasses un effort.

Je la regarde. J'ai bien écouté. Elle a raison. Et là-dedans, au milieu de l'expression de sa frustration, trois petits mots étaient enfouis. Elle n'avait pas l'intention de les prononcer. Moi aussi, je le ressens, cet amour, mais je n'avais pas l'intention de le lui avouer si tôt. Nous ne nous connaissons que depuis deux semaines. Et pourtant, en si peu de temps, nous avons construit quelque chose, une passerelle, un passage, et je n'ai connu ça avec personne d'autre. Entre Amy et moi, il y avait le sexe et la passion. Beck n'avait qu'à agiter une carotte et je mordais. Mais Love et moi, nous faisons pousser les carottes, nous les épluchons et les mangeons ensemble.

— Regarde ! s'exclame-t-elle en pointant un dauphin dans l'océan. Tu l'as vu ?

— Oui. Je le vois. Et ne t'en fais pas, j'ai un pistolet.

Elle éclate de rire, se laisse tomber sur le sable. Je ris à mon tour. Elle roule sur le côté et je lui donne une tape sur les fesses. Avec Love, il n'en faut pas davantage : une blague, une tape sur les fesses et la voilà qui enlève sa mini-jupe, me grimpe dessus, ôte mon short et pose ses mains sur mes tempes sans me quitter des yeux.

— Est-ce que tu es sourd ? me demande-t-elle.

— Non, j'essayais d'être gentil.

— Eh bien arrête.

— OK, moi aussi je t'aime, lui dis-je.

Elle m'embrasse pendant que je la pénètre. Nous sommes parfaits ensemble. Je suis une meilleure personne depuis que je la connais et je reste convaincu qu'il existe un atelier spécial au paradis où l'on façonne les vagins, et si vous avez de la chance, comme moi, un jour vous en trouvez un qui est fait pour vous. Une fois que nous avons terminé, que nous sommes allongés côte à côte dans le sable, je lui fais part de ma réflexion.

— Tu devrais écrire, réplique-t-elle. Tu dis des trucs super intelligents, parfois.

J'ai envie de lui confier que j'écris, mais ça peut attendre.

— Merci. Je vais peut-être m'y mettre.

Elle me donne un petit coup de coude. Je me tourne vers elle. Elle sourit.

— Tu sais que tu vas quand même devoir retourner au tennis, hein ?

Oui, le « Summer of Love » est mon rêve. Ma peau est rayonnante grâce aux lotions d'Henderson et au sexe avec Love. Mes scénarios prennent forme. Forty et moi, nous nous retrouvons tous les deux jours chez Taco Bell pour parler de « notre travail ». Il lit, il s'émerveille, puis il m'explique qu'il est en train de créer le buzz.

Je suis vraiment fier d'être enfin en vacances, pour de vrai. L'écriture du scénario me plaît trop pour être considérée comme du travail. Depuis la discussion avec Love, je me suis amélioré au tennis et j'en viens presque à penser que c'est une bonne chose qu'elle ne me suce pas, parce que, si elle le faisait, je serais tellement heureux que je ne serais plus moi-même.

Les Corinthiens ont raison : l'amour est patient. Nous allons faire du cheval et comme je ne sais pas monter un canasson, c'est reparti, voilà que Love joue de nouveau les profs.

— Robert Redford est bien pour débuter, me dit-elle.

— Robert Redford ?

C'est sa mère qui a baptisé tous leurs chevaux. Selon Love, c'est un miracle qu'ils ne s'appellent pas tous Robert Redford.

— Ma mère est un peu obsédée par lui, m'avoue-t-elle.

Nous trottons côte à côte. Elle veut savoir comment j'ai perdu ma virginité. Je lui demande de me raconter d'abord.

— C'était avec Milo, me raconte-t-elle. On était dans le bateau de sa famille et on était amarrés au *Wianno Club*. Forty, Milo et moi, on aimait bien sortir en douce pour aller voler les drapeaux sur le parcours de golf.

Voilà pourquoi il porte toujours ce genre de tee-shirts, Martha's Vineyard, les clubs de yacht, tous ces trucs vert et rose.

— Un soir, Milo m'a proposé qu'on se cache et qu'on fasse peur à Forty. Et puis, une chose en entraînant une autre… c'était horrible et douloureux, mais quand je dis douloureux, vraiment douloureux ! explique-t-elle en levant les yeux à ce souvenir. Et puis Forty s'est fait choper pour le vol des drapeaux.

Elle se met à rire et, évidemment, pour eux trois, cette nuit reste la nuit où « on s'est tous fait baiser ». Je me félicite d'avoir grandi dans la pauvreté et qu'il n'y ait rien eu d'aussi « mignon » dans mon passage à l'âge adulte. Love me donne un coup de coude.

— À ton tour, maintenant.

— Eh bien, je dînais au *Château* et une serveuse est venue me donner un message écrit sur une serviette en papier.

— C'est pas drôle ! dit-elle en me donnant une tape.

Je hausse les épaules. Elle me caresse la jambe.

— Quand tu seras prêt. Aucune urgence.

Nous restons silencieux. Comme je l'ai dit : l'amour est patient. Love est patiente.

L'amour est bon. Nous décidons de ne pas aller à Culver City où Love est censée recevoir un prix, parce que Milo appelle du casino du *Crowne-Plaza* de Commerce pour nous annoncer que Forty a mis une chambre sens dessus dessous et qu'ils refusent de le laisser partir.

— Milo ne peut pas s'en occuper ?

Je m'inquiète pour mon associé mais, d'un autre côté, ce genre de chose n'est pas surprenant à Hollywood. Love me répond que c'est mieux qu'on y aille.

— Pourquoi ?

Ses yeux s'embuent de larmes.

— Parce qu'avec Forty, il faut intervenir sinon les gens en ont vite marre de lui.

La route est longue jusqu'à Commerce. C'est moche là-bas. Ça n'a rien de glamour. C'est artificiel. Je regarde Love veiller son frère toute la nuit. Il est dans un état second, il bredouille. Elle lui dit que tout va bien. Quand il prend conscience que la remise du prix de sa sœur avait lieu ce soir, elle lui assure que ce n'est pas grave.

— Ça a été annulé, mon chéri, dit-elle d'une voix aussi douce que l'aloe vera. Je n'ai rien manqué. Essaie de dormir.

Le lendemain matin, en revenant de Malibu, je songe que Love est une meilleure personne que moi. Je suis fermé, grincheux, je râle parce que Milo lui envoie des textos et qu'il nous attend aux *Allées*.

— Joe, dit-elle. Je ne peux en vouloir à personne d'être fatigué de Forty, d'accord ? Milo est ici parce qu'on a besoin de lui. J'ai besoin de lui. S'il te plaît, ne sois pas jaloux. Il sort avec une fille très gentille qui s'appelle Lorelai en ce moment. Tu n'as pas à t'inquiéter.

— Je ne suis pas jaloux.

— Écoute, Forty est attiré par tout ce qui est mauvais. Que ce soit chez les gens, dans l'écriture, la drogue, tout. Son instinct l'attire toujours vers le pire. Je ne sais pas ce qui va lui arriver.

Je brûle d'envie de lui avouer que Forty va s'en sortir parce qu'il a rencontré un écrivain de talent. Je voudrais lui dire que c'est moi, le troisième jumeau, et qu'elle me donne envie d'être gentil à mon tour. Je sais qu'on va devoir s'occuper de Forty. Je sais qu'il ne s'en sortira jamais seul. Je sais qu'il est angoissé, malheureux et négatif. Et je vois à quel point Love se soucie de lui.

— Écoute, je sais que tu n'arrêtes pas de repousser ton voyage à Phoenix pour rendre visite aux bénévoles de ton association. Pourquoi tu n'irais pas ce soir ? Je vais rester avec Forty.

Love sourit, écrit à Milo de rentrer chez lui et me grimpe dessus quand nous arrivons à la maison. Elle n'attend même pas que nous soyons garés. Elle appuie sur ma jambe pour que je freine et se jette sur moi dans la voiture, dans l'allée. Elle me remercie de rester avec Forty, je lui réponds qu'il n'y a pas de problème. Elle hausse les sourcils.

— On est jeudi, m'avertit-elle. C'est l'été.

Elle avait raison. Forty est pénible et saoul au *Matthew McConaughey's*, où personne n'a vraiment envie de le voir. Il est malpoli avec une barmaid qui fait de son mieux. Quand elle prend sa pause, je m'excuse pour lui. Elle me répond qu'il n'y a aucun problème.

— Mon pote, ajoute-t-elle. Tu as l'air crevé.

Je lui parle de Forty et elle fait ce truc typique des Californiens, elle attend son tour pour parler, puis elle se présente : elle s'appelle Monica et elle garde une maison non loin des *Allées*, tout en bossant comme serveuse quand elle ne surfe pas. Elle me demande si je surfe aussi, c'est une question qui me vexe mais je n'ai pas le temps de terminer cette ennuyeuse conversation qu'une autre barmaid me tapote l'épaule.

— C'est toi qui es avec le mec bourré ?

C'est moi, et le mec bourré me cherche. La serveuse adepte du surf tente de positiver :

— Essaie de t'amuser quand même. C'est tout ce que tu peux faire.

Je hais cette manie qu'ont les Californiens de refuser d'admettre que parfois la vie est bien pourrie – comme en ce moment, en voiture avec un Forty défoncé qui veut passer voir une prostituée SM dans un ranch à Topanga. Je m'assois sur un canapé au milieu de chiens qui aboient en essayant de ne pas les entendre baiser ni d'entendre Forty l'appeler « maman ». C'est la nuit la plus sombre et la plus longue de ma vie, et savoir que Love en a connu de nombreuses comme celles-ci ne fait que redoubler mon amour pour elle. Bien des filles l'auraient laissé tomber, à sa place.

Arrivé à la maison, je suis obligé de le traîner hors de la Spyder. Il est tellement lourd et raide que j'ai peur qu'il soit mort. Mais il est en vie. Quelque chose doit changer. Il faut que je trouve une baby-sitter pour cet enfant, quelqu'un qui pourra le supporter, quelqu'un de doux, quelqu'un qui a besoin de materner.

Le lendemain, pendant qu'il dort encore et que ma copine apprend aux enfants de Phoenix à « nager pour Love », j'arpente la plage à la recherche de la barmaid qui m'a conseillé d'« essayer de m'amuser ». Je la trouve comme je m'y attendais, à quatre pattes en train de frotter sa planche à la con. En dehors du travail, elle est différente, elle ressemble davantage à une strip-teaseuse. Elle porte un bandana autour de la tête et un collier autour de la taille. Son corps est bronzé et ferme, le physique typique d'une fille de L.A. Elle est trop belle pour Forty, mais quand on se donne cette allure-là pour frotter une planche de surf, c'est qu'on est vraiment désespéré. Elle regarde sans cesse par-dessus son épaule. Elle est parfaite. Je m'approche d'elle. Je lui fais un signe de la main.

27

Comme le dit Love, Monica est la fille la plus cool du monde et je me félicite de l'avoir recrutée. Elle est imperturbable et calme. Love a raison : même si on frappait Monica en pleine face, elle continuerait de sourire. Elle entame le plus naturellement du monde une relation avec Forty, ce qui signifie que Love et moi, nous sommes tranquilles. Monica a un physique très commun, avec des cheveux châtains, une raie sur le côté gauche et une mèche qui lui tombe toujours sur les yeux et qu'elle passe son temps à tripoter, lécher, éloigner. J'ai envie de la lui raser mais, bien entendu, je vais m'en garder. Monica est ma sauveuse, elle apaise Forty. Il la câline. Il aime sa constance. Il tente de me confier qu'elle est très ouverte au lit, mais je n'ai pas envie d'entendre parler de son manque d'estime de soi. J'essaie d'oublier ce qu'il m'a raconté la semaine dernière :

— Tu peux lui pisser dessus, mon vieux ! Sur le visage !

Monica est profondément californienne, une fille genre Beach Boys qui sourit en permanence et suit Forty à la trace en essayant de lui faire boire de l'eau de coco. Je l'imagine seule en pleine nuit, en train de s'automutiler, mais peut-être que je me trompe, que certaines personnes n'ont simplement pas de démons. Elle est toujours égale à elle-même, n'a jamais mauvaise mine, ni de sautes d'humeur, ni de soudaine envie de manger des burritos plutôt que des sushis. Tout est cool et, un soir, alors que nous sommes tous blottis sur des flotteurs dans la piscine, à regarder un film dehors – c'est comme ça ici, vous vivez comme dans le magazine *Esquire* et vous êtes la star –, Love s'exclame :

— Hé ! Je viens de penser à un truc : on est comme dans *Friends*. Vous deux, vous êtes Monica et Chandler, et nous Rachel et Ross.

Monica n'a jamais vu un seul épisode de *Friends* en entier, mais elle dit que c'est cool. Quant à Forty, il dit qu'il a arrêté d'écouter Love parler de *Friends* il y a quelques années. Je me laisse glisser de mon flotteur et nage jusqu'à elle pour célébrer cette révélation.

Les parents de Love sont en Europe. Milo est avec cette fille, Lorelai, qui vit à Echo Park, et Forty engage quelqu'un pour remplacer Monica dans la maison qu'elle garde afin qu'elle puisse rester avec nous. Les quatre dernières semaines d'été, nous passons du temps tous ensemble, à faire des choses extravagantes. Nous louons un hélicoptère pour nous rendre à Catalina, nous sautons dans un jet pour Vegas, nous mangeons et nageons dans la piscine, Monica rapporte des légumes d'un marché de petits producteurs et j'aimerais que ça dure pour toujours.

Mais Robert Frost avait raison quand il parlait de l'automne. Il y a une fraîcheur dans l'air, de plus en plus palpable. La plage est moins peuplée qu'hier et les connards d'Intelligentsia ont sorti les écharpes. C'est un signe. Un changement s'annonce. Notre été paradisiaque va toucher à sa fin.

Les jours raccourcissent. Enveloppée dans des couvertures, Love cherche « bottes » et « toutous » en ligne, mais maintenant, des colis de bottes arrivent chaque jour et s'entassent dans la cuisine, dans la chambre et sur notre terrasse couverte d'herbe. Love ouvre les paquets, essaie les bottes sans pour autant les porter. Elle n'adopte pas de chien non plus.

C'est la période de l'année qu'elle préfère, quand elle inclut *Boys of Summer* sur toutes les playlists de Pantry. Je lui rappelle que c'est absurde de mettre cette chanson qui parle de la fin de l'été en Californie, où l'été dure toute l'année. Elle me regarde et me dit que je suis un peu rouge. Récemment, elle est devenue plus critique. Je lui réponds que j'ai mis de la crème et que le soleil ne tape pas si fort. Il y a maintenant une tension entre nous qui n'était pas présente vingt-quatre heures plus tôt, et je me demande si je ne suis qu'une amourette de vacances.

— Joe, me dit-elle. Il faut que tu mettes plus de crème.

— Je pense que c'est bon.

Elle lève les yeux au ciel.

— Je te dis que non. Le soleil tape encore fort.

— Ça va, je t'assure.

Une heure plus tard, je me sens ridicule. Je suis rouge, j'ai froid, j'ai chaud, ma peau est complètement brûlée. Love ne me dit pas «Je t'avais prévenu», mais elle me regarde les bras croisés, un chapeau sur la tête. Nous nous déplaçons vers la zone de la piscine qui est à l'ombre et elle me fait remarquer que si j'avais mis de la crème, je n'aurais pas attrapé de coup de soleil. Je l'ai pourtant mise, cette putain de crème. Quelqu'un a dû la laisser au soleil et ses fonctions protectrices ont été altérées. Je refuse de me disputer avec Love. C'est le «Summer of Love» et je veux croire qu'il y aura un «Autumn of Love» même si ça semble mal engagé. Je regarde Forty, assoupi dans sa chaise. Monica est à l'intérieur en train de se préparer, comme s'il y avait besoin de se préparer pour s'installer au bord de la piscine.

— Aïe! dis-je à Love tandis qu'elle applique de l'aloe vera sur mes épaules rouges.

Elle y va doucement, mais ça fait mal quand même et je sursaute.

— Désolée. Joe, tu devrais peut-être le faire tout seul.

Je saisis le tube. Je ne peux pas le faire seul. Je ne peux pas atteindre mon dos. La vérité, c'est qu'un vrai coup de soleil ne se guérit pas en un clin d'œil. Je m'allonge sur le ventre, Love pose un drap sur moi et m'embrasse l'arrière de la tête. Elle me dit qu'elle va se changer.

— Te changer?

— Oui. J'ai une réunion.

— Pour ton association?

— Pour un film.

— Celui sur lequel vous travaillez avec Forty?

Je n'aime pas ça. Mais elle n'a pas le temps de changer de tenue, ni d'attitude, ni de répondre à ma question, parce que Milo arrive en sifflotant, vêtu d'un tee-shirt Black Dog Martha's Vineyard. On dirait qu'il sait que je déteste la Nouvelle-Angleterre, région natale de Beck, cette grande malade incurable, là où Amy m'a jeté de la poudre aux yeux avec *Charlotte & Charles*, où Love a perdu sa virginité avec Milo, un fait impossible à modifier et indélébile, gravé pour toujours.

— Tu es malade, l'ami ? me lance-t-il en faisant la bise à ma copine.

— Il a oublié de mettre de la crème solaire, explique Love. Tu es en avance, Milo.

— Désolé, dit-il en me regardant avec une grimace. Dis, tu devrais mettre de l'aloe sur tes coups de soleil.

— C'est ce que j'ai fait, réplique Love. Mais c'est le genre de brûlures où il faut simplement attendre.

Ils sont tous les deux debout au-dessus de moi et, même si j'ai mal, j'enlève le drap et m'assois bien droit sur cette putain de chaise longue. Ma peau me brûle, c'est comme une attaque de panique sur tout mon épiderme.

— Ça va aller, dis-je. Quoi de neuf, Milo ? Où est Lorelai ?

— Lorelai est en route pour New York, elle se rend à un mariage dans les Hamptons.

Love lui donne un petit coup du bout du pied.

— Tu devrais l'accompagner. Ça a l'air d'être une fille bien.

— C'est vrai. Et je compte bien l'accompagner. Qui renoncerait à un mariage dans les Hamptons ?

Moi, connard. Milo sort quelque chose de sa poche. C'est un morceau de papier plié en triangle. Il le passe à Love qui le prend et rit.

— C'est comme avant, dit-elle. On se transmettait des messages comme ça.

Milo la dévore des yeux. À croire que je ne suis pas là. C'est un intrus sans-gêne, et j'imagine une meute de chiens noirs qui le dévore vivant.

Love déplie le papier, elle frissonne. Je suis invisible.

— Oh là là, oh là là, oh là là !

— J'imagine que ça veut dire oui ?

Elle court vers lui pieds nus, lui saute au cou et il la fait virevolter pendant que je suis assis là à souffrir le martyre et que Forty, lui, dort toujours. Je me refuse à demander à être inclus dans la conversation. Love tapote le dos de Milo, qui la repose au sol.

Elle vient vers moi et me prend les mains.

— Joe, dit-elle. Joe Joe Joe Joe Joe.

Et là, elle m'assène le coup de grâce. La nouvelle est répugnante. Milo a obtenu les financements pour réaliser un film qu'il a écrit et dans lequel il va jouer le rôle principal aux côtés de Love.

— Comment ça s'appelle ?

— *Bottes et Toutous* ! m'annonce-t-elle.

Trop choqué pour formuler une vraie phrase, je réponds par un simple :

— Ah.

Pendant tout ce temps, elle cherchait sur Internet des nouvelles du film de Milo. Elle aime les bottes et les chiens, mais elle aime encore plus le film de Milo. Ce type est le troisième jumeau, arrogant au possible. Je me demande s'il a fait en sorte que le premier mari de Love soit foutu en taule et s'il patientait dans l'eau, en combinaison, pour assassiner le deuxième, le médecin atteint d'un cancer. Forty se réveille en bâillant et se sert une coupe de Veuve Clicquot. Milo est un sale type. Et depuis quand Love est actrice ?

— Je ne comprends pas. Tu vas jouer dans ce film ?

Milo allume une cigarette puis soulève ses Ray-Ban pour les coincer sur sa tignasse frisée.

— Love est une actrice incroyable, dit-il. Mais elle ne se vend pas, tu comprends ? On sait qu'elle est trop talentueuse pour ça. Ce film, c'est notre bébé. Quatre-vingt-quinze pages de sexe et de conversation. Ça va changer le cinéma. C'est un film d'horreur sans une goutte d'hémoglobine. Ça parle du caractère sacré du cœur humain. Le genre de trucs que montraient les films, avant. D'après Barry Stein, c'est comme *Les Copains d'abord*, sauf que dans ce cas, le macchabée, c'est nous, notre société.

J'ai du mal à croire qu'on puisse raconter autant de conneries. Je regarde Forty (nos films à nous ont de vraies intrigues), mais il est du côté de Milo. Il abonde dans son sens et je comprends très vite pourquoi. Forty explique qu'il ignorait complètement qu'on lui demanderait d'être producteur et il tape dans la main de Milo, qui rétorque que le script n'aurait pas été aussi bon sans ses remarques. Putain, j'ai envie de tous les tuer et de m'arracher la peau. Love s'enveloppe dans une serviette de plage, comme si elle avait tout à coup besoin de se couvrir. Elle agit déjà différemment, elle pose, elle joue à l'actrice, elle minaude, pèse ses mots, pince les lèvres. Ma Love a l'air d'une connasse quand elle dit d'un air affecté :

— Notre parfait petit bébé.

— Où est-ce qu'on tourne ? demande Forty en battant des mains.

— On a trouvé une super baraque à Palm Springs, répond Milo.

Forty dit « Génial ! » et Love est ébahie.

— C'est pour de vrai, ça arrive pour de vrai ! s'exclame-t-elle.

La peau me brûle, mon cœur aussi, et ils discutent tous les trois du film comme si je leur avais posé des questions. Milo a commencé à l'écrire quand ils étaient à Crossroads. On peut aimer quelqu'un de tout son cœur, mais on ne peut pas remonter le temps et faire partie de ses années de formation. *Bottes et Toutous* est le bébé que Love et Milo vont faire ensemble pendant que je vends des livres.

Monica arrive, brushing parfait comme toujours, ventre plat, fidèle à elle-même. Quand Forty lui annonce la bonne nouvelle, elle a la réaction escomptée : elle est ravie. Ils descendent deux bouteilles de champagne à eux deux. Forty est également ravi pour son copain, c'est la fête et je suis soulagé d'être malade. Au moins, je n'ai pas besoin de faire semblant. Love pose la main sur mon front.

— Je crois que tu as de la fièvre, chéri, dit-elle. Insolation classique. Tu devrais aller t'allonger.

Love « la petite amie » voudrait m'accompagner ; Love « l'actrice » veut que je dégage. Forty me propose un antalgique et Milo pense, comme Love, que je devrais retourner à l'intérieur. Traduction : partir d'ici, de leur vie.

Love perd patience avec moi, elle me précède dans l'escalier, elle parle de son identité, dit qu'elle n'est pas « actrice actrice » et que ce projet n'est pas « un vrai film ».

— C'est le genre d'histoire que plus personne ne raconte à Hollywood. Une petite histoire d'amour.

Une histoire d'amour.

— Génial, dis-je.

Elle croise les bras, froideur californienne typique.

— Tu n'as pas l'air si heureux que ça pour moi.

— Bien sûr que si, mais là, j'ai surtout envie de vomir.

Elle fait la grimace.

— Ne m'en veux pas, mais ce serait vraiment bien si tu faisais ça dans les toilettes. Un mec a vomi dans mon lit une fois et l'odeur n'est jamais vraiment partie.

Je ne relève pas. Je promets d'aller vomir aux toilettes, puis Love me conseille de me reposer et de prendre une douche froide, si je peux le supporter. Elle reviendra me voir dans un moment, quand je ne serai plus «le malade», le boulet à l'étage. Je l'entends descendre l'escalier rapidement. Quelques minutes plus tard, *Bottes et Toutous* arrive dans ma boîte de réception en PDF. Dehors, la fête commence, elle s'ouvre avec le morceau *Boys of Summer*. Je ne peux pas lire le script vu mon état d'esprit actuel et, par ailleurs, j'ai un deuxième e-mail: une alerte Google au sujet d'un article paru dans le *Boston Globe*. Bordel, non. Je suis en train de tout perdre en même temps, ma peau, ma vie, mon amour, et je suis prostré sur un lit qui n'est pas le mien.

J'ouvre le lien et vois s'afficher une photo du docteur Nicky Angevine. La prison lui réussit. Il a les cheveux courts, il a perdu un peu de poids, mais il s'est musclé. Le docteur Nicky informe le journaliste que son travail de thérapeute l'a préparé à l'incarcération – sans déconner –, puis l'article expose en détail sa demande d'appel. D'après lui, la police aurait retrouvé tous ses patients à l'exception d'un seul, dont ils ne peuvent pas révéler le nom dans l'article pour des raisons de confidentialité. Putain. C'est moi qu'ils cherchent. Ou plutôt, ils cherchent Danny Fox, le nom que j'ai utilisé quand je suis allé consulter le docteur Nicky dans son cabinet beige, quand je me suis assis sur son canapé beige. Mais c'est tout de même moi. Je poursuis ma lecture.

Les faits sont inquiétants: la police de New York ne parvient pas à localiser cet ancien patient. Le docteur Nicky explique que c'était «quelqu'un de bien, d'authentique, un jeune homme de presque trente ans». Mais il ajoute un truc horrible sur moi. Il dit que j'étais obsédé par une fille. À ce moment-là, je tombe sur la pire phrase que j'aie jamais lue dans un journal:

Le docteur Angevine convient qu'il n'est pas enquêteur. « Mais je me demande si le patient X n'est pas venu me voir à cause de Guinevere Beck. Au fond de moi, j'en suis convaincu. »

Le docteur Nicky – le journal peut aller se faire foutre, ce n'est pas un vrai médecin, il n'a qu'une maîtrise de psycho – s'est bien débrouillé. De nombreux patients à lui se sont réunis via Internet pour tenter de retrouver ce patient X, persuadés que leur psy est innocent. Son ex-femme est de son côté, elle aussi, elle raconte que Nicky faisait pousser des tomates dans leur jardin au nord de l'État et qu'il serait incapable de tuer quelqu'un. Va te faire foutre, toi.

Et adieu le secret médical, parce que parmi les trente-deux commentaires qui suivent, un connard du nom d'Adam Mayweather révèle que le patient X s'appelle Danny Fox. C'est précisément pour ça qu'on est obligé de tuer les gens. Si on ne les tue pas, ils ne retiennent pas la leçon. Ils refont surface, plus musclés, plus manipulateurs, plus déterminés à vous détruire, ils utilisent les journalistes pour parvenir à leurs fins. Putain de *Boston Globe* et de Danny Fox, j'aurais dû refuser de lui donner un nom de famille. Je laisse l'ordinateur pour aller dans la salle de bains me passer de l'eau froide sur le visage. Je vomis. Je reste là, avachi. Love entre dans la pièce, puis s'agenouille derrière moi.

— Mon pauvre chéri, dit-elle.

— Non, ça va. C'est juste un coup de soleil. Comment tu vas ?

— C'est horrible si je dis que je vais super bien ?

Sa voix a changé et ça ne me plaît pas. Elle a un petit côté Kardashian.

— Je me sens juste super bien, tu vois ? reprend-elle.

— Ouais.

C'est comme ça que le « Summer of Love » tombe en ruines. Qu'il se dégonfle comme un ballon d'hélium.

Elle m'embrasse la nuque avant de partir. Elle dit qu'elle ne veut pas tomber malade, comme si j'étais contagieux, comme si on pouvait transmettre un putain de coup de soleil.

— Il faut que tu sois rétabli demain. Il y a un hommage à Henderson au théâtre de l'UCB, et il faut qu'on parle à tout le monde de *Bottes et Toutous*. Tu penses que tu iras mieux d'ici là ?

Mon amoureuse aurait souhaité que je me rétablisse parce que, généralement, quand on aime quelqu'un, c'est ce qu'on veut.

Mais Love l'actrice me rappelle cette connasse d'Andrea qui boit du Kool-Aid dans *Le diable s'habille en Prada.* Je n'aime pas cette nouvelle Love. « Tu penses que tu iras mieux d'ici là ? » Va te faire foutre avec ta question et ta façon de te tenir dans l'encadrement de la porte au lieu de me caresser le dos. Je vomis.

28

Je tiens à conduire pour aller à la commémoration d'Henderson. Love proteste. Elle préfère que nous prenions un chauffeur, mais je rétorque que je veux utiliser ma voiture, parce que j'en ai besoin. Autre bonne nouvelle : ce connard de Milo vient avec nous, parce qu'ils doivent « échanger » sur *Bottes et Toutous.* Comme s'ils n'échangeaient déjà pas assez, comme si elle n'avait pas perdu sa virginité avec ce blaireau assis jambes écartées sur la banquette arrière. Ils sont tous les deux à l'arrière. Moi, je joue le rôle du chauffeur, du serviteur, et chaque fois que je jette un coup d'œil dans le rétroviseur, le genou de Milo est un peu plus proche de celui de Love.

Monica est installée à la place passager. Elle est euphorique et je ne peux pas l'imaginer profiter de l'humour de l'UCB, elle ne comprendra aucune blague. Elle est trop maquillée et trop sportive pour le public de Franklin Village, où les filles ont plutôt les cheveux ébouriffés, portent des leggings à motifs et tirent la langue sur les photos d'Instagram. Le Village ne me manque pas. Je n'ai pas envie d'y retourner. Tout va de travers, et je demande à Monica pourquoi elle n'a pas fait le trajet avec Forty.

— Il avait des trucs à faire, m'explique-t-elle. Et il fallait que je me prépare.

Elle a toujours besoin de « se préparer » et Forty devait aller chercher de la drogue. Monica applique du fond de teint sur ses joues pendant que Love « échange » avec Milo. L'odeur du maquillage de Monica envahit l'habitacle. Tout va mal. Je pense au docteur Nicky qui réunit une armée derrière les barreaux de Rikers tandis que moi, j'escorte ce groupe à une foutue commémoration pour Henderson. J'entrouvre ma fenêtre pour aérer un peu. Love me demande de la refermer. Je lui lance :

— Deux minutes.

— Joe, il y a beaucoup de vent à l'arrière, la soutient Milo.

J'ai envie de foncer à toute vitesse sur un camion.

— Deux minutes, dis-je en tripotant le bouton.

— Moi, ça m'est égal, intervient Monica.

Intervention très utile, comme toujours.

Love laisse échapper un rire, un rire nouveau, son rire d'actrice.

— Je me suis fait un brushing, précise Love. Joe, s'il te plaît, remonte la vitre.

— Ta coiffure est vraiment jolie, la complimente Monica.

Sa coiffure à elle est la même que d'habitude, et mes trois passagers se mettent à parler cheveux.

Je finis par fermer la vitre. Love ne me remercie pas. Elle regarde Milo.

— Tu ne trouves pas que c'est un peu exagéré comme brushing ?

— On dirait l'œuvre d'un pro, répond-il.

Monica hoche la tête.

— Pour moi, ça peut aussi donner l'impression que tu l'as fait toi-même en suivant des instructions dans *Allure*, ou un truc comme ça. Je peux t'envoyer des vidéos !

Ce sont tous des idiots. Milo déclare qu'il va proposer une liste des livres et magazines préférés des personnages. Monica trouve l'idée super, Love dit que ça va être drôle, et moi je ne dis rien, je conduis, je pourrais aussi bien porter un putain d'uniforme de chauffeur. Milo parvient subrepticement à exclure Monica de la conversation en parlant de la façon dont ils vont vendre le film ce soir, et j'aimerais bien avoir quelque chose à dire à Monica, mais elle a déjà sorti son téléphone et envoie des messages. De toute façon, je n'ai pas la moindre idée de ce que je pourrais lui raconter.

Je ne vais pas survivre à ce trajet. J'allume la radio. Love me demande de l'éteindre.

— Bien sûr, réponds-je. Pas de problème.

— Tu es fâché, Joe ? me demande-t-elle.

— Pas du tout.

— Tu sais, tu n'étais pas obligé de conduire, intervient Milo.

— C'est lui qui a insisté. Je ne sais pas pourquoi, dit Love.

— J'aime bien conduire.

Je croise le regard de Love dans le rétroviseur. Elle a mis tellement d'eyeliner qu'on dirait une étrangère. Milo lui presse le genou.

— C'est bon, dit-il. Tout va bien. N'est-ce pas, Joe ?

J'ai envie de rire. Mais je me contente d'afficher un large sourire.

— Si tu le dis, Milo.

Nous sommes bloqués dans les embouteillages, mais je refuse de perdre patience. Parfois, Los Angeles ressemble à une cantine de collège géante, or j'ai survécu au collège. Je peux sans aucun doute supporter que ma copine se transforme en poufiasse et qu'elle soit glaciale avec moi.

De toute façon, je n'ai pas envie de participer à leur conversation. Ils répètent qu'ils sont saoulés d'aller à Malibu chaque année, qu'ils ont hâte de revenir à la civilisation avec ses restaurants, ses remises de prix, ses steakhouses et ses spectacles au Roxy et à l'UCB. Si Monica était bien élevée, elle arrêterait d'envoyer des textos pour me parler. Elle dissiperait cette atmosphère étouffante de destruction qui a envahi la voiture et peut-être que si j'étais en pleine conversation avec elle, Love serait jalouse et voudrait se joindre à nous. Mais non. Monica écrit des textos. Love et Milo bavardent. Je les interromps pour dire à Love que j'ai une super playlist Pantry, mais elle répond qu'elle va plutôt mettre Steve Miller Band via son Bluetooth.

— Pourquoi Steve Miller Band ? Ça paraît incongru, comme si quelqu'un avait une folle envie de dévorer un sandwich au poulet grillé.

Personne ne rit à ma blague et Love rétorque qu'elle adore les sandwiches au poulet grillé. Il y a une scène dans *2012* où Amanda Peet se trouve dans un supermarché pendant un tremblement de terre et le sol se fissure ; c'est exactement ce qui est en train de se passer. Love est plus distante à chaque seconde. Pas étonnant que le taux de divorce dans le cinéma soit aussi élevé.

Peu après, nous ralentissons sur Franklin et je reconnais cette bonne vieille station-service, ce bon vieux centre de scientologie, ce bon vieux Franklin Village. Love fait la moue quand je bifurque à gauche sur Bronson et continue vers le canyon.

— Tu ne veux pas confier la voiture à un voiturier ? demande-t-elle.

— Je préfère me garer moi-même.

— Écoute, si tu as besoin d'argent pour le voiturier, j'en ai, soupire-t-elle.

Milo se mordille la lèvre. Si cette scène figure un jour dans un de ses textes, je le tue. Monica continue de nous traiter avec indifférence, préférant son téléphone. Je déboîte pour me garer, d'un coup de volant brutal et nerveux typique des conducteurs du Village. Love pousse un cri exagéré et valse sur son siège. Oh, je t'en prie. Elle sort de la voiture à toute vitesse. Je dis à Monica qu'il est l'heure d'y aller. Elle paraît perdue.

— On est arrivés ? demande-t-elle.

Love me sourit comme à un cousin au troisième degré qu'elle n'aurait pas vu depuis des années.

— Alors ! me lance-t-elle. Tu dois être excité de retrouver tes amis du quartier. À moins qu'ils soient tous retenus au travail ?

— Ces trucs-là, c'est pas leur genre.

Elle glisse son bras sous le mien à contrecœur.

— Je peux peut-être nous obtenir des tickets VIP de dernière minute. Ceux des gens qui se désistent, en fait…

Je fais semblant d'éternuer et éloigne mon bras.

— Je sais ce que ça veut dire. Je suis de New York.

— Oui. Aucun risque qu'on l'oublie.

Nous marchons en silence. Je ne vais pas retrouver mes « amis ». J'ai appris par Internet qu'ils étaient tous occupés. Calvin a eu une amende pour conduite en état d'ivresse et il travaille tout le temps. Harvey Swallows a un cancer de la gorge, et il essaie d'accepter avec humour l'ironie de la situation. Dez a organisé une fête pour son chien, Little D. Delilah fait un reportage « live » sur une future émission style Entertainment Tonight pour une chaîne dont je n'ai jamais entendu parler.

Nous sommes presque arrivés à Franklin quand Love me tire par le bras.

— Tu es fâché contre moi, ou quoi ?

— Non.

— Alors pourquoi tu étais aussi désagréable dans la voiture ?

— Moi, désagréable ?

— Ne te braque pas. Tu sais bien ce que je veux dire.

— Love, c'est toi qui es désagréable.

— Très mature, de me renvoyer le compliment. Écoute, il y a forcément un problème, tu es complètement fermé, c'est n'importe quoi, et je ne peux pas m'en soucier pour l'instant.

— Alors ne t'en soucie pas.

— Tu insistes ? Tu ne te trouves pas désagréable ?

Je hausse les épaules. Forty est au coin de la rue, il nous fait signe. Love pousse un soupir.

— Je n'ai pas le temps pour ça, dit-elle.

— Pas de temps pour moi.

Tout ça se passe trop vite et son eyeliner me fait penser à des peintures de guerre.

— Joe, ça ne va pas.

— Ça veut dire quoi, putain ?

— Ça veut dire que j'ai beaucoup de pression en ce moment et tu en rajoutes au lieu de m'aider.

— J'en rajoute…

J'ai envie de la porter sur mon épaule, mais elle n'a plus envie de ce genre de trucs. Elle n'a plus envie de moi.

— Après la cérémonie, il faudra qu'on parle, déclare-t-elle.

C'est à ce moment-là qu'on sait que c'est fini. « Il faut » ne signifie pas « je veux ». Votre copine veut vous parler, mais la fille qui ne vous aime plus dit qu'il faut qu'on parle. J'aurais dû m'en douter. Elle m'a ouvert les bras si vite, si facilement. À présent, elle me laisse tomber, vite, facilement.

Je lui dis d'y aller, elle me répond « Peu importe », puis se hâte de rejoindre son frère et Milo avec qui elle se met à parler de *Bottes et Toutous*. Monica arrive à ma hauteur, trop tard.

— Qu'est-ce qui se passe ? me demande-t-elle.

Je ne peux pas supporter sa banalité à cet instant.

— Rien, réponds-je.

Mon cœur se serre.

— Cool, dit-elle. Parce que j'ai passé un temps fou à préparer le départ, tu sais ? Mon agence d'intérim n'est pas très cool avec les gens qui veulent s'en aller, en fait. Ils auraient vraiment besoin de se détendre.

— Où tu vas ?

Elle me regarde, décontenancée. Mais elle est toujours comme ça.

— Sur le tournage… me répond-elle comme si j'étais censé savoir. Tu viens aussi, non ?

Je la regarde. Je n'ai entendu parler d'aucun « tournage ». Et c'est à ce moment-là que je comprends de quoi Love a besoin de me parler. Il faut qu'elle m'annonce que c'est terminé, qu'elle ne m'emmènera pas sur le « tournage ».

Monica se mordille la lèvre.

— Oups, dit-elle. Je pensais que Love te l'avait dit. Forty m'a demandé de l'accompagner hier. Mon pote, ne t'en fais pas, on est ici pour s'amuser !

Mais je ne peux pas m'amuser. Je ne peux pas tolérer ça. Je veux rompre le premier, coiffer Love au poteau. J'ai envie de détruire toutes ses raquettes de tennis en mille morceaux. Nous avons passé l'été ensemble et elle n'a même pas la décence de ne pas m'inviter. Elle ne jette pas un regard derrière elle tandis que nous bifurquons au coin. Son nouveau jean est super slim. J'espère qu'elle va choper une mycose.

Elle prend Milo par le bras. Ils saluent Seth Rogen et sa femme. Échanges de bises, embrassades. Elle ne me fait pas signe de la rejoindre. Moi, je tombe sur Calvin. Il a une soirée de repos et il est là, à me prendre dans ses bras. J'aperçois une petite bedaine sous son tee-shirt Henderson et j'aimerais croire que Love me voit lui dire bonjour, qu'elle attend que je la présente, mais je sais que ce n'est pas le cas. Ses amis sont célèbres. Elle n'a pas besoin de moi. Calvin me balance une blague déplacée en disant que j'ai touché le jackpot, mais je ne ris pas.

Monica regarde l'heure sur sa montre Google. Calvin lui prend le bras. Elle ricane.

— C'est un cadeau, dit-elle. Je pourrais jamais m'offrir ça.

— Un cadeau de ton copain ? demande-t-il.

Elle hoche la tête. Elle flirte.

— Il l'a vue sur ma page Pinterest. Il peut être vraiment gentil quand il veut.

Calvin me regarde.

— Où est ta montre à toi, Joe, mon pote ?

Je lui réponds qu'elle est dans le magasin. Il se met à draguer Monica. Ils parlent de planches de surf, d'eBay et il semble de plus en plus évident qu'ils vont niquer. Tout change trop vite et tout ce que j'ai construit est en train de s'effondrer. Calvin enregistre le numéro de Monica dans son portable. J'aurais dû partir quand Love m'a dit qu'il fallait qu'on parle. Elle rit trop fort aux blagues de James Franco, tandis que Milo se laisse féliciter par Justin Long. Ce qui devait être un hommage à un homme décédé se transforme en rendez-vous d'ados attardés qui portent de vieux tee-shirts et rient à leurs propres blagues, des connards sûrs d'eux qui sont payés pour balancer des vannes, se tapent des filles parce qu'ils sont payés pour être drôles. Je suffoque.

Le moment est venu d'entrer. Je ne m'assois pas avec Love l'actrice. Elle est dans la section VIP avec l'entourage de James Franco, entre Milo et Forty. Milo porte le tee-shirt Four Seas Ice Cream qu'il avait lors de ma première soirée au *Château*. Je parie qu'il l'a emmenée là-bas après l'avoir dépucelée. Autour de moi, tout le monde se connecte à « Insta », Twitter et Vine pour partager des photos des gens présents, les stars.

Monica me donne un coup de coude.

— Prends-en une et fais passer, me dit-elle.

Je prends une feuille dans un paquet puis le fais circuler. Ce sont les paroles de *Coming Up Easy* de Paolo Nutini, un Écossais bobo qui couche avec des mannequins et fait de la musique cool. Je regarde Monica.

— C'était la chanson préférée d'Henderson, m'explique-t-elle. On va tous la chanter. Il a fait une blague là-dessus un jour, en disant qu'il voulait que tout le monde chante quand il serait mort. C'est dingue, non ?

C'est des conneries, la chanson préférée d'Henderson était soit *Oh What A Night*, soit *Sherry*. J'ai envie de leur dire qu'ils se trompent. Je le connaissais mieux qu'eux parce que je l'ai tué. Ses goûts s'apparentaient davantage à ceux d'un Américain quinquagénaire qui conduit une Buick et achète des vacances Disney sur Expedia. J'en ai tellement marre de cette ville, de tous ces gens qui font semblant d'être cool, même une fois morts.

Les lumières s'éteignent et, putain non mais je rêve, l'hommage s'ouvre par l'arrivée de Milo sur scène. Monica trouve Calvin sur Facebook. Love applaudit Milo et il fait signe à tout le monde d'applaudir au lieu de demander qu'on s'arrête. Love pousse des cris et tout s'effondre. Je ne la reconnais pas et, non, il ne faut pas qu'on parle. Je ne suis ni mort ni aveugle. Je la vois l'acclamer, le choisir. Cette cage sombre existe pour de vrai et, de toute façon, je ne la reconnais quasiment pas avec cette coiffure. Tout prend fin, notre relation, les applaudissements.

— Bienvenue à tous les amis et les fans, lance Milo.

Je déteste le mot « fan ». Presque autant que « follower ». Il brandit la feuille de papier où sont imprimées les paroles.

— Commençons cette soirée sans tarder, annonce-t-il. Comme le souhaitait Henderson, en chanson.

Tout le monde hurle. Je crois que mes tympans sont percés. Love rit aux mauvaises blagues de Milo. Monica me chuchote que Twitter « est en train d'exploser », et Love va me larguer à la fin de la soirée. Elle ne s'intéresse plus à moi. Elle est devenue actrice. Ou peut-être qu'elle l'a toujours été, comme Amy. Peut-être que je me suis changé en abruti dès l'instant où j'ai développé des ambitions artistiques. J'ai honte en pensant aux films que j'ai écrits, à la façon dont j'ai fait affaire avec Forty. Putain. Qu'ils aillent tous se faire foutre.

Les lumières vacillent, la soirée va commencer. Love humecte ses jolies lèvres, ces lèvres qui n'ont jamais rencontré ma bite. Je serre mon programme dans ma main. Dans un livre, *A General Theory of Love*, les relations réussies sont symbolisées par deux chaises, côte à côte. Love et moi sommes face à face, et pourtant elle ne me regarde pas. Au lieu de ça, elle s'appuie contre Milo. Ses épaules sont détendues, elle attendait probablement ce moment avec impatience. Elle a décroché son film. Elle a son réalisateur. Elle n'a plus besoin de moi maintenant. Milo lui montre quelque chose sur son téléphone, je ne sais pas quoi, mais elle éclate de rire. Je suis trop loin pour voir de quoi il s'agit.

« Il faut qu'on parle. » Non, Love. Tu veux m'effacer de ta vie et me forcer à m'asseoir à l'autre bout de la pièce pendant que tu regardes le portable de Milo et qu'il pose sa main sur ta cuisse ? Très bien. Fais ce que tu veux. Love saisit la main de Milo en chantant *Coming Up Easy*, et je me prends le visage dans les mains. Monica me demande ce qui ne va pas. Je réponds :

— Je saigne du nez.

— Zut. J'ai dit à Forty que sa coke n'est pas aussi bonne que ce qu'il croyait. D'après Calvin, vous avez de bons fournisseurs dans le quartier.

Je suis trop déprimé pour discuter de la marchandise de Dez et dis à Monica que je dois y aller. Elle répond OK. Les habitants du Village sont agacés que je les dérange pour passer. On est serrés comme des sardines, si bien que je leur colle ma bite sous le nez pour me faufiler dehors. Une fois dans la rue, j'envoie un texto à Love : *Je saigne du nez. Je vais me chercher un café au Pantry. Tu me manques. Je ne sais pas ce qui est arrivé.*

iMessage m'informe que mon texto a été lu, mais Love ne me répond pas. Silence bien reçu. Voilà. C'est fini. Je ne sais pas en quoi j'ai merdé, mais je sais ce qu'elle a fait de mal, elle : tout part en vrille quand les filles deviennent actrices.

29

J'ouvre la porte de *La Poubelle* d'un coup sec. Il fait frais, sombre et c'est plutôt désert – tout le monde est occupé à rendre hommage à Henderson ou attend l'after au *Birds*, son vieux terrain de chasse –, mais au bar, une fille en robe moulante sirote une vodka en tentant de flirter avec le barman indifférent. Je n'ai jamais eu autant envie d'une pipe. Je crie :

— Delilah !

Elle se retourne. Elle sourit.

— Eh bien, regardez qui voilà !

Elle tapote le siège vide à côté d'elle. Je commande une double vodka. Sans boisson gazeuse. Pas le temps.

Delilah me présente au nouveau barman comme son vieil ami, Joe. Donc elle a encore envie de moi. Quand elle va aux toilettes, je rafraîchis la page de recherche Google sur le docteur Nicky. Une blogueuse féministe a relayé l'histoire. Elle demande à Change.org de supprimer sa pétition et GO FEMINISTS GO ! Elles sont toutes horrifiées que ce meurtrier, dont le métier consistait à aider les autres, essaie de transformer un patient en bouc émissaire. Selon elles, seul un misogyne peut dire du mal de Guinevere Beck, une femme intelligente, en pleine santé, une auteure, candidate éligible au prix littéraire MFA, une New-Yorkaise heureuse et équilibrée. Elles veulent que le docteur Nicky se taise, que sa femme sollicite une aide psychologique, que la police admette que les hommes désespérés comme lui sont capables d'inventer des patients nommés Danny Fox. Merci aux féministes, merde à l'amour, et salut Delilah, qui se glisse vers le bar, me tapote la jambe, note ma bonne mine, mon bronzage, et passe la langue sur ses lèvres de suceuse, chaude comme la braise. Je bande. Je souris.

— Toi aussi, tu as bonne mine.

Si toute ma souffrance a une raison d'être – et je ne sais pas encore si elle en a une –, elle peut se résumer à ceci : la bouche-aspirateur de Delilah me pompant la bite sur le quai de chargement derrière le Pantry. Elle a trouvé bizarre que je veuille aller là. C'est sale, ça pue les poubelles, c'est le parking d'une épicerie, beurk. Mais je sais ce qui lui plaît. Je lui ai dit de se mettre à genoux et de sucer et, miracle de la vie, le sperme atteint l'ovule, la balle de tennis vacille et tombe d'un côté plutôt que de l'autre, Delilah l'a fait. Elle m'a sucé comme j'aime, comme je veux. Ça me manquait. J'en avais besoin. On n'a pas besoin que d'amour.

Merde à l'amour. J'emmerde l'amour.

Mais Delilah-La-Baise-Pas et moi retournons à mon appartement. Elle trouve qu'elle a de la chance d'être avec moi, et je préfère ça, qu'elle s'accroche. Nous marchons d'un même pas et j'entrevois la possibilité que ma vie ressemble à ça, une de ces classiques histoires d'amour – je les conchie – dans lesquelles la fille faite pour vous habitait juste au-dessus depuis le début. Durant cette randonnée de cinq cents mètres, Delilah tient ma main fermement dans la sienne et me décrit sa dispute au *Oaks Gourmet* avec un type qui s'est montré impoli en lui demandant du ketchup. Elle est drôle, toute fébrile. On pourrait être ensemble. On arrive à mon immeuble, son immeuble, notre immeuble.

Le Hollywood Lawns arbore une porte neuve.

— Ouais, m'explique Delilah, un gars défoncé est rentré dedans.

Home sweet home, tu parles. J'ouvre. Delilah prend les choses en main. Elle me pousse contre les boîtes aux lettres, tâte ma bite sous mon pantalon. Me lèche le cou.

— Tout de suite, lance-t-elle. Je te veux en moi tout de suite.

Je pousse la porte de mon appartement. Delilah m'arrache ma chemise, je déchire sa robe moulante et puis, ça c'est de la baise. De la rage et du sexe mélangés. Je me demande ce qui l'a enflammée. En même temps je m'en fous. Ça fonctionne. Elle a envie de moi. J'ai envie d'elle. Et j'ai besoin que l'amour gicle hors de mon corps. Je lui tire les cheveux, je lui mords les mamelons, je lui donne une bonne fessée. Elle me griffe le dos. C'est de la baise hollywoodienne. À Malibu, on ne peut pas se lâcher, pas vraiment.

Delilah salive sur mes couilles, et elle n'est pas fourbe comme Love. Love qui obtient un rôle dans un film sans essayer de jouer, Love qui joue dans un film sans passer d'auditions, sans bosser comme serveuse, sans se casser le cul, sans regarder les Oscars assise sur un futon en crevant d'envie d'y être, sans passer ses nuits à l'UCB pour essayer d'apprendre, de se perfectionner. Love, je t'emmerde. Delilah me plaît et j'essaie de me comporter en gentleman. Quand on a fini, je reste au lit avec elle. Je fais semblant de m'intéresser à sa vie. Je lui demande :

— Tu as passé un bon été ?

— Ouais, c'était l'été, quoi.

Elle hausse les épaules.

— Y a pas vraiment d'été à L.A., m'explique-t-elle. La seule différence, c'est que les fêtes ont lieu dans des maisons sur la plage. Mais qu'est-ce que c'est chiant, d'aller à la plage. Beurk. Le bord de mer est vraiment plus cool sur la côte est, non ?

Je réponds :

— Ah ça, oui.

Delilah pense peut-être qu'elle n'a pas eu d'été, mais elle a tort. Elle en a eu un. Elle est plus posée. Quelque chose a changé en elle. Elle ne semble plus aussi tourmentée. Elle est comme un chaton qui s'est fait castrer. Elle est calme. Elle n'est plus entravée par ses aspirations maintenant qu'elle travaille au noir pour cette pseudo-émission d'actualité people : Entertainment Tonight. Allongés dans mon lit, nous contemplons ce plafond qui me tapait sur les nerfs avant, l'humble barricade criblée de bulles qui, il y a quelque temps, me semblait être un véritable barrage routier vers une vie meilleure. Tout n'a pas l'air aussi terrible que je le pensais. J'avais oublié à quel point c'est agréable de se sentir abrité. Je connais les limites ici. Je sais ce qui m'appartient. Je n'ai pas l'impression de manger les Frosties de quelqu'un d'autre et je ne suis pas obligé de dire merci tout le temps. Je dis :

— J'ai faim.

— Tu veux commander une pizza ? me demande Delilah.

Non. J'ai envie de plonger sous les couvertures, de lui embrasser les cuisses, de la lécher et de sentir ses mains dans mes cheveux. Je m'exécute et elle réagit comme je veux. Elle crie mon nom. Ses jambes tremblent. On dirait qu'elle crie et qu'elle pleure en même temps. On dirait un animal, comme si elle avait trouvé le Graal. Je lui suffis. Elle me traite comme son Milo, me dit à quel point je suis génial, à quel point je suis grand, à quel point je lui ai manqué. Elle ne mentionne pas sa mère et n'essaie pas de transformer nos ébats en un futur possible comme un loser à une table de blackjack qui essaie de récupérer sa mise. Elle a appris une ou deux choses et je pourrais lui faire n'importe quoi dans ce lit. Elle me donne son cul, ses ongles, sa vigueur.

Après, nous nous faisons livrer du poulet et des frites, puis nous regardons *Hannah et ses sœurs*. Je paie la livraison, je tiens la télécommande. Nous n'avons pas besoin de salle de projection. Nous n'avons pas besoin d'apercevoir l'océan par la fenêtre. Nous avons juste besoin de mon écran d'un mètre, de ma bite et de mon futon.

Delilah me gratte le torse.

— Il est comment ?

— Il est comment, quoi ?

— L'hôtel particulier des Quinn. J'ai juste vu des photos dans *Curbed L.A.* Il y a vraiment un bowling ?

C'était la mauvaise question. Je referme la boîte de poulet. Elle est censée savourer le moment. Elle est censée fantasmer sur notre avenir, pas être en reportage, et je n'aime pas la manière dont elle est assise, de son côté, surélevée, comme au yoga, comme Molly Ringwald dans *The Breakfast Club*, si blasée.

Elle veut des renseignements sur Love. Je botte en touche. Je lui réponds que c'est compliqué, mais terminé. Elle veut connaître le lieu et la date de notre rencontre. Je lui réponds que je ne veux pas en parler. Elle rétorque qu'elle a besoin de ça pour avancer, prendre un nouveau départ. Elle m'apprend qu'elle a fréquenté quelqu'un cet été, elle aussi, et qu'elle me racontera tout ce que je veux savoir. Maintenant, je me rappelle tout ce que je n'aime pas chez elle, et tout ce que je n'aime pas à Franklin Village. Je consulte mon téléphone. Toujours rien de Love, mais Monica m'a écrit pour m'informer que Love s'est bourré la gueule. Ils se sont tous écroulés chez Milo. Elle dit que Love est en colère contre moi. Je lui rappelle que j'avais bien précisé à Love que j'étais malade. J'attends la réponse de Monica quand Delilah recommence à parler de Love comme une gamine obèse qui essaie d'obtenir un cookie supplémentaire.

— S'il te plaît, plaide-t-elle. Je suis adulte, et on ne parle pas de sentiments. C'est juste que j'aime savoir ce genre de trucs. Dis-moi où tu l'as rencontrée. Où traîne quelqu'un comme Love Quinn ?

Je mens.

— Elle est passée à la boutique.

Monica m'écrit : *Je m'endors tout ira bien Love roupille Forty est défoncé à mort et Milo est…*

Sa batterie doit être à plat parce que le message s'arrête là. Delilah me pousse du doigt. Je pose mon téléphone.

— Quoi ?

— À la librairie ? Tu veux me faire croire que Love Quinn est entrée dans une librairie ?

— Oui. Elle lit, réponds-je sur la défensive.

Elle ramène ses cheveux en arrière, détourne les yeux.

— Qu'est-ce qu'il y a ?

— Rien. Je crois juste qu'en fait tu l'as rencontrée au *Soho House*.

Je n'ai rien à cacher.

— C'est vrai. Je ne sais pas pourquoi j'agis comme ça. Ça me fait bizarre de te parler d'elle.

Elle me répond que je n'ai pas à me sentir bizarre et me parle du type avec qui elle est sortie. Elle ne peut pas me révéler son identité mais c'est un acteur, quelqu'un dont je connais sûrement le nom, et il possède quelque chose qu'on ne peut pas acheter avec tout l'argent de Love. Ce sont ses mots, pas les miens.

— Il est célèbre, ajoute-t-elle. Du genre vraiment célèbre. C'est bien, mais quelquefois il me fait peur et il fait de la merde comme ce soir. Il m'a posé un lapin.

— Tu l'attendais à *La Pou* ?

Elle acquiesce. C'est pour ça qu'elle a changé. Elle n'a pas évolué. Elle n'a pas grandi. Elle n'a pas troqué ses aspirations contre des perspectives de vie plus saines. Une bite célèbre l'a pénétrée et cette bite célèbre l'a rappelée. Entre nous, il n'y a ni argent, ni célébrité, ni pouvoir, ni majordome, ni boîte de Frosties apparue sans devoir aller à l'épicerie, ni pelouses surélevées sous des cieux étoilés. Entre nous, il n'y a que du négatif. On s'est tous les deux fait larguer, entuber.

Je lui dis que je suis épuisé. Elle me demande si elle peut rester. Nous consultons tous les deux nos téléphones. Nous sommes toujours tous les deux des losers. Je n'ai pas besoin d'être seul sur ce futon, alors je lui réponds : pas de problème. Nous ne nous couchons pas en cuillère. Nous sommes tous les deux trop blessés. Je m'endors en me demandant s'il y aura encore du sexe furieux au petit matin.

Quand je me réveille à cinq heures, je suis toujours un loser, et il n'y a aucun message de Love. Je soupire, mais tant qu'à être ici, j'accepterais volontiers une autre pipe. Je me tourne. Je suis prêt. Je tends la main vers Delilah. Le lit est vide. Je frotte mes yeux endormis, puis me dirige vers la salle de bains. Elle est là, accroupie, en culotte et soutien-gorge, comme une sorte de droguée éteinte prise dans un trafic d'être humain.

Elle tient à la main un sac de courses Pantry réutilisable, mon sac de courses Pantry réutilisable, celui que j'avais apporté chez Henderson.

30

— Delilah ?

Mon cœur cogne dans ma poitrine. Qu'est-ce qu'elle fout ?

Elle secoue la tête. Elle chouine, les yeux grands ouverts.

— Joe, je cherchais le papier toilette.

— Il y a un rouleau sur le bar.

J'avance vers elle.

Elle se recroqueville, se voûte, presque en prière.

— Ah bon ? réplique-t-elle, nerveuse, fausse.

— Oui. Je vois pas comment tu as pu le rater.

— Oh, tu sais, la plupart du temps, vous, les mecs, vous n'avez pas de papier toilette.

Je n'aime pas le timbre aigu de sa voix. Elle se retourne, se penche en arrière, comme si elle pouvait couvrir le sac Pantry, comme si elle pouvait faire un salto arrière et atterrir dans ma baignoire pour s'échapper par les canalisations. Elle a fouillé dans mes affaires. C'est une autodestructrice, un fiasco humain. Elle ne pouvait pas se contenter de rester au lit avec moi ? Elle ne pouvait pas se satisfaire d'une pipe, de tromper son petit ami qui n'est pas un petit ami ? Non. C'est une droguée qui remplit la seringue même après s'être rendu compte que la came n'est pas bonne et que pas mal de gens sont déjà morts. Delilah est sortie de mon lit, a fouiné dans mon placard où elle n'a rien à faire. C'est une droguée. Et il n'y a pas de cure de désintox pour ce dont elle est atteinte, la maladie du baiseur de star qui la pousse à risquer sa vie, sa sécurité et son bonheur pour découvrir à quoi ressemble la maison de Love Quinn. Je repose la question :

— Qu'est-ce que tu cherches ?

Je chatouille le chat. Je titille le tigre.

— Rien, répond-elle. C'est bon.

— Tu as dit que tu cherchais le PQ.

Idiote. Même pas capable d'entretenir son propre bobard. Je continue :

— Et tu en as trouvé ici ?

Elle se redresse.

— Je crois que je devrais partir.

— Je crois que tu devrais rester.

Elle se tient devant le sac, comme si ses jambes pouvaient le cacher.

— Tu as trouvé quelque chose d'intéressant ?

— Joe. Ce n'est pas mon genre. Je cherchais juste du papier toilette.

— Delilah, je crois que tu ne me dis pas la vérité.

C'est toujours pareil avec eux, les méchants, quand ils se font prendre. Ils essaient de vous convaincre. Delilah, pour sa part, m'explique qu'elle connaît des gens qui pourraient en faire un documentaire. Comme si c'était ce que je voulais.

— *Serial*, par exemple, propose-t-elle. Enfin, je ne vais pas tirer de conclusions hâtives au sujet de ce sac et de ton comportement chez Henderson et tout le reste, mais, Joe, ça pourrait être très intéressant.

— Je ne crois pas.

— On pourrait en discuter, parlemente-t-elle.

— Monte dans la baignoire.

Elle gémit.

— S'il te plaît, non. Excuse-moi. Je m'en vais.

Je montre la baignoire du doigt.

— Monte dedans, fissa.

Elle pleure. Je pressens que ça va être bruyant. Elle braille encore.

— Je connais des gens.

— Non. Tu baises des gens.

Je la pousse dans la baignoire. Elle tombe. Je prends du ruban adhésif dans le sac pour lui scotcher la bouche et lui attacher les bras. Je ferme la porte de la salle de bains et bloque la poignée avec une chaise. Je mets de la musique – une compilation de Journey – pour couvrir ses cris étouffés. J'arrache le Kandinsky du mur. Elle ne connaît rien à l'art. Elle ne connaît que les célébrités, c'est une coquille vide, un esprit étriqué. Elle ne sera jamais heureuse. Elle n'arrêtera jamais de viser les stars, de les sucer, de les attirer vers son futon, vers ses os de poulet.

Je ne vais pas la supprimer uniquement parce qu'elle sait que j'ai tué Henderson, parce qu'elle pleure à cause de ça dans ma salle de bains, comme si c'était le chemin vers la liberté. Non. Je vais aussi la tuer parce qu'il n'y a pas d'*happy end* pour une fille telle que Delilah, qui couche avec des célébrités, qui refuse activement d'embrasser ses talents, de glorifier son moi intérieur, de mener la danse avec son cerveau. Après que ce type « célèbre », peu importe qui, en aura fini avec elle, elle fera la pute pour un autre. Et puis un jour elle s'apercevra qu'elle est trop vieille pour être prise au sérieux par ces connards. Alors elle dépensera ses économies en chirurgie, ou elle avalera des cachets, ou bien partira et tentera de vendre ses secrets à un éditeur.

Oh, la tristesse de la fille de L.A. dont le compte en banque fond comme neige au soleil, dont le front se ride, dont la confiance s'étiole, jour après jour. J'aimerais que Delilah me ressemble davantage. Qu'elle soit plus sûre d'elle. J'aimerais qu'elle n'ait jamais cessé de croire en elle, comme le suggère la formule de son tatouage, mais c'est déjà fait. Elle a cru avoir besoin de quelqu'un de célèbre pour se sentir à la hauteur. Elle aurait pu s'installer avec Dez, Calvin ou moi. Ou n'importe quel autre type qu'elle a rencontré. Mais elle désirait la gloire plus que l'amour. Elle ne sera jamais heureuse. Franchement, je vais lui rendre service. Elle ne trouvera jamais ce qu'elle cherche. Je retire du bloc un couteau orange Rachael Ray. L.A. tue les femmes. C'est dommage que Delilah soit venue vivre ici. Elle aurait dû retourner à New York. On n'a pas sa place ici à moins d'être résistant, beau, ou talentueux. Ce que je fais est un acte de bonté, un meurtre par compassion. Je mets fin à son supplice.

J'ouvre la porte de la salle de bains. Elle est recroquevillée dans la baignoire, à genoux. Pauvre chat. Triste chaton. Son visage fait penser à un chewing-gum tout mâchouillé. La joie a entièrement disparu. Elle a brisé son propre cœur en cours de route et, sans cœur, on ne peut pas guérir.

— Je sais. Je sais combien tu es triste. Je sais à quel point tu es malade. Mais c'est terminé, lui dis-je.

La voix bien identifiable de Steve Perry s'élève en crescendo depuis le salon. La respiration de Delilah s'accélère. Elle pleure comme un veau. Elle avait vraiment besoin d'aide. Combien de temps aurait-elle encore été obligée de vivre ce calvaire si elle avait poursuivi ce long chemin de solitude ? La fille qui a payé quelqu'un pour inscrire des mots sur sa cuisse, un précepte qu'elle n'a pas pu suivre, des mots qu'elle ne comprenait pas. La clé ne consiste pas simplement à continuer de croire. Non, après tout, dans la vie, la clé, c'est de croire en quelque chose d'important, quelque chose de grand, de beau, de plus profond que la gloire ou l'argent.

J'attrape ses extensions de cheveux, puis je lui fracasse la tête contre le bord de la baignoire. Et voilà. Fini les larmes. Le sang coule sur son front. J'avais raison. Elle n'est pas belle. Elle était jolie. Je ne ressens pas de peine pour elle. C'est pareil pour tout, en ce bas monde. Il ne faut pas se lamenter sur son sort. Beaucoup de filles auraient aimé être aussi jolies.

31

J'ai eu raison d'emporter ce gigantesque sac marin à L.A. Je ne sais pas comment je l'aurais dégagée d'ici sinon. Mais d'abord, je dois m'habiller, trouver mes clés et courir jusqu'à Tuxedo Terrace récupérer ma voiture. J'enfile un jogging et un vieux tee-shirt pourri que je portais à l'époque de la librairie. Il fait froid. J'ai mal quand je respire. J'arrive à ma voiture. Le pare-brise est embué. Je n'ai pas le temps. On est à L.A., normalement la météo ne doit pas poser de problème. Je claque des dents pendant que je dégivre. Même mort, Henderson reste un mauvais sort.

À Hollywood Lawns, j'allume mes warnings et gare la voiture. Je monte l'escalier quatre à quatre, je rentre, sors mon sac marin géant du placard, l'ouvre. La fermeture Éclair fait du bruit, elle est coincée, non. Je tire d'un coup sec. Non. Je suis sûr de ne pas avoir de sac-poubelle assez grand pour qu'elle y rentre. Je tire à nouveau. Je m'entaille le doigt, mais la fermeture obtempère. Je sors Delilah de la baignoire, puis je la mets dans le sac. On dirait qu'elle se fait avaler par une fleur noire géante. Je remonte la fermeture sur ses pieds, lui couvre les jambes, passe devant son tatouage Journey. Je remonte encore, sur sa culotte bas de gamme et son soutien-gorge encore pire, son cou trop court, sa bouche trop grosse, ses yeux clos, son front bombé et ses cheveux. Ses extensions ne servent à rien.

J'essaie de soulever le sac, mais je vais devoir le traîner – et vite. C'est un quartier très peuplé où tout le monde aspire à une extrême minceur ; les sportifs seront bientôt dehors. Je la transporte jusqu'à ma Prius. Thomas Wolfe avait raison dans *You Can't Go Home Again*. On ne peut plus rentrer chez soi. Pas si on habite un immeuble.

Je ne suis jamais monté seul sur le Donzi. Il y a quelques semaines, nous étions dans ce bar dans la Marina. J'ai couru jusqu'au dock récupérer le pull de Love et, une fois sur le bateau, je me souviens avoir réfléchi à la grande différence qu'il y a entre être seul et être avec des gens.

J'ai eu envie d'emmener le bateau en mer et de le pousser. J'ai eu envie de le conduire jusqu'au Japon. J'ai ressenti ça. Dans le bar, le groupe de reprises jouait du Toto – cette chanson, *Africa* – et je crevais de bonheur. C'était suffisant pour choisir Love, à l'intérieur sur la piste de danse, plutôt que l'océan, l'inconnu. En plus, je n'ai pas le permis. La famille de Love peut se sortir de tous les ennuis, je le sais. Mais Love m'a conseillé de ne pas prendre le bateau tout seul.

— C'est infiniment plus simple de traiter avec la police des mers si Forty ou moi sommes là, m'a-t-elle expliqué. Sinon, tu vois, c'est plus compliqué.

Je reviens sur la berge après avoir jeté Delilah dans l'océan, après avoir regardé le sac lesté prendre la direction du centre du Pacifique, loin d'un monde dans lequel elle ne trouvait pas vraiment sa place. Je me souviendrai toujours d'elle avec tendresse, de son potentiel inexploité, de son bras tendu vers ce blender juste hors de portée. Elle incarnait le danger des ambitions et je regretterai toujours qu'elle se soit changée en menaçant monstre de célébrité.

J'ai de la peine pour ses parents et je me sens mal pour tous les types qui lui ont sincèrement offert leur cœur. Mais surtout, je me sens mal pour elle. J'imagine Harvey faisant visiter son appartement, rempli de ses affaires. Je m'assieds. Celui-ci m'a coûté. Vraiment. L.A. ronge les gens. Des gens en bonne santé, intelligents, tels qu'Henderson et Delilah s'installent ici et se transforment en monstres assoiffés de sexe. Pourtant les choses auraient pu se passer autrement. Ils auraient tous les deux pu se montrer un peu plus gentils. Je ne me sens plus si mal à présent. Total de mes victimes à L.A. : une star et une baiseuse de stars.

Je me glisse dans la marina. Je ne tourne ni trop tôt ni trop tard. J'ai tant appris cet été. Je suis un plaisancier, un auteur. Le Donzi est dans la cale. Quelqu'un m'appelle.

Love.

Elle est enveloppée dans son peignoir à capuche. Je porte mes vêtements de la nuit dernière. Heureusement que je suis déjà garé, parce que mon taux d'adrénaline fait un bond et je me mets à trembler. Love ne sourit pas. J'ignore depuis quand elle est là, si elle m'a vu partir en mer avec mon sac et revenir sans rien.

— Mais qu'est-ce que tu fous ? me lance-t-elle. Tu me laisses tomber et après tu pars avec mon bateau ?

Les poils de ma nuque se dressent.

— Je suis juste allé faire un tour.

— Seul ?

Et merde. Je balaye le sol du regard à la recherche de traces de sang. C'est bon, pas de mug d'urine ici, circulez y a rien à voir les amis.

— Manifestement. Tu vois quelqu'un d'autre ?

À son attitude, je peux affirmer que la réponse est non, qu'elle ne voit personne en cet instant. Elle ne remarquait personne quand il y avait quelqu'un à remarquer. Elle ne sait rien. Elle ignore que je l'ai trompée, que j'ai laissé Delilah entrer dans mon lit, sur mon corps, puis que je l'ai jetée en mer. Encore des secrets, d'autres mauvaises actions, mais je suis hors de danger.

— Je suis plutôt surpris de te voir.

J'inverse les rôles. Elle s'énerve.

— Ça veut dire quoi exactement ?

— Je ne sais pas. Je t'ai envoyé un message. Tu n'as pas répondu.

— Non. Je ne t'ai pas répondu parce que je ne réponds pas quand on me traite comme de la merde. Je suis pas un paillasson, Joe.

— Moi non plus, lancé-je sèchement. Tu t'es bien amusée avec ton copain Milo ?

— Mon réalisateur, tu veux dire ? Parce que c'est ce qu'il est, Joe. Mon réalisateur. Je ne sors pas avec lui, ce n'est pas l'ennemi et on bosse ensemble. Et ce boulot est important pour moi, bon sang. Le boulot que tu as abandonné. Mon boulot.

Elle tremble. Et je sais. Elle n'a pas couché avec lui et elle ne m'a pas largué, et bordel j'ai dramatisé. J'ai merdé. Le Donzi oscille. Que ne donnerais-je pas pour être sur la terre ferme. Au lieu de ça, je suis sur ce bateau, qui appartient à sa famille. Elle, elle est stable, sur le dock, légitime, à terre, et tant pis pour moi.

Elle croise les bras.

— Balance la corde.

Ma prof, ma patronne. Je la lui jette. Elle fait un nœud rapidement, sans à-coups, la fille riche. Je descends du Donzi, maladroit comme pas possible. Elle marche d'un pas lourd sur le quai pour rejoindre la plage et je la suis. Moi, le suiveur.

— Love, laisse-moi juste te dire que je suis désolé. Je sais que je n'ai pas d'excuse.

— Joe, quand quelque chose de bien nous arrive, tu chies dessus...

— Je suis désolé.

Je tends la main vers elle. Elle s'écarte. Je répète.

— Je suis désolé, Love.

— Ça ne suffit pas. T'as fait le con, Joe. À la seconde où on a eu le feu vert, t'es devenu un de ces connards qui supportent pas que leur copine attire l'attention.

Elle continue de m'attaquer. Elle dit que je l'ai laissée tomber, que j'aurais dû me comporter en homme et la féliciter avec sincérité, manifester de l'intérêt pour le script et aborder de front mes problèmes de jalousie évidents. J'aurais dû l'appeler plutôt que lui envoyer un texto – j'ai agi en salaud –, rester dans les parages et attendre la fin du film. J'aurais dû faire tout ça, mais on ne peut pas revenir en arrière.

— Je sais, ajoute-t-elle. Mais tu comprends ? Tu comprends que ça ne va pas se passer comme ça ?

Je réponds que oui.

Je ne l'ai jamais autant aimée qu'à cet instant, et je veux avoir la possibilité d'être un mec bien, le meilleur, le gars qui communique. J'ai envie de me laver la bite, de me frotter la peau et de recommencer. Je l'aime trop pour permettre que notre histoire finisse de cette façon.

— Love, excuse-moi. Il faut que tu comprennes. Tu as raison. Je me suis conduit comme un gros connard.

Elle me dévisage. Je la supplie du regard, à mains jointes. Je suis aussi fort qu'elle. Je lui présente de nouveau mes excuses et quelque chose change en elle. Mes yeux et mes mains ont accompli la tâche que je n'avais pas réussi à accomplir avec ma bouche grossière. Love acquiesce d'un signe de tête.

— OK. C'est bon.

L'instant d'après, elle est dans mes bras et nous nous embrassons, juste un baiser de réconciliation, un « pas encore de sexe au menu », puis nous nous affalons sur des chaises longues. La dispute est terminée. Elle me parle de l'herbe de Seth Rogen, des essayages de son costume, et elle a des nouvelles.

— D'autres nouvelles ?

— Forty et Monica se sont séparés. Cela dit, c'était presque un record. Enfin… les filles sont des chaussures pour lui, tu vois ce que je veux dire ?

— Je suis désolé.

Elle hausse les épaules.

— Ça va te paraître idiot, poursuit-elle, mais j'ai vraiment cru que ça allait coller. À cause du truc sur *Friends*.

— Ce n'est pas idiot. C'est mignon. Tu veux ce qu'il y a de mieux pour lui.

Elle hoche la tête, consulte sa montre.

— On ferait mieux d'aller préparer nos valises. Le jet décolle à midi.

Je la regarde.

— Tous les deux ?

Elle lève les yeux au ciel.

— Enfin, Joe. Comment ça ? Tu crois que tu ne viens pas ?

— Tu ne m'as pas invité.

— Je ne t'ai pas invité ? s'insurge-t-elle. On se voit depuis le début de l'été et on vit pratiquement ensemble. Je n'ai pas à t'inviter ! Tu devrais savoir que tu es invité !

— Eh bien, Monica a dit que Forty l'avait invitée.

Elle lève de nouveau les yeux au ciel.

— Et alors ? On s'exprime chacun à notre manière et on fait chacun notre truc. Pourquoi tu comprends pas, Joe ?

Je n'en sais rien. Love ajoute que ça va être dingue à Palm Springs. Ça ne durera pas entre nous si je ne communique pas. Alors j'essaie.

— OK. Je crois que je doutais aussi à cause de Milo.

Elle soupire, puis m'explique sa dynamique avec lui. Ils sont meilleurs amis, jusqu'à un certain point. Elle utilise l'expression « troisième jumeau » et m'avoue que c'est difficile de parler de cette amitié parce qu'elle est empreinte de culpabilité.

— Je suis plus proche de lui que de Forty, murmure-t-elle. Je veux dire, tu vois à quel point c'est mal ?

— On ne choisit pas ceux qu'on aime.

— Milo et moi, nous voulons tous les deux le bonheur de Forty. Alors quand tu nous vois ensemble, enfin… aucun des mecs avec qui je suis sortie n'a apprécié. Je comprends. Ça craint. Mais on est juste amis.

En gros, Love me demande d'accepter son lien avec un autre homme, un salaud à belle gueule qu'elle connaît depuis plus longtemps que moi. C'est impossible, autant que voir de la neige à Malibu. Absurde. Mais qu'est-ce que j'y peux ?

Elle me prend la main.

— J'aimerais qu'on puisse rester ici toute la journée, soupire-t-elle.

J'ai envie de la baiser dans le sable, mais elle dit qu'on doit faire nos sacs. Elle s'étire, resserre les pans de son peignoir. Je la connais assez pour savoir qu'elle ferme la porte sur cette dispute, que la guerre était transitoire.

Love envoie un baiser à l'océan.

— Au revoir, océan.

Je reste encore un petit peu. Je fixe la tombe bleue géante de Delilah. Mon sac sera impossible à trouver là-dedans. La permanence des décisions prises en mer nous dépasse tous. Le vent fouette, les vagues s'écrasent, je rentre dans la maison.

L'été est fini.

32

Bottes et Toutous figure déjà sur IMDB : Harmony et Oren, meilleurs amis et anciens amants, sont tous les deux fiancés à quelqu'un. Ils passent quarante-huit heures ensemble à essayer de tirer des leçons du passé, vivre dans le présent et décider de leur avenir.

Mais *Bottes et Toutous* n'est pas un film, c'est un doigt d'honneur adressé à Love et moi, une chambre de torture de quatre-vingt-quinze pages de scènes d'amour, crues, entre Oren (Milo) et Harmony (Love). Spoiler : Harmony et Oren – les seuls personnages de ce navet – décident finalement de se marier quand Harmony comprend qu'elle doit se séparer du chiot blanc qu'elle a sauvé et qui mâchouille toutes ses chaussures. VA TE FAIRE FOUTRE, MILO. Harmony court vers Oren, qui savait qu'elle reviendrait à la raison. VA TE FAIRE FOUTRE, MILO.

Dans le jet pour Palm Springs, Love me demande ce que je pense du « script ». Je botte en touche en lui demandant à quel moment Milo en a terminé l'écriture.

— Cet été, répond-elle. Il a cartonné, non ?

Je contiens ma colère. Je ne le laisserai pas gagner. Pas quand je viens d'entrer en guerre pour protéger ma relation.

— Love, dis-je en montrant le scénario du doigt. Ça ne t'offense même pas un tout petit peu ?

J'ai l'impression qu'elle s'est préparée à ma question, parce qu'elle me répond d'un ton sans appel :

— Joe, si tu me dis que tu penses être le chiot, je vais te répondre que tu as besoin d'un psy. Je ne suis pas plus Harmony que toi le chiot. Milo n'est pas Oren. C'est une histoire. Une fiction.

— Je sais que je ne suis pas un chiot.

— Tu n'es pas un chiot, soupire-t-elle. Et de toute façon, Milo a écrit ce scénario il y a un siècle. Il travaillait dessus depuis un moment. Tu sais, Jake Gyllenhaal était supposé jouer Oren, jusqu'à la dernière minute. C'est dire à quel point le scénario est bon.

J'évite de lui rappeler qu'il en a terminé l'écriture après m'avoir rencontré et je ne dis pas de mal de Jake Gyllenhaal. Nous atterrissons. J'essaie de rester positif. Notre dispute est derrière nous et je voulais aller à Palm Springs. La route serpente depuis l'aéroport à travers un paysage désertique et désolé où les maisons ressemblent à des ovnis des années 60 éloignés les uns des autres tels des dés jetés sur une table de craps.

— On va tourner et vivre ici ?

— Absolument, répond Love. Tu ne trouves pas la maison superbe ?

— Éblouissante.

Je réponds avec sarcasme. Elle date des années 50, elle est froide, artificielle, rose, orange et blanche, elle fait penser à du sorbet dans un bol en céramique abandonné au milieu du désert pendant une explosion atomique, vide comme le cerveau de Forty. Nous nous garons. Love sait que je suis déçu. Elle me pousse.

— Désolé. Je croyais qu'on allait à Palm Springs, expliqué-je.

— On y est.

Sa voix vibre d'indignation. Rien d'étonnant, elle a été choisie comme actrice principale et a étudié le script dans un jet.

— Milo est génial, non ? De nous avoir obtenu cette maison.

J'en ai marre d'entendre que Milo est génial. Il ne l'est pas. Et cette maison est pourrie. On est à des kilomètres des hôtels, des magasins, de ce que j'ai lu dans *Moins que zéro*, des trucs que je voulais voir. J'ai commencé à avoir mal au crâne à la seconde même où nous avons pénétré dans cette baraque glaciale, et nous y sommes depuis à peine trois heures. J'ai des frissons. Il fait extrêmement chaud dehors et extrêmement froid dedans. Il n'y a pas d'océan, pas de soulagement, pas de canapé d'angle shabby chic, pas de sable qui crisse sur le sol de la cuisine, pas de texture, pas de profondeur.

Mais le tournage devait absolument avoir lieu ici, parce que Milo veut à tout prix filmer quelque chose qu'il nomme « Indoor Coachella ». Coachella est un festival-défilé de mode où le public s'habille en hippie et prétend que Passion Pit n'a rien à envier aux

Rolling Stones. Je trouve l'idée de fourrer tout ça sous un chapiteau répugnante.

Barry Stein refuse immédiatement. Il explique que Coachella est trop risqué du point de vue des assurances. Milo le supplie.

— J'ai juste besoin d'y passer une soirée. J'irai en mode guérilla, Barry. Je veux juste cet éclairage, cette ambiance. Il nous faut ce flash-back. Et ce n'est pas Coachella pour de vrai.

— Tu parles, rétorque Barry. C'est plutôt un concert de merde. Non, c'est non !

Milo passe à la suite en boudant. Nous tournons toute la journée, tous les jours. À la fin de chaque prise, Milo clape dans le vide avec des gestes de karatéka, comme s'il n'avait jamais vu un film de Ben Stiller, comme s'il ne savait pas que claper dans le vide est un truc de gros naze. J'aimerais que Ben Stiller soit là. J'aimerais que n'importe qui doté d'un cerveau vienne prendre le relais.

Pendant que nous tournons, je dois rester assis « en régie ». Encore une appellation inappropriée, ce n'est pas une régie. Ce sont juste quelques sièges pliants flanqués devant les écrans de contrôle. Je ne sers à rien. Quand nous changeons d'emplacement et que nous réinstallons la « régie », je n'ai même pas le droit de déplacer mon siège, vu que je ne suis pas syndiqué.

C'est le quatrième jour. « Harmony » et « Oren » se disputent parce que le chiot d'Harmony a mâchonné les chaussures d'Oren. Puis ils se réconcilient parce qu'ils détestent les disputes. Love embrasse Milo sans arrêt. Je déteste le plateau. Il y a trop de claps et d'appellations à la con. De plus, le niveau de suffisance est insupportable. Quand j'aurai le feu vert pour mon scénario, je ne passerai plus mes journées sur le plateau. Et quand Milo me suppliera de le laisser venir, je lui dirai oui et ensuite « j'oublierai » de donner son nom aux agents de sécurité. Après qu'ils ont fini de s'embrasser pour la trentième fois, Milo hurle :

— Coupez !

Il attrape les mains de Love.

— C'était bien. C'était bien, non ?

— C'était génial !

Elle sautille et je meurs.

Ce sont des petits détails qui vous donnent envie de tuer quelqu'un. La façon dont Milo boit son Dr Pepper Light, tire sa tignasse frisée en chignon, remonte sa chemise pour exhiber ses abdos et essuie ses lunettes même si elles ne sont pas sales. Oui, Milo porte des lunettes, des mocassins vert d'eau et une chemise style polo bleu marine à col relevé. Je n'ai pas déjà tué ce type quand il faisait la promo de Home Soda et baisait Guinevere Beck ?

Il crie de nouveau « action », puis embrasse Love. Mes muscles se tendent. Je ne peux que manger et attendre, manger et regarder – et c'est le quatrième jour sur vingt-huit. Ils improvisent les dialogues – j'y crois pas – parce qu'il veut juste se la taper.

Je voudrais être n'importe où sauf ici. Je demande à Forty s'il connaît des restos dans le coin. Il me donne une tape dans le dos.

— C'est un tournage, mon vieux. On ne va nulle part avant que le bébé soit dans la boîte.

Je baisse la voix.

— Et pour les autres films ?

— Les mauvaises nouvelles vont vite, murmure Forty. Les bonnes prennent un moment. Dépêche-toi et attend. C'est ton boulot, t'es le copain de Love.

Et c'est le sobriquet dont on m'affuble. Est-ce que le « copain » de Love peut lui apporter un Coca Light ? Est-ce que le copain de Love peut lui retrouver son chargeur ?

C'est horrible, et ça empire le septième jour, quand le coiffeur demande si le copain de Love peut lui passer les bigoudis.

Milo se met à rire.

— « Le copain de Love », c'est un peu bizarre, décrète-t-il. Appelons-le juste « Loverboy » !

Le réalisateur obtient ce que le réalisateur désire, alors maintenant on me surnomme Loverboy. Forty me dit de me détendre. Love trouve ça mignon. Milo nous montre une photo de la table de chez Restoration Hardware sur laquelle se joue la « grande scène de sexe » de la page vingt-sept.

— La table représente le véritable amour, explique-t-il. Ce que partagent Oren et Harmony. Ils l'oublient devant les inconnus, les gens superficiels, mais quand ils sont sur cette table, alors là, y a rien de mieux.

— J'adore, s'extasie Love.

Milo évite mon regard et se lèche les lèvres en feuilletant son « script ». C'est sûr, il essaie de m'enlever Love. Je vais tuer cette table. Mais au lieu de ça, je me rends au service traiteur – pourquoi ils peuvent pas simplement appeler ça le coin repas ? – pour la quatrième fois en deux heures. Je trempe une tranche de pain au maïs dans du chili. J'entends quelqu'un demander : Loverboy est toujours au service ?

Et c'est à ce moment-là que je prends la décision. Je vais me muscler. Devenir sexy. Gaulé.

Je jette mon pain au maïs à la poubelle et préviens Love que je vais faire un footing. Elle réagit.

— Un footing ? C'est nouveau.

— Oui. Faut que je commence à prendre soin de moi.

C'est le dix-septième jour. Le film aurait dû s'appeler *La fois où Milo a essayé de reconquérir Love*. Notre activité sexuelle diminue à cause des longues journées de tournage et du fait que notre chambre n'a pas de clé. Love passe plus de temps avec Milo à répéter dans sa chambre, qui ferme à clé, elle. Chaque fois qu'elle y entre, je vais courir, et chaque fois que Milo s'adresse à moi, il me sort des trucs du genre : « Alors, tu tiens le coup ? » et « Tu sais, si tu t'ennuies, on est assez nombreux. Tu peux rentrer à L.A. ».

Il ne raconte pas ces conneries devant Love. J'ai envie de le tuer, mais je ne peux pas. C'est le réalisateur et le troisième jumeau de Love. Et puis les gens s'apercevraient de sa disparition. Alors j'essaie de ne pas ruminer. Personne ne téléchargera ce film mis à part les amis et la famille. Et de toute façon, ils préparent peut-être un film, mais moi je me prépare un corps de rêve. J'ai téléchargé une application qui enregistre chaque calorie que j'ingère et chacun de mes pas. Je travaille les abdos, je fais des tractions, je cours. Je suis en train de devenir le type le plus sexy au monde, alors que la plupart des gens autour de moi sont empâtés et mous.

Le vingt-troisième jour, j'arrive sur le plateau après ma deuxième session de gym. Love remarque mes bras.

— Salut biceps, commente-t-elle. Waouh !

Milo déclare qu'il veut se mettre à la gym avec moi un de ces quatre.

Je lui réponds : quand tu veux.

— Tu te débarrasseras de ce bide en un rien de temps. Ou bien tu peux venir courir avec moi.

Love va « au maquillage ». Milo sourit.

— Loverboy, je voulais te remercier. Je ne voulais pas en faire tout un plat devant Love, mais d'homme à homme, si j'étais à ta place… avec la nouvelle scène, la réécriture, j'aurais compris si tu avais dit non. Alors merci.

J'ignore tout de cette nouvelle scène. Il le sait. Il me lance un clin d'œil puis s'en va tranquillement examiner cette table de chez Restoration Hardware. Je demande à une assistante de production de me montrer l'ajout. Elle évite mon regard et me tend les pages. Je lis.

INT. CUISINE – MILIEU D'APRÈS-MIDI, MOMENT PAISIBLE ET AGRÉABLE

PLAN RAPPROCHÉ D'HARMONY en train de manger des fraises. Elle regarde Oren. Ses tétons pointent. Elle dit qu'elle a faim. Elle se lèche les doigts. OREN lui dit de manger une fraise. Harmony répond qu'elle ne veut pas de fraise. 3, 2, 1 Boum. Harmony se met à genoux. PLAN RAPPROCHÉ pendant qu'elle le prend dans sa bouche.

Milo savait qu'il valait mieux ne pas être présent pendant ma lecture. Mes pensées se résument à :

INT. MON CERVEAU – EN CE MOMENT – VA TE FAIRE FOUTRE FILM DE MERDE SALOPERIE DE MILO

Il reste deux jours avant que Love suce Milo. Mais ce n'est pas la vérité. Parce que Love ne va pas sucer Milo. Parce que je vais tout faire pour virer cette saloperie de souris de chez moi.

33

Je prépare le terrain pour l'extermination. Ce sont les mots les plus douloureux, les moins originaux que j'aie jamais prononcés, pour de nombreuses raisons. À cause de mon ex, parce que je ne suis pas un follower, parce que je déteste les concerts, Urban Outfitters et Porta-Potties. Mais ils doivent être dits. Si je veux tuer la souris, je dois l'attirer hors de la maison. Nous sommes sur le plateau. C'est la veille de la pipe. C'est le moment.

— Alors, Milo…

Et la voilà, mon anti-vérité.

— Ça serait cool de partir d'ici pour aller à Indoor Coachella voir Beck ce soir, non ?

— Oui, mais on a une grosse journée demain.

— Mais quand même, ajouté-je en me penchant vers lui. Si tu pouvais entrecouper un peu de cette pop, de cette couleur et de ce son avec l'élément oral, enfin… Je dis ça, je dis rien, mais ce serait génial.

Milo hoche la tête.

— Mhh… Oui.

— Je vais courir ce soir. Tu as parlé de m'accompagner…

Il tire sur son chignon.

— Pas un mot à Love, demande-t-il.

Donc c'est fait. Un plan est mis en place. Je suis détendu rien qu'à l'idée de savoir qu'il sera bientôt mort. D'accord, ça craint d'être obligé d'aller à Indoor Coachella, mais au moins ce festival de sacs banane et de MDMA sera utile à quelque chose. Des gens meurent tout le temps à ce genre de rassemblement. Et Milo veut aller à ce festival à la con depuis le premier jour. Je suis l'innocent qui l'a accompagné pour s'assurer qu'il ne lui arrive rien.

Et je ne suis pas sans cœur. Je passe la journée à essayer de sauver la vie de ce pauvre mec. J'essaie d'éradiquer la scène de la pipe. Au déjeuner, Love et moi regagnons notre chambre à l'étage, et j'essaie de lui présenter la situation de mon point de vue. Je prends ses mains dans les miennes. Je lui dis que le plateau est en train de tourner à la secte.

— Milo ressemble même à Charles Manson, avec le collier débile qu'il porte maintenant.

— Joe, il faut que tu contrôles tes émotions. Je ne peux pas le faire à ta place.

— Je ne veux pas contrôler mes émotions. J'essaie de t'empêcher de faire une bêtise.

Elle prend mon visage dans ses mains.

— Mon boulot, c'est de m'assurer que les choses marchent. Pas de les démolir.

— On parle d'une pipe, lui rappelé-je. Pas de la paix dans le monde.

Elle sourit.

— Tu es jaloux parce qu'on ne pratique pas. Harmony et Oren sont différents. Je ne suis pas Harmony, Joe. Et ce n'est pas ma vision. C'est la vision de Milo.

Ce connard a lavé le cerveau de tout le monde. Je tente néanmoins des mesures d'extermination non-violentes. Je poursuis ma mission anti-pipe après le déjeuner, mais tout le monde la veut. Forty trouve l'idée audacieuse, prétend qu'on parle encore de *The Brown Bunny* à cause de la scène de la pipe, mais il se trompe. Personne ne parle de *The Brown Bunny*. Milo affirme qu'elle est essentielle. Que ça élève le propos et garantit qu'on se souviendra du film.

Barry Stein débarque sur le plateau – c'est incroyable comme la fellation change tout. Maintenant, je sais qu'on ne pourra pas l'éviter. Barry Stein affirme qu'elle leur ouvrira la porte des festivals. Elle fera de Milo un scénariste. Seuls les parents de Love sur Skype sont de mon côté.

— Je ne comprends plus le cinéma, déclare Dottie. Ça n'en fait pas un porno ?

Ray soupire.

— On ne voit pas ce genre de chose dans *Fast & Furious*.

— C'est parce que ce genre de film n'aborde pas les sujets profonds, papa, plaide Love.

Finalement, Ray et Dottie embrassent Love. Ils ne vont pas l'en empêcher. Ils leur font confiance, à Milo et elle, et ils la trouvent belle. Nous faisons l'amour, en missionnaire. Ça pue le rapport obligatoire. Love s'endort. J'envoie un texto à Milo :

Tu es prêt ?

Il répond qu'il a besoin de vingt minutes. Je descends me servir un bol de Frosties, puis sors contempler les étoiles pendant que je mange mes céréales. La perspective du trajet en voiture avec un Milo tout content de lui m'est insupportable, alors je fantasme sur ce qui va se passer après sa mort. Quelqu'un relèvera le défi, sauvera le film, et ce quelqu'un, ce sera moi. Dans ma version de *Bottes et Toutous*, Love se réveillera et cherchera Milo. (Je refuse d'adhérer à cette connerie d'Harmony et Oren.) Elle se rendra compte qu'il l'a quittée. On entendra une chanson de Peter Gabriel. Elle ira à la cuisine, prendra son téléphone. Et dira : « Oui. J'ai une vieille table énorme dont je dois me débarrasser. Vous pouvez venir m'aider ? »

J'entends la porte s'ouvrir. Quelqu'un sort. Je me tourne, mais ce n'est pas Milo.

— Love ?

Elle me fait signe de me taire. Elle porte une chemise de nuit transparente que je n'ai jamais vue. Elle ne porte ni chaussures ni culotte. Elle me prend par la main.

— Par ici.

Elle me conduit sur le plateau, dans la cuisine.

— Love, c'est quoi ce délire ?

Elle tourne la tête.

— Je suis Harmony. Tu es Oren, d'accord ?

Ah. *Ah !* Je réponds :

— Oui.

Elle me fait signe de m'asseoir sur la table. Je m'exécute.

— Je suis Oren.

— Qu'est-ce que tu en penses ?

Elle a tout prévu. Elle a laissé un bol de fraises sur la table. Elle me fixe, prend une fraise, mord dedans.

— J'ai encore faim.

— Le plateau est déjà en place pour demain. Normalement, on ne doit toucher à rien.

— Je sais. Mais je ne peux plus me retenir.

Mon portable vibre. Ce n'est pas censé se produire. Je suis supposé tuer Milo et il m'envoie un texto. Il a sans doute réveillé Love involontairement en faisant du bruit. Je n'aime pas ça. Love m'a à peine adressé la parole du mois et elle sait ce que je pense de la scène de la pipe. Elle croit qu'elle peut se sortir de toutes les situations grâce au sexe. Mais non.

— Love. Qu'est-ce que tu fais ?

— Je m'amuse, c'est tout.

— Non. Qu'est-ce qui se passe entre Milo et toi ? Et ne réponds pas « rien ».

Elle pose sa main sur la mienne.

— Eh bien…

Elle se mord la lèvre. Ses mains tremblent.

— La vérité, c'est que…

Mes mains tremblent. Elle poursuit :

— Milo et moi, on a couché ensemble au *Château* ce matin-là, le jour où on s'est rencontrés.

C'est à la fois pire et mieux que ce que je croyais. C'est une leçon sur les instincts. J'ai immédiatement su que c'était mon ennemi. Depuis le premier jour. Je le savais. Il est venu au *Château* cette nuit-là. Il voulait que je parte. Il a dû se sentir pris en traître. Il baise Love et, la minute d'après, tout le monde s'extasie sur « le Professeur ».

— Tu as pris une douche après ?

— Est-ce que j'ai pris une douche ?

— Le premier jour. Quand on s'est rencontrés. Au *Soho House*.

— Bien sûr.

— Est-ce que tu m'as amené au *Château* pour te débarrasser de lui ?

— Non, répond-elle.

Puis :

— Oui.

Elle baisse les yeux.

— C'est si terrible que ça ? Mais tu me plaisais aussi vraiment. Enfin, c'était le tout début.

Love me donne raison sur tous les points. Milo essaie bien de la reconquérir et elle s'est sentie mal à l'aise, mais elle ne lui en veut pas.

— C'est un de mes meilleurs amis, m'assure-t-elle. Je veux dire, on revient toujours l'un vers l'autre. Et je m'en veux. Pourquoi est-ce que je ne l'aime pas de cette façon-là ? Ce n'est pas un mauvais gars, Joe. Je lui ai donné de faux espoirs. Je me sens coupable.

Elle me prend dans ses bras. Elle est nue sous sa chemise de nuit. Elle pose les mains sur mes épaules, puis me pousse jusqu'à la table Restoration Hardware. Elle déboutonne mon pantalon. Le baisse. Elle s'agenouille comme elle est censée le faire dans *Bottes et Toutous*, et je bande plus que jamais. Quand elle me prend dans sa bouche pour la première fois, c'est comme être dans son vagin, son cerveau rose, son système sanguin. Je pense de nouveau à Dieu, à cet endroit dans les cieux où ils construisent des corps complémentaires. Je savais que son sexe était pour moi, et maintenant je sais que sa bouche l'est aussi.

Quand je suis sur le point de jouir, j'ouvre les yeux juste une seconde. Milo est là, au bord du plateau. Il nous regarde fixement. Je me demande ce qu'il a entendu. Tout, j'espère.

Je referme les yeux et j'entends une voiture démarrer. Milo va à Indoor Coachella, seul. Peut-être que je ne serai pas obligé de le tuer. Tout est différent à présent. Je ne suis pas jaloux. Je suis rationnel. La souris a quitté la maison de son propre chef et nous n'aurons plus de problèmes.

Je jouis.

34

Le lendemain, nous nous réveillons dans un monde nouveau. Nous nous embrassons, après quoi Love envoie un e-mail à Milo pour lui annoncer qu'elle ne fera pas la pipe. Elle admet être soulagée. Je gagne. Milo aussi. Il est vivant. Il dit que le concert de Beck était super et qu'il respecte la décision de Love en tant qu'actrice.

Love descend sur le plateau. Quand je sors de la douche, j'ai un nouveau texto de Forty : *Mon vieux ! Dis à Love que tu dois aller en ville, pour des bouquins ou autre. Grande nouvelle. Demande la suite Deuce à l'accueil. Ritz. Illico.*

Je m'y rends en voiture. Je n'ai jamais vu autant de cocaïne de ma vie. Il y en a des montagnes sur chaque surface de la suite, qui ne manque pas de meubles. Je m'inquiète de voir la police débarquer, mais Forty me dit de me détendre.

La suite est immense. On croirait que les riches vont à Palm Springs pour occuper de grandes chambres vides pourvues de lampes brillantes. Tout est noir, blanc et vert électrique. Les coussins verts abondent. Du genre de celui que Beck – paix à son âme – chevauchait dans sa cage à lapins, fenêtre ouverte. L'aménagement permet d'être en même temps à l'intérieur et à l'extérieur. Nous avons notre patio privatif.

Je demande :

— Qu'est-ce que je fais ici ? Qu'est-ce qui se passe ?

— Viens boire un verre ! s'exclame Forty.

Il me tend une flûte de champagne. Il porte un pyjama rose et jaune et un peignoir à capuche, ouvert.

— Tu voulais parler des scripts ? demandé-je.

Son agent devait les lui envoyer, mais il n'a pas de nouvelles. Apparemment, c'est au point mort.

Forty me fait signe de m'asseoir à côté de deux putes à moitié nues.

— Viens. Personne ne dira rien.

Mais je m'installe dans un siège en osier agrémenté de coussins vert électrique.

— Ça ira, merci.

Forty éclate de rire. Il veut parler de *Bottes et Toutous*. Il pense que le film pourrait être projeté à Sundance, mais il ne le voit pas sortir en salles. Il trouve que Barry Stein n'est plus ce qu'il était et que Milo aurait dû engager un acteur plutôt que d'interpréter le personnage.

— Jake Gyllenhaal était vraiment intéressé ?

Je pose la question parce que j'ai l'impression qu'on est en zone d'honnêteté, dans un espace sacré, le contraire d'un plateau où tout le monde vénère le film.

— Carrément pas ! Milo se caresse la bite et il appelle ça une branlette. Jake ne s'intéresse pas à ce genre de truc. Je pense qu'il ne l'a même pas lu.

— Ah ben ça alors… Love est au courant ?

Forty hoche la tête.

— C'est un truc infernal de faire un film, surtout un comme B et T. Il faut croire en ses propres conneries, tu sais ? C'est comme quand on va en désintox, que c'est le dernier jour, qu'on est là depuis trois semaines et qu'ils disent : « Vous êtes prêts à partir ? » Et on répond oui parce qu'on était là ! On l'a fait. On a essayé. Qu'est-ce qu'on pourrait dire d'autre ? « Non, donnez-moi quatre grammes de coke » ?

Il rit et regarde une pute danser en rythme sur la musique.

Je lui demande :

— Quand es-tu allé en désintox ?

Il ne répond pas. Il sort une cigarette.

— Ce matin, j'ai demandé à Ariana de bouffer la chatte de Shelly pendant que moi je l'enculais.

Ce sont des choses que je ne veux pas savoir.

— Bon, de quoi tu voulais me parler ?

Il re-sniffe de la coke.

— Qu'est-ce que je voulais quoi ?

— Pourquoi je suis ici ?

— La question à un million de dollars. Pourquoi sommes-nous ici ? Pourquoi ? Personnellement, je pense que Satan m'a envoyé là pour foirer des trucs. Comme Dieu a envoyé Love pour aimer des trucs.

— Forty, tu veux peut-être fumer un peu d'herbe ?

Il montre Ariana et Shelly du doigt. Il me raconte encore des choses qu'il leur a fait faire. Peut-être qu'il ment sur toute la ligne. Je décide de ne pas m'apitoyer sur mon sort pendant qu'il poursuit l'éloge dithyrambique de ses exploits sexuels. Tout le monde a un problème. Certains ont un enfant difficile, d'autres un enfant malade, d'autres boitent, d'autres encore ont une mère ingérable. Personne sur Terre n'a aucun problème. J'ai un mug d'ADN dans une maison du Rhode Island. Et Love a ça : un frère. Un cauchemar. Un taré plein de coke, qui maintenant saute sur son lit comme un gamin de dix ans en me racontant une fête d'anniversaire qu'on leur a organisée à Love et lui quand ils étaient petits.

Il bondit au sol, tombe sur le bureau et se cogne la tête. Il est trop défoncé pour le sentir. Il se relève aussitôt.

— Alors, t'es excité ou excité ?

— Forty, je crois que tu devrais t'asseoir.

— Non, je crois que toi tu devrais t'asseoir.

— Je suis assis.

— Oh que oui, tu devrais t'asseoir, lance-t-il.

Il frappe dans ses mains.

— Et va te pendre, Barry Stein !

Il reprend de la coke.

— Tu sais, il va avoir l'air complètement con.

— Forty, je crois que tu en as assez pris.

Il s'essuie le nez.

— Putain de Megan Ellison.

Je repose mon champagne.

— De quoi tu parles ?

— T'es sourd ? hurle-t-il. De cette putain de Megan Ellison. Alors va te faire mettre, Barry Stein.

Mon cœur cogne. Megan Ellison. Elle a joué dans *Her* et *American Bluff*. La pute qui dansait s'est assise sur les genoux de Forty et lui fait manger un taco.

— Forty... T'es en train de me dire que Megan Ellison est intéressée par *Le Troisième Jumeau* ?

— Non, je te dis qu'elle est intéressée par *Le Troisième Jumeau* ET *The Mess*. Les deux. *Boum !*

Il l'a appris ce matin. Son agent avait une entrevue avec Megan Ellison. Elle pourrait manger Barry Stein tout cru. L'agent affirme que la proposition devrait arriver d'un jour à l'autre. Forty et moi trinquons. Les putes se laissent tomber sur le lit pour regarder une émission de divertissement en se pelotant de temps en temps. Ce n'est pas mon style de fête, mais au moins Forty se connaît. Il saute entre elles et elles roulent toutes les deux vers lui.

— Maintenant, écoute, mon vieux. Souviens-toi que rien n'est fait et qu'on veut pas se porter la poisse.

Nous convenons d'attendre que la nouvelle soit officielle avant de mettre quiconque au courant, mais je ne sais pas comment Forty va réussir. Il saute de nouveau sur le lit en criant :

— Souviens-toi de ce moment, mon vieux ! Ça va arriver, c'est sûr. À la seconde où il sort, ta vie ne t'appartient plus. Il est sorti et t'es le chef, le boss. Tout le monde voudra baiser avec toi. Tout le monde t'aimera. Alors, tu vois, c'est pour toi, mec, tu vois ? C'est ton succès et c'est l'heure magique, l'heure dorée avant l'heure. Alors vis-le à fond. Tu l'as mérité. Ne l'étale pas, ne le tire pas vers toi, ne le repousse pas, ne le partage pas et ne le décortique pas. Il est là. Si le grand succès frappe maintenant, tu mourras scénariste. Tu mourras découvert. Vis comme ça. Vis maintenant.

C'est vrai, les gens sous coke peuvent être agaçants, mais ils ont aussi le chic pour vous faire exploser le cerveau. Forty a raison. C'est *mon* succès. Je supporte *Bottes et Toutous* et j'ai passé d'innombrables journées chez Intelligentsia et Taco Bell. Je l'ai bien mérité. Je saute sur le lit. Je ne me rappelle pas la dernière fois que j'ai sauté sur un lit. Forty hurle et met la bande-son de *Boogie Nights*. Je saute, je bondis, je rebondis. Ariana et Shelly rient. J'ai réussi. J'ai gagné la partie. J'ai déménagé à Los Angeles. J'ai trouvé Love. Je suis tombé amoureux. Et maintenant ça, la chose la plus difficile au monde, une des plus difficiles, je m'apprête à l'accomplir. Je vais réussir à Hollywood.

Love m'envoie un texto : *Tu as des nouvelles de Forty ? Il a disparu. Désolée. Bienvenue dans mon monde.*

Elle en écrit un deuxième plus tard : *Je t'aime.*

Je fais une capture d'écran. Je vais coudre cette image sur un coussin, des dizaines de coussins, l'écrire dans le ciel, la graver sur les murs de notre maison. Il m'est impossible de différencier la défonce que me procure Love et la défonce que me procure Hollywood. Il pourrait même exister une défonce environnementale à me trouver dans cet antre à cocaïne, mais je n'ai pas besoin de les distinguer les unes des autres. Je suis heureux. Je suis ici. Toute ma peur, toute la *CandaceBenjiPeachBeckHendersonDelilah* a été sublimée par la joie de *LoveTroisièmeJumeauTheMess.*

Je passe un coup de fil à Love. Je lui assure que Forty est en sécurité parce qu'il est avec moi. Elle est soulagée. Forty et les putes décident d'aller se baigner dans la piscine géante. Forty se la pète. Il nage le crawl, la nage papillon et la brasse coulée. Il pourrait être en train d'apprendre à nager à des gamins avec sa sœur jumelle, mais bon, certains préfèrent les putes aux enfants pauvres.

Le blanc de ses yeux est rouge. J'ignore si c'est à cause du chlore ou de la coke.

— Tu es un bon copain, me complimente-t-il. Tu sais, je crois que si j'avais grandi sans toute cette pression et tous ces excès, je serais comme toi.

J'envisage de lui dire qu'il est un bon copain, mais avant que j'aie fini ma phrase, il met la tête sous l'eau.

C'est le dernier jour de tournage de *Bottes et Toutous.* Je suis assis sur le plateau et je suis un nouvel homme. Love déborde de toutes sortes d'émotions, elle est folle de joie, sentimentale, exaltée. Son film se termine et elle l'ignore encore, mais le mien va bientôt commencer. Notre vie va ressembler à ça, sur les plateaux, toujours en train de créer, de mettre en boîte, de trinquer. J'attire l'attention de Forty et je lui adresse un clin d'œil, mais il me fait signe d'arrêter. Il est redevenu lui-même. Il a la gueule de bois. Il n'est pas sûr que nous ayons un contrat. Il n'a eu aucune nouvelle de son agent de toute la journée. Je lui dis de se détendre. Qu'aujourd'hui soit le jour de *Bottes et Toutous.*

— Tu es un homme bien, me dit-il. Tu as une vision d'ensemble.

— Toujours. C'est la seule vision possible.

Je suis bon sur un plateau. Finalement, j'aime bien être ici, le tournage, le sport dans le désert; je suis le seul membre de l'équipe qui quittera cet endroit en meilleure forme physique qu'à son arrivée. J'aime mon siège avec mon nom dessus et j'aime notre lit qui grince. J'aime cette sensation de vivre dans l'instant que procure un tournage. Maintenant, je suis excité quand Milo crie « action » et j'ai l'impression d'avoir avancé dans la vie quand il dit « coupez ». Tout ça va me manquer. J'aime la table de cuisine où Love m'a sucé pour la première fois. Maintenant, elle prend ma bite dans sa bouche à la moindre occasion. J'aime Love. J'aime notre famille de cinéma même si je ne connais pas le nom de tout le monde. Les gens sur un plateau semblent tous interchangeables, cheveux secs et pantalons beiges. Mais ça me plaît aussi. J'aime quand arrive l'heure de la dernière prise et qu'on clape, que la journée est finie et qu'on a réussi. J'aime le moment qui précède aussi, la douce exubérance qui se construit pendant l'avant-dernier plan – le presque bouclé, encore deux ! Si nous mourons tous maintenant, on aura un film dans la boîte.

Les parents de Love ont lu les actualités. Ils sont enthousiasmés par le travail de Love et insistent pour nous affréter un avion. Nous pourrions les rejoindre dans leur maison de Cabo et organiser une fête de tournage. Pour ce genre de film, le plus souvent, elles ont lieu dans des bars où on sert des bières à deux dollars, mais grâce à Love, nous allons à *La Groceria* deux soirs de suite. Love me garantit que je vais aimer Cabo, le « plus doux paradis sur Terre ».

Je ris. Elle me donne une petite gifle.

— Fais gaffe, monsieur Je-sais-tout.

— Love, lui dis-je en attrapant une bouteille d'eau, allons, quand on te dit Mexique, tu penses « doux » ?

Milo se met à rire :

— Lovey, le Mexique est la capitale mondiale du meurtre.

C'est amusant. Maintenant que Milo accepte son sort, qu'il ne sera pas avec Love, il est infiniment plus supportable, aimable même. Je me sens proche de lui, avec ses parents paumés et ses élans créatifs.

— Oui, acquiescé-je. Milo a raison. Enfin, on décapite des gens au Mexique.

Juste à ce moment-là, un assistant approche.

— Hé Milo. On a de la visite, lui lance-t-il.

Love et moi tournons la tête. Et effectivement, nous avons de la visite. Ma bouteille d'eau me tombe des mains. C'est l'agent Robin Fincher.

35

Je ne suis pas en train de traverser en dehors des clous et nous ne sommes pas dans le périmètre de l'agent Robin Fincher. Il n'a pas le droit de se trouver ici en uniforme, sur mon plateau, à regarder ma copine. Je ramasse ma bouteille d'eau. Je reste penché un peu trop longtemps et je jure dans ma barbe.

Milo lui serre la main.

— Monsieur l'agent, dit-il. Vous avez besoin de voir nos autorisations ?

Fincher rit.

— J'ai juste besoin d'une ou deux répliques et d'un gros plan.

Le pauvre Milo n'arrive pas déterminer si le gars est sérieux ou non, mais pour moi, c'est du sérieux. Qu'est-ce qu'il fout ici ?

— Je voudrais bien, répond Milo. Mais c'est un film à deux protagonistes. Avec un peu de chance, on reviendra tourner une suite, d'accord ?

Fincher déglutit.

— Je plaisantais, rectifie-t-il en plissant ses petits yeux bleus pour me regarder. C'est une visite de courtoisie. Nous patrouillons dans le coin, pour enquêter sur un vol. Quelques maisons ont été cambriolées et nous voyons que vous êtes plutôt bien équipés ici. Nous voulions juste nous assurer que vous fermerez bien à clé ce soir.

Milo lui serre la main.

— C'est un film d'horreur à l'intérieur d'un film, c'est ça ?

Je touche le bras de Love et lui dis que je dois aller aux toilettes, mais en réalité je dois comprendre ce que Fincher fout ici. Je sors discrètement de la maison, la contourne et découvre sa voiture garée devant. Des portraits sont posés sur le siège passager. Avant que je puisse inspecter davantage, j'entends des pas. Je me retourne. Fincher baisse ses lunettes et j'aurais aimé en porter.

— Monsieur l'agent.

De la sueur perle sur ma nuque.

— Je suis un peu perplexe.

— Vous vous êtes procuré un permis californien ?

— Je n'ai pas pu, j'étais ici.

— Je vois… Alors vous n'êtes pas retourné à votre appartement ? Parce que votre voisine non plus.

Delilah. Merde.

— Quelle voisine ?

Il enlève ses lunettes et les essuie avec un mouchoir.

— Vous savez, votre amie Delilah. Elle a un permis délivré en Californie et vit dans le même immeuble que vous. Enfin, même si ce n'est pas votre résidence officielle pour le moment.

— Elle a disparu ?

Je joue les innocents.

Il hoche la tête.

— Vous savez quelque chose à ce sujet ?

— Je la connais à peine.

Il me balance un direct dans le ventre. Il n'a pas le droit. Mes jambes se dérobent sous moi. Je suis par terre. Mon ventre est tout en muscles, je n'ai pas de graisse à cet endroit-là, pas de coussinet pour amortir le coup. Le salaud crache et sa salive atterrit près de mon visage.

— Relève-toi, me lance-t-il. J'y suis allé mollo, là.

Je n'ai pas reçu de coup de poing depuis Rachel la nounou et je n'aime pas la sensation de mes muscles redevenus des entités individuelles pourvues de terminaisons nerveuses distinctes. Il me file un coup de pied au genou.

— J'ai dit : « Relève-toi. »

Je m'exécute. Je ne céderai pas. Je ne révélerai rien. Et, dans ses petits yeux durs comme l'acier, je ne pense lire aucune information décisive.

— T'es un sale con, me lance-t-il.

C'est un terme générique : con.

— J'ignore ce que vous croyez. Mais je n'ai rien fait.

— Excepté tuer Delilah.

Nous avons un problème. Je ne peux pas permettre que ces mots sortent de sa bouche. Quelqu'un pourrait les entendre.

— Tu l'as fait. Alors sache que ça me préoccupe, en tant qu'agent de police. J'imagine que c'est important pour ta petite poupée là-bas et je suis sûr que ça l'est aussi pour les parents de Delilah. Jim et Regina. Tu y penses des fois, Goldberg ?

Il s'approche. S'il me cogne de nouveau, je le tue. Je tourne la tête.

— Jim et Regina, bouillonne-t-il. Jim et Regina. Papa et maman. Ils aiment leur petite fille.

Je croise son regard qui me frappe de plein fouet.

— Je connais à peine Delilah, répété-je. Et je suis sûr que ses parents feront tout leur possible pour la retrouver.

— Tu la connais à peine ? reprend-il en plissant les yeux.

— C'est une voisine.

Il lève le poing dans ma direction. Je me recroqueville. Il recule. Il rit.

— D'après ton voisin Dez, tu la connais plutôt bien.

Cet enfoiré de dealer. Je ne vais pas perdre mes moyens.

— Si vous voulez dire que j'ai couché avec elle, oui. Mais je ne la connaissais pas très bien.

— Les enregistrements téléphoniques, Joe. Tu oublies que je suis agent de police et que j'ai accès au fichier des personnes disparues. Tu crois que ses parents ne sont pas allés sur place pour s'assurer que le LAPD s'entretienne avec tous ceux qui ont communiqué avec leur fille ? L'État de Californie se soucie de ses résidents. On n'est pas à Bed-Stuy, à Brooklyn. On n'en a pas rien à foutre. On protège.

Il prononce mal le nom du quartier. Je déteste ce genre de Californien, le genre qui ignore tout de la côte est, qui croit que le Rhode Island est mitoyen du Maine.

Je répète :

— Je la connaissais un peu. Mais je ne savais même pas qu'elle avait disparu.

— J'ai été surpris d'apprendre que tu consommais des opiacés, déclare-t-il en me jaugeant. Toi qui traverses la rue illégalement au petit matin. Tu as l'air défoncé. Si je devais deviner, je dirais coke. Speed. Peut-être GHB. Non… tu serais bien plus balèze si tu prenais du GHB.

Ça dure trop longtemps. Love va se demander où je suis.

— Que voulez-vous ?

Il soupire.

— Je veux savoir comment faire marcher le casque que tu m'as donné. Tu as le mode d'emploi ?

— Non.

Maintenant je transpire. Mais la police ne peut pas m'avoir relié à Henderson grâce à ce casque. Tous les abrutis de Californie ont un casque Beats.

— C'est dommage. Tu sais comment l'ajuster ? Tu vois, j'ai une plus grosse tête que toi. La tienne est minuscule. Je parie qu'on te le dit souvent.

— Je ne sais pas comment l'ajuster.

Je ne lâche rien.

— Tu trouves pas ça marrant, Bed-Stuy ? Il est assez usé. Donc tu l'as depuis un moment. Et tu ne sais pas comment il marche ?

— Je devrais retourner sur le plateau.

Je m'éloigne doucement.

Il sourit.

— Non, tu ne devrais pas. Tu ne figures pas sur la page IMDB. Tu ne fais que traîner ici. J'ai su que tu y étais uniquement parce que ton pote Calvin m'a montré la page Instagram de ta petite amie.

Saloperies de réseaux sociaux. Il est jaloux et il a passé tout le trajet depuis L.A. à s'énerver. C'est sans doute illégal, mais ça n'a pas d'importance. Les policiers se protègent entre eux.

— Donc, reprend-il, et je le demande à tous les habitants des Lawns, en particulier ceux qui étaient proches de Delilah : est-ce que tu as des nouvelles d'elle ?

— Non.

C'est la vérité.

— Tu n'as pas réussi à la joindre ?

— Non.

C'est la vérité.

— Quand l'as-tu croisée pour la dernière fois ?

C'est avec une grande joie que je lui raconte encore davantage la vérité.

— La nuit du mémorial d'Henderson, j'étais à l'UCB. Je me suis disputé avec ma copine. Je suis parti. Je suis allé à *La Pou.*

J'ai vu Delilah au bar. Je me suis assis avec elle. Elle attendait son petit ami. Elle n'a pas voulu me dire son nom. Elle a dit qu'il était célèbre. Elle m'a donné l'impression qu'il habitait le quartier. Il n'est pas venu. Elle était ivre. Je l'ai aidée à rentrer chez elle.

Il est abattu, comme un gamin rondouillard à qui on vient de dire qu'il n'y a plus d'Oreo. Et je parie que c'était un enfant rondouillard. Je parie qu'on se moquait de lui, mais ce qu'on refuse de reconnaître, c'est que parfois le gamin l'a bien mérité.

Il répète la tentative.

— Tu l'as aidée à rentrer chez elle.

— On habite dans le même immeuble.

J'adore quand les faits sont à mon avantage. Lui, ça lui plaît moins.

Il s'approche de moi, me provoque.

— Je n'aime pas ton attitude, Bed-Stuy. Et je n'apprécie pas que tu n'aies pas demandé la résidence légale dans ce grand État.

— Je vais le faire. Je vous le promets.

— Je ne pense pas que la promesse d'une saloperie de New-Yorkais ait de la valeur.

— On a fini ?

— Non.

Il aurait dû dire oui.

— Mais tu peux retourner à l'intérieur.

Je me retourne puis remonte l'allée vers la maison. J'ai mal au ventre. Il n'avait aucun droit de me frapper. Il n'avait pas le droit non plus de m'accuser de quoi ce soit. Il n'a aucune preuve. Il n'a que de la haine et il paiera pour ça.

Je sens son regard me transpercer le cou. Plus fort, plus dangereux que le soleil cancérigène au-dessus de ma tête. Je dois me débarrasser de lui, il n'y a pas d'autre solution. Impossible d'avoir sa chance dans la vie si un flic ne pense qu'à vous mettre derrière les barreaux.

36

Quand je rentre, personne ne demande où j'étais. Tout le monde est trop excité par la grande annonce concernant Cabo. Le père de Love a besoin de mon numéro de sécurité sociale pour accélérer la délivrance d'un passeport. Le tournage est terminé et j'ai raté la dernière prise. Il s'est passé beaucoup de choses pendant que je me faisais interroger à tort.

Le champagne coule à flots, on met de la musique. J'annonce que je vais faire une sieste. Love comprend.

— Tu as tellement couru. Je m'inquiète, tu ne te reposes pas assez, ces derniers temps.

Elle me prend dans ses bras. Je tressaille.

— Désolé, j'ai trop forcé sur les abdos.

— Tu n'as pas besoin de faire des abdos. Tu es parfait.

Love m'embrasse. Je monte à l'étage. Malheureusement, elle a raison de s'inquiéter pour moi. Le film est terminé, mais mon cauchemar ne fait que commencer. Je ferme la porte de la chambre et fais les cent pas. Il faut que je tue Fincher. Mais on est en Amérique : si on tue un flic, on meurt. C'est comme ça. J'essaie de me calmer. De positiver. Nous allons à Cabo, ça c'est bien. Le Mexique est le genre d'endroit où les gens coupent tranquillement des têtes ou des trucs dans le genre, alors ça joue en ma faveur.

Qui détient le savoir détient le pouvoir. J'ai besoin de me familiariser avec l'endroit. Je tape *La Groceria* dans Google. Si j'ai un peu cerné la mère de Love, elle aura invité des journalistes du Web ou d'un magazine chic pour photographier sa maison, comme elle l'a fait pour les *Allées*. Et en effet, je découvre un article sur *La Groceria*. Je me sens déjà plus concentré, tel le sniper une fois la cible dans sa mire. Je trouve l'adresse et m'informe rapidement sur le coin où la famille de Love construit une nouvelle demeure, les habitants célèbres qui vivent dans les environs et les villas à vendre. Et bingo ! Axl Rose y possède une résidence. Il est du style à vouloir une maison sécurisée. Il a des fans cinglés et il en a vu d'autres. Elle est en vente depuis des années. Son emploi du temps me réjouit aussi. Il n'a pas mis les pieds au Mexique depuis un moment. Sous-entendu, il ne va pas y aller dans un avenir proche, sous-entendu, la propriété appartient aux agents immobiliers.

Et il y a mieux. La maison d'Axl est un perpétuel projet. Les rénovations sont inachevées, la piscine n'est pas encore créée et l'indécision règne quant à l'aménagement paysager d'une espèce de corne d'abondance pavée de pelouses jaunissantes et de coupoles à demi formées. Les photos des sites Internet d'immobilier trahissent un conflit continu entre la démolition et la poursuite de ce délire de nouveau riche en terre cuite.

Autre point de désaccord, d'après les commentaires d'un blog d'immobilier haut de gamme : le studio d'enregistrement intégré. « Studio d'enregistrement intégré » est un terme de jargon immobilier signifiant cage insonorisée. Des commentaires anonymes l'assimilent à une chambre forte. C'est une bonne nouvelle. Je pourrais m'en servir. Je pourrais y enfermer Fincher. Mais d'abord, je dois l'y amener.

Je dois donc convaincre Robin Fincher de venir au Mexique. Mais on ne peut pas séduire quelqu'un dont on ignore les goûts. Les portraits que j'ai repérés dans sa voiture me poussent à commencer par IMDB, où sa bio est d'une longueur démesurée au regard du petit nombre de mentions de son nom sur le site. Il est venu à L.A. pour devenir acteur, a revu ses ambitions à la baisse et travaillé comme cascadeur, remplaçant, assistant, pour finalement abandonner et intégrer le LAPD. Mais Robin Fincher a aussi un site Web. Sur lequel il apparaît immédiatement qu'il n'est pas devenu représentant de la loi pour protéger et servir ses concitoyens. Robin Fincher est devenu policier pour se venger d'Hollywood qui l'a mis au rebut.

Il a mélangé ses deux carrières IMDB-LAPD en 2011, quand il a commencé à travailler au noir comme garde du corps de stars. Il se vante de pouvoir « vous protéger et vous tenir compagnie en même temps ». Et oui, cette phrase est une marque déposée. La photo la plus récente le montre en compagnie de Teri Hatcher.

Je me renverse sur mon siège. Il m'a affirmé être en mission pour trouver Delilah, en Californie, se « soucier de nos filles ». Eh bien, nous allons nous en assurer. Je cherche des projets de tournage en cours au Mexique, mais je ne trouve rien d'autre qu'un remake de *À la poursuite du diamant vert*. Non, je dois faire résonner en lui le désir d'être « l'ami » des stars. Je crée un nouveau compte mail : MeganisaFox@gmail.com.

Elle est l'appât parfait. Comme Teri Hatcher, elle a une famille à protéger. Elle est canon. J'ai entendu un gars de chez Sony dire que dans ce métier, les gens ne s'embarrassent pas des formalités, alors c'est parti :

Cher agent Fincher, on ne se connaît pas, mais mon amie Teri Hatcher m'a dit que vous vous êtes donné un mal fou pour l'aider. Brian et moi, on va à Cabo et on voudrait une protection. Pas sûre que ce soit dans vos cordes. Je me sens un peu idiote, comme la chanteuse dans Taken, *mais vous semblez être le meilleur. On part demain, vous êtes dispo ? Bien sûr, on vous rembourse le trajet. J'espère que vous êtes dispo, on croise les doigts. megan austin-green*

Si je recevais un e-mail d'une personne prétendant s'appeler Megan Fox, je supposerais qu'il s'agit d'un spam. Je me dirais que quelqu'un se fout de ma gueule. Fincher est flic. Pas abruti. Mais peut-être que si, finalement, parce que voici sa réponse, quasiment immédiate :

Chère Mme Austin-Green.

Waouh ! Je suis un énorme fan. Je suis très honoré 2 vous aider. En effet, je suis le meilleur. Teri est super aussi. Je suis content qu'elle sache que j'utilise mes ressources personnelles pour suivre celui qui la harcèle. Il y a tellement de malades. Je suis honoré 2 servir et protéger. Je joins ma photo d'identité et mon CV pour que vous sachiez à quoi je ressemble. (Pas d'objection à ce que vous les passiez à votre agent ! Je suis chez SAG/AFTRE.) À demain !

Waouh est le terme adéquat. L.A. est un mirage. Robin Fincher est « agent de police ». Cet homme porte une arme. Nous connaissons tous le stéréotype du mauvais flic – raciste, violent – et nous connaissons le bon flic – celui qui paie les courses de la mère de famille dans le besoin et se retrouve dans une vidéo qui fait le tour des réseaux sociaux. Mais qu'en est-il de celui-ci ? Qu'en est-il de cet enfant de L.A., celui qui impose son CV à Megan Fox, celui qui n'a même pas assez de jugeote pour attendre d'arriver au Mexique avant de commencer à vendre son cul dénué de talent ?

Il nous faudrait un programme de sensibilisation aux dangers des ambitions, montrant comment on vous dégrade le cerveau à Los Angeles. « Je suis honoré 2 servir et protéger. » Non, Robin. Le mot, c'est « de ». Non, Robin. Tu ne mérites pas de servir ni protéger personne et, si tu le faisais, ce serait les yeux rivés sur ton gobelet de café, l'esprit occupé à analyser les moindres faits et gestes de Delilah. De toute évidence, ce débile ne la trouvera jamais. Et cela a beau être une bonne nouvelle pour moi, c'est dévastateur pour la population de la ville qu'il aime tant. Nous, résidents de Los Angeles, ne sommes pas servis. Nous ne sommes pas protégés. La ville n'a pas les moyens de veiller sur tout le monde. Le comté est trop étendu. Je tuerais Fincher même s'il ne voulait pas à tout prix m'envoyer derrière les barreaux. Je le tuerai parce qu'il nous a trahis en choisissant Megan Fox au détriment de la jeune femme morte, celle qui restera à jamais disparue.

37

Il est neuf heures, mais les autres passagers du *Love Boat IV* sont déjà saouls. Les Quinn possèdent quatre bateaux à Cabo et ils se servent de celui-ci pour pêcher le marlin, ce que nous faisons, soi-disant. C'est un arrangement : les mecs vont à la pêche pendant que les filles se font faire des manucures-pédicures sur le catboat. Nous avons suffisamment de vivres, de bière et de tequila pour cinquante personnes, mais je suis seul avec Forty, Milo, et deux gars de la production avec lesquels je n'ai pas fait connaissance de tout le mois et que je ne tiens pas à connaître.

Je suis installé dans un siège-baquet en plastique, une canne à pêche à la main, et le capitaine Dave me parle de Love et de Forty quand ils étaient petits. Le capitaine Dave est un type grisonnant qui fait plus que ses quarante-six ans. Il n'a pas d'enfants. Certains sont nés pour être oncles ou tantes. Le capitaine Dave fait partie de ces gens-là. C'est aussi un ancien alcoolique obnubilé par ce que boivent les autres. La vie peut être dure.

Après le récit de la première fois qu'ils ont sauté du bateau en se tenant la main, il enchaîne :

— Mais tu sais, c'est vraiment dur de parler de Love et de Forty sans mentionner Milo. Je veux dire, il a toujours été là aussi. Et tu aurais dû voir sa coiffure à l'époque.

Il rit.

— Une de ces touffes !

— Il faut que je voie des photos.

Lui lécher les bottes est une tâche ardue, mais j'ai besoin d'avoir le capitaine Dave de mon côté. Il va me falloir son aide ce week-end. Et, heureusement pour moi, il est plutôt aimable.

— On a des photos sur tous les bateaux. Mais je ne sais pas exactement où sur celui-ci. Il y en a plus sur le yacht.

Il décapsule une autre bière sans alcool. En boit une petite gorgée.

— Mais ouais, c'est pour ça que j'appelais Milo le troisième jumeau.

Je le dévisage.

— Vous venez de dire que vous appeliez Milo le troisième jumeau ?

Il répond en rotant.

— Ouais. Tu veux un autre verre ?

Je hoche la tête. Il me parle en braillant de Love, de Forty et de Milo toujours ensemble. Je contemple l'eau. Je croyais Forty à l'origine de cette expression. Le capitaine Dave termine sa fausse bière, se lève et s'étire.

— OK, dit-il. Je crois qu'il est temps qu'on amorce.

— À vos ordres, capitaine, réponds-je.

Comme si je savais ce que ça voulait dire. Je lui propose un coup de main pour déplacer le tonneau avec lequel il est aux prises mais, comme toujours, il déclare que c'est « bon ». Il ôte le couvercle du tonneau. Je sens une odeur de mort et de pourriture. Je mets la main devant ma bouche et il rit.

— Le premier amorçage du gamin, commente-t-il. Ne t'inquiète pas. On ne s'y habitue pas.

Il siffle et son assistant, le second Kelly, un gros type originaire de Géorgie, sonne une cloche. Il beugle une chanson de Jimmy Buffett. Apparemment, c'est l'heure de pêcher. Le capitaine Dave lance des appâts dans l'eau. Fincher occupe toutes mes pensées. Je réfléchis au moyen de conduire ce bateau jusque là-bas pour le jeter dans l'océan, comme je l'ai fait avec Delilah, la fille qu'il est censé chercher. Ça lui apprendra.

Forty est complètement bourré, il peine à atteindre sa chaise. Le capitaine Dave siffle avec les doigts.

— Non, dit-il. Décuve un peu et reviens après.

Forty chouine, mais le capitaine Dave ne se laisse pas amadouer.

— C'est mon bateau, c'est moi le patron, lance-t-il.

Forty retourne en bas pendant que le second Kelly nous aide, Milo et moi, à installer nos cannes. Nous les laissons pendre dans l'eau. Milo fredonne du Buffett, puis me parle de Johanna, la maquilleuse de *Bottes et Toutous*. Ils ont couché ensemble la nuit dernière. Elle est jeune et sexy, et je suppose qu'il mérite de se vanter un petit peu avec moi. Forty revient, demande une canne. Dave refuse. Forty s'approche du seau d'amarrage et manque tomber dedans.

Le capitaine Dave ordonne :

— Timonerie. Tout de suite.

Forty obéit. Milo se met à rire. Je secoue la tête.

— Ce capitaine, c'est quelque chose, commenté-je.

— Qu'est-ce que tu veux dire ? demande Milo.

Je trouve amusant de penser qu'il y a quelques jours à peine j'étais sur le point de le tuer.

— Je veux dire qu'il se tape un délire de pouvoir.

— Eh bien, c'est le capitaine. Il peut, réplique Milo.

— Ouais, mais c'est le bateau de Forty.

Milo tourne son moulinet.

— Non, rétorque-t-il. Le capitaine contrôle tout. Que Ray soit là ou non n'a aucune importance. Les propriétaires de bateaux affirment que ça vaut mieux, parce que quand on embête Mère Nature, on a besoin de quelqu'un qui la respecte plus que tout.

— Hmm.

Les capitaines et leurs bateaux… Je feins de me préoccuper de ma ligne et du marlin qui pourrait y mordre, mais je pense à Fincher. Il va arriver plus tard dans la journée. Mon plan est simple : prendre les clés au capitaine Dave quand on se mettra à quai. Retrouver Fincher chez Axl Rose. L'assommer. Le faire monter sur ce bateau à moteur, venir ici et le jeter par-dessus bord. Puis aller chez *Office* avec Love, manger des tacos au poisson, boire des margaritas et danser.

Milo a une prise. Il doit passer la canne à Kelly pour la remonter parce qu'il n'est pas assez costaud pour s'en charger lui-même. Une fois qu'il l'a remontée, Kelly passe vite la canne à Milo pour qu'il puisse poser, comme s'il avait attrapé le poisson tout seul.

Le capitaine Dave revient et déclare que nous devrions sans doute revenir au rivage, parce qu'il y a des problèmes avec des pirates.

C'est à ce moment-là que le bateau des filles rejoint le nôtre. Elles sont toutes déguisées en pirates, tirent avec des pistolets à eau, saoules, en poussant des cris perçants. Le capitaine Dave jette l'ancre en riant. Love fait une bombe dans l'eau.

— Allez ! crie-t-elle. C'est super !

C'est vrai, mais aucun d'entre eux ne comprend que je ne suis pas en vacances. Je dois utiliser le portable prépayé que j'ai acheté avant notre départ pour appeler tous les agents immobiliers qui ont essayé de vendre la maison d'Axl Rose ces deux dernières semaines. Ils sont douze. L'un d'eux sait forcément où se trouve la clé.

Je m'excuse auprès des autres convives, puis, pendant que tout le monde se baigne, je descends dans la cabine et révise mon baratin. Je me présenterai sous le pseudonyme de Nick Ledger, le légendaire agent immobilier qui s'occupe des stars, de la côte est à la côte ouest. Je l'ai vu dans des émissions pourries et j'imite assez bien sa voix, un accent prononcé du Bronx, comme s'il avait fumé mille cigarettes. Je raconterai que je suis « sur la côte ouest pour deux jours », que je suis allé chez Axl Rose et qu'il n'y a « pas de clé parce que vous autres avez pris tellement de coups de soleil que vous oubliez comment ça marche ».

J'ai regardé beaucoup d'émissions d'immobilier. Je sais comment les agents balancent des noms connus, se parlent en s'injuriant. Je sais qu'ils ont tous plusieurs téléphones destinés à différentes utilisations. Je m'entraîne à prononcer les mots-clés : « une cliente super célèbre et richissime avec de la thune tout le tour du ventre, et toi et moi on sait très bien de qui je parle ». Elle est « plus secrète que la collection de godes de ta femme » et elle est « plus chiante que ta femme quand tu jouis dans son cul » et je suis là sans la clé de la « pagode qui pourrait la satisfaire, étant donné ses exigences particulières ».

J'appelle le premier agent, une femme à tête de cochonne qui paraît stupide au point de pouvoir s'envoyer Nick Ledger, mais elle m'envoie paître. J'appelle un type aux grandes oreilles qui a l'air de s'être fait tyranniser la majeure partie de son existence. Il ne se souvient pas qui a le listing et il veut savoir pour qui je bosse. J'appelle une autre femme, plus âgée, sans doute entrée dans la partie après avoir regardé *American Beauty* sur le câble. Elle a un accent new-yorkais elle aussi, de Long Island. Elle me dit : « Mon chou, la clé est dans ma chatte. Bonne chance pour la récupérer. »

Elle me raccroche au nez. Je grogne. Nick Ledger est un trou du cul qui n'assure pas ses arrières. J'aurais dû me faire passer pour un idiot réjoui, mais ce genre de profil n'existe pas dans l'immobilier de luxe, du moins pas à la télé.

Le plan ne fonctionne pas, alors je me plonge dans l'annuaire de l'immobilier à la recherche d'agents sans photo. Les vrais losers qui ne peuvent même pas se résoudre à montrer leur visage. Je trouve un certain William Papova. C'est plus difficile d'appeler quelqu'un sans savoir s'il aime les cravates ou les boucles d'oreilles.

Il fait tomber son portable avant de répondre *saleté de portable*. Son ton est sec.

— Qui est à l'appareil ?

— C'est Nick Ledger, putain.

— De l'émission de télé ? L'agent immobilier des rockstars ?

OUI.

— Pardon, vous essayez de me critiquer là, ou quoi ?

— Non, non, non, répond-il. Je vous connais, c'est tout.

— Eh bien, écoutez, j'ai eu votre numéro par une nana, Sonja.

Je ne connais pas de Sonja, mais j'imagine que les agents immobiliers à Cabo connaissent des Sonja.

— Sonja, dit-il. D'accord.

— Je suis ici pour vingt-quatre heures, mon équipe a dérapé en caisse en haut de la colline. Les gars n'ont pas la clé d'Axl et j'en ai besoin.

— Pour l'émission ?

— Allez vous faire foutre, répondez à la question !

Il me demande de patienter une minute, puis revient, hors d'haleine.

— Je peux vous avoir une clé et la déposer dans la douche extérieure, mais ne me la faites à l'envers, ne le dites à personne chez Caldwell. J'essaie d'être bien avec eux.

— Ça marche. Mais assurez-vous de laisser le portail ouvert aussi.

Je lui dis au revoir, retourne sur le pont, arrache ma chemise. *L'agent immobilier des rockstars*. Je range mes portables dans la poche de mon siège, puis je fais une bombe dans la mer, comme Love. J'ouvre les yeux sous l'eau et, dans le golfe de Californie, je regarde si je ne vois pas Delilah.

Mais c'est ridicule. Je l'ai jetée dans le Pacifique.

La baignade était super, mais la situation m'énerve. Je n'ai toujours pas les clés du capitaine Dave. Il les garde à sa ceinture. Elles pourraient aussi bien être accrochées à sa bite. C'est tout à fait le genre et ce serait juste agréable d'avoir ainsi les clés en main. Je ne sais pas comment m'y prendre, mais je vais les obtenir. Je dois simplement faire un peu mieux connaissance que je ne l'aurais souhaité avec ce foutu capitaine. Ce n'est pas le bout du monde, mais j'en ai ras le bol de faire causette. Nous sommes de retour à la résidence mexicaine de Love pour une « sieste pré-soirée en boîte ». Love essaie de me convaincre de rester avec elle plutôt que d'aller courir.

— Tu n'en as pas besoin, insiste-t-elle. T'es super.

D'un ton préoccupé, je réponds :

— Merci, mais ça me fait du bien, tu vois ? J'ai pris l'habitude maintenant.

— Je vais peut-être t'accompagner.

Elle se laisse tomber au centre de notre divin lit rond. Elle est saoule et belle. Et cette maison semble tout aussi saoule et belle. Vaste et bien faite comme le Pantry, avec de spectaculaires morceaux de corail accrochés au mur ici et là.

Je regarde l'heure sur mon portable. Il me reste une heure avant l'arrivée de Fincher. Love me supplie. Je me déshabille, puis m'occupe d'elle sur le lit. Elle est bonne même quand elle bafouille. Je me sens revigoré. J'avais besoin de ça. Je prends une douche, enfile ma tenue de jogging, puis descends. Cathy, la gouvernante, me surprend.

— Vous allez courir ? me demande-t-elle.

— Oui.

— Évian ou Fiji ?

Je souris.

— Pourquoi pas les deux ? Ça me fera des haltères.

Elle m'apporte deux bouteilles. Je la remercie. Elle hoche la tête et je lui demande :

— Hé, si je voulais sortir un bateau…

Celle qui tenait tant à ce que je m'hydrate change du tout au tout.

— Personne ne conduit les bateaux exceptés le capitaine Dave et un des seconds !

Elle s'adoucit.

— Dites-lui où vous voulez aller et il vous y emmènera.

Saloperie de merde. Mais j'opine et prends le numéro du capitaine – j'ai déjà réussi à convaincre des gens de faire ce que je voulais. Dehors, le dur combat continue, littéralement. La chaleur est encore plus écrasante à présent. Je dois lutter pour gravir la colline en courant si je veux accéder à la maison d'Axl Rose. Je perds mon souffle. Ça n'a rien à voir avec le terrain plat et favorable de Palm Springs. Je ne suis pas encore arrivé et déjà les deux bouteilles d'eau sont vides. Je m'arrête devant une horrible maison géante, mains sur les genoux, pour reprendre mon souffle. Il y a du béton partout, des marteaux-piqueurs, des travaux à moitié engagés. J'aimais ça quand j'étais petit – les camions à benne, les toupies béton –, mais aujourd'hui, ils m'irritent. On n'arrive pas à déterminer s'il s'agit de rénovation ou de construction à neuf. Parfois, les Blancs riches me font penser à des adolescents qui grattent sans cesse leurs croûtes.

Je m'essuie la bouche et je continue. J'ai les cuisses en feu et mes paupières tressaillent, mais je réussis. Le portail est ouvert – merci William Papova. La maison d'Axl Rose est un mausolée hispano-britannique. Pas étonnant qu'elle soit sur le marché depuis plusieurs années. On dirait que des combats ont eu lieu ici, peut-être même une explosion. Un cactus trône au milieu du patio. J'imagine un décorateur d'intérieur à la con en train de creuser un petit trou au dernier moment, comme si le cactus allait éviter que les acheteurs ne remarquent l'aménagement paysager inachevé, un fiasco général où le temps semble s'être arrêté. Je me dirige vers le côté du bâtiment et, bien entendu, je découvre un petit refuge agrémenté d'une douche extérieure flanquée d'un cendrier qui déborde, d'une bouteille de shampoing et d'une sacoche en cuir. Les agents immobiliers sont des êtres humains eux aussi. On perçoit la frustration, le passage des nombreux vendeurs qui ont fumé, pris des douches, baisé, et se sont plaints de cette saloperie de baraque trop bizarre.

Je retourne devant à petites foulées et j'ouvre la porte. C'est un peu comme le moment où les lumières s'éteignent au théâtre. Ça commence. Ça y est.

La maison a des sols en marbre et des plafonds hauts, mais l'intérieur n'a pas d'âme, contrairement à celui de *La Groceria*. Les décorateurs ont essayé de plaire à M. et Mme Classe Moyenne, ce qui semble défier la logique puisque M. et Mme Classe Moyenne ne peuvent en général pas s'offrir une maison à Cabo. Je me rends dans la cuisine pour prendre une bouteille d'eau dans le frigo. Je fouille dans mon sac banane et j'entame les préparatifs. Tout d'abord, j'envoie un e-mail à Fincher.

Salut Robin, j'ai hâte de vous voir ! J'ai laissé le portail ouvert pour vous. On est avec les bébés en bas, troooop mignons. Quand vous entrerez, venez nous rejoindre. Bisous. Meg

Je ne sais pas si elle se fait appeler Meg, mais la familiarité plaira à Robin. Maintenant, place au jeu. À l'aide de la canne à pêche que j'ai subtilisée sur le bateau aujourd'hui, j'installe un piège au bas de l'escalier. Je la fixe de chaque côté avec des bandes de cire dépilatoire Bliss Poetic ; Love ne remarquera pas leur absence. Je retourne dans la cuisine où je prends deux autres bouteilles d'eau dans lesquelles je dissous plusieurs Percocet. Je les place ensuite dans un seau à glace vide en compagnie de trois barres de céréales périmées, puis j'emprunte l'escalier en colimaçon pour descendre au sous-sol. La voilà : la chambre forte, le studio d'enregistrement intégré, une boîte insonorisée et meublée de deux sièges en cuir.

Une seconde clé est attachée à la chaîne que William Papova m'a laissée. Elle correspond à la serrure. Et oui, la porte ferme de l'extérieur parce que parfois il faut enfermer les Paul, les Grammy et le matériel d'enregistrement.

J'apporte le seau à l'intérieur et le pose par terre. Je ramasse un micro, le tapote, puis je tourne le plus gros bouton rouge et tapote de nouveau. Il fonctionne. Pour finir, je fais rouler un des sièges en cuir juste devant le studio pour attendre Fincher. Bien entendu, il ne me déçoit pas. Un quart d'heure plus tard, je l'entends poser son sac à côté de la porte d'entrée.

— Holà ! hurle-t-il.

La porte d'entrée claque. Il appelle à nouveau.

— Holà !

Trou du cul. J'attends, adossé au mur près de la dernière marche.

— Bonjour !

C'est un très mauvais acteur. Tous ceux qui ont lu des manuels d'art dramatique savent que les bons acteurs attendent les indications du metteur en scène, ce qu'il n'a pas fait. J'entends un froissement. Je l'imagine en train de fouiller dans son téléphone pour relire l'e-mail dans lequel je lui ai spécifiquement demandé de se rendre au sous-sol. Et j'ai raison.

— Ah, dit-il.

Il traverse l'entrée au sol marbré à la recherche du sous-sol. Je sens son odeur, laque et crème solaire. Il siffle.

— Toc, toc, toc. Il y a quelqu'un ?

Je déguise ma voix et lui crie :

— Ici, en bas !

C'est une des constantes de l'être humain. Entendre et voir quelqu'un tomber dans un escalier fait toujours rire, en particulier quand il s'agit d'un connard comme Fincher. Le voilà étalé sur le sol, assommé, et je ne peux pas me retenir de rire en le traînant dans le studio insonorisé, dont je verrouille la porte.

Je le dévisage un instant, mais je m'arrête de rire quand je remarque à quel point il paraît vulnérable. Il porte une chemise à motifs d'ananas et de palmiers, un short de bain et des sandales, et je suis quasiment sûr qu'il s'est teint les cheveux. Il a des jambes de poulet. Il devrait insister sur la presse à cuisses. Enfin, il *aurait dû*. C'est trop tard maintenant.

J'appelle le capitaine Dave.

— Yo ! répond-il. C'est le capitaine.

Sur un ton enthousiaste et respectueux, je réponds :

— Hello, capitaine Dave ! C'est Joe Goldberg. Le petit ami de Love.

— Hé, le bleu. Qu'est-ce que je peux faire pour toi ?

— Eh bien, j'ai un petit problème. Un pote à moi s'est pointé et il est bourré. Il s'est évanoui. Love n'est pas fan de lui. Bref, je me suis dit qu'il pourrait dormir sur le bateau cette nuit.

— Ah, répond-il d'un ton grave. Désolé, mais ça ne va pas être possible.

Je fais semblant de rire.

— Je n'ai pas demandé s'il pouvait conduire le bateau. J'ai juste besoin des clés, pour y amener Brian.

— Je comprends ce que tu demandes, skipper, mais la réponse est toujours non.

Je devine qu'il est dans un bar. Je déteste ce genre d'alcooliques, ceux qui veulent rester près de l'alcool. Et je connais bien ceux de son espèce. Je parie qu'il fréquente ce bar tous les jours juste pour prouver qu'il est sobre.

— Dave, je vous demande de m'aider, là. Mon pote est sonné. Vous voyez, il a perdu la clé de sa chambre et il ne se souvient même pas du nom de son hôtel.

— Je suis sûr que Love le laissera dormir à *La Groceria.*

— Love le déteste. Ce n'est vraiment pas possible.

— Alors tu vas devoir trouver une chambre d'hôtel à ton pote. Cath peut te donner une liste de ce qui conviendra le mieux, dans ton cas.

— Capitaine Dave, plaidé-je. Il s'agit d'une seule nuit.

Il soupire.

— Je me rappelle quand mon ex-femme a rechuté. Elle m'a dit : « Dave, je n'ai bu qu'un verre. »

Il soupire de nouveau.

— Les règles sont les règles, Joe. Bonne chance.

Et il me raccroche au nez. Ça sonne dans le vide. Merde. Saloperie d'esclave des Alcooliques Anonymes, avec sa bière sans alcool, ses contraintes, et son désir de m'inculquer les règles de la même façon que lui a tout arrêté pour « Dieu », comme s'il n'allait pas passer ses journées là-bas, avec l'envie d'une petite bière, juste d'une goutte.

Je croyais que l'argent c'était le pouvoir. N'est-ce pas comme ça que ce monde maudit est censé fonctionner ? Le capitaine Dave fait ce que je dis parce que Love m'a choisi ? J'arpente la pièce. Je n'ai pas de quoi m'acheter un bateau et je ne peux pas vraiment abandonner Fincher dans une baraque. J'ai retenu la leçon : on nettoie. On se débarrasse du corps. On ne laisse pas un mug d'urine, encore moins le cadavre d'un flic. Mais qu'est-ce que je peux faire ?

J'emmerde le capitaine Dave. Il était censé répondre « oui, monsieur ». Cath était censée s'être trompée. J'étais censé appeler un taxi, demander un fauteuil roulant, aller à la marina, prendre les clés de Dave. Je n'arrive pas à croire que je n'ai pas prévu de plan de secours. Je dois m'occuper d'un acteur raté de quatre-vingt-dix kilos dans une pièce insonorisée, qui en ce moment même se pisse dessus dans son sommeil.

Love m'envoie un texto : *salut ?* ☹

Je me suis tordu la cheville sur le chemin du retour. C'est ce que je raconte en tout cas. J'ai pris du Tylenol, c'est pour ça que je ne bois pas, que je boite et que je ne suis pas moi-même. Love insiste pour que je vienne à l'*Office* avec tout le monde, même si je suis à ramasser à la petite cuillère. Elle n'acceptera aucun refus. L'*Office* est surréaliste. C'est un bar sur la plage, dans le sable. Nous nous asseyons à une longue table. Un tsunami pourrait nous emporter d'un instant à l'autre et Love me dit de me détendre.

— C'est le Mexique, ajoute-t-elle. On peut se faire décapiter, kidnapper, blesser par balle, agresser, balayer par un contre-courant, mais franchement, Joe. Un tsunami ?

Elle rit.

— Je ne crois pas, ajoute-t-elle. Mais j'aime bien ton imagination.

C'est bien elle, ça. Je regarde le Pacifique qui a emporté Delilah si entièrement, si volontiers. Love m'aide et elle ne le sait même pas. Le Mexique est la capitale internationale du crime, le pays des tombes et des cadavres. Je t'emmerde, océan. Je t'emmerde, capitaine Dave. Je n'ai pas besoin de bateau. Tout ce qu'il me faut, c'est une pelle.

38

Love s'est pris une cuite à l'*Office*. Je l'ai laissée au lit avec un mot disant que ma cheville allait mieux et que j'allais faire un tour pour l'étirer. Elle ne saura jamais que j'ai quitté la maison à quatre heures quarante-deux ni que j'ai fait une escale dans la grande maison, celle avec le plus de travaux. Les ouvriers n'étaient pas encore arrivés. J'ai traîné dans le quartier, regardé les clous, les planches de bois, les dalles de marbre, les bétonneuses. Je me suis glissé à l'arrière et j'ai remarqué la piscine à débordement en cours de construction. Ce n'était pas une mauvaise idée que Fincher repose près d'une piscine pour l'éternité.

Mais maintenant que je suis chez Axl Rose, je sais que je dois faire mieux. C'est rock'n'roll. C'est du temps figé. Et il y a tellement de gens qui ont les clés. Fincher doit rester là. Je ne peux pas le traîner dans tout le quartier. Je veux dire, d'accord, on est au Mexique, mais le Mexique, c'est comme L.A. Il y a beaucoup de zones différentes. Dans celle-ci, en général, on ne décapite pas les gens et on ne les jette pas dans une piscine voisine. Je dois me montrer discret. Je vais transpirer aujourd'hui à cause de ce connard. Mais en attendant, il est temps pour lui d'apprendre une leçon. Je fouille dans son sac marin. Son contenu à lui seul donne envie de le tuer. Il a apporté des portraits, des poids de deux kilos, des capotes, des tee-shirts de Jimmy Buffett (avec les étiquettes, l'abruti) et un maillot de bain. Il n'a pas compris qu'il venait ici pour travailler ? Mais ce n'est pas le pire. Le pire, c'est qu'il conserve la trace de ses rencontres avec des célébrités dans un vieux Rolodex. Je suis sérieux. Il a acheté ce truc dans un magasin de fournitures de bureau. Je le vois d'ici faire la queue pendant son jour de congé. Ce Rolodex regorge d'adresses de gens célèbres. Si je le veux, quand je rentrerai à L.A., je pourrai rendre visite à Cruise, Tom, ou à mon dernier alter ego Fox, Megan. Et encore, ce n'est pas le pire. Quand on retourne une carte, ça s'aggrave.

Fincher a clairement débuté son projet il y a dix ans, quand il a intégré la police. Certaines références remontent assez loin. *Pattinson, Robert. Lui ai appris que j'aimais* De l'eau pour les éléphants *et que Reese et lui semblaient faits l'un pour l'autre. Un type admirable, quelqu'un de bien, plus british qu'on pouvait s'y attendre. Dire à mon agent de lui envoyer une bobine.*

Oui, Fincher a consciencieusement répertorié ses rencontres avec des célébrités, toutes survenues pendant ses heures de service. Sa routine est simple. Il prend les célébrités à part pour leur parler et leur lèche les bottes. Parfois il agit dans son propre intérêt :

Piven, J. Arrêté pour traversée irrégulière. Aimable, drôle. On dit que c'est un pauvre type, mais il a été sympa avec moi. A semblé sincère. A dit d'appeler son manager la semaine prochaine. A dit qu'il pressent quelque chose pour moi, que j'ai besoin de nouveaux portraits.

Parfois ses notes sont tristes.

Aniston, Jennifer. M'a remercié de l'avoir avertie des cambriolages dans son quartier. M'a conseillé de bien m'hydrater. Mignon !

Et parfois elles sont franchement inquiétantes, par exemple quand il a raconté à Adams, Amy que quelqu'un avait écrasé le chien du voisin en haut de la rue.

Vous voyez l'idée. Robin Fincher, qui prétend protéger la Californie, est en réalité un harceleur de célébrités de haute volée. J'allume le micro. Je crie :

— Hé, réveille-toi !

Je peux crier fort quand il le faut. Fincher roule sur lui-même, s'assied, cligne des yeux. Quand il me voit, il se précipite contre le verre blindé. Il rebondit sans se démonter, se jette dessus encore et encore. Je pose les pieds sur la table, l'ignore, et continue d'examiner son Rolodex. Cet idiot est tellement occupé à essayer de briser le verre incassable qu'il ne semble même pas se rendre compte que j'ai trouvé son répertoire secret. Quand il finit par s'épuiser et s'agenouille, à bout de souffle, je rallume le micro.

— Assis ! Enfin, d'abord, ramasse le micro. Et après assieds-toi.

Il saisit le micro. Il n'a encore rien compris. Il commence par fulminer contre moi, me rappelant qu'il est flic – comme si je l'ignorais –, qu'il est américain – comme si je ne l'étais pas –, qu'il va veiller à ce que je finisse derrière les barreaux – comme s'il était en mesure de le faire.

— Écoute-moi, lui dis-je. Il n'est pas trop tard pour arranger les choses.

Ses narines frétillent.

— Où est Meg ?

Waouh ! Je ne réponds pas, c'est trop pitoyable. Je retire une fiche de son répertoire.

— Je vais te poser une question.

— Elle est censée être ici.

Il n'écoute pas. Je l'interromps.

— Fincher. Je suis Megan Fox.

Il se jette de nouveau sur la vitre. Je dois le laisser comprendre tout seul, donner des coups de pied, donner des coups de poing, redonner des coups de pied. Il se calme, hurle. Quand j'estime que ça suffit, je reprends.

— Comme je le disais, tu peux arranger les choses en me disant la vérité. C'est assez simple. Je veux juste que tu m'expliques certains de tes choix.

Quand il m'a collé une amende pour traversée irrégulière de la Chaussée, Robin Fincher m'a rappelé à plusieurs reprises que j'avais choisi d'agir ainsi. Et il avait raison. Mais maintenant, je sais qu'il a lui-même pris beaucoup de mauvaises décisions.

Je fais tourner les fiches de son Rolodex. Je tombe sur Heigl, Katherine. Je retire la fiche, la retourne. J'apprends qu'il l'a approchée au *Little Dom*, un restaurant de Los Feliz. Il lui a raconté que, devant l'établissement, des fans devenaient agressifs et qu'elle serait mieux avisée de sortir par-derrière. Il note : *Jolie, reconnaissante, a pris un selfie avec moi, a dit qu'elle me suivrait sur Instagram*. Je prends le micro.

— Alors, est-ce que Katherine Heigl te suit sur Instagram ?

— Repose ça.

Fincher fixe l'objet. Ses yeux sont comme une attraction de fête foraine, deux petites billes endiablées.

— Ces informations concernent la police.

— Vraiment ? Parce qu'à moins qu'il y ait un service spécialisé, exclusivement dédié à éviter des crimes imaginaires contre les célébrités, je dirais que ça s'apparente davantage au domaine privé.

— Tu n'as aucun droit de regarder ça.

Je ris. Pas lui.

— Je garde un œil sur beaucoup de gens, se justifie-t-il. Ce n'est pas mon seul fichier.

— Je n'en doute pas. Mais bref, est-ce qu'elle t'a suivi sur Instagram ?

— Elle a été très gentille.

Il élude, poursuit :

— Écoute, pauvre malade, tu commets une grave erreur.

— Robin, tu sais que tu pourrais aller en prison pour ça ?

— Repose-le.

— Mais qu'est-ce qui ne va pas chez toi ? Pourquoi l'emporter quand tu prends l'avion ?

— Ça ne te regarde pas.

— Maintenant si. En tant que citoyen inquiet, j'ai parfaitement le droit de veiller sur mes compatriotes. C'est une infraction.

— Dis-moi ce que tu veux, plaide-t-il. Repose ça et dis-moi ce que tu veux.

— Ce que je veux ?

— Tout ce que tu voudras. C'est fou, cette histoire. Il faut que tu me laisses sortir.

Cela n'arrivera pas. Il devrait s'en rendre compte. J'ignore sa requête et je continue d'examiner son fichier. Je remercie le ciel d'être moi, de ne pas être devenu malade comme lui, de ne pas rechercher des amis imaginaires, de ne pas m'immiscer dans des endroits où je n'ai rien à faire. Quelle terrible existence que celle de l'homme en possession de ce répertoire.

— Fincher. Tu as conscience que ces fiches sont censées comporter le nom et le numéro de gens qui te connaissent aussi ?

— Va te faire foutre.

Je secoue la tête. Ils réagissent toujours de cette manière quand on met le doigt sur la vérité. Tel le poisson qui mord à l'appât après avoir tourné autour. Robin se brise. Il mord. Il se résume à sa réplique : « Va te faire foutre. » Son mug d'urine ne contient peut-être pas d'ADN, mais il en révèle bien davantage : son ego de dément, son essence affective. Il ressemble à une ado de treize ans qui rédige une lettre à Justin Timberlake en imaginant qu'il va peut-être répondre. Le Rolodex de Fincher est un trousseau de mariée. Je reprends.

— Robin, est-ce qu'Eddie Murphy a commis une grosse erreur en ne trouvant pas amusant que tu l'arrêtes parce qu'il avait une banane dans son pot d'échappement ?

Il devient écarlate.

— Ça suffit.

Je hoche la tête.

— Je crois juste que *Le Flic de Beverly Hills* remonte à loin et qu'il est sans doute très occupé à présent. Il devait probablement se rendre quelque part. Tu crois que ton choix était judicieux pour quelqu'un qui rêve de devenir acteur ? Tu pensais qu'il allait te trouver drôle ?

— Ça suffit.

Il serre les poings. On voit qu'il a l'habitude de porter une arme.

— Tu sais que tu es censé chercher Delilah ? lui rappelé-je. Tu venais de me jurer que tu allais la retrouver, mais, pauvre merde, tu t'es envolé pour Cabo trois jours plus tard. Et on sait tous les deux que c'est parce que j'étais en tournage que tu m'as retrouvé.

Je ris.

— À vrai dire, tu m'as fait un peu peur. Ta posture de méchant flic, ta façon de fouiner, de me menacer, le vol de mon casque.

— Parce que tu ne l'as pas volé le premier peut-être ? réplique-t-il en me fusillant du regard.

— Bien sûr que je l'ai volé.

Il affiche un petit sourire satisfait, comme s'il avait résolu une énigme, comme s'il avait gagné.

— Mais ce que tu ne sais pas, c'est que je l'ai volé à Henderson quand je l'ai tué.

Il s'empourpre.

— Espèce de taré, lance-t-il.

Je soupire.

— Dit l'homme qui voyage avec un répertoire d'adresses de célébrités. Tu sais ce qui se passerait s'il tombait entre de mauvaises mains ? Peu importe, tu ne seras plus là pour en assumer les conséquences.

Il est debout à présent. Il jette le seau à glace contre la paroi en verre. Il jette une bouteille d'eau, puis l'autre. Il tombe à genoux. Il ne pleure pas parce que je vais le tuer – oh, bien sûr, on le suppose puisqu'il est enfermé dans une cage et va bientôt mourir –, non, Robin Fincher pleure parce que tout ce qu'il a toujours voulu, c'est que ce Rolodex soit sien, vraiment. Il voulait être pote avec ces gens. Il voulait que Katherine Heigl le suive sur Instagram. Au dos de sa fiche, il a même noté, à l'aide d'un astérisque : *Ses amis l'appellent Katie.* Il pleure parce que rien de tout cela ne va se produire.

Il ne sera jamais l'ami de Katie Heigl. Et ce malgré toutes les soirées tapis rouge où il a tapé l'incruste en uniforme – vous devriez voir cette photo de lui à une soirée *Oblivion* sur laquelle il apparaît avec Tom Cruise. Les membres de la sécurité derrière ont l'air de vouloir le trucider. Effectivement, Fincher a rencontré beaucoup de monde. Mais c'est tout. On ne peut pas discuter avec un autographe, on ne peut pas aller déjeuner avec un selfie de groupe et même si Julia Roberts t'est reconnaissante de lui avoir signalé des problèmes avec l'ascenseur du *Château* – bobard –, elle va te laisser à la porte parce qu'elle ne te connaît pas, Robin Fincher.

Maintenant, il veut que je le laisse tranquille. Mais on n'en a pas encore terminé. Je lui dis :

— Oh, allez. Ce répertoire est épais. On n'est pas encore arrivés à Efron, Zac.

— Arrête, crache-t-il. Stop.

— Non. On va étudier certains de ces choix jusqu'au bout. Comme j'ai reconnu avoir fait le mauvais en traversant la rue. Oui, j'ai des problèmes avec l'autorité. Je concède que j'aurais dû attendre que le feu passe au vert, Robin. Je me comporte en voyou parfois. Dans le style merdeux de New York à certains égards. Tu avais raison et j'ai accepté ma responsabilité.

Il pleure.

— S'il te plaît, laisse-moi partir, s'il te plaît.

Je retourne Crawford, Cindy.

Il frappe du poing sur la paroi.

— Arrête !

— Waouh. Tu crois vraiment qu'elle flirtait avec toi ? Parce que je ne sais pas, Robin, je suppose qu'elle tentait d'éviter un P.V. plutôt, non ?

— Arrête.

— C'est ce qu'il y a de génial dans tes histoires. Tu ne comprends même pas qui tu es, Robin. Tu es agent de police.

— Va te faire foutre.

— Représentant de la loi.

— Va te faire foutre.

— Eux, ces gens sont comme moi.

Je montre son Rolodex du doigt.

— Nous tous, nous essayons d'éviter un P.V. Tu ne saisis pas ?

Il crache. Je le pointe du doigt.

— Toi, flic.

Je me pointe du doigt.

— Moi, citoyen.

Je recommence, en répétant que Tom Cruise est un citoyen comme moi et que Jennifer Aniston est une citoyenne comme moi. Il crie, tremble comme un beau diable. Je ne lui laisserai aucun répit. Je poursuis.

— Non, non, non. Tu as choisi d'être flic et tu ne peux pas être flic-acteur parce qu'on ne peut pas faire les deux. Au fond de toi tu le sais, sinon tu aurais foncé, Robin. Tu aurais pris des cours, bossé comme serveur, consacré ta vie entière à ton rêve, mais non. Tu savais que tu n'avais pas le feu sacré. Et c'est la vie, pauvre type. On ne peut pas être deux choses à la fois.

— Tu n'en sais rien, gémit-il. Ce Chinois, dans *Very Bad Trip*, il était médecin avant d'entrer dans le métier.

Je regarde ce pauvre homme qui se compare à un brillant acteur comique. Cette absence de lucidité me tue.

— Fincher, Ken Jeong a du talent. Toi non.

— Va te faire foutre.

— C'est pour ça que Ken Jeong a tenté d'entrer dans le métier à l'ancienne, de manière honnête. Il a cessé son activité de médecin pour devenir acteur. Tu es flic. Ces gens, dans ce fichier, ils ont tous du talent. Toi non.

On dirait qu'il va se remettre à pleurer. Mais c'est malhonnête de se servir de sa plaque pour harceler les célébrités, et c'est franchement dégoûtant de sa part de laisser tomber son boulot de policier pour descendre à Cabo rencontrer Megan Fox. Je n'ai aucune peine pour ce connard. Quand on a un boulot, on le fait. Point final.

Il frappe la vitre de ses poings et ses mots se mêlent, se fondent en plaidoyer pleurnichard.

— Laisse-moi sortir d'ici ! C'est horrible ! Tu es malade et je veux sortir. Je veux sortir tout de suite !

— Je ne peux pas. Tu es un mauvais flic. Tu sais où sont tous ces gens célèbres, mais tu n'as pas essayé de trouver Delilah.

Il me dévisage.

— Espèce de sale taré, éructe-t-il. Tu ne vas pas t'en tirer comme ça.

— Bien sûr que si. Si tu étais un meilleur flic, tu l'aurais déjà compris.

Il donne des coups de pied. Il est pris au piège, mais il rectifie encore le tombé de sa chemise quand elle se coince, toujours soucieux de son apparence, toujours convaincu que cela importe. Quelle bande d'abrutis à L.A. J'ai besoin de rire. De faire une pause. Je me détends, je fais défiler les fiches du répertoire. Je retourne celle de Efron, Zac. Je souris. Il frappe la paroi.

— D'accord, Robin.

Robin, pas monsieur l'agent.

— Dis-moi, quand tu as arrêté Zac Efron parce que son pneu arrière gauche avait l'air à plat, as-tu sérieusement choisi de le faire parce que tu pensais lui ressembler suffisamment pour jouer son père dans un film ?

Il n'opine pas du chef cette fois. Il ne hurle pas d'obscénités. J'aurais peut-être dû commencer par une autre star, peut-être Inconnu, Rihanna (conduite sans ceinture) ou Nicholson, Jack (phare avant qui clignote). Ensuite, j'aurais peut-être appris pourquoi Robin Fincher a consacré sa vie à traquer les célébrités. Mais il restera un tas de choses que je ne saurai jamais, parce qu'il est si en colère contre moi, l'homme qui tient entre ses mains les fiches de toutes les célébrités qu'il voulait tant connaître, et si en colère contre lui-même, qu'il se change en taureau. Il se change en zombie. Le peu d'intelligence qu'il possède s'évapore. Ses yeux brillent. Il a la peau à vif, rouge. Il fonce tête la première dans la paroi, tel un footballeur dont le cerveau a déjà disparu. Il s'éclate contre le verre et tombe à la renverse, raide mort.

Je me découvre un don pour le paysagisme. Un jour, quand Love et moi habiterons ensemble, je m'occuperai du jardin. Bien sûr, nous aurons des employés pour en réaliser la plus grande partie, et nous aurons peut-être un paysagiste, mais j'aurai le dernier mot. J'ai du talent pour ça, pour l'agencement. Je ne l'aurais jamais découvert si j'étais resté à New York. On ne peut pas aller au parc déplacer un arbre. On ne peut pas prendre la nature en main quand on vit dans du béton. Mais aujourd'hui j'ai fait du beau boulot. J'ai déterré ce putain de cactus qui n'avait rien à faire devant l'entrée et je l'ai transporté derrière, dans le jardin zen. J'ai creusé un trou. Profond. J'ai transpiré. Ça m'a plu. Le travail me manque. Et creuser un trou pour Fincher ne me fait pas le même effet que creuser un trou pour Beck. Il ne m'a jamais brisé le cœur. C'était juste un mauvais flic.

Je termine, puis je retourne à l'intérieur dans l'atmosphère fraîche de la chambre forte. Je traîne le corps de Fincher dehors, je le jette dans le trou. Je transpire abondamment. Je l'enterre, son Rolodex aussi, tous les deux profondément, plus profondément que Beck. Ensuite vient la partie amusante. Je plante le cactus sur Fincher et ses fiches. C'est là que le cactus doit se trouver. L'idée fonctionne. Il unifie l'espace, l'équilibre d'une certaine manière, plus de vert, moins de marron. Il a la taille adéquate pour ce jardin, et la présence d'autres cactus à proximité lui évite de paraître seul et idiot. Il ne détonne pas comme devant.

Je bois de l'eau en contemplant le jardin et ce cactus, avec ses gros coussinets et son allure fière et confiante. Il me plaît. Je jurerais même qu'il me sourit. Je crois qu'il sait que je l'ai ramené chez lui. Je le regarde une dernière fois, puis je me tourne pour partir. J'ai tant à faire. Je dois nettoyer les saletés qu'a laissées Fincher en se suicidant. Je dois rejoindre Love et prétendre revenir de mon footing. Je vais m'occuper de ça, et bientôt, mais je trouve important de prendre le temps de se réjouir de la tâche qu'on accomplit.

Je pense que c'est pour cette raison que les gens craquent à L.A., qu'ils ressentent un tel manque d'affection, qu'ils recherchent désespérément l'approbation – celle du choix de leur voiture, de l'aspect de leur corps, de leur talent. Ils oublient que le plus agréable dans la vie, c'est la solitude, être seul comme au moment de la naissance, comme au moment de la mort, trempé sous les rayons du soleil, sachant qu'on a planté le cactus au bon endroit, sans ressentir le besoin d'être complimenté pour son travail. Conscient qu'en réalité, si quelqu'un le faisait, il nous bloquerait la route. Je suis en paix ici. Fincher aussi.

39

Le reste du séjour à Cabo se déroule dans un brouillard de tequila, l'attente de nouvelles de l'agent de Forty et les balades en bateau. Bientôt, nous sommes de retour aux États-Unis, mais je me trouve encore en territoire étranger : la maison de Love. Je n'y suis jamais allé, pourtant j'ai l'impression d'y avoir vécu toute ma vie. C'est un mélange parfait d'ancien et de moderne, équipé d'appareils rouges customisés et meublé de gigantesques sofas au style luxuriant, mi-cuir, mi-fourrure. C'est l'endroit où on a envie de se trouver quand on retourne en Amérique après avoir enterré un flic mort, plutôt que dans mon appartement, si démodé et terni.

Ça craint de savoir que Dez m'a vendu, mais bon, en fin de compte, un dealer de quartier amical reste un dealer qui se préoccupe de lui avant tout. Je ne peux même pas le détester pour ça. Je suis juste heureux d'être chez Love plutôt que chez moi. Je pourrais rester assis là pendant des heures, simplement à admirer ses vieilles photos Instagram : « Love dans un ascenseur », « I Just Called to Say I Love You ».

Elle sourit.

— Celle-là me plaît à cause du fil de téléphone bleu enroulé, à l'ancienne, m'explique-t-elle.

— Oui, à l'ancienne.

Elle me demande d'arrêter avec les photos. Elle en a assez de son visage. Je satisfais à son souhait en lançant mon portable dans une autre partie de ce volumineux canapé d'angle. Ah, respirer en sachant que je l'ai fait. Je me suis débarrassé de Fincher.

Love bondit hors du sofa.

— Viens. Je veux tout te faire visiter.

Et j'ai envie de tout visiter, j'ai envie de m'asseoir partout. C'est une maison de rêve, décorée de néons comme le Pantry. Love a une salle de jeu équipée de jeux de plateau, d'une Playstation, d'une machine à karaoké, d'une scène et d'instruments éparpillés un peu partout. Le néon ici annonce : LE SEXE, C'EST MIEUX QUAND ON EST AMOUREUX et Love me dit que chaque pièce a son néon. Dans la cuisine, on PRÉPARE AVEC AMOUR ; la salle à manger indique LAISSONS RÉGNER L'AMOUR et, au-dessus de la porte de sa chambre, fermée, le cadre au néon annonce ET POUR FINIR... Love ouvre. Sa chambre est le parfait hybride entre notre intime et grinçante cellule de Palm Springs, le trop grand luxe de Cabo et la brise saisonnière du bord de mer de Malibu.

Love se laisse tomber sur son matelas. Je regarde l'œuvre accrochée au-dessus de la tête de lit. Les paroles de John Lennon au néon, celles, célèbres, dans lesquelles il se trompe en citant Paul McCartney.

C'est un miracle qu'elle ne soit pas une crétine futile. À présent, ma vie va ressembler à ça, sous la couette. Nous pourrions être dans un immeuble sans ascenseur infesté de rats dans Murray Hill ou ailleurs, ça n'aurait pas d'importance. Nous avons trouvé l'amour. Tout à coup, la lumière s'éteint. *Cambriolagetremblementdeterrefindumonde*. Mais aussitôt, de la musique retentit. Love me prend les mains.

— Surprise !

C'est ma chanson, mon mashup de *The Hit Girls*. Elle se souvient que j'en ai parlé le jour de notre rencontre, dans sa Tesla, pendant notre première balade en voiture. Quand on est amoureux, on écoute. Des stroboscopes s'allument. Love, se met à courir, arrache son top, fait glisser sa jupe, dégrafe son soutien-gorge, puis ouvre une porte coulissante qui donne sur le patio. Elle est nue et court vers la piscine. Je suis nu et je la suis. *Splash !* Se baigner tout nu. S'approprier la piscine. Je suis dans Love, dans sa piscine, et ma chanson se fond avec la sienne. C'est parfait. Il n'existe rien d'autre que nos chansons, nos corps, l'eau, nos futurs citronniers et orangers. On baise et on parle ; nos chansons sont sans fin, notre vie est sans fin. Soudain, mon mot préféré devient : *Nous*.

Love a des projets pour *nous*. *Nous* allons aller au *Château* – elle a très envie de frites aux truffes –, *nous* allons regarder *The Hit Girls*

– elle ne l'a pas vu depuis un moment – et *nous* irons chez moi prendre mes affaires, si ça ne fait pas trop, trop vite.

Je l'embrasse et je réponds :

— Oh non, pas du tout.

Nous entendons du bruit dans la maison, le pop d'une bouteille de Veuve Clicquot. Forty. Love l'appelle, mais il ne répond pas. Il arrive en martelant bruyamment le sol, puis fait une bombe dans notre piscine, où il n'a pas sa place.

Love pousse un cri perçant. Forty émerge.

— Forty, le moment n'est pas vraiment bien choisi.

Je regarde ma petite amie, nue, qui nage élégamment vers l'escalier, attrape son bikini, puis se couvre avec l'aisance d'une James Bond girl. Je ne peux pas en faire autant. Mon short de bain est hors de portée, sur un transat.

Forty se laisse tomber comme un lion de mer. Love me regarde. Je frissonne. Il nage jusqu'à l'autre bout de la piscine, saisit une télécommande waterproof. Un écran de projection commence à se dérouler sur le mur opposé. Je jette un coup d'œil à Love.

— On regarde des films ici.

Forty bataille avec la télécommande. Il a dû prendre une dose conséquente de cocaïne. Ses doigts tremblent. Mais il parvient à atteindre son objectif : Deadline.com

Et là, sur la page d'accueil, sur l'écran géant, un gros titre :

FORTY EN VEND DEUX : L'ANNAPURNA DE MEGAN ELLISON VA PRODUIRE DEUX SCÉNARIOS ORIGINAUX DU JEUNE SCÉNARISTE FORTY QUINN

Je frotte mes yeux pleins d'eau et me force à garder mon calme. Ce n'est qu'un titre. Une erreur. C'est tout. Nous téléphonerons au journal, au site Web ou à je ne sais quoi et il sera modifié, on y mettra mon nom.

Je lui fais signe de me donner la télécommande. Il me la lance. Je rafraîchis la page. Peut-être Forty s'en est-il déjà occupé. Peut-être pense-t-il qu'ils ont corrigé l'erreur, ajouté mon nom là-dessus. La télécommande est lente. Le monde avance vite et il est bruyant. Love et Forty s'éclaboussent en criant. Impossible de rester dans cette foutue piscine. J'ai l'estomac barbouillé. Je sors de l'eau, cours sur les carreaux bruns, attrape mon short, l'enfile, récupère mon portable. Je dégouline dessus, je dois le protéger.

Je frissonne. Mes tétons pointent. Je me tourne, dos à Love et Forty, me connecte à Deadline, mais le titre est le même. Quand l'article charge, ça empire. Il affirme que les deux scénarios ont été écrits par Forty Quinn et il n'y est fait mention nulle part du brillant nouveau venu, Joe Goldberg. Je relis le premier paragraphe plusieurs fois, comme si mon nom pouvait être caché quelque part dans un cryptogramme débile à la *Da Vinci Code*, mais non. Je fais défiler le texte, je cherche les mots «Joe» et «Goldberg», mais là encore, rien. Ma respiration s'accélère, comme si j'étais en train de courir, comme si j'étais en train de baiser. Je suis baisé. Il a volé mes scénarios. Il m'a niqué.

— Joe?

C'est Love, ma petite amie, celle dont le frère jumeau m'a baisé. Il m'a baisé. Je serre le téléphone.

Je me retourne. Love est en train de s'essorer les cheveux sur la terrasse en bois. Forty est toujours dans la piscine, à faire du sur place. Je veux un harpon. Je veux l'éliminer. Love s'éclaircit la voix. À un moment au cours des trente-cinq secondes passées, elle a enfilé un peignoir à capuche et pris son iPad.

— Vas-y, sister, lui lance Forty.

Il écluse de la Veuve Clicquot au goulot.

— Fais-moi écouter, reprend-il. Allez, Lovey.

— Je cite, commence-t-elle: «Megan Ellison confie à Deadline qu'elle a découvert un "talent majeur" en Quinn et projette d'accélérer la production du *Troisième Jumeau* et *The Mess* et… La guerre des enchères, qui a duré tout l'été…»

Elle a un mouvement de recul. Dévisage Forty. Il se met à rire.

— Tu as toujours pensé du mal de moi, se plaint-il.

— Chaque fois que tu as disparu, j'ai supposé que tu étais planqué au *Ritz*.

Forty rit.

— Eh bien, pas chaque fois, mais les femmes peuvent être une grande source d'inspiration.

Love nous lit les articles sur le talent émergent et résume les commentaires. On dit que Barry Stein est idiot, qu'il est fini. Il aurait pu avoir ces scénarios plus tôt, mais il a perdu son flair de dénicheur de talents. Non pas qu'on choisirait de faire équipe avec Stein plutôt qu'avec Megan Ellison. Megan Ellison est vraiment la meilleure, Forty Quinn est vraiment le meilleur et, apparemment, il y a une scène de meurtre dans le désert qui « fera voir le monde sous un jour complètement différent ». Forty Quinn « écrit depuis des années », c'est un de ces cas de figure où « le talent, le travail et la persévérance » portent leurs fruits, et on ne peut pas « réussir à Hollywood sans ces trois atouts ». Je me frotte de nouveau les yeux. Ils piquent.

Love me caresse la tête.

— Ça va ?

— Le chlore m'a bien attaqué.

— C'est une piscine d'eau de mer.

Elle m'embrasse sur le crâne.

— Tu devrais peut-être rentrer te rincer le visage.

Tout ce que je veux, c'est m'éloigner de Forty, mais je sais ce que je dois faire en priorité. Je dois faire semblant. Je dois me lever, retourner à la piscine, lui tendre la main. Serrer sa main toute fripée.

— Bravo, mec.

— Merci, mon vieux, répond-il en ôtant ses lunettes. Et le mieux, c'est que ce n'est que le début !

Je crois qu'il m'adresse un clin d'œil. Je ne sais pas. Peut-être que c'est un tic et que je ne l'ai jamais remarqué. C'est la faute de mes rêves, ceux que j'ai nourris quand je m'asseyais à Intelligentsia pour écrire. Quel abruti je fais. Je vaux tellement mieux. J'aurais dû passer l'été à écrire un livre. Forty baisse la voix.

— Megan dit que nous avons un grand avenir ensemble. Immense.

Les pronoms sont chamboulés. « Nous », à savoir lui et Megan. Je ne suis pas inclus dans le *nous*, bien que leur *nous* ne puisse exister sans *moi*, MOI. Megan Ellison. J'ai la chair de poule. Je parviens à dire :

— C'est super. Tu as réussi.

Il hoche la tête.

— Oui. Putain, j'ai réussi.

Love crie :

— Hé, les gars, c'est dans *Variety*, maintenant !

La nouvelle est partout et moi, je ne suis nulle part. Love l'ignore, mais elle célèbre ma mort. Je rentre, mais je ne vais dans aucune des sept salles de bains faire un brin de toilette. Non. Je vais fouiller dans le sac à dos de Forty. J'y trouve son iPad. J'ouvre son compte Gmail, je lis les messages, une multitude de messages, entre lui et son agent, ce connard qui pense que Forty a « trouvé sa voie » et ajoute : « Je ne sais pas ce que tu as bricolé cet été, mais en tout cas, ça a marché. Bien joué, Forty. Et je lève mon verre à la suite. »

Et il y a d'autres e-mails, dont un de Barry Stein. Il veut savoir quand Forty est devenu « aussi drôle tout en étant aussi original. Les gens parlent de Tarantino ? On dirait du Tarantino. » Ce compliment s'adresse à moi. C'est moi l'auteur de ces scripts. Et en voilà un autre : quelqu'un à CAA, quelqu'un veut savoir comment il a trouvé l'idée de cette CAGE ! ENFERMER CETTE FILLE DANS UNE CAGE APRÈS LE WEEK-END À LA PLAGE, ALLER DE LA PLAGE À LA CAGE. UN RETOURNEMENT DE DINGUE, TROP MARRANT, MONSIEUR, TU ES UN DIEU. ET, BON SANG, EST-CE QU'ON PEUT REVENIR AUSSI SUR *LE TROISIÈME JUMEAU* ? PARCE QUE COMMENT TON CERVEAU VA DE LÀ À LÀ ?

Dehors, il est clair que Forty a bu son propre petit-lait et est passé du côté obscur. Il y croit, il croit à tout ça, il s'est lavé le cerveau lui-même à grand renfort de compliments, de coke, de putes et d'agents. Et il n'a même pas pondu le titre – c'est le capitaine Dave qui l'a trouvé. Dehors, Love se met à sautiller quand *Love Is a Battlefield* retentit, et elle a raison. C'est la guerre.

Je monte à l'étage, j'entre dans la douche géante de Love. Il faut que je croie en moi. Je vais arranger ça. J'essaie de me célébrer moi-même. Les gens ont rédigé ces louanges à mon propos, même s'ils croient parler de Forty. Cependant, je pense à ces heures passées à noircir des pages chez Intelligentsia, aux autres clients que j'ai dû supporter, ces connards avec leurs MacBook et leurs voix fortes. « Je sors d'une réunion où j'ai discuté de la réalisation de cette pub pour McDonald's, et je me dis que je devrais peut-être accepter. » Alors que c'était moi qui trimais, courais comme un fou vers ma boîte postale pour entretenir ma couverture, l'affaire de vente de livres suggérée par Forty pour qu'on ne me prenne plus pour un ambitieux. La porte s'ouvre. C'est Love.

— Il y a de la place pour moi ? me demande-t-elle.

Je hoche la tête. Pendant tout ce temps, je me suis méfié de la mauvaise personne. J'ai perdu mon temps avec Milo alors que j'aurais dû surveiller Forty. Milo n'a jamais représenté de menace. Il est amoureux de Love et ses sentiments ne sont pas réciproques. Je commence à m'apercevoir que, le plus souvent dans la vie, ce n'est pas l'amour le problème. Le problème, ce sont les gens comme Forty, comme Amy, comme Beck, les gens dépourvus d'amour. On peut s'en apercevoir au premier coup d'œil. Forty m'a affublé du sobriquet « mon vieux » parce qu'il ne voulait pas que j'aie un nom. On peut connaître les gens. Ils vous montrent qui ils sont. Il faut juste être attentif.

Love me dit que si je veux toujours être écrivain, Forty peut me donner des tuyaux. Je l'aime trop pour lui avouer la vérité. Ils ont été fœtus dans le même ventre. Ils se rappellent les années 80 ensemble. Ils sont nés ensemble et ils l'emporteront dans la tombe.

Malgré tout, je sors de la douche. J'envoie un texto à Forty : *Il faut qu'on parle.*

40

Forty n'a pas répondu, et pas seulement à moi. Il n'a pas répondu non plus à Love, ni à sa mère, ni à son père, ni à Milo. Il a disparu de la circulation. Un comportement étrange de la part d'un homme qui vient juste d'obtenir un contrat pour deux films. Son absence fait l'effet d'un boulet de démolition. Love est fatiguée, difficile, inquiète, une loque. Je ne peux pas le permettre. Je ne peux pas le laisser lui faire ça, nous faire ça. Il peut me voler tous mes scripts. D'accord. Mais il ne peut pas torturer Love. Elle a su tout de suite ce qu'il manigançait. Il y a quatre jours, huit heures après mon texto à son frère, elle a déclaré : « Je le pressens. Il n'est pas malade. Il n'a pas cassé son téléphone. Il se tape une cuite. »

Les parents de Love sont venus, inquiets, ils tournaient en rond. « On est sûrs qu'il n'est pas à Malibu ? Et ce loft en centre-ville qu'il a acheté il y a un petit moment ? » Dottie se comporte tellement en maman. Elle ne voulait pas croire à la cuite.

— Je suis sûre qu'il est en train de fêter ça, a-t-elle insisté. Ne pensez pas tout de suite au pire.

— Fêter ça avec qui ? a répliqué Love. Maman, je ne pense pas au pire, mais s'il te plaît ne te voile pas la face !

Ray a demandé à Love de ne pas s'énerver autant.

— Il a trente-cinq ans, a-t-il précisé. Ce n'est plus un bébé.

Après leur départ, j'ai essayé de remonter le moral de Love, mais c'était peine perdue.

— Je déteste quand ils sont dans le déni comme ça. C'est mon jumeau et je sais quand quelque chose ne va pas. Il se bourre la gueule.

Elle a envoyé un texto à son dealer, Slim, mais le message lui est revenu. Elle a jeté son portable par terre.

— Saleté de Forty, a-t-elle lancé. Bien sûr, son connard de dealer a un nouveau numéro. C'est comme ça qu'ils font. C'est des dealers.

Quatre jours se sont écoulés depuis et Forty est officiellement en train de se bourrer la gueule. Il n'a répondu ni aux appels, ni aux textos, ni aux e-mails. Il est encore plus con que je croyais.

— Il me manque tellement que j'ai l'impression d'être folle, me dit-elle au réveil. J'ai vraiment l'impression de devenir folle.

— Moi aussi, j'ai l'impression de devenir fou.

J'abonde en son sens, mais elle m'engueule. Elle est d'une humeur massacrante, pire de jour en jour, et rien de ce que je dis ne lui va. Elle ignore qu'il me l'a faite à l'envers et que je dois rester dans cette maison à prétendre que je me soucie de lui, prétendre que je n'ai pas reçu un coup de massue sur la tête.

On frappe à la porte.

— Les enfants ?

C'est la mère de Love. Encore. Parce que c'est comme ça maintenant. Ses parents viennent le matin et restent à se tourner les pouces toute la journée, toute la nuit.

— Vous êtes visibles ?

— Oui ! crie Love.

Sans considération aucune pour ma gaule du matin.

Dottie entre dans la chambre et se laisse tomber sur le lit.

— Est-ce que je ne l'ai pas assez aimé ? Tu sais, ton père et moi avons appris qu'il avait signé un gros contrat.

Chaque jour, nous retraçons le fil des événements. Je suis obligé d'écouter la même conversation chiante. Love affirme à sa mère qu'elle l'a certainement assez aimé. J'ai appris à très bien connaître les habitudes de Dottie : elle fait tourner ses bagues nerveusement et change de sac à main tous les jours, bien que nous restions à la maison à émettre des hypothèses. Je l'imagine chez elle, à Bel Air, transvaser d'un sac à l'autre ses cachets, ses cartes bancaires, ses feuilles matifiantes et ses rouges à lèvres.

Depuis le rez-de-chaussée, Ray crie :

— J'ai pris des œufs !

Hier, c'était : « J'ai pris des croque-monsieur » et la veille : « J'ai pris des huevos rancheros. »

Love sort du lit sans me regarder. Elle enfile sa robe de chambre, aide sa mère à se lever, puis elles partent en se disant mutuellement qu'elles sont merveilleuses. Love est une fille tellement fantastique, et Dottie une mère tellement aimante.

Au rez-de-chaussée, Ray me demande de m'asseoir. Ça recommence, les questions sur mon entreprise. Ray m'adore. Il veut investir en moi. Ray croit aux livres. Autrefois, avant que Forty obtienne son contrat pour deux films et disparaisse, Dottie m'adorait aussi, mais aujourd'hui elle m'en veut. Elle n'aime pas que Ray me témoigne autant d'affection et m'accepte à ce point. Elle ne mange pas ses œufs. Ray soupire.

— Quel est le problème, maintenant ?

— Quelquefois tu n'agis pas comme si ton fils avait disparu. Quelquefois tu as l'air franchement gai.

— Excuse-moi de ne pas être surpris. Je n'ai pas vu passer le mémo où on nous demande d'être surpris par tout ce bazar.

— Tais-toi.

Elle dirige le regard vers moi, puis vers son mari.

— Aie un peu de respect pour ton fils.

Ray claque la porte du réfrigérateur. Forty les a détruits. Ils étaient très heureux avant. Leur dispute ne prend fin que quand Love se met à pleurer, à taper du poing, à les supplier d'arrêter.

— Je n'en peux plus ! Vous ne pouvez pas faire ça maintenant, vous ne pouvez pas !

Maintenant, sa mère la calme. Son père les prend toutes deux dans ses bras. Ils se promettent que tout va s'arranger.

— Nous traverserons cette épreuve ensemble, en famille, Love, mon lapin, lui promet-il. Comme toujours.

J'apprends qu'enfant, le jeu préféré de Forty, c'étaient les parties de cache-cache. Il y jouait sans arrêt. Quand les choses se passent bien pour lui, il s'autodétruit. Il se cache. Le jour où il a intégré l'université, UCLA, il s'est rendu sur un circuit automobile et a foncé dans un mur. C'était un accident, mais personne n'ignore ce qui peut se produire quand on prend le volant d'une voiture de course. Deux jours avant le mariage de Love, un moment heureux pour tous, il est parti skier en hélicoptère. Il est tombé, bien entendu, et on n'a pas pu le localiser avant plusieurs jours. Le mariage de Love a dû être reporté. Forty a été retrouvé dans les bois. Il a affirmé qu'il était trop désorienté pour utiliser son téléphone. Un des types de l'équipe de secours a perdu un doigt pendant les recherches.

Après le petit déjeuner, Love et moi allons dans le jardin arroser les plantes.

— Love, on devrait peut-être sortir de la maison, tu sais, aller au cinéma par exemple.

— Au cinéma ? m'attaque-t-elle en brandissant son tuyau. Comment je pourrais aller voir un film alors que mon frère a disparu ?

— Parce qu'il revient toujours.

— Tu ne comprends pas, parce que tu n'es pas… proche de ta famille. Je ne dis pas ça méchamment, c'est juste que… s'il te plaît. Ne dis pas des trucs du style : « Et si on allait voir un film ? » Je dois rester ici. Je ne peux pas être au cinéma et recevoir un appel m'apprenant que…

Elle pleure de nouveau. Je suis persuadé qu'elle pleure parce qu'elle se sent coupable, parce qu'elle aimerait qu'il meure et la laisse tranquille. Il est pénible, il manque d'imagination, il m'a volé mes scénarios. C'est un vampire qui aspire la vie de sa sœur. Je la prends dans mes bras.

— Joe.

Et c'est reparti.

— Oui ?

— Quand il est venu et qu'on a appris pour son contrat, tu n'as pas eu l'air content.

— Love, on était dans la piscine, bon sang. On était en train de baiser dans la piscine.

Elle jette son tuyau.

— Non. Ce n'est pas ça. Tu avais l'air en colère.

— Je n'étais pas en colère.

Je crève d'envie de lui dire que je suis l'auteur de ces scripts, mais si je le lui dis maintenant, alors que Forty a disparu, elle va m'enterrer.

Elle vaporise de l'eau sur ses cactus. Comme s'ils en avaient besoin.

— Non, rétorque-t-elle. Tu étais vraiment en colère.

Je n'ai plus le choix.

— OK. Tu as raison. Tu venais de m'annoncer que tu en avais fini avec le cinéma, que tu ne voulais plus jouer, et là, il se pointe et il a vendu ses films. J'ai pensé : ben voilà. Maintenant, tu vas vouloir jouer dans ses films.

— Parce que je ne peux pas décider par moi-même ?

— Non. Parce que vous êtes jumeaux. Parce que vous travaillez ensemble, parce que, bien sûr, il voudra que sa sœur joue dans ses films.

— Mais je venais de te dire que j'arrêtais ! Que je ne voulais plus jamais jouer ! Explique-moi pourquoi tu n'étais pas content pour lui, pourquoi tu t'es éclipsé dans la maison. Il y a quelque chose…

— J'adore ton frère.

— Alors pourquoi tu ne l'as pas pris dans tes bras ? Pourquoi tu ne lui as pas dit « cool » ?

Elle arpente la terrasse.

— Laisse tomber, conclut-elle. Ça arrive avec tous mes mecs. D'abord, vous faites semblant d'aimer mon frère, semblant que c'est super, que vous voulez être amis, mais à la seconde où… où il a besoin de quelque chose de votre part, vous lui tournez le dos.

— Il n'avait besoin de rien de ma part. Il venait d'obtenir un contrat.

— Il avait besoin que tu sois content pour lui, réplique-t-elle en reniflant. Il avait besoin que tu l'aimes. Mais enfin, pourquoi ne l'as-tu pas simplement pris dans tes bras, pour être là pour lui ? Pourquoi tu as fui ?

Donc maintenant c'est ma faute si Forty est parti. Le père de Love nous appelle pour un nouveau repas. J'essaie de parler à Love, mais elle me répond que le moment est mal choisi. Elle n'est plus la même qu'il y a quatre jours. Si ça continue, elle ne m'aimera plus. C'est un bonhomme de neige qui fond, un téléphone qui ne fonctionne plus, une plante qui se flétrit. Je rentre, je mange mon guaca, je discute de livres avec ses parents. Je suis une couille molle. Ses parents décident d'aller au cinéma – ha ! –, mais je ne lance pas de « Tu vois, je te l'avais dit ». Ils partent. Nous nous retrouvons seuls. Nous nous asseyons sur son canapé d'angle géant. Encore une fois, rien de ce que je dis ne va.

Si je lui affirme que tout va bien se passer, elle répond que je n'ai aucun moyen de le savoir.

Si je lui dis que je l'aime, elle répond qu'elle est incapable de se préoccuper de moi pour l'instant.

Si je lui demande ce que je peux faire, elle me répond que personne ne peut rien faire.

Si j'essaie de la faire rire, elle dit qu'elle n'a pas envie de rire.

Et si je pique une crise, qu'elle ne peut pas supporter qu'une autre personne pète les plombs.

Ses parents reviennent.

— Des nouvelles ? demande Ray.

— Non, répond-elle.

Dottie nous apprend que Ray est enfin touché. Ils ne sont pas allés au cinéma. Ils sont allés dans l'appartement de Forty, au-dessus de Sunset. Ils pensent qu'il est mort. Ils le sentent. J'essaie de me montrer optimiste – c'est la conduite qu'on est censé adopter dans ces situations-là –, mais sans résultat. J'essaie de remonter le moral de Ray en regardant *Fast & Furious* avec lui. Love me reproche de l'abandonner. Je laisse Ray et le film pour la suivre. Elle me lance :

— Maintenant, c'est lui que tu abandonnes.

Je ne peux pas guérir Love quand elle est malade comme ça, assise dans le noir, son casque sur les oreilles, sourde au monde, à simplement observer, comme lors de notre rencontre. Je comprends à présent que ce jour-là aussi elle était triste. Elle venait de coucher avec Milo ; elle se détestait, s'en voulait de lui avoir donné de faux espoirs. Et maintenant, Forty a fui, et il a fait ce qu'il a fait, mais elle s'en veut comme si elle était responsable de ses conneries. Il y a une codépendance indestructible entre jumeaux. Et là, je reçois un texto.

C'est Forty.

Avant tout, je regarde autour de moi pour m'assurer que Love, Ray et Dottie sont assez loin. C'est bon. Je déverrouille mon portable. Je lis :

T'aurais envie de manger un truc, mon vieux ?

Non mais j'y crois pas ! Sa famille fait le pied de grue depuis des jours et il ne donne aucune explication. Il ne tient pas à eux ? Ne se souvient-il pas qu'il m'a volé ma propriété intellectuelle ?

J'envoie : *Où et quand ?*

Il répond : *Maintenant. La 101 !*

Je pose les mains sur les épaules de Love. Elle enlève son casque, lève les yeux vers moi.

— Je vais trouver Forty. Je ne peux pas rester ici à ne rien faire.

Elle me tend les bras.

— Comment ? Mais qu'est-ce que tu veux dire ?

— Je veux dire que je vais le chercher. Je vais prendre la voiture. Je vais aller dans les endroits qu'il fréquente.

— Joe.

Son visage s'éclaire.

— Tu es extraordinaire. Merci.

— Tu n'as pas besoin de le dire.

Je dépose un baiser sur sa main.

— C'est toi qui es extraordinaire, et le moins que je puisse faire c'est monter dans la voiture et essayer de le ramener à la maison.

Elle hoche la tête.

— Je suis vraiment désolée. Je sais que je me conduis comme une vraie conne. Je ne sais pas comment contrôler mon frère et je me déteste de ne pas avoir trouvé. Trente-cinq ans, merde !

Je dépose un baiser sur son crâne parfait.

— La vie est longue, la rassuré-je. Tout va bien se passer. Je vais le trouver, le faire dessaouler, je ferai tout ce qu'il faudra, je vais m'occuper de lui. Et puis on reviendra ici. Il sera avec nous, et je vais prendre soin de lui pour pouvoir prendre soin de toi.

— Je t'aime, sois prudent, me lance-t-elle tandis que je quitte la maison.

C'est pour son frère qu'elle devrait s'inquiéter. Il m'a poussé à bout, et parce qu'il ne m'a pas contacté pour s'excuser d'avoir volé mes scénarios, de m'avoir baisé et de torturer sa famille, il ne sera bientôt plus qu'un chien écrasé sur la 101.

41

Je roule vite, et quand j'atteins le *diner* sur la 101, celui qu'on voit dans *Swingers*, Forty est déjà installé dans un box. Le visage écarlate, défoncé, les pieds sur la table, ses orteils sales visibles dans ses sandales, il drague une serveuse en sirotant une bière. Les premières notes de la chanson que j'aime le moins au monde retentissent. C'est celle qui passait au LAX quand je suis arrivé, ce truc débile de Tom Tom Club. Pendant que je m'approche de la table, la chanson m'apparaît comme un présage. Tout de même, je suis un homme juste. J'accorde à Forty le bénéfice du doute. Il s'est certainement caché, rongé par la culpabilité pour ce qu'il a infligé à sa famille, ce qu'il m'a infligé. Voilà probablement venir la scène dans sa triste existence où il admet ses fautes, où il implore mon pardon. Je m'assieds dans le box.

— Forty, on est tous au bord de la crise de nerfs à te chercher. Qu'est-ce que tu fous ?

— Ouh là. Je décèle comme une légère hostilité.

— Oui. Appelle ta sœur.

— Tu m'as l'air un peu remonté, mon vieux.

Seuls les trous du cul disent « remonté ». Je sais maintenant que ce n'est pas le moment où il voit la lumière, où il devient humain et reconnaît qu'il s'est montré odieux. Il m'a fait venir ici parce qu'il est défoncé à la coke. Il fredonne cette chanson de pop de morveux frivole en consultant le menu. Je commande un sandwich au poulet grillé. Lui commande un sandwich BBB – bacon, bacon et bacon –, puis il repose la carte.

— Joe, je dois dire que je suis un peu blessé.

— Tu m'en vois désolé. Mais rends-moi service. Avant qu'on parle de quoi que ce soit, appelle ta sœur.

Il hoche la tête.

— Je sais que tu penses que je t'ai entubé, mais tu dois te rappeler que je travaillais à ces scénarios depuis des années.

— N'abordons pas le sujet maintenant. Je veux juste que ta famille sache que tu vas bien.

— Oui, mais je ne vais pas bien. Tu pourrais au moins me féliciter correctement. J'apprends la nouvelle de ma vie et tu te changes en sale petite jalouse.

— Forty, on avait un accord…

Je m'interromps. Je prends une profonde inspiration. Ce n'est pas la raison de ma présence ici.

— Peu importe. Ce qui compte, c'est que tu appelles ta sœur.

Mais il est exaspéré.

— Un accord ? Tu sais combien de gens ont collaboré à ces projets pendant ces années ? C'est le business. On lit ce que les autres écrivent. Il n'y avait aucun accord. Un accord, c'est ce que j'ai avec Megan.

Chaque fois qu'il prononce le nom de Megan, mon ambition chauffe. Je ne les laisserai ni m'achever ni me distraire. Je suis ici pour une raison précise : soit il appelle sa famille et il obtient une chance de vivre, soit il la maltraite et en subit les conséquences.

La musique est trop forte. Il s'énerve, il affirme que les scénarios lui appartiennent. Il brosse un tableau dans lequel je suis le personnage louche, celui qui ne voulait même pas dire à Love que nous avions un projet commun.

— Tu sais, je suis assez impressionné en fait. C'est la séparation de l'Église et de l'État.

Il cligne d'un œil.

— Mon père l'aurait balancé à ma mère au bout de deux secondes. Mais tu n'as pas laissé ta bite remplacer ton cerveau.

Il me tape sur l'épaule. Je réplique.

— Waouh !

J'ai envie de lui défoncer la gueule et de remettre les pendules à l'heure. Je compte jusqu'à trois.

— Love n'a rien à voir dans l'accord qu'on a passé.

J'aurais dû mettre Love au courant. Je regrette de ne pas l'avoir fait. Je voudrais une machine à remonter le temps. Les secrets sapent la confiance. C'est comme ça que je me suis fourré dans ce pétrin. Si j'avais informé Love de la proposition de Forty, elle aurait posé sa petite main sur son cœur et dit : « Oh Joe, je ne sais pas si c'est une bonne idée. » Mais on ne peut pas remonter dans le temps ; je le sais depuis le mug d'urine.

— Mon vieux, non mais tu le crois, ça ? Comme c'est cool ? Megan Ellison, merde ! Je n'arrive toujours pas à y croire. Mais en même temps, j'y arrive, tu vois ce que je veux dire ? C'est pas une loterie, ça veut dire que la chance n'a rien à voir avec le hasard. On bosse et, à la fin, on est payé. Et ensuite, on baise !

Il se tourne les pouces et me regarde vraiment droit dans les yeux, tel un ours face à un être humain dans un jardin du New Hampshire.

— Tu veux peut-être appeler ta sœur ?

— Je ne me sers jamais de mon portable pendant les repas.

Il siffle la serveuse, puis lui demande une bouteille de leur pire champagne. Elle rit comme s'il avait énormément d'humour. Elle revient avec deux petites bouteilles de vin blanc.

— À quoi trinque-t-on ? demande-t-elle.

— À ma carrière, répond Forty.

J'explose. Elle annonce que les boissons sont pour elle et lance un clin d'œil.

— Je boufferais bien ce cul, lance Forty. Et c'est une chose que je ne fais pas en général.

Je frappe sur la table.

— Forty !

Il me dévisage en gémissant.

— Mon vieux, je ne t'ai pas invité ici pour jouer au naze. Tu devrais me remercier. Tu as apporté de superbes petites modifications à mon travail. Tu es en route vers une grande carrière.

D'une voix rageuse, je lui lance :

— Je n'ai apporté de petites modifications à rien du tout.

Il s'avachit, je suis visiblement d'un ennui mortel et complètement idiot.

— *Quand Harry rencontre Sally. Les Dents de la mer.* Tu sais ce que ces films ont en commun ?

— Va te faire foutre.

Je sais où il veut en venir.

— Je vais te dire ce qu'ils ont en commun.

Et il me sert ce que je sais déjà : les répliques célèbres à propos des orgasmes et des grands bateaux étaient improvisées.

— Mais est-ce que les acteurs sont crédités ? Bon Dieu, non ! Est-ce qu'ils sont reconnus en tant que co-scénaristes ? Non. Est-ce qu'ils touchent des royalties sur ces mines d'or ? Non.

— C'est différent et tu le sais.

Il secoue la tête.

— Tu ne saisis pas. Tu débarques dans cette ville et tu crois qu'elle te doit quelque chose à cause de quoi ? Parce que tu baises ma sœur et que tu es doué pour les dialogues ?

La serveuse apporte des bières.

— Celles-ci, c'est pour que la fête continue.

Forty sourit de toutes ses dents.

— Tu es un amour, poupée. Poupée en porcelaine.

Elle sourit.

— Non, je suis plus élastique.

Elle repart. Le regard de Forty se vide.

— Ça serait pas trop cool si les serveuses ici se déplaçaient en rollers ?

Il fait gicler du ketchup sur une serviette sans raison apparente.

— Tu devrais te servir de l'idée. Les rollers déchirent dans un film. Un mélange entre *Boogie Nights* et… je sais pas, tu vois.

La serveuse revient avec un milk-shake.

— Offert par la maison. Le chef a lu un article sur vous dans le *Hollywood Reporter.*

Hollywood, où les riches n'ont à payer pour rien. Forty la remercie, baisse le menton et fait un signe de la tête. Il retire sa paille de l'emballage, puis avale une petite gorgée du milk-shake.

— Je bois *mon* milk-shake. Tu saisis ? Tu crois que je bois ton milk-shake à toi, mais tu vois, le chef est au courant, la serveuse est au courant. Ils savent ce qui se passe.

— Va te faire foutre.

Il secoue la tête et m'explique qu'il faut que je fasse gaffe à mon ego. Il dit que je n'ai pas léché les bottes de Barry Stein comme il faut. Il me sermonne sur mon manque de respect. J'ignore ce que c'est que de présenter son film à des quantités de producteurs et d'entendre le mot « non » à chaque fois.

— Ça fait quinze ans que je bosse là-dessus, s'enorgueillit-il. Quinze ans que je développe ma marque. Je me suis fait connaître. J'ai créé le buzz. Quinze ans à courir les studios pour raconter mes histoires à des cadres dirigeants et des producteurs qui m'ont répondu qu'ils m'adoraient, qu'ils adoraient ce que je faisais, qu'ils voulaient mes scénarios, et puis une ou deux semaines plus tard, rien.

Et maintenant, il fulmine. Donnez un cornet de crème glacée à un mec déprimé, il va le bouffer, le digérer, et retomber dans sa déprime.

— J'ai hâte de voir la tête de Milo.

— Tu devrais vraiment appeler Love. Elle est littéralement folle d'inquiétude.

Il est cassant, saoulé.

— Elle va bien, dit-il. Ils vont tous bien.

Nos sandwiches arrivent. Il retrouve sa gaité. Il dévore son bacon, bacon et bacon. Je ne touche pas au mien. Il a raté son test. Pourtant j'ai essayé, vraiment essayé. Mais la saga des jumeaux codépendants existait avant mon arrivée. Forty fait chier Love ; Love lui pardonne à tous les coups. Mon boulot, c'est d'y mettre un terme. Je le vois. Je le ferai, pour Love, pour m'excuser d'avoir semé la pagaille, d'avoir permis à ce salopard égoïste de réussir.

Je n'arrive pas à décider comment je vais le tuer, mais je sais que quand les riches meurent, en général, les flics s'en préoccupent. En premier lieu, ils essaient de déterminer le mobile. Pas question de prendre le risque que nos e-mails se retournent contre moi.

— Forty, lui dis-je. Tu devrais supprimer tous nos e-mails. Tu sais, ceux au sujet des scénarios. Juste au cas où quelqu'un piraterait ton compte. Il faut que tu t'assures qu'il n'y a rien... enfin, tu vois ce que je veux dire.

Il rit, s'étrangle, puis boit une gorgée de bière.

— Tu vois, seul un type qui vient de débarquer tient ce genre de discours. Tu peux aller voir un avocat tout de suite. Amuse-toi. Bonne chance pour payer l'avance sur honoraires. Oh et bonne chance pour en trouver un qui veuille bien bosser avec un type qui se comporte comme un gosse en engageant un avocat quand le frère de sa petite amie obtient un chouette contrat.

Il rote.

— Tu peux être procédurier *ou* créatif, mais tu ne peux pas être procédurier *et* créatif. Personne n'a envie de jouer dans le même bac à sable qu'un type qui attaque les gens en justice.

Je lui explique que je m'inquiète juste pour lui.

— Je connais un journaliste qui essaie sans cesse de pirater des trucs. Il vaut mieux éviter les traces écrites.

Il acquiesce d'un hochement de tête.

— Je vois ce que tu veux dire.

Le voilà sur son portable, à faire glisser les fenêtres. La serveuse revient avec un plat de frites de patates douces juste comme ça. Forty retrouve ses esprits.

— C'était un bon conseil. Mais il est nul aussi. C'est le genre de truc qu'on apprend d'un avocat, pas d'un scénariste. On pourrait faire quelque chose ensemble, mais bon, je ne vais pas m'encombrer d'un connard procédurier. Je n'aime pas les connards procéduriers. Il faut que tu m'assures que tu ne vas pas te conduire en connard procédurier.

Au comptoir, une autre serveuse flirte avec un auteur en herbe qui essaie sans doute depuis des mois de la baiser et de finir son scénario. Il demande un accompagnement de guaca. Elle lui indique que c'est deux dollars de supplément. C'est comme ça que ça marche ici. Le type qui mérite un guaca gratuit ne l'obtient pas.

Forty s'essuie la bouche, puis repousse son assiette.

— Tu sais…

Il sort la grosse artillerie à présent.

— Ma sœur m'aime vraiment énormément.

— Je le sais, Forty. Je le sais.

Il passe une main dans ses cheveux gras.

— Tu as Love, me dit-il. N'aie pas les yeux plus gros que le ventre. Arrête de chercher du fric. Ça ne rend pas heureux. Tout l'argent et la célébrité du monde ne sont rien sans amour.

Je lui rappelle sa famille tapie chez Love. Son regard est vide. Forty le malchanceux, le désespéré, le frère de Love.

— Oui, Ray et Dot n'apprécient rien autant qu'une fête, même une fête ratée. C'est quelque chose ma famille, hein ?

Forty est un outsider, il le sait et il ne cessera jamais de les punir. Quand je lui dis qu'ils l'aiment, on dirait que je mens. Les mensonges sonnent comme des mensonges et il est impossible de savoir si c'est la nature égoïste et répugnante de cet homme qui a déclenché les erreurs de ceux qui l'ont élevé, ou l'inverse. Ce que je sais ? S'il reste dans les parages, il ravagera tout entre Love et moi. Sa famille a raison. Il s'autodétruit. Mais il détruit aussi ce qui l'entoure. En le tuant, je m'apprête à prendre le plus grand risque de ma vie – perdre Love. Mais cela m'apportera aussi, bien entendu, la plus grande des récompenses : j'aurai Love sans Forty.

Je règle l'addition. Je paie en liquide. J'ai appris.

Dehors, Forty se nettoie les dents avec un cure-dents.

— Bon, je trace à Vegas pour écrire un autre scénario vite fait.

Sa voiture arrive. Grosse et noire.

— Forty, je sais que tu ne vas pas écrire.

Il rit.

— Ah ouais ? Ha ! Mais c'est bien, tu sais, de s'entraîner pour les talk-shows et tout ça.

Sombre connard.

— Hé ! lui lancé-je. Qu'est-ce que tu veux que je raconte à ta famille ?

Encore ce regard vide. Il sait qu'ils aiment Love plus que lui. Je suis sûr que le principe est valable dans la plupart des familles, mais certains enfants en font peu de cas. D'autres en souffrent. Je suis sûr que Forty a fait cette tête-là à toutes les fêtes d'anniversaire quand Love a reçu un tout petit peu plus de cadeaux que lui, quand sa mère l'a prise dans ses bras un chouia plus longtemps. Forty n'a pas reçu assez d'amour. Comme beaucoup de gens. Mais lui est le jumeau d'une femme qui a reçu tant d'amour qu'elle incarne l'amour. Et c'est ça qui doit être dur.

Il hausse les épaules.

— Laisse ma mère angoisser et mourir de faim encore quelques jours. Elle commence à engraisser, mon vieux. Et ce n'est pas ce qu'on lui souhaite, si ?

Ma compassion s'évapore.

— Alors tu refuses que je leur dise que tu vas bien ?

— Il faut qu'ils me lâchent. Je ne suis plus un ado.

Psychologie inversée niveau débutant. Ses yeux s'écarquillent.

— Mais tu sais ce que je veux par contre ? reprend-il. Mon vieux, tu devrais venir à Vegas. On pourrait pondre un nouveau scénario vite fait, *Very Bad Trip* rencontre *Very Bad Trip* !

Very Bad Trip ne peut pas rencontrer *Very Bad Trip* parce que *Very Bad Trip* est *Very Bad Trip*, alors je lui réponds que non, peut-être la prochaine fois, oui, la prochaine fois, sûr.

Il hausse les épaules. Je remarque un sac de drogue dans sa voiture. Sans exagérer. Un sac de drogue. Il lève la main pour toper. La prochaine fois que je le toucherai, ce sera différent. Ce sera pour l'étrangler.

42

Sept cents heures plus tard, j'approche de Vegas. Les lumières de la ville scintillent au loin comme dans *Swingers*. J'ai réussi. Et ça n'a pas été facile. Quand j'ai confié à Love mon « pressentiment » que Forty était à Vegas, ça l'a déconcertée.

— Joe, m'a-t-elle répondu. Je suis sa jumelle. On a ce truc psychique entre jumeaux. Je crois que c'est moi qui saurais s'il était à Vegas.

— Je vois ce que tu veux dire.

J'ai rangé mes chemises dans une des valises noires de Love.

— Mais je crois que quand on est contrarié comme ça, ça brouille les radars.

Elle s'est assise sur le lit.

— Tu veux que je t'accompagne ?

J'ai déposé un baiser sur le haut de son crâne.

— Non, je m'en occupe.

— Tu veux vraiment obtenir le trophée de meilleur petit ami de l'année, n'est-ce pas ? m'a-t-elle taquiné.

Je l'ai donc baisée bien comme il faut, puis je suis allé sur Hollywood Boulevard récupérer quelques vêtements pour mon costume de Captain America – pas le superhéros, le gars lambda de Vegas. Je me suis procuré un tee-shirt des Colts et une casquette de baseball. J'ai laissé le vendeur choisir. J'avais l'impression d'avoir de la chance. Je me rendais à Vegas.

Je suis presque arrivé maintenant et j'aperçois la ville au loin qui se rapproche. Les couilles m'en tombent. C'est Vegas, c'est vraiment Vegas. C'est plus lumineux que dans les films et encore plus moche à mesure que j'avance. Chaque enseigne est une menace. « Dernier casino avant trente kilomètres » et « Dernière station-service ». Je me gare. Je coiffe ma casquette des Dodgers, j'arrache l'étiquette de mon tee-shirt Colts, avant de l'enfiler. M. Américain Moyen ! Je reprends la route.

Sur le Strip, je m'arrête à un feu et je vois une femme baisser son pantalon, s'accroupir et déféquer. Les touristes abondent. Les gens fument des cigarettes, poussent leurs bébés dans des poussettes. Il fait très chaud. Je veux tout regarder attentivement. L'éclairage insensé, les trottoirs extra-larges, les foules de jeunes et de vieux, gros et Américains. Je m'accorde quelques minutes de crétinisme pour passer Elvis à fond. Les fontaines du Bellagio sont plus imposantes en vrai. Je préviens Love que je suis arrivé et elle me conseille de commencer par le Caesars.

— C'est pas un truc de jumeau, ajoute-t-elle. C'est un truc de Forty. Selon lui, ils ont les meilleures tables.

Love s'est trompée. Forty n'est pas descendu au Caesars. Tout y est spectaculaire. Le sol du casino est un vaste pâturage, et les machines à sous des vaches impossibles à déplacer qui me bloquent la vue. Il y a des hordes de tables de blackjack, ça grouille de monde, la musique beugle, les machines feulent. J'ai un portable prépayé. Je pourrais lui téléphoner. Mais pas avant de l'avoir dans mon champ de vision. Love appelle de nouveau.

— Mon père a parlé avec notre ami au Bellagio, me dit-elle. Apparemment, il est là-bas.

— OK. J'y vais.

Je marche vite. L'air est sec. Des inconnus me tapent dans la main – « Colts ! » J'écoute mon mashup. J'atteins les fontaines. Sur le chemin qui mène à l'entrée, le faste dégouline – portes tambour démesurées, fleurs en verre géantes pendues au plafond derrière la réception. Un salon est occupé par des hommes d'affaires et des prostituées. Je longe une baie de tables de blackjack où la mise minimum est de dix dollars, avance, me faufile entre les serveuses vêtues de minuscules accoutrements à sequins chargées de plateaux de cocktails et les couples en pleine dispute. Une femme parle au téléphone avec son banquier – avance de liquidités –, un gosse pleure à chaudes larmes à côté de sa mère qui le prie d'attendre « une seconde, mon chéri, maman a presque fini », comme si jouer à des jeux d'argent était un boulot.

L'agencement de la salle désoriente. Tables, machines à sous, tables, machines à sous, le même principe dans tous les coins. J'atteins une zone plus dégagée où je tombe sur une machine à sous tout droit sortie de *Very Bad Trip*. Forty n'est pas là. Je me dirige vers un autre enchevêtrement de tables et de fauteuils en cuir blanc, plus dans l'esprit palace que Caesars. C'est pour ça que Forty est installé là, à une table de blackjack, dans un fauteuil blanc. Il a les cheveux en bataille. Il porte deux paires de Ray-Ban, une sur la tête, l'autre sur le nez. Son col de chemise est froissé. Il a posé ses pieds sales sur deux chaises comme s'il était chez lui. Il joue trois mains, fume deux cigarettes. Il ne se baisse pas pour ramasser les jetons qui lui tombent des poches. J'ai envie de lui cogner la tête contre la table, mais les hauts plafonds sont truffés de caméras. Je m'assieds à une machine à sous Texas Tea, insère dix dollars. J'envoie un texto à Love : *J'ai cherché partout. Je ne l'ai pas vu, mais je continue de chercher.*

Elle me répond : *Mon père te dit merci. T'es le plus fort.*

J'écris : *On va le trouver.*

Je mise deux *cents* par coup sur une Texas Tea. Forty mise mille dollars par main sur ses trois mains. Il perd. Il parle fort. Même à plusieurs mètres, je peux l'entendre. Il est assis avec une pute qu'il prend régulièrement par le cou et qu'il embrasse sur la poitrine. Une Chinoise le fixe d'un air réprobateur.

— Désolé de t'offusquer, chérie, mais on est à Vegas et si j'ai envie de sniffer des rails sur les nichons enflés de Miss Molly Tupelo, je vais le faire toute la nuit.

La dame se lève et s'en va. Je n'en reviens pas du monde qu'il y a dans cette ville.

Forty perd une main.

— C'est parce que j'ai envoyé chier cette Chinoise ? Parce que si c'est ça, va falloir appeler le croupier.

Il tape sur la table avec son verre.

— Et merde !

Il marche deux mètres, s'installe à une autre table, et tout recommence. Une fille en minijupe s'assied à côté de lui. Une autre vieille dame chinoise tente de s'asseoir aussi, mais Forty attrape la chaise.

— J'ai l'air de vouloir de la compagnie, madame ?

Il s'envoie son whisky.

— Putain de merde. Dégage.

La fille en minijupe rit et lui dit qu'il est drôle. Il lui répond qu'elle peut rester mais seulement si elle est en veine. Elle lui dit qu'elle espère. C'est officiel : je hais cet endroit.

Le donneur tente :

— Peut-être que la chance va vous sourire, monsieur.

Forty ricane.

— Je préférerais avoir des figures. Oh et vous savez quoi ? Ça me gonfle.

Il se lève. Je bondis pour le suivre, mais me ravise. Il s'installe à une table voisine, s'allume une clope à côté d'une femme enceinte.

— Ça vous ennuierait ? demande-t-elle en montrant son ventre protubérant.

— Vous devriez être à une table non-fumeur.

Il expire la fumée.

— En fait, vous devriez être à la maison. Vous, saloperies de femmes enceintes, le monde vous appartient. Il vous faut vraiment ça aussi ? Je peux fumer nulle part à cause de vous. Vous êtes vraiment obligée de me dire que je peux pas fumer à Vegas ?

Le donneur lui demande de se calmer. Forty se lève.

— Tu sais qui je suis ? Enculé ! Je possède cette ville. Je viens de vendre un scénario dont l'action se passe dans cette putain de ville pour plus de fric que t'en verras jamais.

Ma casquette me démange et j'ai perdu neuf dollars au Texas Tea.

Le donneur s'efforce de ne pas rire. Forty jette son verre par terre, puis claque des doigts pour appeler une serveuse.

— Je suis à sec, ma belle.

Elle a l'air épuisée. À Vegas, on force les serveuses à se balader en collants et maillot de bain à sequins. Elle répond qu'elle va servir des boissons et qu'elle revient dans une minute pour prendre les commandes. Forty est hors de lui.

— Je me fous de ce que tu fais. Pourquoi je m'intéresserais à ce que tu fais, ma belle ? J'ai l'air de m'y intéresser ? Je t'ai dit que je veux un Gimlet. Vodka. Gimlet. Tout de suite. Tu comprends, tout de suite ?

— Quand je reviendrai, je…

Il aboie :

— VA ME CHERCHER UNE PUTAIN DE VODKA GIMLET !

Elle s'éloigne. Le croupier – j'ai vu *Casino* cent fois – s'approche de Forty.

— Monsieur Quinn, nous sommes si heureux de vous revoir. J'espère que vous vous amusez chez nous.

— Rocco ! s'écrie Forty. C'est tellement plus amusant de jouer quand on a une bonne grosse vodka Gimlet. Qu'est-ce qui se passe, là ?

Rocco essaie de résoudre le problème Gimlet pendant que Forty perd quelques milliers de dollars supplémentaires et que je gagne cinquante-deux *cents* au Texas Tea. Forty bouge. Je le suis. Mon pantalon me démange.

Il erre dans le casino et, tous les deux mètres, plonge dans une rangée de machines à sous pour se faire un rail. Il s'approche en titubant d'une fille aux longues jambes en robe moulante et à l'air déprimé, et il lui tire les cheveux. Elle crie.

— Mais qu'est-ce qui vous prend ? Me touchez pas !

— C'est combien ? s'enquiert-il. J'ai envie d'un petit tour.

— Je suis pas une pute, connard. Je suis prof.

— Ça peut m'exciter.

Il tend la main vers elle.

— Combien ?

Elle lui donne un coup de sac à main.

— Arrêtez.

Il rit.

— Ma poule, franchement, à voir ta robe, un peu d'argent ne te ferait pas de mal, et ce qui se passe à Vegas reste à Vegas, tu vois ce que je veux dire, petit sucre d'orge ?

Elle lui crache à la figure. Il n'essuie pas la salive. Il s'installe devant la machine, perd cent dollars. Une pute qui a assisté à la scène s'approche et, évidemment – Vegas ! Pourquoi Delilah n'a pas pensé à déménager ici ? –, dit à Forty qu'elle a envie de faire la fête. Il la regarde de haut en bas.

— J'adorerais, poussin, mais je ne suis pas homo.

Elle le dévisage à son tour.

Il lui glisse un billet de cent dollars.

— Prend ce billet, va à la table de craps, mise-le et rends-toi service, achète-toi des seins.

Elle ne laisse rien transparaître et répond : « merci, mon chou », puis s'éloigne. C'est l'endroit le plus déprimant que j'aie jamais vu. Il n'y a ni horloges ni fenêtres ; les gens sont soit incroyablement négligés soit incroyablement élégants.

Forty avance jusqu'à une table de craps, il renverse une boisson. Des clients le huent.

— Ouais, bafouille-t-il. Bouhou ! Vous savez que j'ai un contrat pour deux films avec Annapurna ? Ouais. Amusez-vous bien dans vos petites vies de merde.

Il s'en va. Personne à la table ne sait ce qu'est « Annapurna ». Il s'assied à une autre table de blackjack et prend un crédit de cinquante mille dollars. Les gens se massent pour regarder. Il se vante d'être un immense scénariste. Quand on lui demande s'il est venu seul, il répond :

— Je suis avec ma petite amie, Love. Elle est à l'étage.

« Ma petite amie Love. » Je frissonne. On entend les premiers accords de *Born in the USA*. Il grogne.

— Je déteste Bruce Springtseen. On peut éviter ? Ouais, les démocrates pleurnichards, on a saisi. Vous venez du New Jersey et vous trouvez qu'être pauvre c'est cool. Mais allez vous faire foutre.

Le donneur indique qu'il préfère le morceau *Thunder Road*.

Forty souffle.

— Vous croyez sans doute aussi que les Chevrolet sont aussi solides que les BM. Sans vouloir vous vexer... il existe un truc qui s'appelle « avoir tort ». Et pour ces cartes ? Une règle interdit de donner des dix dans ce trou à rats ? Et puis j'ai commandé une Gimlet il y a environ mille ans !

Il s'est assis il y a dix secondes, mais personne ne le contredit, et *Thunder Road* est une chanson géniale. Je m'installe devant une machine Hangover. Je perds dix dollars en deux secondes et Forty fait un split de dix. Je le sais parce que le donneur l'annonce au croupier et que, tout autour, les gens ont le souffle coupé.

Il perd.

Un couple de jeunes mariés entre dans le bar. Tout le monde applaudit. Forty se lève, siffle avec ses mains, puis fait signe au groupe d'arrêter de jouer. Le chanteur dirige le regard vers la porte. L'homme aux bras croisés qui se tient sur le seuil lui fait oui de la tête. C'est vraiment le terrain de jeu de Forty. Il monte sur scène et s'approprie le micro.

— D'abord, félicitations ! beugle-t-il.

Tout le monde applaudit. C'est le type sympa. Le type marrant. Il fait un *high five* au marié, puis embrasse la mariée sur la joue.

— Et maintenant, place au jeu. Il se trouve que je suis aussi ici pour fêter quelque chose. Je viens de vendre deux scénarios à Megan Ellison. Vous imaginez ?

Il attend une réaction. Personne ne connaît ce nom.

— Bref, j'ai gagné de l'argent et j'ai envie de partager de l'amour.

Applaudissements, bien entendu.

— Et voilà ce que je veux faire. Ramène-toi par ici, le marié.

Le marié se ramène par là. Il est petit, plus que sa femme. Il a l'air timide. Il sourit de toutes ses dents, de grandes dents, trop grandes pour son visage. Sa femme pousse des cris d'encouragement.

— Comment tu t'appelles, mon garçon ?

— Greg. M. et Mme Greg et Leah Loomis, de New Township dans le New Jersey !

Greg n'a sans doute jamais prononcé autant de mots à voix haute devant pareille assemblée. Forty fait signe à tout le monde de se taire, puis à la mariée de monter sur scène.

Il passe un bras autour de Greg.

— Greg. Tu as une très belle femme. Et une longue vie devant toi.

Les réactions diffèrent. Certains rient. Certains sont écœurés.

— Alors laisse-moi vous offrir un cadeau de mariage dont vous vous souviendrez toute votre vie. Greg…

Il hausse les sourcils, les baisse, les hausse, les baisse.

— Je te file cinq mille si tu me laisses embrasser ta femme. Ici. Là, maintenant.

Greg le marié ne met pas une droite à Forty. Les gens huent, sifflent. Ils veulent voir ça. Forty sort des jetons de mille dollars de sa poche.

— Un, deux, trois, quatre, cinq ! s'exclame-t-il.

Même chose : huées et sifflements – l'Amérique. La mariée implore son mari. Je crois qu'elle lui glisse quelque chose au sujet de l'emprunt. Le marié rougit de plus en plus. La mariée boit un shot et Forty joue avec ses jetons. Finalement, la mariée gagne : c'est elle l'alpha du couple. Elle choisira les vacances, programmera la vidéosurveillance, exigera que Greg rénove la « pièce à lui » qu'il a sans doute, où il encourage ses équipes fétiches et mange ses chips. Pas de guaca pour ces deux-là, ils ne viennent pas de cette partie-là des États-Unis.

La mariée finit de se remettre une touche de rouge à lèvres, puis monte sur scène. Forty tape du pied. Oui ! Il la renverse en arrière, lui effleure un sein. Il n'a pas mentionné de pelotage – huées et sifflements. Il se penche, lui attrape les fesses fermement, et lui fourre sa langue dans la bouche. Je regarde le marié. Il a l'air brisé. Dix minutes plus tôt, il était amoureux, il convolait. Et là, il vient de se faire baiser. Forty libère la mariée, qui s'essuie la bouche et tend une main. Forty jette les jetons par terre et lève le poing.

Maintenant, évidemment, mille personnes ont envie de le tuer. Le chanteur reprend le micro. La mariée enlace le marié, mais on sent que Forty a gâché leur mariage. Leurs chances de bonheur sont moindres qu'avant leur rencontre avec Forty Quinn.

Lequel s'en va de nouveau en zigzaguant. Je le suis et lui envoie un texto depuis mon prépayé :

Il neige au Sapphire.

Il répond : *?*

Moi : *C'est Slim. Nouveau phone. Ta sœur te cherche.*

Forty : *Forte neige ? Meilleure que la dernière fois j'espère !*

Moi : *Oui. Au Sapphire dans vingt min.*

Forty : *Je décolle du Bellagio.*

Mais il ne « décolle pas du Bellagio ». Il s'assied sur une autre chaise blanche, fait signe au donneur de distribuer, comme s'il ignorait que le donneur ne peut rien lui distribuer pendant qu'il rédige un texto.

Il écrit : *J'ai entendu dire qu'il y a des masses de crystal ici aussi.*

Je confirme que j'ai des masses de crystal, puis je me poste devant une machine à sous sur le thème du homard. J'insère mon ticket dont la valeur n'atteint maintenant que deux dollars et onze *cents*. Forty est l'homme le moins intéressant du monde. Il se vante auprès des joueurs, indifférents autour de lui, de sa carrière qui déchire, comme si les gens venaient ici pour parler boulot.

Ma machine s'emballe. L'image change à l'écran : un homard animé se présente. Ma voisine m'explique que j'ai gagné une partie gratuite. Un pêcheur plonge la main dans l'eau et en sort des cages à homards. Mes deux dollars onze *cents* se transforment en cent quarante-trois dollars et vingt et un *cents*. La maison ne gagne pas toujours. Je sais quand me retirer et vais encaisser mon gain. J'envoie un texto à Forty :

Crystal et blanche aussi. Viens.

Forty lève son cul pour quitter le casino. Il a perdu beaucoup, mais il traverse la salle en vainqueur. Je retourne chercher ma voiture au garage, puis j'envoie un texto à Love.

Des nouvelles ?

Elle répond : *Rien. Mais il s'est sûrement évanoui dans le lit d'une pute.*

Je réponds : *Ne t'inquiète pas. Je vais le trouver. Les choses vont changer. Vraiment.*

Et c'est vrai. Somme toute, ce voyage à Vegas m'a ouvert les yeux. Je sais ce que Love a vécu pendant toutes ces années. Elle est à L.A., à lui envoyer des messages, et lui est ici, l'ignore, nourrit sa peur, ronge sa vie. C'est un parasite, il se sert des autres et je crois qu'il prend plaisir à torturer sa sœur.

Je ne peux pas en vouloir à Ray et Dottie. Aucun parent ne fait tout comme il faut. Aucun parent ne contrôle la manière dont il aime ses enfants. Mais il ne s'agit pas de trouver des responsables. Il s'agit de l'amour de ma vie que le silence de son frère étrangle. Je ne peux pas le laisser faire. J'aime trop Love.

43

Vingt minutes plus tard, Forty s'extirpe de son taxi et se dirige lentement vers l'arrière d'une station-service délabrée à l'écart du Strip. Il porte un sac à dos, tel un gamin qui part en colonie de vacances, pour se rendre au rendez-vous avec son conseiller-dealer. Je descends de ma voiture en souriant, en particulier à la caméra de surveillance qui pend au bout de son cordon, cassée, raison pour laquelle j'ai choisi cet endroit en particulier.

— Mon vieux ! s'écrie Forty.

Son visage bouffi n'est que joie tandis qu'il galope vers moi. Il me serre dans ses bras. Son étreinte est trop forte et il pue.

— Qu'est-ce que tu fais là ? hurle-t-il.

— C'est une longue histoire. Mais toi, qu'est-ce que tu fais là ?

— J'avais rendez-vous avec mon dealer, mais il ne s'est pas pointé. Heureusement, je suis bien équipé.

Il hausse les épaules, tapote son sac à dos.

— Est-ce que ça veut dire… Tout est OK entre nous ? Partant pour faire la fête ?

J'acquiesce d'un signe de tête, bien que je déteste la drogue, la manière dont les gens l'abordent, le besoin qui transparaît.

— Sacré Goldberg ! chante-t-il.

Il se met à déblatérer contre son crystal, sa coke, etc. Il ôte une grosse mèche de cheveux de son visage aux traits tirés.

— Tu sais, c'est vrai qu'on a eu des discussions houleuses, des doutes par rapport au business, mais c'est comme ça, mon pote. Le business devient ouf et c'est pas toujours facile, et puis qu'est-ce qu'on y peut ? Tu fumes un peu de crack ?

Il me fait un clin d'œil et monte dans ma voiture chargé de son sac à dos.

— On en a besoin, poursuit-il. Je parie que c'est la première fois que tu viens à Vegas, je me trompe ? Le Professeur va à Vegas. J'adore !

Il plisse les yeux, curieux.

— Où est ma sœurette ?

— À la maison. Avec vos parents.

— Cool.

Il ouvre une cannette d'un litre de boisson pur malt. Elle fait un bruit sec et pétille.

— Vous, les gens qui vivez en couple, je sais pas comment vous faites.

Il rote. De la bière lui coule sur le menton.

— Vous avez envie de ramener des sous et votre grosse bite à la maison, de faire des enfants et jouer à ce jeu, et c'est comme ça, et c'est de la merde. Je ne rends de comptes qu'à moi-même. Aux chiottes l'amour.

Il rit.

— Tu vois ce que je veux dire. Pas l'amour pour Love. J'aime ma sœur. C'est mon roc. Tu sais combien de textos elle m'a envoyé aujourd'hui ?

Je compte jusqu'à deux. Ça ne m'aide pas.

— Tu lui as répondu ?

Il hoche la tête.

— C'est ce truc entre jumeaux. Elle est mon roc. Elle sait que je me barre, parfois. Elle me comprend. Tu veux une gorgée ?

Connardégoïstesaloperiedetoxicobroyeurdelove

— Non, ça va.

Je pense aux situations où les femmes sont enceintes de jumeaux et que les médecins doivent retirer un fœtus parce qu'il aspire la vie de l'autre. C'est un acte d'humanité. Parfois, l'un doit mourir pour que l'autre vive. La biologie ne connaît pas de sentiment. Les autres petits amis de Love n'ont pas eu le cran de supprimer Forty. Mais moi, je l'aurai. Je l'observe en train de faire défiler ses textos. Il se sent uniquement aimé quand elle est dévastée, inquiète pour lui, rongée par l'angoisse. Certains sont assez forts pour partager un sac amniotique et une date de naissance. Love est de ceux-là. Pas Forty.

— Mate la croupe de ce cul, lance-t-il en montrant du doigt une lycéenne qui cherche les toilettes. On l'embarque avec nous ?

J'ai envie de le tuer. Là, dans cette voiture de location. Je démarre. Impossible de le tuer ici. J'agrippe le volant. Il tape contre le toit. La lycéenne a trouvé les toilettes. Elle est en sécurité. On s'en va. Le silence ne dure que le temps de deux feux rouges avant qu'il s'y remette.

— Ma sœur et toi, vous êtes mes rocs, putain. Tu prends soin d'elle, hein ? Sinon... Tu le sais, hein ? T'as compris que t'es un homme mort si tu la largues ?

Je serre le volant plus fort.

— Tu es un bon frère, le félicité-je.

— Je suis le meilleur des frères. Putain, le meilleur.

Il sort un petit sachet de sa poche et sniffe. Je m'insère sur l'autoroute. Il est tellement défoncé qu'il ne demande même pas où nous allons. Il fulmine sur le fait qu'il ne se mariera jamais, qu'il va vivre avec Love et moi, et qu'on s'amusera comme des fous. Il signe son arrêt de mort. Le moteur ronfle. Nous nous éloignons de plus en plus des lumières vives. Les voitures se font rares. L'intérieur du crâne de Forty est un tombeau et il est assis juste à côté de moi, absorbant tout l'oxygène. Il est l'anti-Love et il avoue qu'il fait ses courses alimentaires chez Ralph.

— C'est juste des courses, merde ! ricane-t-il. C'est de la bouffe. Et tu sais ce que c'est la bouffe, mon vieux ? De la pré-merde. C'est tout. C'est de la pré-merde et on en a besoin pour survivre. C'était super dur pour les hommes des cavernes, hein, mon pote ? Je veux dire, fallait sortir avec son gourdin, assommer des mammouths laineux et les traîner jusqu'à la maison avant que les mouches les attaquent. Et c'est pour ça que se nourrir se résumait à une corvée énorme. Mais franchement, ce sont les temps modernes. Se nourrir aujourd'hui, c'est facile.

Il se frotte le nez, secoue la tête.

— Tout ce qu'on fait, c'est entrer, choper nos tacos et bouffer. Les gens comme mes parents, ils s'imaginent que c'est hyper important, comme si ce qu'on mangeait au dîner était super intéressant, mais ça l'est pas ! C'est de la bouffe ! Contentez-vous de la bouffer et de la chier et passez à autre chose ! Vous sentez pas spéciaux parce que vous avez bouffé avec quelqu'un ! Au final, on chie seuls ! Qui se fout qu'on ait mangé la pré-merde en compagnie de quelqu'un si on chie seul, dans des toilettes, portes fermées ? Vlan !

Il re-sniffe de la coke. Je pourrais m'arrêter sur le bas-côté et le faire rouler hors de la voiture, mais il a pris tellement de coke qu'il se transformerait en Bip Bip, me rattraperait sans peine, et remonterait d'un bond dans la voiture.

— Je mangerais bien des tacos, lance-t-il. Je mordrais bien dedans tout de suite.

Il veut appeler Love. Je panique. Mes mains glissent sur le volant. Je transpire. Je lui raconte qu'on s'est un peu disputés.

— Alors on devrait peut-être pas, conclut-il.

Il abaisse la vitre, tout sourire, tel le chien qui cherche l'air frais. C'est révélateur : dès l'instant où il me pense brouillé avec Love, il est requinqué. Il ne veut pas que je sois heureux. Il ne souhaite à personne d'être heureux. Surtout pas à Love.

Il se vante de ses aventures à Vegas, un mensonge après l'autre, déformant tout, un kilomètre à la seconde, fêlé. La route est interminable, mais je ne peux pas accélérer – le mug d'urine. Il n'arrête pas de parler de minimums de tables et de putes qui refusent son argent. Pendant tout le trajet à travers ce paysage de terre brune et de ciel bleu, il ne raconte que des conneries. Il est paumé, vaniteux, il expurge verbalement ; c'est l'homme le plus seul sur Terre.

Je ne peux pas vous expliquer ce que je ressens en apercevant enfin la faible lumière du premier arrêt, au loin, l'endroit où je vais pouvoir commencer à le tuer : le *Clown Motel*. J'interromps Forty en plein dégoisement sur son hôte du Monte Carlo.

— Nous y voilà.

Il tambourine sur son sac à dos, le toutou ravi. Il m'informe qu'il est déjà venu ici – il est allé partout, j'ai compris –, mais moi, c'est ma première visite. Cet endroit est le plus chouette que j'aie vu dans l'Ouest jusqu'ici. C'est le Wild Wild West que je voulais. Le motel bleu et blanc, orné de panneaux représentant des clowns et au toit surmonté du nom « Nevada » en lettres géantes, est digne d'une ville fantôme tirée d'un film de Tarantino : WELCOME TO THE CLOWN MOTEL. La réception est censée regorger de poupées de clowns de différentes époques, mais je ne la verrai pas car je vais assassiner Forty aujourd'hui. Je ne peux donc vraiment pas entrer.

Forty s'est enfin calmé. Son sac à dos est fermé. Il met son sachet de côté. Il se regarde dans le rétroviseur et me félicite de mon choix. « J'adore les clowns. » Évidemment qu'il aime les clowns. C'est un imbécile, un clown lui-même, avec son gros nez rouge, ses cheveux sales en bataille, son ventre adipeux qui ballotte au-dessus de la ceinture de son short turquoise ; une créature cauchemardesque qui effraie Love, la hante, l'accable ; une créature qu'elle est censée aimer, à la manière dont les conventions sociales dictent aux enfants d'aimer les clowns bien que nous sachions tous au fond de nous que ce sont de sinistres bonshommes bedonnants qui portent des masques et lorgnent les enfants.

— Hé, Forty. Tu devrais regarder sur Internet pour vérifier s'ils ont des chambres.

— Mon vieux, toi et moi, on va carrément tourner un truc ici.

Il soupire.

— Ça sera sensass. On pourrait même appeler le film *Sensass*. Une sorte d'*Ocean's Eleven*, mais avec du *Saw* dans lequel les clowns seraient les victimes et les méchants seraient ces touristes à la con, les amoureux qui se tiennent par la main…

— OK. Donc les clowns sont les gentils.

— Exactement. Le couple arrive et la fille dit : « Je déteste les clowns. » Et le petit ami débile dit : « Moi aussi. » Ils se plaignent et, finalement, ils se procurent une mitrailleuse et les pulvérisent.

— Forty, le coupé-je. Est-ce que tu as vérifié qu'il leur reste des chambres ?

Il m'ignore.

— Tu sais, la dernière fois que je suis venu, c'était avec Love et Michael Michael.

Je feins la surprise, comme si je n'étais pas déjà au courant, comme si nous n'étions pas là parce que je le sais déjà. Love a posté une photo #ThrowbackThursday il y a quelques mois, renvoyant à une autre époque, celle où elle prenait de la drogue, avait un piercing à la langue et portait de l'eyeliner sous l'œil plutôt que sur la paupière. Ils ont dormi ici quand ils sont allés au festival Burning Man – bon sang, je suis heureux de ne pas l'avoir connue à l'époque. Les commentaires racontent une histoire : Love, Forty et Michael Michael Motorcycle sont venus jusqu'ici, appâtés par les gigantesques pancartes-clowns promettant le Wifi gratuit et accueillant les motards. Forty a disparu avec la voiture. Il est réapparu un mois plus tard. Il n'a pas présenté d'excuses.

En quelques minutes, nous y sommes. J'entre sur le parking, roule jusqu'à l'arrière du bâtiment, à l'endroit du piège à touristes que je désirais voir le plus : le cimetière des premiers Américains.

— Tu sais que c'est affreux qu'on n'ait pas de champis ? se lamente Forty. On ne peut pas entrer dans ce cimetière sans champis.

— Ah ça oui, mens-je.

Je me gare dans le coin le plus éloigné. Je ne repère aucune caméra, mais le mug d'urine que j'ai laissé dans le Rhode Island m'accompagne dans des moments comme celui-ci.

— Grave, abonde-t-il. Tu sais, mon vieux, je savais que tu avais ça en toi, la cool attitude.

Je lui offre un billet de cent dollars, mes gains à Vegas.

— Si tu te sers d'une carte bancaire ici, toute ta tribu va rappliquer.

— Tu me prends pour un amateur ?

Il rit et dégaine de faux papiers.

— Je m'appelle Monty Baldwin, enfoiré ! Tu captes ? Le frère Baldwin perdu. Carrément.

Évidemment, ce serait le rêve de Forty : être un Baldwin, entouré de frères, plutôt que le jumeau de Love.

— Ce Baldwin reviendra, m'annonce-t-il.

Il se dirige vers la réception en trottinant, son sac à dos lui rebondissant sur le dos. Je me rappelle la première nuit au *Château*, quand je me suis demandé si Joaq Phoenix et lui étaient potes.

Je sors de la voiture et marche jusqu'au cimetière. Le soleil cogne. Les morts ne sont rien de plus que des os sous la terre. Les causes de décès sont listées : suicide, arme à feu, peste. Celle de Forty, ce sera moi, mais ce ne sera pas gravé sur la stèle. Je me demande combien de ces histoires sont véridiques.

Une pelle est appuyée au mur du motel. J'aimerais l'enterrer là, mais il y a trop de gens autour. Camionneurs, hippies équipés de caméras embarquées, parents qui se disputent pour savoir si c'est trop pour les enfants. Il faut juste que Forty nous enregistre, discute avec le gérant. Je me suis renseigné sur lui sur Internet. C'est le genre de type qui se souvient d'absolument tout le monde. Il se rappellera Monty Baldwin. Il confirmera qu'il avait « consommé de la drogue ». Même s'il déclare que Forty parlait avec quelqu'un sur le parking, je suis inidentifiable avec mes vêtements baggy, mon tee-shirt des Colts et mon véhicule de location.

Je retourne à la voiture en traînant les pieds, tête baissée. Je prends cinq Percocet, les écrase et verse la poudre dans une bouteille d'eau achetée à la station-service. Pendant que je secoue, Forty émerge de la réception et vient me rejoindre.

— Tu veux aller tester les sources chaudes ? suggéré-je alors qu'il se glisse sur son siège.

J'ai cherché « sources chaudes » dans Google pendant que je me documentais sur le *Clown Motel*. C'est vrai. On peut vraiment tuer des gens dans le désert.

— Elles ont l'air démentes.

— C'est de l'eau sulfureuse, répond-il. Carrément ! J'ai de l'ayahuasca et, oh, mon vieux, on n'a pas vécu tant qu'on s'est pas baigné dans cette eau, tant qu'on a pas eu ce genre de visions. C'est ce qui nous manquait.

Il boucle sa ceinture.

— Un bon road-trip, écrire tout Kerouac et... C'est quoi son nom déjà ? Le type, là, l'histoire avec Johnny Depp, celui à Vegas avec le sac à dos, la drogue et les lunettes de soleil.

Non, mais franchement, j'y crois pas.

— Hunter Thompson. *Las Vegas Parano* ?

Il frappe dans ses mains.

— Hunter Thompson !

— Oui.

C'est interminable. Je lui tends une bouteille.

— Tiens. Il faut qu'on s'hydrate avant de prendre l'ayahuasca.

Il la débouche. Il n'a pas remarqué qu'elle a déjà été ouverte. Il en boit une gorgée.

— Mon vieux. J'aime le nouveau toi. Toute cette merde à Hollywood, on s'en branle. La famille, la pression et les autres conneries. On est des artistes, mec. Pas ma sœur. Dieu la bénisse, mais elle n'est pas... tu vois ?

Il met de la musique. Mon mashup de *The Hit Girls*. Il se moque de moi, déclare que mon mauvais goût en matière de musique est la preuve de mon génie créatif.

— On y est. C'est ça, la liberté, s'extasie-t-il.

Je fais marche arrière. Je parviens à dire :

— Oui. La liberté.

Il ouvre son sac à dos, en sort un couteau à beurre, plonge la lame à bout rond dans un sachet de coke, et sniffe. Ce pourrait être un dénouement à la Fincher. Je pourrais ne pas avoir à le tuer. À ce rythme-là, il le fera lui-même.

44

Les sources alcalines sont dégoûtantes, deux pauvres trous marron dans le désert, comme on pourrait en voir dans *La Petite Maison dans la prairie* ou dans un documentaire sur Charles Manson. C'est dégoûtant de toutes les façons imaginables. Il y a un préservatif Magnum sur le sol à proximité, usagé, craquelé. L'emballage y est aussi, accompagné d'une cannette de Budweiser.

Forty essuie la cannette, boit – je pourrais vomir –, puis se déshabille. Sa chemise est tachée de sang – il a réussi à s'entailler avec son couteau à beurre. Je me retourne. Je ne voulais pas le voir nu, je voulais le voir ici, seul, au milieu de nulle part, près de la zone 51, des hectares de paysage désolé tout autour.

Il crie, entre dans l'eau en se frappant la poitrine.

— Et voilà ! se réjouit-il. C'est des sources de malade ! Wouhou !

Il a bu l'eau agrémentée de Percocet et, non seulement il est encore en vie, mais il a jacassé pendant tout le trajet. Ce n'est pas Henderson. Visiblement, il faut toute une armoire à pharmacie pour venir à bout d'un individu médicamenteusement modifié tel que Forty. J'espère en avoir assez.

Il s'installe. D'autres ont trempé leur cul là-dedans et les animaux s'y trempent sans doute aussi. Les gens sont abjects.

— Allez, Professeur, m'enjoint-il en me faisant un signe de la main. Je sais que t'es dans ton trip New York, mais il n'y a rien de gay à se baigner dans une source avec un autre mec.

— Non, ça va.

— Allez ! insiste-t-il. C'est le jacuzzi de Dieu. C'est la terre natale, mon vieux. Viens ! Sois un homme. Profite ! Imprègne-toi du feu ! Entrer là-dedans, c'est comme ça qu'on fait un film. On laisse son esprit s'envoler.

Il lève les bras vers le ciel bleu azur et pousse un hurlement de loup. Je m'assieds par terre.

— Tu sais, lui dis-je, il y a un tas de gens créatifs qui ne donnent pas dans ce genre de trucs. Woody Allen ne se baignerait jamais dans un trou d'eau chaude sale.

Il éclate de rire.

— Mais il baiserait une ado.

Il sourit.

— C'est un artiste ! Nous, on est bizarres ! Professeur, il faut que tu exprimes le bizarre en toi. Arrête la prudence. Tu réfléchis, tu te donnes à fond, mais est-ce que tu te laisses aller, des fois ? Franchement, t'es un auteur génial. Mais je crois que tu ferais un carton si tu avais le cran d'entrer dedans.

Ce discours, de la part d'un type qui a vendu mes scénarios sous son nom… Je retourne à la voiture lui préparer un peu plus d'eau au Percocet. Chaque fois qu'il prend de la coke, il résiste à mes sédatifs. Il complique tout et nous ne pouvons pas rester ici éternellement. Je secoue la bouteille et la lui tends.

— C'est bon, me dit-il en l'écartant d'un geste de la main. Viens !

C'est à mon tour de lui dire « c'est bon ». Il tente de nager dans ce petit trou, comme s'il y avait de la place. C'est ironique qu'il manque se noyer dans deux mètres d'eau alors que sa sœur s'est intronisée défenseuse nationale de la sécurité aquatique. J'avale mon eau sans médicaments.

— Tu es sûr de ne pas en vouloir ?

— Ah si, je veux bien une gorgée !

Sa mémoire s'érode. J'ai lu quelque chose à propos de l'imprégnation alcoolique. Peut-être s'agit-il de cela, puisque Forty avale l'eau dont il ne voulait pas il y a une minute. Il faut qu'il perde de sa force. Henderson n'avait plus aucune résistance. Il est parti en silence à la fin, mais là, ça devient n'importe quoi.

— Qu'est-ce que tu as d'autre dans ton sac à malices ?

— Ayahuasca, mec !

Il plonge la main dedans, en sort son thé, boit. C'est un bon garçon. Laissons le thé se mélanger aux Percocet. Laissons les poisons entrer en collision. Il me tend la bouteille. Je fais semblant de boire. Je suis un bon garçon.

Dans *Closer, entre adultes consentants*, Jude Law dit à Natalie Portman : « Ça va faire mal », et ça fait mal. Voilà où j'en suis à cet instant, peu importe qu'il soit abruti. Je commence à en prendre conscience : tuer Forty va faire du mal à Love. C'est complètement dingue, mais elle ne saura pas vivre sans tout ce drame, et ça sera plus difficile que je ne croyais. Mais bon, tout changement est douloureux. Au bout du compte, Love sera une nouvelle personne sans son frère. Elle dormira mieux. Elle n'aura plus besoin de trouver comment lui pardonner chaque fois qu'il la foutra en l'air. Elle n'aura plus besoin de l'accueillir chez elle ou de rationaliser ses émotions. Imaginez ce qu'elle pourrait faire de cette force, la force que je lui offre en me débarrassant de lui.

Forty se tourne sur le ventre, tel un bébé baleine. Il plonge son couteau à beurre dans le sac.

— Je me sens waouh, s'excite-t-il. Genre waouh, quoi.

— Laisse-toi aller. Profite.

— Ce serait pas cool, s'il y avait des vagues ici ? Tu y as déjà pensé ? Qu'il ne peut pas y avoir de vagues s'il n'y a pas beaucoup d'eau ?

C'est pour ça que je n'ai pas voulu aller à la fac : je voulais éviter les crétins suffisants qui réfléchissent à l'océan. Je prends mon portable. Je ne supporte pas d'écouter ces conneries. Ça ne va qu'empirer à mesure qu'il s'éteint et perd l'accès à son cerveau, ou à ce qu'il en reste. J'ai reçu un nouvel e-mail, une alerte infos de Google. Ma poitrine se serre. Je clique sur le lien. Il me conduit au *Providence Journal Bulletin*. On y voit une photo de Peach Salinger, l'air plus joyeux que jamais dans sa vie. Les parents de Peach l'aiment davantage maintenant, morte plutôt que vivante. Ils lui ont blanchi les dents et agrandi les yeux. Maintenant, ils font appel à la justice.

— Une vague. Une vague ne s'en va jamais… pontifie Forty. Genre, et si l'océan s'arrêtait ? Il se passerait quoi ?

C'est n'importe quoi. Ses propos ne sont plus faits de mots, mais de sons. Je lis la nouvelle, l'incroyable nouvelle. Le service de police de Little Compton a reçu un renseignement anonyme au sujet de Peach Salinger, diplômée de Brown et originaire de la région. Les autorités ne fournissent aucun détail sur le renseignement, mais confirment que le dossier a été rouvert. La police a conclu à tort au suicide. Ou tout du moins, pense s'être trompée. La formulation est subtile, hésitante, mais le message reste clair. On pense que Peach Salinger a été assassinée. Oh, merde. Deux mille fois, trois mille fois merde. Forty se met à frapper la surface de l'eau du plat de la main pour former des vagues. Cette baleine a épuisé ma patience. Il faut que je parte. Que je gère la situation.

Je range mon téléphone dans ma poche, puis m'approche du trou dans la boue. Forty est à moitié parti. Ses globes oculaires se retournent dans son crâne où le cerveau rose empoisonné ralentit et finit par s'arrêter. Il s'en va, mais je ne peux pas attendre. Je ne peux pas rester ici, pas avec une enquête en cours de l'autre côté du pays.

— Hé, mon pote ! lui dis-je.

Quand il patauge vers moi, je me penche et lui enfonce la tête sous l'eau. Les mains me brûlent. L'eau doit être à plus de trente degrés. L'air est chaud, mon corps se change en fourneau. La chaleur monte, m'enveloppe le bras comme dans un poème de Dr Seuss. Forty Quinn n'est pas comme Henderson. Il ne lutte pas. Il est faible. De la pisse jaune foncé s'échappe de son abominable bite molle. Déshydratation. Je lève les yeux vers le ciel. J'ai hâte que ce corps inconscient cesse de s'agiter.

Puis c'est fini. Monty Baldwin est mort. Sa fausse carte d'identité est fourrée dans son sac de coke. Le préservatif est une aubaine, il contient un autre ADN, qui ne m'appartient pas. Je retire mes mains de l'eau, reprends mon souffle. À un moment, le couteau à beurre est tombé dans l'eau. Il brille au fond. Je n'ai jamais essayé la cocaïne. Je plonge un doigt dans le sac et reproduis son geste, un petit monticule. Je tremble. Mais c'est peut-être seulement ce qu'on ressent près d'un cadavre tout frais.

45

Je n'ai pas le choix. Je dois mentir à Love. Je suis au téléphone avec elle pendant que j'attends dans le terminal JetBlue de l'aéroport McCarran. Ici aussi il y a des machines à sous. Je quitte Las Vegas pour Little Compton, mais je ne peux pas en informer Love.

Je n'ai aucun plan précis. Retourner sur la scène de crime est sans doute stupide, mais je ne peux pas rester à Vegas et attendre que la police découvre Forty, et je ne peux pas non plus aller à L.A., m'asseoir sur le canapé avec Love et passer mon temps à rafraîchir les pages des moteurs de recherche pour obtenir des informations sur Peach Salinger. Parce que la vérité, c'est que j'ai merdé. J'ai oublié le mug d'urine. C'est le seul détail que j'ai négligé et je ne le laisserai pas causer ma perte.

Du reste, si je dois me faire prendre pour le meurtre de cette petite vicieuse dépressive, j'aimerais autant que ce soit là-bas. Cette enquête pourrait mettre au jour le mug d'urine et, de même que les pères ne laissent pas leurs enfants leur rendre visite en prison, ou que les cancéreux en phase terminale refusent qu'on les prenne en photo, je refuse que Love me voie menotté.

Au téléphone, elle reste muette et pousse des soupirs toutes les deux secondes, signe qu'elle veut que je reste en ligne. Ce n'est jamais bon signe quand une femme se tait. Je dois sans cesse lui demander si elle est toujours là. Elle répond :

— Oui, pourquoi ?

— Parce que tu ne parles pas.

— Qu'est-ce que tu veux que je dise ? Je suis énervée. J'en ai assez. Je n'arrive à rien, je ne sais pas si mon frère est mort et ça craint.

— Je suis désolé. Je fais de mon mieux.

— Tu as commencé au Caesars comme je t'avais dit ?

Je réponds que oui, puis nous reconstituons mon itinéraire et je promets de continuer les recherches.

— Tu sais, il va réapparaître, la rassuré-je.

— Dans quel casino es-tu en ce moment ?

Je mens :

— Le Planet Hollywood.

Elle soupire.

— Il n'aime pas leurs tables.

— Je sais. Je me souviens que tu l'as précisé, Love. Mais j'essaie partout. À moins que tu veuilles que je rentre...

— Non, bien sûr que non. Excuse-moi. Je suis juste tendue.

— Je sais, c'est pas grave.

J'ai bien conscience qu'elle veut rester au téléphone à ne rien dire, mais l'embarquement de mon vol pour Providence, au Rhode Island, commence.

— Tu es toujours là ?

— Oui ! Joe ! Arrête de me le demander. Toi, est-ce que tu es là ?

— Je suis là. Je ne vais nulle part.

Elle pleure. Je lui assure que tout va bien. Maintenant, il va me falloir attendre. Je ne peux plus embarquer avec le groupe A. Les passagers se comportent comme des cons avec leurs valises et j'ai peur qu'il n'y ait plus de place pour la mienne. Mais Love est plus importante. Soudain, elle rit.

— Je regarde *Friends*. C'est l'épisode où...

— Merde, je crois que je le vois !

Je raccroche pour me précipiter vers le Jetway. C'est nul à chier, mais regarder *Friends* pendant qu'on est au téléphone avec son petit ami aussi. Je lui envoie un texto : *Fausse alerte. Je t'aime.*

Elle répond : *XOXO*

J'aurais préféré qu'elle écrive : *Je t'aime.* Ceci dit, je dois me préparer au changement. Je retourne sur Internet parce que je n'en reviens toujours pas. Je visionne une conférence de presse avec les parents de Peach. Sa mère est appelée Florence « Pinky » Salinger. C'est Peach en plus âgée, les lèvres plus charnues et les épaules plus larges. « J'ai répété à la police à maintes reprises que ma fille luttait contre la dépression, mais n'était pas suicidaire. » Elle prend une inspiration. « Cela a beau être réconfortant que les autorités traitent la disparition de ma fille comme un crime, un meurtre, il est extrêmement déconcertant que la police ait refusé de mener l'enquête avant de recevoir ce renseignement anonyme. » Elle pousse un long soupir. Cette femme n'a pas d'âme. Pas étonnant que Peach ait été aussi horrible. « Il est triste qu'un enquêteur n'accorde aucun crédit à l'instinct d'une mère et aux informations qu'elle détient. Mais nous sommes heureux de savoir que le meurtre de ma fille sera enfin puni. »

Elle lisse sa veste, comme si son apparence importait, puis s'éloigne de l'estrade. Je me demande ce que vit une mère qui doit faire une allocution devant des journalistes au sujet de sa fille décédée et qui se fait maquiller et coiffer.

Le présentateur explique que la famille Salinger compte employer toutes ses ressources pour que cet homicide soit résolu. La vidéo se termine là-dessus.

Nous décollons. C'est étrange de retourner à Little Compton, de repenser à l'époque où j'étais éperdument amoureux d'Amy. Je n'ai pensé ni à elle ni à notre voyage depuis longtemps, ni à Noah, Pearl, Harry, Liam, *Charlotte & Charles*, à toute cette nourriture et tout ce sexe. Je me rappelle son goût, je me rappelle les draps tachés de myrtilles et le timbre de sa voix quand elle m'a dit qu'elle essaierait d'apprendre à faire confiance. Si je n'avais jamais emmené Amy à Little Compton, serions-nous encore ensemble ? Le destin est-il prédéterminé ou en change-t-on le cours en se frayant un chemin dans de petites villes pittoresques parce que la sensation de dépaysement qu'on y ressent nous fascine ?

Retourner à Little Compton est risqué. Mais je le fais pour Love. Notre amour sera toujours menacé tant que le mug d'urine sera là-bas, à me narguer. Et vraiment, c'est comme l'amour lui-même, comme la boisson. Il nous arrive à tous d'avoir le cœur brisé. On se saoule, on vomit, on pleure, on écoute des chansons tristes et on jure qu'on ne nous y reprendra plus. Mais vivre, c'est vivre ça à nouveau. Aimer, c'est tout risquer.

Nous atterrissons à Providence. Aucun vol n'a jamais été aussi rapide. J'envoie un texto à Love : *Je n'avais plus de batterie. Je vais me coucher. Rien pour le moment, j'aurais aimé avoir de meilleures nouvelles. Je t'aime.*

Elle me répond aussitôt : *OK.*

J'achète des conneries à l'aéroport. Une barre chocolatée trop grosse, un exemplaire de *Mr. Mercedes* et une casquette des Red Sox. Je file directement vers le loueur de voiture. On ne peut pas avoir de véhicule sans montrer de papiers d'identité et fournir une carte bancaire. Je m'exécute. Un élément joue en ma faveur : je suis seulement venu ici en vacancier cet été avec Amy. Le type de cet hiver, celui qui a embouti sa voiture et tué une fille ? Il s'appelait Spencer Hewitt.

Je ne loue pas de cabriolet. Je choisis une Chevrolet. Je démarre. Je roule vers ma vie, mon passé, mon avenir, mon code génétique, mes erreurs, mon possible salut, mon probable destin tragique, Little Compton.

46

Ma vie semble avoir pour thème les vacances travaillées. Comme beaucoup d'Américains, je suis manifestement incapable de prendre des congés. Et c'est mauvais pour la santé. Les Européens ont un rythme de vie plus sain. Ils se détendent. Ils se reposent. Ils éteignent leurs téléphones et laissent leur travail au bureau. Quand ils vont à la plage, ils enlèvent le haut, montrent leurs seins et leurs torses velus, boivent, prennent des bains de soleil, et ils y vont à fond. Moi, au contraire, je suis un de ces Américains accros au boulot qui se traînent sur une plage vide, sans savourer le coucher de soleil, sans folâtrer dans les vagues – de toute façon, l'eau est trop froide, c'est l'automne –, et je travaille dur, à trouver un moyen de m'introduire dans cette putain de baraque.

Je me suis enregistré dans mon motel miteux et j'ai dormi comme une souche. Vegas, ça défonce. Je crois que j'ai passé vingt-huit heures sans fermer l'œil. Je me suis réveillé sur le maigre couvre-lit sale, dans une mare de salive. J'ai pris une douche dans la cabine exiguë et étouffante, et utilisé d'horribles petits rectangles de mauvais savon. Ensuite, j'ai roulé jusqu'au parking public le plus proche de la plage jouxtant la maison des Salinger. J'ai continué à pied. Comme si on pouvait marcher tranquillement jusqu'à une scène de crime. Avant même de l'atteindre, j'ai senti de l'activité : voitures de police, camionnettes de la télé, différents Salinger dans leurs vêtements d'hiver. Et j'ai dû reculer.

Je fais semblant d'être un type qui se balade sur la plage pendant que la maison se remplit de gens susceptibles de découvrir mon mug. Il me faut entrer, alors j'essaie.

Je vais jusque chez *Crowther* où je commande une tonne de plats à emporter. J'achète aussi un de leurs tee-shirts. Je retourne chez les Salinger, je me gare le plus près possible de la maison. Les camionnettes de la télé sont parties – l'actualité ne reste actuelle qu'un court instant ; il n'y a plus qu'un flic. Je coiffe ma casquette des Red Sox, soulève la boîte qui déborde de nourriture, puis me dirige au trot vers la maison, comme n'importe quel livreur. Je frappe à la porte, comme n'importe quel livreur. Personne ne répond, alors je sonne, comme n'importe quel livreur.

Un type qui ne doit pas avoir plus de vingt ans et ressemble trait pour trait à Peach vient ouvrir. Il porte un tee-shirt de Yale. Il se gratte la tête. Il a l'air de n'avoir jamais tenu de râteau ni acheté de ticket de loto.

— C'est pour quoi ? me demande-t-il.

— J'ai une livraison.

Au cas où ça ne sautait pas aux yeux.

— Je peux entrer pour poser ça ?

Le Salinger au crâne ovale tourne la tête.

— Maman ! hurle-t-il.

— Hé mec, j'ai le dos en compote. Si je pouvais entrer et poser ce truc...

Mais sa mère arrive.

— Trot, lui dit-elle. Ne crie pas.

Elle me regarde, puis me dit :

— Excusez-moi. Nous demandons que les fleurs, les aliments et les cadeaux soient envoyés au foyer de femmes de Fall River. Peach avait les droits des femmes très à cœur et nous n'avons pas besoin de nourriture.

Peach n'avait pas les droits des femmes très à cœur. C'étaient les chattes des femmes qui lui tenaient à cœur. Elle voulait s'envoyer Beck, et c'est pour ça que je l'ai tuée. Les Salinger. Cette salope me fixe.

— Vous... parlez... notre langue ? me demande-t-elle.

Non. Mais je parle la langue des connes.

— C'est très noble de votre part, la complimenté-je. Mais mon patron va me botter les fesses si je roule jusqu'à Fall River. Je ne peux vraiment pas entrer et vous laisser ça ici ?

Sous-entendu : entrer, voler les clés qui se trouvent sans nul doute sur la table de la cuisine parce que les riches, et en particulier ceux de la côte est, aiment beaucoup balancer leurs affaires sur la table de la cuisine.

La connasse soupire.

— Mon pauvre…

Elle va chercher son sac à main. Elle croit que je réclame un pourboire.

— Prenez-ça et gardez la livraison.

Elle me glisse un billet de cinq dollars, puis m'adresse un sourire de façade, du genre qu'on affiche quand on veut que l'autre s'en rende compte. Et elle referme la porte, à clé. À présent, je suis grillé non pas par un, mais par deux Salinger, et je ne peux pas vraiment me repointer demain dans un uniforme UPS. Non pas que j'en aie un. Tout ce que j'ai, c'est une boîte pleine de bouffe.

Je retourne à mon motel miteux. Je mange. J'envoie un texto à Love : *Toujours rien et oui je suis le débile qui s'est fait coincer à une table de blackjack pendant des heures.*

Elle répond : *Je ne suis pas ton contrôleur judiciaire. Tu n'as pas de comptes à me rendre ! Je sais que tu travailles dur. J'aide mon père pour des trucs du Pantry.*

Le moment était mal choisi pour employer le terme « contrôleur judiciaire ». Je n'ai pas envie de lui parler avant d'avoir détruit le mug. J'aimerais pouvoir changer les choses. J'aurais voulu m'en occuper avant notre rencontre.

Tu me manques, écrit-elle. La plupart des filles auraient piqué une colère de gamine si leur petit ami leur avait fait le coup du silence radio à Las Vegas pendant plusieurs heures, en particulier pendant une crise familiale.

Mon portable vibre. Elle m'appelle.

— Je voulais juste entendre ta voix, me dit-elle quand je décroche.

— Comment ça va ?

Elle me parle d'une collègue difficile, Sam. Je bâille. Il fait froid dans la chambre. Je vais à la fenêtre pour fermer les rideaux. J'ai laissé les feux allumés. Je lâche : « Merde. »

— Qu'est-ce qu'il y a ? me demande Love. Ça va ?

— Oui. J'ai oublié d'éteindre mes phares. Ça va.

J'attrape les clés, je sors – dans le froid mordant –, coupe les phares, retourne à l'intérieur en courant. Love me demande où je suis.

— Dans un *diner*. Le *Peppermill*.

Elle me dit qu'elle est contente que je mange et qu'elle veut que je me repose. Elle me dit que j'ai la voix tendue. Je lui réponds que j'ai la voix tendue parce que je le suis. Elle me dit qu'à l'époque de la fac, Forty a disparu pendant deux mois.

— Juste après mon mariage, ajoute-t-elle. Pendant deux mois, Joe. Tu sais que tu ne peux pas rester à Vegas pendant deux mois ?

— Je ne le ferai pas, mais je ne peux pas abandonner tout de suite.

— Promets-moi de prendre soin de toi.

Je promets. Ensuite, je me prépare du café de motel dégueulasse et me connecte à Tinder. Heureusement, il n'y a pas tellement de filles dans la zone. Je fais défiler, défiler, défiler. Aux toilettes, dans le lit, dans la voiture, et enfin je la trouve. Jessica Salinger. Je la reconnais grâce à la photo de famille dans l'article. C'est une version plus jolie de Peach et elle se trouve à moins de deux kilomètres. C'est ce que j'avais besoin de savoir, qu'elle était encore là. Son Facebook et son Twitter sont privés, mais sa chatte est ouverte, apparemment. Les êtres humains. Je ne les comprendrai jamais.

Je me douche, me rase, m'habille, cours à ma voiture. Heureusement que j'ai remarqué que j'avais laissé les phares allumés, parce que la batterie marche et que j'en ai besoin. Je dois me rendre chez *Scuppers* maintenant, là où je suis allé avec Supersalope. C'est le seul bar de la ville ouvert à cette époque de l'année. J'entre et mon regard est immédiatement attiré par les chaises hautes au bar, marron, pas en cuir blanc comme au Bellagio. Deux d'entre elles revêtent un intérêt particulier pour moi, parce que l'une supporte Jessica Salinger et l'autre l'amie sur laquelle j'ai misé. Et il reste encore plein de place au bar.

L'établissement est calme – une chanson de Sade en fond sonore – et je n'ai aucun rival. Les deux autres gars, des ouvriers du bâtiment je pense, portent tous les deux des alliances et sont plus intéressés par les infos que par les filles. Il n'y a aucun groupe pour me mettre des bâtons dans les roues, pas de foule, et ce malgré l'agitation autour de la morte. Les ressortissants de la Nouvelle-Angleterre sont radins et hibernent le soir, comme si sortir vous menait directement à la prostitution.

Bien entendu, je ne vais pas choisir Jessica Salinger. Ce serait trop louche, car j'ai déjà rendu visite à sa famille aujourd'hui. Je dois m'attaquer à l'amie, celle avec qui je savais qu'elle serait parce que les filles comme Jessica ont toujours une copine avec elles, toujours un peu plus petite, un peu plus saoule, un peu plus terre à terre, au sens propre. Celle-ci tapote sa paille avant de l'enlever de son cocktail. Cette amie s'ennuie. Cette amie va être à moi. Sans difficulté.

Il y a très longtemps que je n'ai pas dragué dans un bar, mais je sais comment ça fonctionne. Tout ce qu'il faut faire, c'est fixer le reflet du visage de la fille dans le miroir derrière le bar, laisser son amie le remarquer, et ne pas détourner les yeux. Quand elle rencontre votre regard dans le miroir, vous éclatez de rire, vous vous excusez – c'est bien de commencer par « désolé » – et ajoutez que vous n'aviez pas l'intention de la dévisager, mais que vous n'avez pas pu vous en empêcher.

Je la complimente.

— Vous êtes très jolie. Et je ne dis pas ça dans le style gros crétin flippant. Je ne vais pas essayer de vous draguer alors que vous êtes ici avec votre amie.

Ensuite, je me retire de la partie, fais signe au barman, puis commande une Gimlet – je veux savoir pourquoi Forty les aimait autant. La fille pose maintenant la main sur mon bras.

— Comment vous vous appelez ?

— Brian.

Comme le Brian de Cabo.

— Brian Stanley.

— Eh bien, moi c'est Dana et voici mon amie Jessica. Vous êtes ici tout seul ?

— Oui. Et vous ? Vous êtes ici toutes seules ?

Jessica lève les yeux au ciel. C'est exactement ce que je veux. Ma Gimlet arrive. J'en bois une gorgée. Je demande à Dana ce qu'elle fait là et elle me répond qu'elle est venue soutenir son amie Jessica. Jessica se sent de plus en plus invisible – ce ne sera plus long à présent. Je sirote lentement mon verre. Dana est la colocataire de Jessica à New York. Elle est étudiante en première année de droit, aime cette charmante petite ville, aime cette chanson, aime ce bar. Jessica, elle, n'aime pas être la cinquième roue du carrosse. Elle se lève.

— Ça vous ennuie si je vous laisse ? nous demande-t-elle.

Je présente mes excuses – Je suis M. Bonnes Manières. Dana déclare qu'elle devrait partir aussi. Jessica lui dit que c'est ridicule et ajoute qu'elle a sommeil. Dana ne sait pas comment elle va rentrer.

— On n'est pas à New York où il suffit d'appeler un taxi. Non, je devrais y aller.

Jessica l'informe qu'elle l'attend dans la voiture. Jessica Salinger se fiche complètement de moi. Je dis à Dana que c'est peu orthodoxe et présomptueux, mais que je pourrais la raccompagner si elle voulait rester.

— Merci, me répond-elle. Mais je ne te connais même pas.

— Je comprends. Je suis désolé. Je n'essayais pas de…

Deux heures plus tard, Dana est ivre et titube. Elle est entre de bonnes mains avec moi. Je l'aide à sortir du bar. Je lui ouvre la portière de la voiture.

— Comme dans *Un monde pour nous* ! s'écrie-t-elle.

Je démarre. Ça y est. Je dois continuer à jouer les gentlemen et l'escorter jusque chez les Salinger. Elle a tellement bu qu'elle ne pourra pas monter seule l'escalier.

— Alors ? Où je te ramène ?

— Attends, faut que je trouve l'adresse dans mon téléphone.

Je manque tout faire foirer en lui disant que je connais déjà l'adresse. Elle déverrouille son portable – 1267 –, se mord les lèvres, fait défiler ses e-mails.

— Je l'ai, se réjouit-elle. Trente-deux Starboard Way.

Mon cerveau vrille. Ce n'est pas l'adresse de Peach.

— Tu es sûre ?

Elle lève son portable pour me montrer la page Airbnb. Je suis foutu. Toute une soirée de gaspillée.

— En général, je loge chez Jess et sa famille. Mais il se passe trop de trucs pour eux en ce moment. Tu as vu les infos ? Au sujet de la fille qui aurait été tuée ici ? C'était sa cousine.

— Vraiment ?

Je regarde des deux côtés, j'enclenche mon clignotant et je maudis Tinder.

— C'est vraiment flippant.

Quand j'escorte Dana dans son Airbnb, elle essaie de m'embrasser. Je lui dis que je suis désolé.

— Je me remets d'une rupture. Je suis vraiment désolé. Mais je ne peux pas, tu comprends ?

Dana comprend. Elle répond qu'elle a connu ça. Mais elle ne se doute même pas. Je retourne à mon motel miteux. J'aurais dû prendre un Airbnb.

47

Le lendemain matin, je descends prendre le petit déjeuner. Non mais pourquoi j'aurais envie de préparer moi-même mes gaufres ? J'ai l'air belge ? J'ai des démangeaisons. Il doit y avoir des punaises dans mon lit. La première chose qui ne m'a pas échappée sur la côte est, c'est l'humidité. Après le froid vivifiant d'hier, Little Compton subit soudain un phénomène naturel inattendu qu'on appelle l'été indien. La fille de la réception rayonne, la peau brûlée par le soleil, l'esprit étroit. Avec son accent du cru, elle me demande :

— Vous êtes venu ici pour l'été indien ? C'est un truc de fou !

Je suis venu récupérer mon mug d'urine, merci, et ma chambre est fétide et pleine de bactéries, je le sais. Ce matin, quand j'ai pris ma douche, j'ai eu la sensation de ne pas être seul. Je me sens très à l'étroit ici, comme si mes libertés individuelles avaient été taillées en petits morceaux par la fille de la réception et par le gamin de onze ans qui m'a doublé dans la queue pour les gaufres.

Je suis nerveux. Le père obèse du gamin siffle.

— Je crois que c'est prêt, vous bipez.

J'ouvre le gaufrier. Ma gaufre est cramée. La file est longue, ce serait débile d'en préparer une autre. Je retire de l'antique machine ma source de glucides gratuite, crue à l'intérieur, noire à l'extérieur, puis la colle sur une assiette déjà poisseuse qui ne connaît clairement pas le lave-vaisselle. Il y a des gamins partout, des conversations au sujet de parcs aquatiques, du drive-in à une heure de route. On est en octobre. Que font tous ces gens ici ? Je n'avais pas anticipé la foule, les conversations sur le sirop de myrtilles et le prix de l'essence, l'ambiance Nouvelle-Angleterre. Le café, c'est du jus de chaussette – j'aurais pu le deviner, je sais. Le père de famille laisse tomber une gaufre sur mon assiette.

— Vous avez l'air d'avoir besoin d'un remontant, me dit-il avec un clin d'œil.

C'est un monde gentil, un monde juste. J'ai besoin d'énergie. Je mange la gaufre, bois le café, prends la voiture, puis passe devant chez Peach. C'est plus peuplé qu'hier et je ne peux plus m'approcher maintenant que j'ai foiré avec ma livraison spéciale et que Jessica Salinger pense que je m'appelle Brian. Quelqu'un est-il en train de découvrir mon mug d'urine en ce moment même ? Je sors de la voiture. Deux vieilles dames font de la marche rapide.

La maigre . « Et tu sais qu'apparemment c'était une lesbienne ? »

La maigrissime : « Ils pensent que son affreuse mère a pu la tuer ? Tu sais, je crois qu'elle en est capable. »

La maigre : « Elle prend du poids. »

La maigrissime : « Elle ne devrait pas porter de chaussures plates. Il lui faut des talonnettes. »

Au moins Peach ne venait-elle pas d'une de ces familles heureuses dont aucun membre ne peut même concevoir qu'un des leurs commette un crime. Les habitants de la Nouvelle-Angleterre aiment les meurtres autant que la musique de Taylor Swift et les singeries de Kennedy. Je n'ai pas eu ma dose de conversations futiles, alors je vais en ville, où il y a plus de monde.

J'entre dans le *Art Café and Gallery* et comprends aussitôt que c'est une erreur. Les têtes se tournent. Les vieux locaux déplorent la présence de New-Yorkais trop curieux qui viennent fourrer leur nez partout. Ils me toisent de la tête aux pieds. Sans mon bronzage californien, je serais sans doute pendu au drapeau dehors. Heureusement, une distraction se présente. Un troupeau d'hommes vêtus de Lycra pénètre dans l'établissement. Des cyclistes. Ce sont des habitués et, à ce titre, ils sont les bienvenus. Je redeviens invisible. Je commande un café. Je me bats avec la pompe du distributeur de lait. Un cycliste me recommande d'appuyer une fois, fort. Ça fonctionne. Je suis en veine.

Je le remercie, le regarde, et la chance tourne aussi sec, tout comme chaque session de blackjack se conclut inévitablement avec vingt et un pour le donneur. Luke Skywalker sait qu'il peut mourir lors d'un combat, Eminem sait que l'émotion peut l'empêcher de faire des rimes et moi, Joe Goldberg, je sais que quand je retourne dans le Rhode Island, dans mon endroit maudit, cette saloperie de Little Compton, il est possible que j'entre dans un magasin, baisse la garde, et me retrouve nez à nez avec le flic que j'ai rencontré lors de ma première visite. Oui, c'est l'agent Nico, en Lycra violet, coiffé d'un casque bleu. Il plisse déjà les yeux.

— Je vous connais, dit-il.

Effectivement. Il me connaît sous le nom de Spencer Hewitt, le gars qu'il a trouvé dans le hangar à bateaux près de chez les Salinger après qu'il avait embouti sa voiture. Il connaît ma casquette Figawi. Il va se souvenir de moi et de cette froide nuit de décembre. Il va peut-être même lire le dossier Peach Salinger et se rendre compte qu'elle a disparu à peu près au moment où il a trouvé ce Hewitt qui se gelait dans ce hangar.

Je recule d'un pas.

— Merci pour le lait. À charge de revanche.

Il reste impassible.

— Je n'oublie jamais un visage, me répond-il. Attendez.

Les autres cyclistes ont besoin de lait aussi. Il me fait signe de le suivre dehors – été indien ! Même quand il n'est pas en service, il a l'autorité d'un représentant de la loi. C'est à cause de lui que Robin Fincher n'aurait jamais dû sortir diplômé de l'école de police. Il se mord la langue en retirant le couvercle de son gobelet de café, puis me demande :

— Vous vivez par ici ?

— Non. J'arrive tout juste de Boston.

Il est aussi gentil que dans mon souvenir. Je me demande s'il s'est tapé l'infirmière de l'hôpital de Fall River à qui il semblait beaucoup plaire. Les autres cyclistes sortent un à un sur la pelouse. Ce sont principalement des lourdauds, des dentistes blancs, et ils veulent que leur pote flic noir revienne parmi eux. Je lève la main pour m'éclipser. Mon geste ravive la mémoire de l'agent Nico. C'est vrai, on est en Nouvelle-Angleterre où la population ouvre l'œil par plaisir, où les souvenirs restent intacts, parfaits, parce que les gens ne sont pas embourbés dans leurs aspirations artistiques. Nico n'aspire qu'à sauver le monde. Il claque des doigts.

— La Buick, dit-il. C'est vous, le gamin ! Vous avez défoncé une Buick, mon pauvre.

Les cyclistes sont intéressés maintenant. J'appartiens au genre humain de la pire façon possible. Si je mens, si je dis qu'il ne s'agissait pas de moi, Nico le saura. C'est un vrai flic.

— C'est vous? m'étonné-je.

Je pose mon café, puis m'avance pour lui serrer la main.

— Vous m'avez sauvé la vie.

Tant pis pour le ridicule, un homme blanc qui traverse l'endroit le plus blanc d'Amérique au beau milieu de l'hiver enneigé et qui ne se rappelle pas le policier très noir qui l'a trouvé dans un abri à bateaux et l'a conduit à l'hôpital. Je suis foutu. Ou peut-être pas. Nico me serre la main, une poignée de main ferme.

— Je suis étonné que vous vous en souveniez, dit-il. Vous étiez bien amoché.

— Je me rappelle l'essentiel. Je ne vous ai pas reconnu avec votre tenue. Vous roulez tous régulièrement?

Voilà que maintenant j'ai inclus les dentistes, je leur ai donné l'occasion de parler avec un inconnu de leurs virées hebdomadaires avec leur pote flic, leurs aventures banales, les coups de sonnettes aux mauvais conducteurs, les animaux écrasés, la fois où Barry est tombé en roulant sur un tuyau et où tout le monde s'est tordu de rire, oh, Barry. L'agent Nico est détendu, mêlé à plusieurs conversations, aucune à mon sujet. Tout va bien. Je m'en suis sorti. Je vais rester un peu, juste pour prouver que je suis à l'aise. Quand un des types me demande ce qui m'amène dans leur «hameau ensoleillé au bord de l'eau», je n'hésite pas.

— L'été indien.

Et j'imite l'attitude aimable d'Harvey Swallows. J'ouvre les bras.

— J'ai raison ou j'ai raison?

J'ai raison, et bientôt il est temps pour les cyclistes de partir. Nico me fait au revoir de la main; il espère que cette fois mon séjour ne se terminera pas aux urgences. Je touche la table pour éloigner le mauvais sort. Il plisse les yeux.

— Gamin, dit-il, c'est une table en métal.

Il rit, s'en va. Je trouve un arbre et touche l'écorce.

J'ai encore des démangeaisons. C'est peut-être psychosomatique. Mais c'est peut-être réel. Dana m'a peut-être refilé quelque chose. Dieu sait quels microbes rampaient sur moi à Vegas, ou dans l'avion. Je suis mal dans ma peau à Little Compton. Je n'aurais jamais dû aller au *Art Café*. Je n'aurais jamais dû venir ici. Je défais le lit. Je regarde s'il y a des punaises. Je n'en trouve aucune. Je retourne le matelas, mais ne décèle aucun problème. C'est moi qui ne vais pas bien. L'amour nous tire vers le haut, mais il nous oblige aussi à errer dans Little Compton comme si nous n'avions pas tué la fille des infos.

J'ai faim, mais le motel ne propose pas de repas du soir. Je meurs de faim et je suis abandonné ici, incapable de me motiver pour aller au Burger King. Mes démangeaisons m'empêchent de dormir et je suis trop tendu pour pouvoir me relaxer. Si je ne peux pas récupérer ce mug d'urine, c'est la police qui le trouvera. Et si la police opère des tests et établit des liens, j'irai en prison et je ne pourrai pas retourner en Californie pour épouser Love. Les démangeaisons ont cessé. Je n'en avais pas encore pris conscience.

— Je veux l'épouser, dis-je à voix haute.

Soudain, je comprends la raison de ma présence ici. Je suis celui qui fuit l'amour, qui se sabote. Je ne crois pas pouvoir dormir dans cette chambre, dans cette ville, dans cet univers. Je traîne les draps dans la salle de bains, seul vortex stérile dans cette fosse à l'odeur de moisi. Je peste contre la tristesse du lieu, ses plans de travail en granit, ses petits savons pourris, le shampoing pas bio. Love n'en voudrait certainement pas et tout ce que moi je veux, c'est elle.

Je jette les draps dans la baignoire, me lave les mains. J'entends frapper à la porte. Mon cœur s'emballe, mais le reste de mon corps se fige. J'imagine le visage de l'agent Nico. Je panique. On frappe encore. Ça sent la fin. En allant ouvrir, je trébuche et me cogne le genou contre le lit. Mon corps proteste. Je tends la main vers la poignée. Je me prépare, j'ouvre. Mais en face de moi, ce n'est pas l'agent Nico que je découvre. Je découvre pire.

Love.

48

Elle croise les bras.

— Tu as dit que tu avais laissé tes phares allumés, commence-t-elle. Mais il n'était que dix-sept heures.

— Love, je peux t'expliquer.

— J'espère. Parce que tu devrais aussi savoir que *The Hit Girls* n'est pas et n'a jamais été sur Netflix.

Elle entre dans la chambre.

— Il y a quelqu'un ? demande-t-elle.

— Non. Je suis seul.

Elle observe le lit sans draps.

— C'est quoi ça ? C'est pour détruire les preuves ?

— Non.

Je ne peux pas tenir le rythme de ses questions.

— Love, laisse-moi t'expliquer.

Elle hausse la voix.

— Hé oh, tu peux sortir maintenant ?

— Love, il n'y a personne ici.

— Tu sais, nous vivons tous dans le même monde, Joe. Tu crois que je n'ai pas le moyen de savoir que tu as acheté un billet d'avion pour le Rhode Island et loué une voiture ? Et je ne dis pas ça pour faire ma star, mais tu sais qui est mon père ? Ses amis n'ont pas trouvé Forty parce que Forty sait comment se cacher. Parce que nous avons grandi là-dedans et que nous savons qu'il faut désactiver nos portables et payer en espèces. Mais tu crois que je ne peux pas te trouver ? Bon sang. Où est-elle ? Hello !

— Love, arrête s'il te plaît.

— Non.

Elle porte un imperméable bleu marine, un jean pattes d'eph et un pull rose qui a rétréci. J'ai envie de la serrer dans mes bras tout entière. Même maintenant, alors qu'elle m'accuse de la tromper. Particulièrement maintenant. Elle ne partira pas. Elle n'a pas peur de moi, pourtant elle sait que j'ai menti, que je l'ai laissée en plan en prétextant partir à la recherche de son frère. Ce n'est pas la police. C'est Love, et c'est pour ça qu'elle pleure.

— Pourquoi tu ne me parles pas ? Je te dis des choses, mais toi, toi, tu te fermes, tu me caches la vérité. Pourquoi tu ne me dis pas comment tu as vu *The Hit Girls* ? Parce que non, Joe. Tu ne l'as pas vu par hasard sur Netflix. Ce n'est pas sur Netflix et même si ça y était, un mensonge, ça se sent. Je sais que tu le sais. Et je réfléchis à tout ça, tu vois, au milieu de la nuit, quand tu dors. C'est le genre de choses auxquelles je pense. Pourquoi tu ne me le dis pas ?

Je réponds « Love ». Je ne peux pas l'expliquer, mais je voudrais. Je veux qu'elle sache.

— Tu sais, reprend-elle, depuis le début, quand tu fais des trucs sur ton téléphone, depuis qu'on est ensemble, je sais que tu mijotes quelque chose. Parfois, j'imagine que tu as un cancer. En fait, je me console en me disant : il est malade, il va mourir et il ne sait pas comment m'annoncer que je vais avoir le cœur brisé.

— Je n'ai pas de cancer.

Mais en fait, j'en ai un : j'ai le *mugdurine.* C'est une tumeur qui se propage, maligne, qui s'insinue dans mon amour, dans ma Love. Elle porte toujours son imperméable.

— Je sais que tu n'as pas de cancer, Joe. C'est là toute la question. Il faut que je sache ce que tu as. Je n'en peux plus. J'ai suffisamment de problèmes. J'ai un frère qui disparaît, un père qui n'arrive même pas à faire semblant de souhaiter son retour, et une mère qui aurait préféré qu'il n'existe pas du tout. Je ne peux pas me rajouter ça.

Elle pleure. Je m'approche d'elle, mais elle ne veut pas de moi.

— Non, tu ne peux pas me soutenir si tu ne le veux pas.

Elle s'essuie les yeux.

— D'abord, qu'est-ce que tu es venu faire ici ? Pourquoi es-tu dans le Rhode Island ? Est-ce que mon frère est ici ? Qui es-tu ? Parce que je ne peux plus te le demander. Je ne peux plus te le demander.

— Je suis désolé.

Elle a raison. On ne peut pas être amoureux, pas complètement, pas éternellement, si on ne peut pas dire la vérité. Ça s'accumule. Elle m'a raconté pour Milo au *Château*. Mais comment pourrais-je lui raconter ma vérité ? J'ai tué son frère. C'est une version atomique de cette vérité universelle : vous pouvez dire du mal de votre mère, mais personne d'autre n'en a le droit, peu importe ce que vous dites, peu importe ce qu'elle fait. Je ne peux pas tout déballer à Love. Et lui parler, c'est lui mentir.

— Je devrais partir, dit-elle. Je ne sais pas ce que je fais ici.

Je m'agenouille à ses pieds.

— S'il te plaît, reste.

— Pourquoi ?

— Parce que je t'aime.

Elle hoche sa petite tête.

— L'amour ne suffit pas, Joe. C'est loin de suffire. Je veux davantage.

— Je le sais.

— Je ne sais pas quoi ajouter. Mais je ne supporte pas que tu m'apportes autant de bonheur, plus que je n'en ai jamais ressenti, pour qu'ensuite tu détruises tout, comme si au fond tu ne voulais pas que je sois heureuse.

— Bien sûr que je veux que tu sois heureuse.

— Alors dis-moi qui tu es. Dis-moi pourquoi tu m'as dit que tu regardais *The Hit Girls* sur Netflix.

Je réponds :

— Love.

Si nous étions mariés, si je l'avais laissée m'accompagner à Vegas et que nous nous étions enfuis pour nous marier, elle n'aurait pas le droit de témoigner contre moi devant un tribunal. Mais nous ne le sommes pas, et les relations telles que la nôtre ne sont pas reconnues dans le système juridique. Je veux épouser cette femme. Je veux rester avec elle. Je veux que nos cendres soient mélangées, nos corps en décomposition enterrés côte à côte. Je veux qu'elle sache à quel point je le désire. Je refuse de vivre sans elle. Je ne veux pas la lâcher. Si elle me quitte, que deviendrai-je ?

— C'est tout ce que tu as à dire ? Très bien.

Sa voix est froide. Elle s'éloigne de moi.

— Joe, c'est fini.

Je lève les yeux vers elle. C'est comme dans *Homeland*, quand le héros va couper un câble et que la bombe pourrait exploser. Je pourrais nous tuer, briser tout ce que nous partageons. Mais je peux peut-être vivre avec, parce que sans elle, je mourrai. Je le sais. J'accepte qu'elle me frappe, m'insulte, courre voir la police. Ce pourrait être la fin. Mais ce pourrait aussi être le commencement.

Quand on se fait baptiser, on retombe dans l'eau, tout entier. Certains se bouchent le nez. D'autres non. Mais on ne peut pas y échapper ; il faut se mouiller si on veut être entre les mains de Dieu.

Je prends celles de Love. J'accepte le risque. Je respire. Je parle.

— La première fois que j'ai vu *The Hit Girls*, c'est quand je me suis introduit par effraction dans l'appartement d'une fille.

Quand j'ai terminé, quand je lui ai tout raconté – tout sauf Forty, bien sûr –, elle reste là, assise sans bouger. Les minutes passent. Son visage ne trahit rien, de la même manière que Matt Damon n'a jamais l'air perturbé quand il joue Jason Bourne.

Je pense à ce que j'ai fait, à ce qu'elle doit penser de tout ça. Je n'ai pas cherché à omettre les détails grotesques pour me donner l'air d'un héros immaculé et dépourvu de sensibilité. Je lui ai raconté que j'avais volé le portable de Beck et étranglé Peach sur la plage. Je lui ai raconté le sang du *Da Vinci Code* dans la bouche de Beck quand elle est partie, que je l'ai enterrée dans le Nord de l'État. Je lui ai dit pour le mug d'urine.

Je lui ai tout raconté, mais c'est comme un livre comparé à un film : le livre vous laisse décider la quantité de sang que vous voulez voir. Le livre vous permet de vous représenter l'histoire comme vous le souhaitez, comme votre esprit vous l'indique. Vous interprétez. Votre Alexander Portnoy ne ressemble pas au mien parce que nous avons chacun notre regard. À la fin d'un film, on quitte le cinéma avec son ami et on discute du film tout de suite. Quand on finit un livre, on réfléchit. Je lui laisse le temps d'être digéré.

Je me prépare au pire. Que l'expression de son visage change, qu'elle s'enfuie de la pièce en hurlant. Étrangement, toutes les femmes que j'ai connues m'ont préparé à affronter ce moment. Ma mère. Beck. Amy. Les femmes me quittent, et Love va me quitter. Il le faut. Elle croit en l'amour, elle décore sa maison avec, elle le porte sur son passeport, dans son cœur. Elle va quitter cette pièce avec l'impression d'avoir recommencé, d'avoir choisi le mauvais, et de devoir jeter aux orties cette nouvelle relation.

Je ne me suis jamais confié de cette façon, je n'ai jamais tout révélé à voix haute. Je serre mes genoux contre ma poitrine en songeant que la suite des événements ne dépend pas de moi. Je ne peux pas forcer Love à m'aimer. Mais j'ai fait ce qu'il fallait. Je lui ai dit ce qu'elle voulait savoir. J'ai arrêté de mentir.

L'attente dure une éternité. Elle fixe une tache sur le sol. Je pense à tous ceux qui ont occupé cette chambre avant. Je me demande s'il y en a eu des comme moi.

Love finit par lever les yeux.

— OK, dit-elle. Je vais te parler de Roosevelt.

Roosevelt était un chiot qu'ils avaient quand ils étaient enfants. C'est Forty qui avait trouvé son nom. Elle ignorait pourquoi, à l'époque, et elle l'ignore toujours.

— Il est bizarre.

Elle dit ça comme s'il était encore vivant.

— Enfin, quel enfant de six ans baptise un chiot Roosevelt ? Et puis ce n'est pas comme s'il avait été précoce ou intéressé par la politique. Il aimait juste le mot Roosevelt.

— C'est un chouette nom.

Elle ignore ma remarque.

— Bref, Roosevelt a disparu. On a cherché partout, mis des affiches, tout. Et puis, un jour, Forty m'a réveillée au beau milieu de la nuit et m'a emmenée dehors pour me montrer que Roosevelt n'avait pas disparu. Il était mort.

— Oh, mon Dieu.

Elle me regarde. Me tient les mains. C'est elle à présent qui ne cille plus, qui me fixe.

— Il avait accroché Roosevelt à un mur. Il était en colère contre lui parce que le chien voulait sans cesse dormir dans ma chambre plutôt que dans la sienne. Alors il l'a puni. Il l'a affamé et muselé.

— Love…

Je n'ai jamais fait de mal à un animal. Je n'imagine pas être un monstre pareil.

— Mon Dieu.

Elle retire ses mains.

— Tu n'as pas idée de ce que c'est d'être la jumelle de quelqu'un qui fait ce genre de choses.

Sa voix tremble quand elle prononce « ce genre de choses ». Roosevelt n'est pas le seul ; il y a d'autres crimes, j'en suis sûr.

— Love. Je suis vraiment désolé.

— Alors c'est comme ça. J'aime un psychopathe. Je sais qu'il est fou et je sais qu'il a accroché un chien à un mur, mais tu sais quoi ? Je ne l'ai jamais dit à personne. Et tu sais quoi ? Tant pis pour ce chien qui l'a boudé. Et j'emmerde cette Monica qui l'a laissé tomber pour ton pote, le loser, et toutes les filles qui se comportent comme s'il y avait une pièce défectueuse chez lui et qui ne font même pas semblant d'en vouloir à son argent, mes parents qui ne font même pas semblant de croire en son talent, et j'emmerde Milo parce qu'il est meilleur en tout. Et tous ceux qui demandent « qui est l'aîné des deux » et ceux qui ne sont pas surpris quand je réponds que c'est moi parce qu'ils disent « évidemment, vous semblez tellement proches ». J'emmerde tout le monde, Joe. Je défendrai mon taré de frère jusqu'au bout parce que la vie est injuste. Elle l'est. Roosevelt pleurait quand Forty essayait de le prendre dans ses bras, et c'est Forty qui avait voulu l'avoir au départ. Qui a créé un monde pareil ? Où on ne peut détester personne parce qu'au final tout le monde a un fardeau à porter, sans qu'on sache ce que c'est exactement. Enfin, il est obligé d'être Forty et je suis obligée d'être sa sœur. C'est quoi, le pire ?

Elle secoue la tête.

— Dis-moi. Qui a le droit de détester qui que ce soit ?

Love est à bout de souffle. Il est clair qu'elle n'a jamais parlé de ça à personne. Ça se sent quand quelqu'un ouvre un tiroir tellement secret qu'il ne possédait même pas de clé.

Elle me dévisage.

— Tout ce que je sais faire, c'est aimer. Alors je peux entendre ce que tu m'as dit.

— Aïe.

Elle prend ma main dans la sienne.

— C'est un compliment, affirme-t-elle. C'est pour ça que je déteste que les gens continuent de se marier comme si c'était si simple. Ça ne l'est pas. Trouver quelqu'un qui vous comprend, c'est spécial.

Je dépose un baiser sur le dos de sa main.

— Quelle race de chien était-ce ?

— Un golden retriever. Roosevelt était un golden retriever.

— Je t'aime, Love.

— Je t'aime, répond-elle.

J'entends une voiture freiner dehors. Je sursaute. Le crissement. Je suis encore tendu, je ne peux toujours pas y croire.

Elle sourit.

— Écoute, Joe. Je ne serais pas venue ici si j'ignorais que ça pouvait être moche.

— « Moche », répété-je.

Elle serre ma main.

— Pour moi, c'est bon. C'est tordu, mais j'ai l'impression que ça va marcher. Tu as commis toutes ces choses horribles, mais tu es aussi tombé amoureux de quelqu'un qui peut te pardonner.

— Je ne sais pas quoi dire.

J'imagine Love à six ans en train d'observer le chiot mort.

— Joe.

Mon nom lui appartient à présent. Elle a quelque chose à ajouter. À la mort de Trey, elle a su que si elle retrouvait quelqu'un, ce serait pour la vie. Elle baisse les yeux, puis les relève.

— Je suis enceinte.

J'ai bien entendu ?

— Enceinte ?

Oui, j'ai bien entendu.

— Enceinte !

Maintenant, il y a une notion de permanence entre nous. Cela signifie que le pardon est total. Véritable. Si elle avait peur de moi, elle serait partie en courant et ne m'aurait jamais parlé du bébé, de notre bébé.

Et puis soudain, je percute. On va avoir un bébé ! Nous rions ; j'embrasse son ventre ; elle m'apprend qu'elle a fait le test – c'est encore tôt –, qu'elle devait venir me l'annoncer en personne et qu'elle est heureuse de l'avoir fait.

— Moi aussi je suis content que tu l'aies fait.

Ce bébé est une grande force, il garantit l'égalité entre nous, il définit l'avenir. Peu importe ce que j'ai fait, une partie de moi est en Love. C'est la plus belle chose au monde. Love et moi sommes reliés, attachés ensemble, nos gènes se mêlent en un petit humain, en partie moi, en partie elle, entièrement triomphant. En la regardant s'assoupir, je me sens amoureux comme jamais.

— Fais de beaux rêves, lui dis-je.

Je dépose un baiser entre ses seins, juste au-dessus de son cœur.

Je vais dans la salle de bains, fais couler l'eau de la douche. La cabine exiguë me paraît plus grande. Le monde entier me paraît plus grand maintenant que quelqu'un est au courant de tout, quelqu'un qui m'aime. Je comprends pourquoi Peach Salinger était aussi sombre. Beck la connaissait. Elle ne l'aimait pas.

Je ferme le robinet, tire le rideau. Je veux ouvrir la porte, mais elle est coincée. Je ne l'ai pas fermée à clé, et elle ne se verrouille que de l'intérieur. Je ne comprends pas. Je la pousse, mais elle ne bouge pas. Des alarmes se déclenchent dans ma tête. Je tente d'ouvrir à nouveau, mais elle est clairement fermée de l'extérieur. Je panique. Je cogne dessus. J'appelle Love, me jette sur la porte. Pas de réponse. Elle m'a enfermé. Elle a probablement inventé Roosevelt, notre bébé et toute cette empathie pour pouvoir fuir en sécurité. Et ça a marché.

49

Je suis un monstre à présent. Je vis dans une salle de bains blanche vulgaire et je suis un singe sous stéroïdes. Je sais que je ne peux pas sortir, pourtant je cogne contre la porte. Je me sers de mon buste et j'ai des ecchymoses. Mon corps est bleu. Noir. Gonflé. Lorsque la douleur dans mes côtes devient trop cuisante, je me sers de mes pieds. Je donne des coups. J'ai cassé la cabine de douche et arraché l'abattant des toilettes. J'ai crié à l'aide. C'est un motel miteux. Quelqu'un doit forcément m'entendre. Les gens à l'étage inférieur – s'il y en a – s'en fichent. Je fais couler l'eau de la douche. Quand elle est froide, mes plaies piquent et quand elle est chaude, elle m'ébouillante. Il n'y a pas d'amour pour moi à Little Compton, je le savais en venant. À cette pensée, je me redresse. Mes pieds sont tachés de sang. Je me jette contre la porte. Méchant Joe. « Doucement, Joseph », m'avertissait M. Mooney quand j'étais petit, quand l'espoir existait. A-t-il jamais existé ?

Je l'ignore. *Boum*, le bruit de mon buste contre le bois. Cette fois, je crois qu'un organe s'est déplacé. Je n'utiliserai pas un bris de verre de ce miroir pourri pour me suicider. Je veux sortir avec un… *boum*. Je propulse mon autre flanc contre la porte. Elle est mon ennemie, plus forte, plus puissante, toujours prête, toujours fermée, toujours dure, jamais d'accord. Je respire. Je pleure.

Il n'y a pas de bébé. Je le sais maintenant. Dans les Épîtres aux Corinthiens, on apprend que l'amour est patient et bon. Love est intelligente par-dessus le marché. Elle est plus âgée, mieux avisée. Elle a été mariée deux fois. Elle a de l'expérience. Elle connaît les hommes. Elle a su comment gagner ma confiance. Et maintenant, elle est au commissariat.

Je suis idiot. J'enseigne, j'enseigne, je teste, je teste, et pourtant je n'apprends jamais. J'ai fait le mauvais choix à chaque fois. Je revois ma mère dans son tee-shirt Nirvana, celui avec lequel Beck est enterrée et, d'une certaine façon, il est là, comme dans un rêve, ou un cauchemar. BOUM. Je me jette violemment contre la porte et ma mère ne parie que cinq dollars à la table de blackjack où la mise minimum est de cinq dollars, en Floride ou dans le New Jersey, qu'est-ce que ça peut faire ? Elle rit, elle aime bien Forty ; il rit et voici ce que j'ai fait. Je suis venu ici. J'ai tout avoué à Love et maintenant on ne m'aimera plus. Je ne sais plus comment tenir debout. Mes pieds ne fonctionnent pas. Méchants pieds. Méchant Joe. « Doucement, Joseph. » Je remue la poignée. Je frappe dessus. Je n'arrive pas à la casser. J'essaie. Je tire. Je pousse. Je tombe en arrière, je me cogne contre les toilettes. Je tire la chasse, j'écoute la cuvette se vider et se remplir. Je ne suis pas comme cette cuvette. Je suis vide et n'arriverai jamais à me remplir de nouveau.

Je respire. Je vois Beck, dans sa tombe, souriante, grattant la terre pour sortir, la Mona Lisa, souriante. Un squelette peut-il sourire ? Est-ce important ? Elle dit à Amy : « Oh mon Dieu, j'ai besoin d'un verre, il m'est arrivé un truc de dingue, il faut que je tweete ça tout de suite. » Elle est partie dans les bois et moi je suis là, dans la salle de bains. Il y a une tache jaune au plafond. Impossible à atteindre. J'ai essayé.

Je ne vais pas sortir de cette pièce. Je ne vais pas devenir papa. Je vais mourir ici parce que j'ai été idiot. Je l'ai crue. « Ne sors pas avec une actrice », m'avait averti M. Mooney. Et Love est actrice. Je me demande si elle m'a enregistré, je me demande ce que ma voix trahit, je me demande combien de temps il faut pour mourir. Je préférais quand je me jetais sur la porte, mais la douleur est telle maintenant que j'ai du mal à bouger. Ma peau est un ciel par temps de tempête, des bourrasques de noir, de bleu et de blanc. Le rouge est chaud, et je sais que c'est la fin du monde. Je ferme les yeux. Je saigne pour Little Compton. Je ne suis le père de personne. Je suis un tueur, je vais aller en prison et il n'y a plus d'amour dans ma vie, plus maintenant.

Me laissera-t-on visionner *Le Troisième Jumeau* et *The Mess* en prison ? M. Mooney me prodiguera-t-il des conseils ? Me laissera-t-on décider du lieu où je purgerai ma peine ? Me mettra-t-on sur la chaise électrique ? Les repas seront-ils aussi mauvais qu'ils en ont l'air dans la série documentaire sur CNN ? Ferai-je de l'exercice ou deviendrai-je maigrichon ? Figurerai-je dans Wikipedia ? Les médias m'affubleront-ils d'un surnom ? Joe mon Pote ? TaxiDriver ? Mon vieux ? Le Professeur ? Loverboy ?

Y aura-t-il un procès qui traînera en longueur, pendant des mois ? Est-ce que Dez cachera ses briques sous son lit, ôtera sa casquette des Dodgers, hochera la tête, tranquillisera Little D et déclarera à *Dateline* que j'étais « plutôt sombre, pas un vrai pote » ? Est-ce qu'Harvey apparaîtra sur IMDB s'il raconte sur Deadline.com que je ne payais jamais le loyer en retard ? Est-ce que Calvin pleurera seul dans son lit, mais en rira en public et se servira de son lien avec moi pour séduire des putes sur Tinder ?

Je hurle : « À l'aide ! » Je donne un coup de poing dans la porte. Ma main saigne.

Le LAPD va-t-il envoyer quelqu'un en interne pour me tabasser à mort ? Ma première œuvre en tant que réalisateur, *Love Actually – Les Noces rebelles*, fera-t-elle le buzz sur Funny or Die maintenant qu'on va connaître mon nom ? Serai-je célèbre ?

L'agent Nico passera-t-il aux infos locales devant ce pauvre *Art Café* avec son équipe Lycra en arrière-plan pour raconter notre rencontre fortuite au café et notre trajet jusqu'à l'hôpital à Fall River l'hiver dernier ? Le médecin qui s'est occupé de moi à l'hôpital cet hiver-là hochera-t-il la tête avec dégoût s'il voit la nouvelle aux infos ? Ou ne se souviendra-t-il même pas de moi, parce que je suis un patient comme un autre parmi ceux qu'il soigne chaque jour, et non quelqu'un qu'il connaissait, quelqu'un qui lui importait ? Je me jette de nouveau contre la porte, toujours sans succès.

Il va sans dire que Milo, en ce moment, est à bord d'un jet pour ici, vêtu d'un tee-shirt Wianno, et visionne le premier montage de *Bottes et Toutous* en se demandant combien de temps il doit attendre avant de faire des avances à Love. Est-il en train de boire ou n'en a-t-il même plus besoin tant il est content de pouvoir être le chevalier en couleurs pastel maintenant que j'ai débarrassé le plancher ?

La femme du docteur Nicky acceptera-t-elle qu'il revienne chez eux à sa sortie de prison ? Divulguera-t-il les détails de nos séances de thérapie ? Je charge la porte avec les coudes et les côtes. Rien que de la douleur.

Love. Serai-je un jour à nouveau en elle ? Aimera-t-elle à nouveau ? Accordera-t-elle sa confiance à nouveau, ou son cœur et son vagin palpitant seront-ils les pires victimes de ma capture ? La pire perte ?

Je colle l'oreille contre la porte. Un nouveau bruit. Je suis immobile. Celle de la chambre s'ouvre à l'aide d'une carte magnétique en plastique. Elle se referme. Mon cœur cogne trop fort dans ma poitrine. Et merde pour la question. Merde pour la police. Merde, Love. Je vais foncer. Quand cette porte s'ouvrira, aucune autre ne se refermera plus jamais sur moi. Je fais le guet. Je me prépare. J'ai la main sur la poignée. Dès que le flic ouvrira, je la tirerai. Je me battrai. Je partirai.

Je les entends déplacer le bureau dont Love s'est servi pour bloquer la salle de bains. Ils sont là. Ça y est. Je sens que la poignée commence à bouger et je prie Dieu d'être à mes côtés – voilà comment ça arrive, comment on trouve Dieu en prison –, je hurle, je tire d'un coup sec et... c'est Love. Je m'arrête.

Elle se couvre la bouche.

— Non, mais qu'est-ce qui t'est arrivé ?

Je déglutis.

— Je suis tombé.

— Tu t'es pas loupé, dis donc !

Elle avance vers moi et m'embrasse la poitrine. Elle me regarde. Je me suis trompé.

Je crois que je souris, mais j'ai un doute. Mon visage me fait mal. Mon corps palpite à différents endroits.

— Tu m'as enfermé.

— Je sais. Je suis vraiment désolée. Mais je savais que tu allais essayer de m'en empêcher et je voulais être sûre que tu serais en sécurité. Et, eh bien...

Elle laisse sa phrase en suspens.

À cet instant, je remarque qu'elle a modifié son apparence, comme pour Halloween. Elle porte du rouge à lèvres rose et ses cheveux sont relevés en un chignon haut à la Jennifer Lopez. Sous son imperméable, elle arbore une robe dont le motif à fleurs réunit toutes les couleurs de l'arc-en-ciel. Elle passe la main sous son manteau et se change en magicienne sortant un lapin de son chapeau. C'est le mug. Il est plus bleu que dans mon souvenir, mais je le reconnaîtrais entre mille. Il est sec et je le tiens dans ma main, l'assurance de ma liberté, les traces granuleuses de mon urine visibles à l'intérieur.

50

Je voulais me tirer de Little Compton, mais l'université de Brown fait naître en moi une curiosité morbide à cause de Guinevere Beck. C'est tellement étrange d'aborder ouvertement ces sujets. Love se gare près du campus. Il ressemble à ce qu'on imagine d'un établissement de la Ivy League, parmi les plus prestigieux du pays, un endroit idyllique peuplé d'arbres et de bâtiments anciens. Dans Thayer Street, l'artère principale du campus, on trouve quelques bars, une librairie universitaire, un magasin Urban Outfitters et, sans déconner, une saloperie de Starbucks – l'Amérique reste l'Amérique. Nous entrons dans un restaurant grec au charme plus Nouvelle-Angleterre que baklava orthodoxe. Love commande du poulet et de la salade. Moi, je meurs de faim. J'ai l'impression de sortir de prison. Je prends des calmars, une spanakopita, un gigot d'agneau et de la moussaka. Ça la fait rire.

— Tu veux commander à manger en plus de ta commande ?

Je lui donne une petite tape sur la main.

— Fais attention, maman.

Elle sautille d'aise et me dit qu'elle est bluffée. Je lui réponds que nous devons parler de notre bébé, mais elle veut d'abord me raconter comment elle s'est procuré le mug.

— Alors... commence-t-elle.

Elle prend une grande inspiration, puis elle attaque. Elle s'exprime tellement plus clairement que son frère. Son premier objectif était de passer devant chez les Salinger et de les épier pour s'imprégner de l'ambiance de la maison. Ensuite, elle s'est rendue dans une boutique à Newport pour se procurer de nouveaux vêtements.

— J'avais besoin d'une robe Lilly Pulitzer.

— Qu'est-ce que c'est ?

— Ce truc rose et vert que je portais, m'explique-t-elle.

Love est retournée à Little Compton, s'est garée chez les Salinger et a chaussé de grosses lunettes Chanel. Elle est passée devant les journalistes et les flics, s'est précipitée dans la maison, puis s'est mise à sangloter.

— Je crois que j'aime bien jouer la comédie, admet-elle. Mais je ne veux toujours pas en faire mon métier.

— Qu'est-ce qu'ils ont fait ? Qu'est-ce que tu as dit ?

— Je leur ai expliqué que j'étais la petite amie de Peach, bien entendu.

Elle est fière. Nos calmars arrivent. Elle saisit un tentacule et le jette dans sa parfaite petite bouche.

— J'ai débité tout un monologue. Notre amour secret, New York, plein de trucs. Qu'elle refusait que je rencontre sa famille, qu'elle refusait de faire son coming out. Je me suis lâchée, j'ai affirmé que je savais qu'elle ne s'était pas suicidée. Qu'elle ne se serait jamais suicidée et que s'ils voulaient mon avis, c'était Guinevere Beck, cette sale allumeuse de chattes, qui l'avait tuée.

— Tu n'as pas dit « sale allumeuse de chattes ».

Elle trempe un calmar dans la sauce cocktail.

— Peut-être que si. Peut-être que non. J'étais tellement dans mon rôle.

— Bon sang.

Maintenant, je dois manger un calmar. Love se lèche les doigts et ajoute que ça puait la Nouvelle-Angleterre coincée et puritaine.

— C'est là que je sais que je suis californienne jusqu'à l'os. Nous on s'en fiche, tu vois. On est genre « fais ce que tu veux, détends-toi ». Tu es gay. Tu es hétéro. Quelle importance ? On va tous mourir de toute façon. Qui veut passer sa précieuse existence dans la haine ?

Je mesure à présent la profondeur de son amour pour moi. J'ai ouvert les vannes de sa confiance en elle. Elle ne se satisfait plus de rester assise dans le noir à regarder l'écran. Love est vivante et se sent davantage liée à moi qu'à son frère. Elle me livre le récit de son arnaque sans mentionner Forty une seule fois et m'attribue la découverte de cette liberté nouvelle, ici, dans le restaurant grec.

Nos plats arrivent. Nous mangeons. Tout.

Elle poursuit son récit. Elle m'explique qu'elle a puisé au fond d'elle-même. Elle s'est inspirée de Rosalind Russell dans *Ma tante* et de Goldie Hawn dans *Le Club des ex*.

— J'avais une certitude. Ces gens qui détestent les homos et détestaient un membre de leur propre famille pour cette raison n'avaient pas envie de l'imaginer se frotter contre moi. Ils ne voulaient penser à rien de tout ça. Peut-être qu'ils assistent à une soirée caritative une fois par an et tolèrent l'homosexualité, mais ils n'ont pas envie que cette lesbienne BCBG vienne chez eux pleurer Peach et son superbe corps.

Elle boit un peu d'eau, puis reprend. Elle leur a demandé d'arrêter toutes les investigations, parce qu'on ne peut pas poursuivre un mort en justice. Elle a affirmé que Peach était incontestablement amoureuse de Guinevere Beck et qu'il ne faisait aucun doute que c'était Beck qui l'avait tuée.

— Tu vois, conclut-elle, ce qu'il y a de formidable dans tout ça, c'est qu'ils n'en parleront à personne, parce qu'ils refusent que Peach ait pu être lesbienne et, plus encore, assassinée par une lesbienne.

— C'est assez brillant.

Elle acquiesce.

Notre baklava arrive. J'enfonce ma cuillère dedans et lui offre la première bouchée.

— Miam, se réjouit-elle.

Elle est heureuse.

— Tu aurais dû voir leur tête, Joe. Et puis j'ai dit : « Je veux juste monter m'allonger sur notre lit un instant. »

— « Notre » lit ?

Love hoche la tête, ouvre la bouche. J'y enfourne un morceau de pâtisserie. J'ai hâte de la baiser.

— Ça aussi, c'est plutôt brillant.

— Évidemment, je savais qu'aucun d'eux n'allait venir à l'étage pour voir ce que trafiquait la lesbienne BCBG. J'ai inspecté toutes les pièces, j'ai trouvé le mug, je l'ai glissé dans mon sac Kate Spade, puis je suis retournée au rez-de-chaussée et j'ai proposé de faire une déposition à la police au sujet de ma relation avec Peach.

Je m'étrangle.

— Sans déconner, c'est à se rouler par terre !

— Oui. Ils ont failli péter un boulon, ils m'ont escortée jusqu'à la porte de derrière et m'ont demandé si je voulais bien retourner à ma voiture depuis le parking public. Tu sais, pour faire comme si rien de tout ça ne s'était produit.

— Brillant. Mais il reste un problème.

Elle s'essuie la joue avec sa serviette.

— Lequel ?

— Quand *Bottes et Toutous* va sortir...

Elle lève les yeux au ciel.

— Tu veux dire quand ce sera balancé sur Netflix ?

— Peu importe. Ils vont te reconnaître.

— On s'en fout pas mal. Je ne leur ai pas donné mon nom, ni raconté comment j'avais rencontré Peach, et je peux dire que je suis bi. Je m'en fiche. Cette fille est morte et on s'aimait en secret. Qu'est-ce qu'on peut y faire ?

Il ne reste plus de baklava. Je reçois une alerte Google. Les Salinger se préparent à demander à la police de Little Compton de mettre un terme à l'enquête pour « raisons familiales ». La stéréo diffuse doucement une mélodie de guitare grecque. Sur toutes les tables, les gobelets sont bleus. J'ai le ventre plein. Mon amour est réel.

— On devrait parler de trucs de bébé. J'y connais rien du tout.

— Tu sembles plutôt bien savoir les faire...

Je sais ce dont elle a envie et j'en ai envie moi aussi. Nous réglons l'addition, nous faufilons dans les toilettes et faisons l'amour comme jamais.

Une fois dehors, nous passons devant la librairie. Des étudiants se promènent, nous avons tellement de chance d'être plus vieux. Ils sont soit saouls, soit anxieux, et je ne peux pas m'imaginer avoir des devoirs à faire. Je prends Love par l'épaule. Elle m'attire contre elle.

— Tu crois qu'on devrait acheter un bouquin style *Neuf mois de grossesse* ?

Elle me répond que oui, mais me fait un doigt d'honneur. Son père appelle. Elle décroche.

— Salut papa, le salue-t-elle.

Je me rends soudain compte qu'un jour mon enfant m'appellera et me dira : « Salut, papa. »

Le feu piéton passe au vert. C'est à nous. Mais nous ne traversons pas. Love tremble.

— Papa, papa, attends, une seconde.

Elle couvre son portable avec sa main. On dirait qu'elle vient de faire un AVC. Son visage est un champ de bataille. Elle convulse presque. Je lui demande :

— Ça va ?

— Joe. Ils l'ont trouvé. Ils ont trouvé Forty ! Il est vivant !

J'entends faiblement la voix de son père dans le téléphone. « Love ! Love ! »

C'est moi qui ai l'impression de faire un AVC à présent, mais je ne dois rien laisser paraître au risque de passer pour un psychopathe. Alors je souris et je la prends dans mes bras. « Super ! »

Nous regagnons la voiture au pas de course, sans livre, pas le temps. Forty est vivant. Vivant ! Autant retourner dans la salle de bains et foncer dans la porte. Il est vivant. Comment est-ce possible ? J'imagine deux étudiants sous champis jouant à *Boyhood*, errant dans le désert, découvrant la source d'eau chaude. Il est vivant. J'en imagine un qui repère le corps, ne sachant pas s'il hallucine ou si c'est bien réel.

Love me dit que c'est un miracle.

— Une fille l'a trouvé. Il est à l'hôpital à Reno et il va bien.

Elle s'humecte les lèvres.

— Il va bien. C'est tout lui, comme la fois où il a disparu en Russie.

— Reno ?

Love hoche la tête.

— Apparemment, une fille l'a trouvé dans le désert, je ne sais pas où. Quand elle l'a découvert, il était évanoui et déshydraté. Elle l'a conduit à l'hôpital, on l'a mis sous perfusion et il va bien.

C'est le pire diagnostic du monde. Et moi, je ne vais pas bien. Je suis foutu. Je pense à mes manuels de théâtre. Ne pas poser de questions. Love ouvre sa portière.

— Il a neuf vies. Quel soulagement !

— J'ai hâte de lui parler.

— Bientôt. Mon père dit que c'est un vrai moulin à paroles.

De ma voix la plus gaie, je réponds :

— C'est fou !

— N'est-ce pas ? Bon, évidemment, il ne se rappelle absolument pas comment il est arrivé là, et son dernier souvenir remonte au Bellagio, mais tu connais mon frère.

Nous roulons jusqu'à l'aéroport. Nous ne parlons pas de notre bébé. Nous nous extasions de la chance de Forty. C'est ma faute. Je n'ai pas vérifié le pouls. Je n'ai pas terminé le boulot. Malgré les enseignements du mug d'urine, je n'ai pas su mettre mon savoir en pratique. Je suis comme un abruti dans une sitcom, qui apprend la même leçon chaque semaine, et c'est ma vie.

Mon téléphone vibre. C'est Forty :

À très vite, Professeur.

53

Le vol pour Reno dure une éternité. Je feins de lire *Mr. Mercedes* et, de temps à autre, nous parlons du bébé, mais la conversation tourne surtout autour de Forty. Love partage la bonne nouvelle sur Facebook, répond à divers amis inquiets, puis envoie un e-mail à sa mère pour savoir s'il a besoin d'une cure de désintoxication. La réponse est non. Ah.

Je ne mentionne pas Roosevelt; c'est comme si notre conversation n'avait jamais eu lieu. C'est insoutenable; elle sourit de le savoir vivant dans une chambre à Reno, conscient, conscient que je suis celui qui l'a conduit là-bas, qui l'a laissé pour mort dans l'eau chaude.

À notre arrivée, une voiture nous attend à l'aéroport. Le chauffeur indique que le trajet pour l'hôpital ne sera pas long. Je prie pour qu'un accident ou un tremblement de terre se produise. Je mérite un Oscar tellement je suis bon.

Love suggère de ne parler du bébé à personne pour le moment. Je lui réponds que je suis d'accord. Mes prières ne sont pas exaucées quand nous atteignons le quatrième étage. Le bâtiment ne s'effondre pas, ne tremble pas, et j'entends déjà Forty, conscient, dans sa chambre, en train de brailler au téléphone:

— Reese est intéressée? C'est sensass!

Tandis que nous approchons, je flaire une odeur de gel désinfectant pour les mains et de bouillon de poule. Love presse ma main.

— Super!

— Super! m'exclamé-je en retour.

Dottie sort dans le couloir et marque un temps d'arrêt.

— Love! s'écrie-t-elle.

Love court vers elle, elles s'étreignent. Je reste planté là et essaie de détourner les yeux d'une chambre où un vieil homme crie:

« Aidez-moi ! » Dottie sifflote. Je la prends dans mes bras tandis que Love disparaît dans la chambre de Forty. Mon cœur bat à tout rompre.

— Tu es chaud, me dit Dottie.

Elle pose une main sur mon front.

— Tu es malade ?

— Non. C'est juste le désert, je pense.

— Eh bien, dit-elle en passant son bras sous le mien, il faut absolument que nous parlions. Forty a un projet fantastique pour toi.

Assassinezmoidonnezmoiàmangervivantàdeschiensattachezmoinoyez moidansunepiscinedansl'océanattachezmoiaffamez-moi

— Vraiment ? m'étonné-je. Qu'est-ce que… qu'avez-vous en tête tous les deux ? Mon Dieu, comment va-t-il ?

— Viens voir par toi-même.

Elle me conduit dans la chambre.

Il y a de la musique et les plateaux-repas abondent. Ray a dû apporter un siège, parce qu'il se repose dans un fauteuil relax. Forty, assis dans son lit, rit avec Milo, assis sur l'autre lit.

J'avance vers Forty Quinn. Il croise mon regard, sourit.

— Le voici, m'accueille-t-il. Ça fait plaisir de te voir, mon vieux. Assieds-toi si tu peux. Installe-toi pour le grand récit.

Ray se lève, bâille.

— Je pense que je n'ai pas besoin de la réentendre.

Quelle que soit l'histoire, elle est nulle et Ray préfère partir plutôt que faire plaisir à son fils. Dottie prend le fauteuil relax. Love rejoint son frère dans son lit. Je m'installe sur une chaise pliante d'hôpital pourrie.

— Eh bien, commence Forty, la première chose qu'il faut que vous compreniez à mon sujet, c'est qu'à partir de maintenant, je suis scénariste.

Je pourrais vomir.

— OK.

Il prend une inspiration pompeuse.

— Ce que ça signifie, c'est qu'un scénariste écrit. On éteint nos téléphones. On part. On se perd dans le récit. Je sais que vous avez dû affronter plein de merdes par le passé, mais c'est fini. Le passé, c'est le passé. Maintenant, je suis un auteur qui travaille, ce qui veut dire que je ne vais pas rester le cul posé sur mes lauriers à L.A., à m'autocongratuler. Je voulais me caler dans une chambre d'hôtel au calme, penser, agir et créer.

Dottie gémit.

— Mon chéri, je suis de ton côté et je t'aime. Mais tu aurais pu nous passer un coup de fil.

Love intervient :

— Maman ! Ça suffit.

Forty répond :

— Et la prochaine fois, je passerai un coup de fil. J'avais juste terriblement envie de commencer un nouveau scénario parce que cette ville est comme ça. Notre valeur se mesure à ce qu'on est en train de produire.

C'est au tour de Milo avec un « Amen, mon frère ». Je pourrais défaillir.

— Qu'est-ce que tu as écrit ? lui demande Love.

Forty me toise, maintenant. Il sourit.

— Une autre histoire de kidnapping. Je l'ai quasiment vendue à la Paramount il y a un petit moment, mais ils ont hésité à l'époque. Maintenant que j'ai un nom, ils la veulent de nouveau. Alors je leur ai promis un scénario pour bientôt.

Love est déconcertée.

— Mais comment tu as fait pour atterrir dans le désert ? Maman dit que tu commences à retrouver d'autres souvenirs. Une fille t'a trouvé ?

Mon cœur fait des bonds dans ma poitrine. Forty lève les yeux vers l'écran de télé.

— Je suis parti en excursion. J'avais besoin de faire des recherches. Parfois, on a juste besoin d'aller sur le terrain et d'observer ce sur quoi on veut écrire, tu vois. Si on veut écrire sur les confins du désert, là où il n'y a personne, il faut aller le voir.

Je pourrais peut-être demander à une infirmière de le tuer. Pourquoi personne ne pose la question que nous nous posons tous : où est le nouveau scénario ? Forty est incapable d'expliquer ce qui est advenu de son ordinateur et de ses notes, parce qu'il n'a emporté ni notes ni ordinateur. Il a emporté du cash et de la coke.

J'ai mal à la tête. Mes paumes sont moites.

— Qui t'a trouvé ?

Il sourit.

— C'est ça, le truc, mon vieux. Tout est flou. Un instant, je suis assis au buffet, je donne cinq mille à un couple de jeunes mariés qui n'ont pas l'air de pouvoir s'offrir un repas dans un vrai restaurant – SALE MENTEUR –, et l'instant d'après, *boum* – SALOPERIE DE MENTEUR –, je suis dans le désert et cette blonde…

Il soupire. Il fait des moulinets avec les bras.

— J'ai juste une image, un flash.

Dottie accourt.

— Qu'est-ce que tu as vu ?

— Un sweat-shirt.

Dottie le supplie – essaie, essaie de te souvenir –, mais il ne se souvient de rien. Tout ce qu'il voit, c'est la fille, son sweat.

— Et puis je me suis réveillé ici. *Pouf.*

Love lui embrasse les mains.

— C'est à elle que nous devrions donner cinq mille dollars.

— Impossible, réplique Forty. Elle est partie. Les infirmières disent qu'elle s'est fait la malle. Elle n'est même pas entrée. On m'a trouvé dehors.

Dottie se met à pleurer. Milo passe un bras autour de ses épaules. Love demande à Forty si l'équipe soignante s'est bien occupée de lui. Il répond que « ce n'est pas le *Ritz* », puis dirige son regard vers moi et me demande comment je vais. Je le fixe droit dans les yeux.

— Je me suis inquiété pour toi.

— Nous avions tellement peur… ajoute Dottie en se levant.

Une infirmière apparaît et annonce qu'elle peut revenir plus tard quand tout le monde sera parti. Love court après elle. Il ne reste plus dans la chambre que Milo, Forty et Dottie, qui fait les cent pas, énervée, rincée, les mains sur les hanches. Imaginez comme j'aurais bien réussi si j'avais eu une mère comme elle, de celles qui se soucient de vous, qui sont là, sans maquillage, des poches sous les yeux tant elles s'inquiètent.

— Eh bien, rappelle-toi bien ça, déclare-t-elle. On ne peut rien écrire si on est mort, et ton père et moi avons besoin de savoir où tu es.

— J'ai trente-cinq ans. Jusqu'où vous allez aller ?

— Pas dans le désert en tout cas ! s'écrie-t-elle.

Elle se met à pleurer. Forty froisse une serviette en papier, la lance à Milo, puis pointe la porte du doigt.

Milo s'exécute.

— Viens, Dot. Allons faire un tour.

— Joe peut rester ici avec moi, n'est-ce pas, mon vieux ?

J'ai l'impression qu'on m'assassine, lentement, comme à l'époque où on vidait les gens de leur sang. Je réponds :

— Bien sûr. Allez faire un tour.

Dottie dépose un baiser sur la tête de son fils.

— Ne me rends pas la vie si difficile. Je t'aime. Papa t'aime. Laisse-nous t'aimer. Être là.

— Maman, c'était juste quelques jours, se défend-il.

Milo mène Dottie dans le couloir. Une fois qu'ils sont partis, je me tourne vers Forty.

— Ferme-la, m'ordonne-t-il. D'abord la porte, ensuite ta gueule.

Je me lève, vais jusqu'à la porte, la ferme, puis retourne m'asseoir sur ma chaise pourrie. Il ne m'encourage pas à m'asseoir dans le fauteuil et ne me suggère pas de m'installer sur le lit.

— Voilà, dit-il. Je souffre d'épuisement et de déshydratation, alors je n'ai pas envie de hurler.

Je m'assieds. À la télé, un épisode du *Cosby Show* commence. Le son est coupé. Forty ouvre un tiroir de la table plateau et en retire deux sachets de M&M's. Il plonge la main dans le premier, en sort un bonbon. L'autre contient des pilules. Putain de Forty. Il débouche une bouteille de Veuve Clicquot, verse son jus de pomme par terre, comme s'il était sur un parking, et remplit ensuite son gobelet de champagne.

Je ne veux pas parler le premier, mais je ne peux pas m'en empêcher.

— Ça va soulager ta déshydratation ?

— Non. Ni ma fatigue, mais c'est bon. C'est pas moi qui ai du pain sur la planche.

Je le dévisage.

— Tu as appelé les flics ?

Il ignore ma question, dirige le regard vers la télé, se met à rire ; c'est un malade mental.

— J'adore cet épisode. Tu vois lequel c'est, non ? Celui où Theo veut une chemise ? Il n'a pas pris une ride. Il veut cette chemise. Son Monsieur Je-sais-tout de père veut qu'il travaille pour l'acheter et sa sœur essaie de lui en coudre une, mais au final, le seul moyen d'obtenir cette chemise c'est de raquer.

— Forty. Peut-être qu'on pourrait en parler.

Il claque des doigts, puis me lance un M&M's qui m'atterrit sur le nez.

— Espèce de connard. Tu m'as abandonné dans le désert, au milieu de nulle part.

— Je suis désolé.

— « Peut-être qu'on pourrait en parler » ?

Il se fourre un M&M's dans la bouche.

— Peut-être que tu peux aller te faire foutre.

— Tu as appelé les flics ?

— Ça te regarde pas.

— Écoute, de toute évidence, on est tous les deux contrariés.

Il est exaspéré.

— Sérieusement ? Tu viens de dire qu'on a tous les deux une raison d'être contrariés ?

— Attends.

— Écoute, espèce de psychopathe, je sais que tu viens d'un foyer brisé, et je sais que tu es arrivé ici sans connaître personne. Pas d'amis, pas de famille, rien. Mais bon sang, Professeur, t'es pas un demeuré.

— N'utilise pas ce mot, Forty.

— Tu as raison. Les profs sont diplômés de la fac. Ils travaillent dans des facs. Toi, tu n'y es jamais allé.

Je bous intérieurement. Forty mange un autre M&M's. Je lui jette :

— Mais qu'est-ce que tu veux ?

— Règle n° 1 à Hollywood, un truc que j'ai appris pendant mon stage de deux semaines à CAA.

Il n'y a que Forty pour faire un stage de deux semaines.

— Soigne tes contacts.

— Dis-moi juste ce que tu veux.

— Écoute-moi bien. On ne peut pas couper les ponts, parce que L.A. ne fonctionne pas comme un hôpital. Le gars qui passe la serpillière, il ne va pas t'opérer du cœur le mois prochain. Ça ne marche pas comme ça. Mais dans le cinéma, les gens percent.

On ne sait pas comment, mais ils réussissent. Et le gars qui passe la serpillière, il finit par diriger le studio.

Je déteste quand il a raison.

— Forty, ils vont tous revenir d'un instant à l'autre. Qu'est-ce que tu veux ?

— J'ai toujours voulu un chien.

Roosevelt.

— Un chien blanc au poil duveteux, mais ma mère est allergique. C'est de là que vient le titre *Bottes et Toutous* en réalité. On a eu un chiot pendant genre deux minutes. On l'adorait. On l'a appelé Bottes, et maman nous a obligés à nous en débarrasser parce qu'elle était allergique. Ça a brisé le cœur de Love.

Les menteurs mentent et je ne peux pas trahir Love. Et puis ça marche comme ça dans les familles, chacun invente une histoire, une version des injustices, les animaux, les noms. Je ne connaîtrai jamais les Quinn comme Milo, Milo qui est sans doute assis en sandwich entre deux Quinn en ce moment même.

— Où veux-tu en venir exactement ?

— Je suis adulte, je suis un scénariste qui déchire et gagne sa vie tout seul, alors je prends un chien. Et tu sais comment je vais l'appeler, ce chien ?

Je sais comment il va appeler ce chien et je ne veux pas le dire à voix haute. Mais je pense à mon enfant. C'est ce que font les parents. Ils se sacrifient.

— Tu vas l'appeler Professeur.

Il acquiesce.

— Professeur, répète-t-il. Prof pour abréger. Voilà le deal, Prof. Tu vas écrire ce que je te dis d'écrire, quand je te dis de l'écrire.

— Forty…

Il m'explique.

— Tu vas pondre comme le type dans *Misery*, enchaîné au lit par la grosse. Tu vas écrire, je gagnerai l'argent et si tu t'avises ne serait-ce que d'envisager d'en parler à ma sœur, sale clebs, je t'enverrai en taule tellement vite que tu sauras même pas ce qui t'arrive.

Il m'aboie dessus, comme si c'était lui le chien et qu'il était trop défoncé par les pilules et le champagne pour garder le fil de ses analogies.

— Et tu seras loyal ou sinon je te botterai le cul. Je suis ton maître, maintenant. Point à la ligne.

J'essaie de respirer. Il me lance un autre M&M's.

— Tu entends ce que je te dis ?

Je le regarde.

— Tu voudrais me faire croire que tu ne vas pas appeler les flics ?

— Je déteste les flics. La police, c'est fastidieux, il y a trop de questions et puis y a les avocats.

— Tu aurais pu mourir là-bas et tu veux travailler avec moi ? Tu voudrais que je te croie ?

Je secoue la tête.

— Forty, voilà ce que je pense. Je vais sortir de cette pièce, recevoir un marron, et reprendre connaissance dans une heure, ligoté dans un sous-sol.

Il m'adresse un large sourire.

— La voilà ! s'écrie-t-il. Quelle imagination !

— Je t'ai abandonné dans le désert. Alors me fais pas croire qu'on va collaborer.

— Tu n'es pas un bon tueur. De toute évidence. Mais t'es un sacré bon auteur.

Le taré mange encore des M&M's, puis poursuit en m'expliquant que je vaux plus vivant que mort.

— Écoute. Je me fous de toutes ces conneries, être malade et aller mieux, me marier, avoir des gamins et mener une vie saine.

Il s'arrête. Il s'étrangle. Il revient.

— Tout ce qui m'intéresse, c'est l'or. Je veux un Oscar. J'en veux un depuis toujours. Et ça s'achète pas, enfin, en principe. Et, ça fait pas un pli, j'étais loin d'en remporter un ces quinze dernières années, mais maintenant, toi, connard, tu vas me l'obtenir, mon Oscar.

Il retourne au *Cosby Show*. Il se fout pas mal de Love, des bonheurs humains que nous sommes programmés à désirer, de la famille, des vacances, de la joie. Il sait qui je suis et ce que j'ai fait. Et il me permet malgré tout de baiser sa sœur. Mais sa sœur aussi sait qui je suis, et elle me désire encore – évidemment qu'elle me désire. Bien sûr qu'il m'y autorise.

— Je baiserai bien Denise, commente-t-il.

Évidemment qu'il la baiserait bien. Des jumeaux. Mon enfant partage son code génétique. C'est pour ça qu'on fait la guerre, parce qu'aucun patrimoine génétique n'est parfait.

Une aide-soignante débarque pour prendre les constantes de Forty. Elle est gaie, jolie, et trouve formidable que Forty ait une famille si grande et si aimante.

— J'aimerais que tout le monde puisse avoir la même. C'est tellement triste quand les gens sont ici et n'ont personne.

— Vous savez ce que j'aimerais faire ? lui demande Forty.

L'aide-soignante lui passe le tensiomètre. Pression sanguine, pas un jeu érotique. J'espère.

— Quoi donc ? demande-t-elle gaiement.

— Quand vous aurez le temps, j'aimerais que vous preniez toutes ces fleurs et tous ces ballons et que vous les distribuiez aux patients de cet étage qui n'ont pas de famille auprès d'eux.

Elle me regarde.

— C'est pas incroyable, ça ? Cette famille, c'est la meilleure, non ? Quand ils ne nous apportent pas des sushis, ils inondent tout l'étage de fleurs.

Elle plante un thermomètre dans la bouche de Forty.

— Ça me fait de la peine de le dire, mais j'aimerais que vous restiez avec nous pour toujours.

— Moi aussi, abondé-je.

Forty me dévisage. L'aide-soignante constate qu'il n'a pas de température et qu'il sortira « en moins de temps qu'il n'en faut pour le dire ». Love, Milo, Dottie et Ray reviennent, et la fête reprend. Forty rappelle à sa mère leur « projet » me concernant. Elle explique qu'ils veulent créer un book club dans les Pantry.

— Nous choisirons un livre par mois à mettre en avant. Nous pourrons même faire appel à toi pour la signalétique.

Love presse ma main.

— J'adore cette idée, se réjouit-elle. Pas toi ?

— J'adore, répond Forty. Papa, ça te plaît ?

Ray hoche la tête.

— Professeur Joe, dit-il.

Maintenant, les Quinn débattent pour savoir quel livre choisir en premier. Love me donne un coup de coude et propose *Easter Parade*. J'ai envie de rentrer sous terre. Je n'aurais jamais dû lui révéler ce détail au sujet d'Amy. Je ne veux pas qu'elle fasse allusion à elle, jamais. Forty propose *Misery* ; Ray trouve que c'est une bonne idée ; Dottie a seulement vu le film ; Milo dit que le livre et le film sont tous les deux super ; et c'est ça ma vie maintenant. Du moins, ce le sera jusqu'à ce que la mémoire de Forty lui revienne miraculeusement. Il pourrait me dénoncer, tout me prendre. Et je ne peux pas le tuer, plus maintenant que Love sait qui je suis, maintenant qu'elle pourrait me soupçonner. Il est mon mug d'urine, vivant et bien portant, en train de s'essuyer le nez. Love m'a peut-être tout pardonné, mais elle ne me pardonnerait jamais si je faisais du mal à son frère. Professeur Joe serait un surnom horrible pour un tueur en série.

Cette nuit-là, dans la chambre d'hôtel, Love est mal lunée, elle fait claquer les tiroirs. Je lui demande ce qui ne va pas.

Elle s'assied sur le lit.

— Si tu veux tout savoir, je me demande même pourquoi je m'inquiète. Tu sais ce qui s'est vraiment passé, d'après l'infirmière ?

Merde. Merde. Merde.

— Non. Je croyais qu'il ne se rappelait pas.

Love sanglote. Je la prends dans mes bras. Ça dure des heures. Son père lui a appris que Forty a claqué cent mille dollars en quelques jours.

— Bon sang, Love. Je ne sais pas quoi dire.

Par la fenêtre, elle regarde Reno, qui ressemble à Vegas, mais qui pourtant ne lui ressemble pas du tout. Reno est moins importante, plus petite, pire.

— Ça ne cessera jamais, se désole-t-elle. Ma mère va rester là, faire comme s'il était clean, et mon père va fuir, ronchonner, et je sais pas…

Elle s'essuie les yeux, puis me regarde.

— Comment il a pu écrire ces scénarios s'il est défoncé au point de finir dans le désert, défoncé jusqu'au trognon ?

— Je ne sais pas.

— Et qui est cette fille ?

— Je ne sais pas.

— Tu crois qu'elle existe ? Ou tu crois que des dealers l'ont coincé ?

— Je doute qu'il doive de l'argent à qui que ce soit.

Love regarde par la fenêtre.

— Michael Michael Motorcycle prétendait que c'est le genre de personnes auxquelles on a envie de faire mal.

— Michael Michael Motorcycle est en prison. Toi et moi, on va prendre soin de Forty. Et...

Elle hoche la tête.

— Crois-moi.

Elle passe une main sur son ventre.

— Ça me sauve.

Je contemple les lumières dehors et je vois mon avenir – ha ha –, je me vois applaudir Forty quand il décrochera les acteurs pour son film, quand il sera produit, quand il sera nominé, quand il nous réveillera avec son coup de fil : « J'ai réussi ! » Love et moi nous mettrons sur notre trente-et-un pour assister à la première. Nous serons la « famille » du scénariste. Je sourirai, je rencontrerai tous les gens qui aiment mon travail sans pouvoir accepter leur amour. Je ne pourrai pas raconter comment j'ai eu l'idée de *The Mess* ou du *Troisième Jumeau* ou de l'histoire du kidnapping qui sortira bientôt.

Love me tapote la jambe.

— Je suis exténuée. Mon frère, Dieu le garde, il m'épuise parfois.

Elle se déshabille, puis lance sa culotte dans la poubelle vide. Elle est trop fatiguée pour me baiser et je suis trop fatigué pour dormir.

Ma carrière est terminée. Je vivrai un mensonge, comme tant d'autres à L.A. Au moins, la vérité existera là où elle importe, dans ce lit, dans beaucoup de lits. Et je trouverai un moyen de me faire connaître un jour. Je serai un bon père, j'élèverai mes enfants pour qu'ils ne se retrouvent pas coincés comme moi. À l'instar de tant d'autres grands auteurs, on ne m'appréciera qu'après ma mort, et Love trouvera la clé du coffre-fort qui renfermera la lettre expliquant pourquoi j'en ai été réduit à écrire tous les films de son frère.

Je finis par m'endormir.

52

Ce qu'on raconte sur le bonheur est vrai. Si on se montre reconnaissant envers la vie, on est mieux à même de l'apprécier. Je suis comblé. Je n'ai pas besoin de célébrité, je n'en ai jamais voulu et je ne suis pas venu ici pour satisfaire une quelconque ambition. Écrire et savoir que j'ai fait de mon mieux me suffit. J'aime ma vie. Notre vie. Notre bébé ! Et j'aime que notre bébé soit un secret.

Nous assistons à une première où nous rencontrons Jennifer Aniston et Justin Theroux. Je mange du guaca avec eux et nous parlons de Cabo. Ils sont tous les deux bornés et gentils et ils me traitent en égal. L'expérience dans son ensemble est surréaliste. Le meilleur moment, c'est après la fête, quand Love et moi en discutons au lit et que nous parlons de la coiffure de Jennifer Aniston.

Je me rends au Milk Studios où un photographe me prend en photo pour la promo de Professeur Joe. On ne va pas utiliser ma photo parce que je ne veux pas devenir un personnage public – Ray respecte cette volonté –, mais on va créer la mascotte à mon image. Dottie adore ce projet.

Le premier livre sera *Portnoy et son complexe*. Love hache de la salade, elle pointe le couteau vers moi.

— Ah ça, c'est un joli doigt d'honneur à cette Amy. J'espère qu'elle verra les affiches.

J'ai une compagne, la mère de mon enfant. Elle me tanne pour que je prenne des vitamines et me rappelle de me brosser les dents. Elle me suce, s'endort avant la fin de *Cocktail*, ignore les appels de son frère quand elle « n'en peut plus ». J'ai appris le code de notre alarme, j'ai moins de mal à me déplacer en permanence en voiture. Je trouve plus facile de commencer la journée en descendant la colline plutôt qu'en la montant. Je le dis à Jonah Hill pendant une fête. Il rit et me répond : « Dis pas ça à celle avec qui je sors, mec. »

Love était sérieuse quand elle a parlé d'abandonner sa carrière d'actrice. Elle a changé. La source de sa force est difficile à déterminer. Elle rayonne et affirme que c'est grâce à moi. J'affirme que cela vient d'elle. Nous décidons que c'est *nous*. Le bébé.

Je retrouve Calvin pour boire des bières dans mon ancien quartier qui n'a pas changé. Monica et lui sont seulement sortis ensemble quelques jours. Il ignore ce qu'elle est devenue, ça lui est égal. Il croule sous les dettes à cause de son arrestation pour conduite en état d'ivresse. Il est démoralisé, il n'arrête pas de me répéter qu'il a passé vingt-huit heures en garde à vue. Il a pris quelques kilos et ne consulte plus Tinder. Il dit qu'il pourrait bien rentrer à la maison. Je lui dis de prendre son iPad et nous travaillons ensemble à définir les grandes lignes du *Food Truck Fantôme*.

— Bien, bien, bien. C'est bien, dit-il.

— Ça oui. Et tu sais quoi ? Fonce.

— Mon pote. J'ai l'impression de m'être conduit comme un con.

— Tu n'as pas fait le con.

— Eh bien, je me suis mis dans la merde. Enfin, je pense qu'on devrait lancer FTF ensemble.

Je bois ma bière, puis réponds : « Jamais de la vie. »

— C'est ton concept, Calvin. Tu l'as inventé et tu l'as peaufiné un million de fois. C'est toi qui le concrétiseras.

Il me donne une tape dans le dos. Il veut connaître mon avis sur la disparition de Delilah.

— L.A. est une ville dure, Calvin. Une ville qui voudrait nous voir tous disparaître, et c'est miraculeux quand les gens ne disparaissent pas.

— C'est profond.

Nous regardons une pub pour une assurance automobile. Il m'apprend que la sienne lui « coûte un bras » depuis son arrestation. Je savoure le goût de la bière, la musique dans le bar – *Take it to the Limit* des Eagles, mélodrame qui ne s'apprécie que dans un bar, quand quelqu'un d'autre le passe –, et après le rendez-vous, je remonte la colline pour rentrer à la maison et savourer ça aussi.

Love prépare des escalopes de veau au parmesan.

— Des petits pour le petit, plaisante-t-elle. Tu sais, parce que le veau est le petit… Oh bon sang, c'est pas ce que je voulais dire. Désolée, innocentes vaches. Demain, on mangera de vieux poulets amers.

C'est elle qu'il me fallait.

Je la prends dans mes bras et l'embrasse.

Elle verse des pâtes dans une casserole d'eau bouillante.

— Comment ça se passe, les livres ?

Je réponds « ça se passe », et nous sommes heureux.

Je localise Harvey en centre de soins palliatifs. Je lui apporte des fleurs, du gâteau au chocolat et des DVD d'Eddie Murphy. Il me remercie et me demande si j'ai vu Henderson la nuit dernière. Je frissonne. L'infirmière m'explique qu'il se mélange les pinceaux parfois. Je promets à Harvey que tout va bien se passer et j'ajoute :

— J'ai raison ou j'ai raison ?

Son visage se crispe. Je veux croire qu'il sourit.

— Je ne sais pas, répond-il. J'ai peur.

Je reste avec lui jusqu'au retour de son ex-femme. Elle me prend dans ses bras et pleure. Quand je rentre chez nous, je pleure. Love leur envoie une télé. Elle prétend que, dans ces endroits, les écrans ne sont jamais assez grands. L'ex-femme d'Harvey appelle. Elle adore la télé et Harvey aussi.

Tous les dimanches, nous rendons visite aux parents de Love à Malibu. Parfois Forty est là, parfois pas. Mais je le vois régulièrement. Deux fois par semaine, nous nous retrouvons au Taco Bell à Hollywood.

Aujourd'hui, j'arrive le premier. Je me glisse dans un box. Il entre, visiblement défoncé.

— Laisse-moi te payer un Coca, lui dis-je.

Il me prend la main.

— Merci. Mon vieux, Professeur, qui que tu sois, merci, putain, merci, pour ce que tu as fait. Tu sais à quel point c'est génial ? Je veux dire, j'ai lu ce que j'ai écrit et, je te jure, je crois qu'avoir été abandonné dans le désert est la meilleure chose qui me soit jamais arrivée.

Je vais chercher le Coca. Il le renverse. Je me lève pour récupérer des serviettes, mais il m'arrête.

— Ils ont des employés pour ça.

— Forty, donne-moi un coup de main.

Je ne l'ai pas vu aussi défoncé depuis Vegas, j'avais oublié à quel point c'était pénible. Et en même temps, j'ai envie de le sauver. Love déteint sur moi.

— Enfin, un taf, c'est un taf, ajoute-t-il. On renverse, ils essuient.

J'observe son visage bouffi. Je lui demande :

— Tu ne me détestes pas, si ?

— Te détester ? Comment je pourrais te détester ? Mec, Amy Adams va jouer dans *The Mess*.

Ce nom va-t-il me poursuivre à jamais ? Non.

— Super. Félicitations.

— Ce n'est pas sûr…

Il revient sur ce qu'il a dit.

— Mais ça s'annonce bien. Amy Adams, putain. Comment je pourrais te détester ? Je veux dire, t'as même pas idée du nombre de filles que je me tape. Et gratuitement en plus, mon pote. Comment je pourrais te détester ?

Je me rappelle avoir pensé que ce serait affreux d'être un chien. Je vais chercher les chalupas, la sauce piquante, les tacos et les gorditas. Ouaf !

Love remporte une autre récompense pour ses activités humanitaires. Je lui rédige un discours. Sur le chemin du retour, elle suggère que nous créions une entreprise viticole, après la naissance, bien sûr. Je n'arrive pas à croire que ce soit ma vie, une vie où la possibilité de piétiner régulièrement des raisins et de posséder un vignoble est réelle.

Je téléphone à M. Mooney pour son anniversaire. Je lui parle de Love, de ma rencontre avec Jennifer Aniston, je lui dis que je choisis des livres en tant que Professeur Joe. Il me demande si je me fais sucer et m'apprend qu'il est toujours en Floride. Il a un oranger et les oranges n'ont rien à voir avec celles de New York.

— Elles sont bigarrées. Comme les bonbons avec des mouchetures. Bref, je m'ennuie moi-même.

Il soupire. La conversation s'épuise. Je vais chercher Love. Elle est dehors, dans sa bouée préférée, celle avec des accoudoirs et des porte-gobelets. Elle porte des lunettes de soleil. Je saute dans la piscine et la fais chavirer. Elle crie en tombant à l'eau, puis réapparaît en riant. Des baisers au goût d'eau salée. Nous flottons.

— Sam recommence, me dit-elle.

— Sam, la salope au boulot ?

— Oui. On prend des stagiaires et elle veut qu'on vérifie qu'ils ne sont pas sur Pinterest, parce que les gens sur Pinterest sont idiots.

— Elle est idiote.

— Je sais.

— Si tu la détestes autant, pourquoi tu ne la vires pas ?

Love roule sur le flanc et tend le bras vers moi.

— Parce que je ne déteste personne. Vraiment. Ça n'en vaut pas la peine.

Nous entendons son téléphone sonner, nous entendons mon téléphone sonner.

Love court vers le sien et répond.

— Maman ?

Dix secondes plus tard, elle le laisse tomber. Je la rejoins.

Elle me dévisage. Elle est changée, figée. Je m'inquiète d'abord pour le bébé, mais ce n'est pas possible, ce n'était pas le médecin qui appelait.

— C'est Forty.

Il est allé voir les flics. Ce salaud. Ce connard. Je vais le tuer.

— Que s'est-il passé ?

Elle se met à pleurer. De gros sanglots terrifiants. Quoi que cette ordure ait pu faire, il va payer. J'attrape le portable.

— Dottie ?

J'essaie de prendre Love dans mes bras. Elle tremble. Tout son corps est secoué de convulsions. Ça ne peut pas être bon pour le bébé.

— Dottie, vous êtes là ?

— Mon garçon, sanglote-t-elle. Mon garçon est mort.

Je me détends.

— Forty est mort ?

Quand Love m'entend prononcer cette phrase, elle pousse un autre cri. Je dis à Dottie que je dois raccrocher. Je ne sais pas si le bébé va survivre, mais je sais que nous, nous survivrons. Je tiens Love dans mes bras, je la tiens fort. J'aimerais pouvoir arranger la situation, mais je ne peux pas. Forty est mort.

53

Forty n'a pas fait une overdose de Xanax, ni de gorditas. Il n'a pas eu de cancer, ne s'est pas noyé dans l'eau salée du Pacifique, ni dans l'eau chlorée d'un des hôtels qu'il aimait tant, ni dans l'eau salée que ses parents récupéraient pour lui. Forty Quinn s'est fait renverser par une voiture alors qu'il traversait une rue de Beverly Hills. La fille qui l'a renversé n'avait pas bu – Dieu ne manque pas à ce point d'originalité – et elle ne conduisait pas une Honda Civic. Elle venait juste d'emménager. Elle s'appelle Julie Santos. Les automobilistes derrière elle klaxonnaient. À Los Angeles, particulièrement dans le Westside, on n'aime pas attendre. Julie Santos a déclaré que le type derrière elle lui collait au train et klaxonnait. Sa colocataire lui avait raconté qu'il était « quasiment légal » de tourner à gauche quand le feu est rouge parce que sinon, personne n'arriverait jamais nulle part.

Forty était sobre, il n'y avait de drogue ni sur lui ni dans son organisme. Il se rendait seul chez *Nate 'n Al* pour se gaver de corned-beef et de frites, d'après le serveur qui déclare que Forty venait souvent seul. Nous l'ignorions tous. Julie, qui semble être une jeune femme gentille et instable, du genre qui ne se remettra jamais de cet accident, voulait voir l'hôtel de *Pretty Woman*. Elle sait que c'est idiot, et qu'il ne s'appelle même plus le *Reg Bev Wilsh*, mais… elle pleure. Je résiste à l'envie de sortir une blague sur Forty et les putes, sur le fait que même quand il ne dépense pas son fric pour les payer, elles le font trinquer, bonne vieille Julia Roberts.

Les caméras de surveillance montrent que Forty traversait au rouge. Love claque des dents. Elle me dit qu'il avait eu « huit amendes pour traversée irrégulière de la chaussée ». Forty n'aimait pas attendre non plus. Il voulait que tout se passe tout de suite, sa carrière, son Oscar, même la traversée de la rue. Des charges seront retenues contre Julie

Santos, qui a l'intention de retourner à Boston. Elle déclare ne plus jamais vouloir conduire et trouve que ce n'est pas bon signe d'emménager quelque part et de tuer quelqu'un immédiatement.

Personne n'arrive à y croire. Je n'arrive pas à y croire. Je pense beaucoup à Julie Santos. Je la trouve sur Facebook et Twitter. Je pourrais lui vouer un culte, et Dieu a le sens de l'humour : son nom de famille signifie « saints ». Je n'ai pas prié pour que ça se produise, mais j'ai le droit de m'en réjouir. Ce qui s'est passé entre nous dans le désert restera à jamais secret. Nos affaires au Taco Bell, son délit, resteront à jamais secrets. Je suis dans une boutique Neiman Marcus où deux tailleurs s'occupent de moi en même temps, parce que quand on est riche et que quelqu'un qu'on connaît meurt, on va chez Neiman se procurer un nouveau costume.

Love est assise dans un fauteuil, jambes croisées. Elle ne pleure plus.

— C'est horrible si je dis que tu as l'air sexy ? me demande-t-elle.

— Non. Dis tout ce que tu as besoin de dire.

Elle acquiesce d'un hochement de tête. Je demande aux tailleurs de nous laisser un moment. Ils s'exécutent. Je m'approche d'elle. Nous sommes entourés de miroirs. Où que je regarde, je nous vois. Juste nous. Le troisième jumeau est parti. Je lui dis :

— Je t'aime.

— Je t'aime aussi, répond-elle. Je promets de m'en remettre.

— Prends ton temps.

— C'est juste étrange.

Elle fixe son Kleenex.

— Je ne sais pas comment vivre sans m'inquiéter pour lui.

— Je sais.

— C'est devenu tellement naturel. Je m'inquiète pour Forty. Ce n'est pas tant à cause de la drogue, même si ça en a l'air, c'est parce qu'on est jumeaux.

Je lui répète de prendre tout le temps qu'il lui faut et je promets d'être présent quoi qu'il arrive. Elle arrête de déchirer son Kleenex en petits morceaux et me regarde.

— Qu'est-ce que je ferais sans toi ?

— Question inutile. Je ne vais pas m'en aller.

Elle me prend dans ses bras et pleure de nouveau. Une des nombreuses aiguilles de mon costume me pique. J'étouffe la douleur, je la savoure. Il est mort. Julie Santos l'a tué. Après tout ce temps, j'ai enfin reçu un peu d'aide du gars d'en haut. Je serre ma petite amie et je m'estime heureux. Elle me donne une tape dans le dos. Les tailleurs reviennent et Love sèche ses larmes.

— Tu es vraiment sexy, insiste-t-elle.

Le costume sera prêt pour l'enterrement. Milo est trop triste pour rédiger une oraison funèbre et Ray est sous le choc. En petit ami loyal, je propose de m'en charger. Et je ne me contente pas de griffonner juste deux trucs sur son sens de l'humour et son gros cœur gras. Ah ça, non. Je compose une oraison funèbre de dingue. Elle est du même niveau que *Le Troisième Jumeau* ou mon scénario sur le kidnapping, celui que je me porterai volontaire pour finir, maintenant qu'il ne peut plus, puisqu'il est mort.

Love et moi sortons de la limousine. Le tapis qui mène au *Beverly Hills Hotel* est rose et vert. Love m'explique que c'était leur endroit préféré quand ils étaient petits, qu'ils y ont fêté leurs seize ans, puis elle fond à nouveau en larmes. Je la serre dans mes bras.

— Je n'y suis jamais allé, dis-je.

— On a arrêté de venir il y a un moment. Je ne sais même pas pourquoi. On a quasiment grandi ici. Il y a une fontaine à sodas. On mangeait des cheeseburgers, et ensuite on séjournait dans une villa, d'où on s'échappait pour aller courir dans le jardin.

— Tu es adorable, dis-je.

Et je suis sincère. Quand nous nous sommes rencontrés, j'étais mal à l'aise. Je pensais que toutes ces conneries de déco à feuilles de palmiers et de salles de bains nombreuses avaient de l'importance. Mais quelle que soit votre enfance, elle vous bousille. Je le comprends maintenant. Plus la naissance du bébé approche, moins je ressens d'hostilité envers mes parents. Je n'en veux plus à ma mère de m'avoir laissé au supermarché, au Key Foods, parce que j'y ai trouvé de la chaleur. Ce pauvre Forty n'a pas trouvé de chaleur ici, dans ce paradis rose et vert, ce *Beverly Hills Hotel*.

Les souvenirs se ressemblent tous, au fond ; il s'agit de nous garder en vie les uns les autres, nos meilleurs moments en tout cas. Nous faisons tous semblant de penser que Forty était quelqu'un de formidable. Love me raconte une anecdote à propos de *Beverly Hills 90210*, à propos de Brandon et Brenda Walsh ; on appelait Forty l'anti-Brandon.

Tous les gens importants sont là. Agents, cadres dirigeants, producteurs, Joaq. Je suis celui auquel Love se raccroche, celui qui a été le ciment de tout ça, qui prononcera l'oraison funèbre de l'homme qui était comme un frère pour lui. Les lumières diminuent. Une vidéo commence, un hommage à Forty. On écoute *Big Top* de Michael Penn, la chanson sur laquelle se termine *Boogie Nights*, on voit des photos de Forty sobre et des vidéos de Forty ivre. Forty qui fait du ski nautique, du ski alpin, Forty qui rit, Forty enfant, adulte, et enfant à nouveau.

La vie.

Je pleure. Je dois montrer des émotions, c'est important, je m'en rends compte, mais elles sont sincères. Cette chanson m'a toujours ému, les bruits du cirque, les applaudissements, la franche tristesse de la fatalité de la vie, le *fade out* à la fin plutôt qu'un arrêt net. C'est la chanson de ses funérailles, alors ça ne peut pas être la mienne. Ou peut-être que si, peut-être que les obsèques et les mariages sont différents, que les gens ne les gardent pas en mémoire et n'en discutent pas en détail. Le chant funèbre orchestral de Michael Penn se fait plus lent et la chanson s'évanouit dans le silence. Les lumières se rallument. C'est à moi. Love m'embrasse. Je m'avance vers l'estrade, puis je commence.

— Je crois que nous avons tous besoin d'un moment de recueillement.

Je fais ce qui s'impose. Je baisse la tête. Tout le monde m'imite. Je n'avais pas compris pourquoi un costume Armani coûtait aussi cher jusqu'à maintenant. J'anticipe, je prépare mes feuilles en essayant de ne pas dévisager Reese Witherspoon. Je prends le micro et je démarre.

— Bonjour. Je m'appelle Joe Goldberg et j'ai la chance de connaître les Quinn, ma famille d'adoption.

Je fais un éloge démentiel de Forty Athol Quinn. C'est une bonne chose que j'aie eu un avant-goût de sa disparition quand je le croyais noyé dans le désert. J'ai dû opérer des modifications à cause de sa fin bizarre, mais la réécriture est réussie. Remarquable même. Je devrais me faire embaucher comme rédacteur d'oraisons. Les meilleures célèbrent le potentiel du défunt, soulignent sa contribution unique à la société. Je raconte que Forty m'a appelé « Mon vieux » dès le jour de notre rencontre.

Mon auditoire est aimable. Je saisis l'occasion pour l'éduquer en parlant d'un de mes livres préférés. Je suis sûr que la plupart des personnes présentes ne l'ont pas lu parce que la plupart des personnes présentes emploient leur énergie à lire des fictions. Il y a pourtant des ouvrages de non-fiction importants, qui sont utiles dans des moments comme celui-ci, en particulier pour Forty Quinn.

— Le livre s'intitule *Life's Dominion.* Il aborde des questions philosophiques. N'importe qui ici pourrait parler des traits d'esprit charmants de Forty, de son intelligence bourgeonnante, sa générosité, son assurance arrogante, ses shorts madras, son sens de l'aventure loufoque, sa vaste culture cinématographique et son sens de l'engagement. Nous avons connu son sourire, sa joie.

Je montre le mur où sa vie vient de se dérouler.

— Mais ce que l'on ne voit ni sur ces images ni dans ces vidéos, c'est la philosophie de Forty quant à la vie elle-même. Pour cette raison, je pense que le meilleur hommage que je puisse lui rendre est de vous parler de *Life's Dominion.*

Je prends une inspiration réfléchie, mise en scène.

— Le livre pose une question à laquelle nous sommes confrontés tous les jours, toute la journée. Quel est le choix le plus judicieux ? Un car roule sur une route en bordure de falaise. Il a à son bord des adultes ; tous ont déjà un pan de vie derrière eux, tous ont des emprunts à rembourser, des enfants, des attaches. Une poussette avec un bébé traverse la route. Si le chauffeur freine, le car tombera de la falaise et tous les passagers mourront. Ou bien le car peut écraser la poussette et tuer l'enfant.

Amy Adams incline la tête. Joaq est captivé.

— Ronald Dworkin soutient qu'il n'y a pas de notions de bien et de mal universelles parce qu'on peut considérer que la valeur de la vie s'estime en fonction de ce qui a déjà été accompli, tout comme on peut affirmer qu'il est impossible de donner une définition de la vie, de soutenir que le bébé aurait pu grandir et trouver un remède au cancer ou remporter un Oscar.

Je connais mon public. Je vois les gens chuchoter, se demander qui je suis.

— Forty Quinn était un homme unique. Il était le bébé dans la poussette, celui qui avait devant lui la concrétisation du potentiel que nous connaissons tous, et la concrétisation des scénarios vendus après avoir œuvré pendant tant d'années à établir des contacts et progresser. Il a mérité son succès et il serait un peu léger d'affirmer qu'il lui a été offert parce qu'il a grandi ici.

Amy Adams hoche la tête en signe d'assentiment.

— Les Quinn sont généreux. Et Forty nous a donné ses histoires, celles auxquelles il a tant travaillé, année après année.

Je secoue la tête. Megan Fox décroise les jambes. Elle a envie de moi.

— Je mentionne *Life's Dominion* et Ronald Dworkin car il y a une chose que vous ignorez peut-être à propos de Forty, c'est qu'il lisait énormément, écrivait énormément, qu'il était avide de connaissance.

C'est ça, la mascarade de l'amour ; personne ne se met en colère si vous n'étayez pas de faits tangibles vos nobles remarques sur l'existence triomphante d'un individu. Je regarde Love. Elle sourit. Elle aime l'histoire que je raconte, parce que la vérité serait horrible.

— Il m'a dit que *Life's Dominion* lui avait beaucoup appris, peu avant…

Je laisse ma phrase en suspens.

Reese s'essuie les yeux. Love trempe de ses larmes la veste de son père.

— Permettez-moi d'énoncer ce que nous savons tous. Forty était un géant. Une force. Il était l'un des passagers du car, l'un d'entre nous, un homme avec des attaches profondes dans la communauté, un homme qui répandait sa joie partout où il allait. Mme Quinn, si vous voulez bien vous boucher les oreilles… Je peux vous dire qu'il était extrêmement apprécié chez Taco Bell.

Je déclenche des rires à travers les larmes. J'attends le silence.

— Très peu d'entre nous sont capables de mordre la vie à pleines dents. Forty est la seule personne de ma connaissance qui était capable de le faire. Il savait s'amuser, vous donner l'impression que le meilleur restait à venir et que ce que vous aviez accompli en valait la peine.

Je fonds en larmes, puis je termine.

— Forty Quinn m'appelait « le Professeur », mais Forty Quinn était mon professeur.

Joaq sourit. Nous allons devenir amis.

— Un jour, j'ai demandé à Forty ce qu'il avait ressenti en grandissant avec autant de privilèges. Il m'a répondu que ç'avait été difficile, que quand on a des parents qui incarnent le meilleur de l'amour, des parents qui s'aiment chaque jour davantage, qui vivent pour aimer, il était difficile d'être constamment incompris de ceux qui présupposent que la richesse est purement financière. Et je le cite : « Mes parents auraient pu travailler derrière le comptoir au Pantry, dans l'épicerie, et nous offrir à Love et moi tout autant d'amour. »

Je marque une pause. Love sanglote, maintenant. Reese Witherspoon est courbée en avant et son agent de mari a un bras autour de son épaule. Je marque des points.

— Forty Quinn savait que rien n'existe à part l'amour. Tout le reste est fugace, éphémère. S'il avait pu atteindre le trottoir d'en face, je peux vous garantir qu'il aurait évité l'amende. On ne pouvait rien refuser à Forty Quinn. Il était de ceux à qui on ne refuse rien parce qu'ils vous donnent envie de « dire oui ». Repose en paix, mon frère.

Quand je retourne m'asseoir auprès de Love, elle transfère son corps tremblant des bras de son père dans les miens. Nous sommes dans *Le Parrain*, nous nous répandons dans une salle de bal qui regorge de bouteilles de Veuve Clicquot et où une succession de gigantesques photos de Forty est projetée sur un mur. Il est jeune, il est vieux, mais quoi qu'il arrive, il est mort. Oui !

Tous ceux que j'ai toujours voulu rencontrer sont présents, et ils veulent me rencontrer, moi. Reese Witherspoon veut me prendre dans ses bras – oui, vraiment –, son mari veut me parler, Joaq veut qu'on boive un verre. Love est fière de son petit ami qui vend des livres ; écrasée et détruite, mais fière.

Barry Stein me prend à part.

— Vous aimez les cigares ?

— Absolument.

Il me sera utile pour négocier avec Megan Ellison. Je ferai en sorte que Stein propose d'acheter mon travail, puis je ferai demi-tour et signerai avec ME. Pour l'instant, ça commence par une amitié.

Forty avait raison, je ne couperai pas les ponts. D'abord, je dois les construire. Je dois aller sur la pelouse regarder Barry

Stein se battre avec son nœud papillon, puis trouver un moyen poli d'enchaîner avec une discussion professionnelle, comme s'il y avait un moyen poli de le faire.

Il mâche le bout de son cigare, crache.

— Vous savez, Forty et moi avions abordé pas mal d'idées, ces derniers temps. Je crois que nous devrions parler, vous et moi.

Je hoche la tête.

— Absolument.

Je fume un cigare et Barry en personne veut que j'appelle son bureau pour prendre rendez-vous. Le buffet est fantastique. Kate Hudson me serre dans ses bras. Il y a des cakes au crabe, des amuse-bouches, des boissons à volonté, des Gimlet, des brochettes de bœuf fondant, des bouchées de crabe froid. On diffuse les chansons préférées de Forty. La plupart parlent des drogues qui ont failli le tuer, mais qui ne l'ont pas fait. George Clooney me serre la main – bon discours, gamin – et le mieux dans tout ça, c'est cette magnifique sincérité.

J'ai fait un carton avec mon discours. Et je n'ai pas tué Forty Quinn.

Il est idiot de jouer aux devinettes, de se demander à quoi aurait pu ressembler sa vie. Que faisait seulement Julie Santos à Beverly Hills ? Et si elle avait continué tout droit dans Santa Monica, jusqu'au Pacifique ? Ça me rappelle *Match Point* : la balle de tennis, puis la bague. Dans la vie, tout repose un peu sur la magie. La mort aussi. Si le cadavre de Forty avait été trouvé dans la source, si sa peau avait commencé à se désintégrer, sa merde à salir l'eau chaude, si son organisme avait été bourré de cocaïne, ses funérailles auraient eu une autre allure. Disons que j'aurais fait un carton et trouvé un moyen d'apporter la lumière, mais que la journée aurait été plus sombre. Grâce à Dieu, s'il y en a un, Julie Santos a tourné à gauche.

— Joe.

Susan Sarandon m'interpelle. Elle me donne l'accolade, puis recule.

— J'avais juste besoin de faire ça.

J'espère que Reese regardait, et Amy aussi, mais ce qui compte surtout, c'est que Love a vu son geste. Elle m'entoure de ses bras.

— Tu as été tellement bien… Tu le sais au moins ?

Le moment serait malvenu pour me vanter, alors je reste humble. Je suis celui qui la soutient, je lui caresse le bras, pose un baiser sur son crâne. Puis elle s'éloigne. Obligations familiales.

Les gens comme Forty Quinn sont leurs propres ennemis, ils augmentent la probabilité d'une mort prématurée en gobant de la codéine. La mort de Forty me libère. Je peux aller où je veux. Je me promène dans le hall aux tons rose et vert. Liberté. Je m'installe dans un canapé circulaire. Love me repère et vient s'asseoir sur mes genoux. Elle me caresse les cheveux.

— Allons aux *Allées*, ce soir. Je n'ai pas envie de dormir ici. Je veux mon lit.

Quand une fille veut son lit et vous veut dedans, on sait que c'est pour de vrai. Je lui réponds :

— Tout ce que tu veux.

Je vais attendre un mois avant de lui dire que le travail de Forty m'inspire, que je crois que je devrais essayer d'écrire.

Je pose la main sur son ventre. Forty ne peut pas me voler ce moment, l'amour tranquille dans cette salle de bal et le bruit inaudible d'un nouveau cœur qui bat.

54

Je me réveille tôt. Je suis encore shooté, sous l'effet des funérailles, du cul de Kate, des yeux de Reese, de l'intensité d'Amy et de mon bébé. *Les Allées* m'ont manqué. Le court de tennis, le sable et l'herbe sans cesse mêlés sans se mélanger. Je suis joggeur maintenant, et la plage me paraît différente, utile. C'est mon chemin. Et quel grand plaisir de réexaminer l'énigme de sa vie et de se dire : « Ah, je sais pourquoi cette plage est là. Elle est là pour moi. »

Mon corps refuse de dormir. Sans doute en partie à cause de tout ce changement. Lors de mon dernier séjour ici, j'ai tué Delilah. Love me connaissait à peine, mais elle voulait me découvrir, alors elle m'a invité à l'accompagner sur le plateau de tournage. Depuis cette plage, elle m'a regardé arriver sur le Donzi sans savoir où j'étais allé ni pourquoi. Miracle de l'existence, de la fille dans mon lit : elle m'aime plus qu'elle ne m'aimait alors. Ma nouvelle vie est pleine d'amour, de rendez-vous, d'opportunités. J'ai un but. Je vais prendre soin de Love. Je vais honorer l'héritage de Forty et mener ses projets à bien. Je serai fort pour mon enfant et je me protégerai.

Je suis trop heureux pour rester tranquille. Love dort comme la Belle au Bois dormant. Son jumeau est mort ; il faudra du temps. J'embrasse son parfait petit front, j'enfile un short rose décoré de baleines, un tee-shirt, j'attrape mes lunettes de soleil, puis je quitte la chambre. Je fredonne *Thunder Road* en traversant la maison que Forty ne traversera plus jamais – C'est bien vrai ! –, je souris.

Je descends le sentier, pieds nus dans l'herbe sablonneuse, le sable herbeux. J'entends les vagues. Elles sont lentes, paresseuses. Quand j'atteins la plage, je suis surpris par une brume aussi dense que de la neige, une brume à la Stephen King, épaisse et blanche. Soudain, je redeviens un enfant. Cette brume pourrait être habitée par des monstres. C'est surréaliste d'entendre l'eau sans pouvoir la voir.

Je me rappelle m'être senti heureux comme ça une fois, quand j'étais petit. La neige recouvrait les rues. Elles étaient parfaites, blanches, tout semblait nappé de glace à la vanille. Ma mère m'avait dit qu'il n'y avait pas école et que je pouvais aller jouer dehors. J'avais déjà vu de la neige, mais ce jour-là elle possédait une qualité différente. Il était tôt et les gens n'étaient pas encore sortis. Elle était intacte. J'ai marché d'un pas lourd. Elle m'arrivait aux genoux. J'étais le premier à la fouler, j'étais euphorique d'être le premier, de voir les empreintes de mes chaussures, géantes et profondes, de savoir que j'avais la journée devant moi, qu'il n'y aurait pas école, pas de devoirs. Il y a de la magie dans un jour de neige. Ce doit être étrange de grandir dans le Sud de la Californie, privé de cette chance. Ce sera la première chose dont je parlerai à Love quand elle se réveillera.

Je marche dans la brume en direction de l'océan. J'entends un chien qui aboie. *Bottes et Toutous*. Je siffle. Le chien aboie de nouveau. On dirait qu'il a peur. Je lui crie :

— Tout va bien. Viens par là, pépère.

Mais il se contente de miauler, presque comme un chat.

— Hé, petit, tout va bien.

Je tapote le sable. Je me souviens du chiot, dans *JF partagerait appartement*, qui refuse de courir vers Jennifer Jason Leigh, et qu'elle tue ensuite parce qu'il ne l'aime pas. Puis je pense à Forty qui a tué Roosevelt, selon la version de Love. La vérité n'existe pas, mais le bonheur existe, et j'imagine l'expression ébahie de Love si je ramenais ce chien chez elle.

Ces animaux aiment l'autorité, alors je lui donne des ordres.

— Très bien, viens ici le chien. Tout de suite.

Mais les gémissements semblent s'éloigner. Je me mets à courir, je me fraie un chemin dans le tourbillon blanc et, au bout de quinze mètres, je me cogne un orteil. Merde. Le sable est plus dur qu'on pourrait le croire.

— Veux-tu venir ici ! Je ne vais pas te faire de mal !

Je continue d'avancer. Le chiot gémit encore, quelque part.

— Tout va bien. Je suis là.

L'océan avance et se retire derrière le brouillard. J'entends de nouveau le chien. Je m'accroupis, me prépare à le prendre dans mes bras, à être couvert de bave, aimé. C'est pour cela que les gens ont des chiens à Franklin Village. Je crois l'apercevoir. Il est aussi blanc que la brume. Il a un petit museau noir, des yeux noirs, une langue rose qui commencent à se dessiner. Il halète, court. Je me demande quel nom nous allons lui donner. Il a une tête de Charlie, de Cubby ou de George. Je siffle pour l'appeler. Il m'ignore. Salaud.

Je ris. Qu'est-ce qui cloche chez moi ? C'est un chien. Ce n'est pas un salaud. Enfin bon, peut-être que si. Les bébés peuvent être des enfoirés et les chiens des salauds. Mais on accepte le risque quand on fait un bébé, ou quand on adopte un chien. Je crois que je vais écrire quelque chose au sujet d'un bébé enfoiré et d'un chien salaud. Ce sera comme dans ces vieux *Snoopy*, où on ne peut pas entendre ce que disent les adultes parce que c'est juste un brouhaha incompréhensible.

Je frappe dans mes mains et, au même instant, j'aperçois un éclair de lin blanc et une chemise jaune vif, et je me rends compte que le chien n'est pas seul. Il aboie. L'humain qui l'accompagne lance une balle de tennis vert électrique. L'humain siffle, l'humain est une femme. Je discerne ses cheveux dans la brume – blonds, emmêlés –, ses épaules anguleuses et ses longues jambes.

Amy ? Amy ? Amy ?

Elle prend dans ses bras l'animal qui allait nous appartenir, à Love et moi. Elle l'embrasse, puis lève la tête. Elle sursaute.

— Joe ?

Elle a l'air terrifiée, coupable. Le temps s'arrête. Je suis sous le choc.

Elle serre le chien trop fort. Il se débat, griffe et il gagne. Elle le lâche, il détale. Elle reste là, immobile, figée. Cette salope m'a baisé. Elle m'a volé. Dupé. Elle m'a menti. Elle s'est servie de moi. Elle m'a fait du mal, à moi, et elle a fait du mal aux gentilles personnes du Rhode Island – Liam, Pearl, Harry et Noah –, et je l'aimais. Je l'aimais mais elle ne m'aimait pas.

Amy ? Amy ?

— Qu'est-ce que tu fais ici ? me demande-t-elle.

Elle se croit jolie et maligne, à passer une mèche de cheveux derrière son oreille, à faire semblant d'avoir confiance en moi. Mais les gens ne changent pas. Je comprends qu'elle s'apprête à partir en courant. Elle ne m'échappera pas cette fois, pas après ce qu'elle a fait. Elle se retourne. Ses cheveux volent dans le vent. L'instinct prend le dessus. Je me rue vers elle. Elle court, mais je suis plus rapide. Je la fais tomber. Elle crie. Je lui colle ma main sur la bouche et je regarde droit dans ces yeux que je connais trop bien.

Elle me donne un coup de genou à l'aine. Je réagis, lâche prise, mais parviens à l'attraper par les cheveux et à l'immobiliser dans le sable. Je lui couvre à nouveau la bouche. Elle gigote comme un marlin. Je n'arrive pas à croire qu'après tous ces mois, Amy soit encore là.

Avec le soleil, son visage a changé. Elle a davantage de taches de rousseur, la peau plus lisse, les cheveux plus longs, du mascara sec autour des yeux. Elle est sortie la nuit dernière. Elle est celle que j'aimais. Que je convoitais. Que je voulais tuer, mais dont j'ai oublié de m'inquiéter après être tombé amoureux de Love.

Elle me donne un autre coup de pied. Je la gifle, lui ordonne de ne pas crier.

— Compris ?

Elle dit oui avec les yeux. Ils sont aussi brillants que dans mon souvenir, même dans la brume. Je retire ma main.

— Bon sang, Joe, qu'est-ce que tu fais ?

— La ferme.

Je repose la main sur sa bouche.

— Tu ne cries pas. Compris ?

Elle hoche la tête avec insistance.

— Joe, s'il te plaît… commence-t-elle.

Je suis encore en train de me réhabituer à son visage. C'est fou, les visages humains, ces nez tous si différents, certains ronds, d'autres pointus. Celui d'Amy est aquilin. J'aimais son nez. J'embrassais son nez. Mais maintenant, j'aime celui de Love.

— Joe. Pour l'argent…

— L'argent ?

Je ne peux pas m'en empêcher. C'est loin, mais tout me submerge à nouveau. L'humiliation que j'ai ressentie quand j'ai trouvé mon ordinateur dans la cage, les clés que j'avais fait faire pour elle, la note dans *Charlotte & Charles*.

— Comment peux-tu croire qu'il s'agit d'argent ?

— Parce que j'ai piqué les livres, halète-t-elle. Je peux te rembourser.

— Je ne veux pas de ton pognon, Amy. Je ne suis pas comme toi. Je me fous du pognon.

— Je comprends, d'accord ? Je crains. Mais s'il te plaît, laisse-moi partir.

Je la plaque au sol.

— Tu crains, effectivement. T'es une salope, vicieuse et superficielle.

— Tu fais n'importe quoi. Laisse-moi partir.

Je lui crache au visage. Elle cligne des yeux. Je lui lance :

— Va te faire foutre.

— Joe. Arrête, s'il te plaît.

Je resserre ma main sur son cou. Je devrais en finir. Je devrais l'étrangler pour tout ce qu'elle a fait. Au lieu de ça, je l'autorise à parler, à s'expliquer.

— J'ai volé des livres, confesse-t-elle. Et c'est nul, j'en ai conscience. Et ça a dû être terrible pour toi quand tu l'as découvert. Mais, Joe, tu savais que je ne pensais qu'à moi. Je sais que tu savais.

Je ne savais pas. Et c'est ça qui fait mal. Je l'aimais et elle ne m'aimait pas. Elle pense que ce n'était pas un véritable amour, elle n'y a jamais cru. Mes joues rougissent. Je dois la tuer, parce qu'elle profère des phrases telles que : « C'était seulement du cul », « C'était l'été » ou « Je ne t'ai pas arnaqué, j'ai arnaqué le magasin ». Elle n'était pas amoureuse de moi et chaque fois qu'elle promet qu'elle peut me rembourser, je sais que je dois la tuer. Elle a dévasté mon cœur, gaspillé mon temps. Elle me supplie de la laisser partir. Elle peut obtenir une avance en espèces et m'avoir tout ce que je veux. Elle garde une maison où il y a des tableaux qu'elle pourrait vendre, beaucoup de tableaux. C'est une vendeuse-née.

Beck ne m'a jamais aimé non plus. Si Love était au courant, connaissait l'humiliante vérité que j'aime des femmes qui ne m'aiment pas en retour, j'ignore comment je pourrais encore la regarder dans les yeux. Je ne sais pas si je pourrais continuer, parce que la véritable horreur de mon existence n'est pas d'avoir tué d'affreuses personnes. La véritable horreur, c'est de ne pas avoir été aimé par les gens que j'aimais. J'aurais aussi bien pu me masturber dans la cage, discuter des filles avec les livres, parce que les filles avant Love n'étaient pas là, à côté de moi, pas vraiment, surtout celle-ci, cette grande connasse blonde qui me supplie de la laisser en vie et me promet qu'elle peut tout me rendre jusqu'au moindre penny.

— Tu ne saisis pas, lui dis-je. Il n'y a rien que tu puisses faire.

— Laisse-moi partir, supplie-t-elle.

Elle se tortille.

Tout dans le ton de sa voix, dans ses propos et dans son regard semble confus. Elle se comporte comme si j'étais un simple type qu'elle a connu comme ça, et je la dévisage comme si elle m'avait brisé le cœur. Mais elle se contente de raconter que c'était très chiant de vendre des livres en ligne. Pense-t-elle vraiment qu'il soit question de *Portnoy et son complexe*, de Yates ?

— Et ce que tu as écrit dans *Charlotte & Charles* ?

Elle déglutit.

— Quoi ?

— *Charlotte & Charles*, craché-je. Tu me l'as lu sur la plage et le lendemain tu m'as abandonné en me laissant une lettre dedans. Je veux savoir pourquoi.

— Parce qu'il était dans mon sac de plage quand je suis retournée au magasin ! s'exclame-t-elle.

Ce n'est pas ce que je lui demande.

— Tu m'as lu le livre sur la plage et tu m'as laissé un mot dedans. Et maintenant tu veux me faire croire que tu ne t'en souviens pas ?

— Joe. Je te l'ai dit. Tu fouillais mon portable. Enfin franchement, tu ne me faisais pas confiance non plus.

— Pourquoi tu m'as laissé ce livre ?

Elle me demande de la libérer. Je lui demande de me parler du livre. Le vent froid siffle au-dessus des vagues. Elle grogne à nouveau.

— Parce que tu es triste et seul ! Bon sang, si c'est ce que tu veux savoir, alors merde. Tu as gagné. J'abandonne.

Elle fait claquer ses lèvres. Elle s'éclaircit la voix.

— Lâche-moi. Lâche-moi et je t'expliquerai.

— Non. Dis-le-moi maintenant.

— J'ai laissé ce livre parce que je me sentais mal. Tu es triste et seul. Il faudrait que tu réussisses à être bien tout seul. Tu es déprimé et tu le portes sur toi, assis dans cette boutique, tu as désespérément besoin que quelqu'un pousse la porte et change ta vie. Et c'est exaspérant. Enfin, secoue-toi, bordel ! Essaie de te reprendre ! Arrête d'être aussi gêné de la musique que tu écoutes et de chaque petit truc que tu dis. Je t'ai donné ce livre parce que ces géants sont pitoyables, ils n'arrivent pas à s'occuper d'eux-mêmes et ils attendent des autres qu'ils soient aussi honnêtes qu'eux. Ils n'ont pas à être choqués quand les humains se liguent contre eux. C'est la vie ! Ressaisis-toi. Tu ne peux pas t'attendre à ce que tout le monde soit comme toi. Voilà pourquoi.

Ses mots me blessent.

— Si je suis déprimé et pitoyable à ce point, pourquoi tu es sortie avec moi ?

Elle lève les yeux au ciel.

— Joe. Le jour de notre rencontre, je me servais de la carte bancaire de mon ex et tu n'as pas appelé les flics.

— Je ne juge pas les autres.

— Il faut que tu voies les choses comme elles sont. Je n'ai pas essayé de te berner. Et tu sais, je me disais, OK, ce type est vraiment cool avec moi. Il trafique forcément quelque chose d'un peu louche de son côté. C'est sûr.

— Je ne suis pas comme toi.

Je l'ai blessée, finalement, et elle change.

— Eh bien, félicitations. Je peux partir maintenant ? C'est ridicule, à la fin. Qu'est-ce que tu vas faire ? Me tuer ?

Amy Adams ne sait rien de moi. Elle croit que je suis un pauvre type triste et seul à la capacité d'analyse littéraire limitée. Elle s'est servie de moi. Elle n'est pas assez intelligente pour m'aimer ou me connaître. Soudain, j'ai de la peine pour elle. Elle ne comprend pas que *Charlotte & Charles* parle de la résilience de l'âme humaine, nous apprend que les gens heureux se font avoir, puis nagent jusqu'à une autre île, reprennent courage et recommencent.

Amy n'est pas une arnaqueuse, ce n'est pas une voleuse sournoise. C'est une pauvre fille seule. Elle s'est trimbalé un livre qu'elle ne comprenait même pas et elle veut que le monde ressemble à un roman de Richard Yates, avec un dénouement déprimant. Le seul Philip Roth qu'elle ait terminé, c'est *Portnoy et son complexe*. Elle n'est pas celle que je croyais, elle qui me parle à présent de son patron et de ses gardes de chien. Je ne vais pas la tuer.

Bizarrement, Amy a raison. Je suis incapable de tuer maintenant. J'ai Love. Je vais être père, j'ai changé. Je la libère. Elle ôte le sable de ses bras, de sa chemise, secoue les jambes.

— C'est le seul problème avec la plage, se plaint-elle. Le sable.

De son point de vue, nous avons eu une dispute d'amoureux, alors nous faisons ce que font les anciens amants : nous revenons sur notre passé commun. Mais nos souvenirs diffèrent. J'évoque la dernière soirée à Little Compton. Je lui demande :

— Tu te souviens de nos nouveaux meilleurs amis, Noah, Pearl, Harry et Liam ?

Elle est stupéfaite.

— Tu te rappelles leurs prénoms ? Comment c'est possible ?

Elle n'est pas comme moi, pas comme Love. Elle ne porte pas le fardeau d'un cœur sensible. Le sien se contente de battre. Elle rit.

— Tu te souviens quand je t'ai surpris à fouiller dans mon téléphone ?

L'humiliation que je ressens me donne mal au ventre.

— Hmm, hmm. Tu étais en colère.

— Oui. Parano. J'avais déjà mis deux livres en vente sur Internet et je cherchais une sous-location ici. Je me suis dit : merde, mais qu'est-ce qu'il a trouvé ?

— Wouaouh.

Je repense à *Match Point*, quand Woody Allen nous rappelle que même les meilleurs joueurs de tennis gagnent aussi grâce à des coups de chance. Amy avait ouvert beaucoup de fenêtres Safari ce jour-là. Je n'ai vu que celle concernant Henderson. S'il y avait eu la queue aux toilettes, si elle s'était lavé les mains plus minutieusement, si elle avait mis du rouge à lèvres, je serais tombé sur ces autres fenêtres. J'ai joué de malchance avec elle. Mais d'un autre côté, sans elle, je n'aurais jamais rencontré Love.

— Je sais, ajoute-t-elle. Je veux dire, j'ai piqué une crise parce que je croyais que tu avais compris ce que je mijotais et que tu allais vouloir en parler.

Elle me demande pourquoi je suis venu à L.A. Je lui réponds que je m'y suis installé parce que ça me semblait pertinent, parce qu'il était temps de quitter New York. Elle me parle de son idée d'aller vivre à Austin. Je lui réponds que j'ai l'impression que tout un ramassis d'abrutis parlent d'aller vivre là-bas. Elle rit.

— Tu es drôle. Tu as encore la flamme, Goldberg.

Je ne ressens rien. Je ne me languis pas de ce que nous partagions. Ensemble, nous nous contentions de nous moquer des autres. Je fixe l'océan, mais il est invisible à travers la brume. Amy ramène ses cheveux par-dessus son épaule. Elle a des bleus sur le cou, preuve de ma violence, un nouveau mug d'urine. Mon cœur se met à battre à cent à l'heure. Peut-être devrais-je la tuer ? Je l'ai blessée. Oui, je l'ai blessée. Si je me débarrasse d'elle, je n'aurai plus jamais à m'inquiéter à son sujet. Elle ne sera plus un problème à régler, un autre *mugdurine*. Je pourrais la supprimer. Elle dessine dans le sable du bout du doigt. Ce pourrait être son dernier geste. Mais les vagues montent et se retirent. La ligne s'efface, comme le fera la rougeur sur son cou. Par essence, la nature va de l'avant : les traces de pas disparaissent, les douleurs passées s'estompent. Je ne tuerai pas Amy. Je n'ôterai pas une vie de cette planète alors que Love et moi sommes sur le point d'en apporter une autre au monde. Je lui ai déjà confessé mon passé et je n'ai pas envie de confesser mon présent.

Je suis debout, je tends la main à Amy, mais elle se relève sans mon aide.

Elle me demande si je suis sûr de ne pas vouloir d'argent pour les livres. Je lui réponds que c'est bon. Elle sourit, se tourne, puis s'éloigne dans la brume. Elle garde la tête baissée, les bras croisés. Je me rassieds dans le sable là où elle était allongée ; c'est frais et humide. Je sens un poids s'en aller, comme si elle sortait de moi à chaque expiration, à chaque battement de paupière.

Je ne peux pas vous dire le moment exact où je n'arrive plus à la voir, parce qu'elle disparaît par segments. D'abord la brume emporte ses pieds nus, puis le dos de sa chemise jaune. Ses cheveux reviennent un court instant, blonds, emmêlés, puis disparaissent. Et pour finir, elle s'efface entièrement dans la brume, presque comme si elle n'avait jamais été là.

55

Manger chez Taco Bell avec Love est une tout autre expérience. Elle a déjà des envies de femme enceinte, elle voulait se goinfrer d'enchiladas et de gorditas. L'effet jumeaux. Mais nous ne commandons pas tous les plats au menu, juste des gorditas et deux tacos au poulet. Elle veut du soda bien qu'elle ait des scrupules à consommer du sucre. Je lui dis que nous commencerons un régime plus équilibré demain.

Elle me demande de choisir un box. J'en choisis un près de la fenêtre, loin de celui où Forty et moi nous installions toujours. Elle remplit nos gobelets de glaçons et ajoute un peu de root beer à nos Cocas.

— J'aime bien ça, précise-t-elle.

— Moi aussi. On devrait peut-être se marier ici ?

— Est-ce que tu viens de me demander en mariage au Taco Bell, et sans bague ?

Je fais oui de la tête. Elle rit. Elle croit s'être fait pipi dessus. Je lui dis qu'on ne peut pas se faire pipi dessus à quelques semaines de grossesse. Nous nous prenons la main au-dessus de la table. Je lui demande :

— Alors, tu acceptes ?

En souriant, elle me répond :

— Oui. Mais ne me fabrique pas une bague avec des pailles, d'accord ?

— Ça marche.

En attendant le festin, nous parlons de la chambre du bébé, de l'endroit où nous allons habiter, et du moment où nous annoncerons la nouvelle. Je lui fais part de mon envie d'écrire, peut-être à partir de cette idée qui me trotte dans la tête, l'histoire du nègre d'un auteur, appelé *Les Imposteurs*. Elle dit que le titre lui plaît – tu parles qu'il lui plaît ! – et que Forty a su que j'étais un auteur dès le jour de notre rencontre.

Nous regardons les voitures passer sur l'autoroute du Pacifique, nous rediscutons des obsèques. Elle trouve que mon oraison était merveilleuse et elle a envie de revoir la vidéo ce soir.

— Tu trouves que c'est bizarre ? me demande-t-elle.

— Pas du tout. C'est la mort qui est bizarre.

Quand nos plats sont prêts, je vais les chercher au comptoir. Je remercie le serveur. C'est un nouveau. Il ne me connaît pas et il ne connaîtra jamais Forty. Love mord dans son gordita et la moitié lui tombe sur le chemisier. Maintenant, je crois que c'est moi qui me pisse dessus de rire. Je prends un taco au poulet que je fourre dans ma bouche pour que la moitié tombe exprès sur ma chemise, et à présent c'est elle qui rit.

Je me glisse hors du box. Elle ne me quitte pas des yeux. Seule Love est sexy avec du gordita partout sur le chemisier. Je m'assieds de son côté. Je la sens réagir à mon contact, je sens réellement l'amour monter en elle, dans ses jambes, à sa façon de se rapprocher de moi, si légèrement, tels des pétales au soleil. Quand je l'embrasse, elle tremble comme au premier jour et me caresse le dos comme si nous nous connaissions depuis toujours.

— Je t'aime, me dit-elle.

— Moi aussi.

Je souris jusqu'aux oreilles. Si nous sommes dans ces dispositions après le décès bouleversant de son frère et notre grossesse surprise, je vous laisse imaginer combien nous serons heureux quand nos vies seront dépourvues de stress.

— OK, mais là, il faut vraiment que je fasse pipi, déclaré-je.

En allant aux WC, j'adresse un signe de tête au gars du comptoir.

C'est un de ces WC dont le miroir est constamment embué et consiste surtout en des éclats recouverts de graffitis dans lesquels il est impossible de voir son reflet. Après avoir tiré la chasse, je me lave les mains plus longtemps qu'Amy chez *Del*, ce jour de mai. J'appuie sur le bouton du sèche-mains pour déclencher la soufflerie, mais la machine est cassée.

Si je rencontre le propriétaire du Taco Bell, je lui conseillerai de rénover les chiottes. Je lui expliquerai que mon épouse et moi-même – épouse ! – aimons venir dans son établissement de temps en temps. Je lui dirai que nous viendrions plus souvent si les toilettes n'étaient pas aussi dégoûtantes.

Je pousse la porte, excité à l'idée de parler à Love de ce nouveau projet, et je m'arrête net. Son gordita est posé là, aussi gras que quand je suis parti, mais elle n'est plus dans le box. Le type au comptoir a disparu lui aussi. Aucun bruit ne sort de la cuisine, et dehors aucun véhicule ne circule sur l'autoroute du Pacifique. Aucun. Pas la moindre BMW. J'ai la chair de poule. Je me précipite dans les toilettes des femmes. Toutes les cabines sont vides.

Mon téléphone sonne. Il résonne dans le silence du Taco Bell désert. C'est Love. J'arrête la sonnerie parce que maintenant j'ai compris. Love a récupéré le mug d'urine, mais le mug d'urine n'était pas ma seule erreur, j'en suis sûr. La seule autre raison pour expliquer ce silence profond serait un cataclysme atomique, mais dans ce cas, le ciel aurait viré orange.

Je tourne le robinet. Le savon ici est plus récent, plus rose. Je me demande si mon enfant sera un garçon ou une fille. Je me lave les mains à l'eau chaude et les rince à l'eau froide. C'est mon dernier séjour au spa pour un moment. J'appuie sur le bouton. L'air chaud souffle. Je ferme les yeux et laisse mes mains profiter de la chaleur.

Mon téléphone sonne à nouveau. Love. Ils lui demandent de m'appeler pour savoir ce qui me prend autant de temps. Ils procèdent de cette manière dans les bouquins de Dennis Lehane. On ne peut pas le leur reprocher ; leur boulot c'est de m'attraper.

Et ils doivent sérieusement vouloir m'interpeller, parce qu'ils ont évacué le périmètre. C'est pour cela qu'il n'y a personne au comptoir et pas le moindre véhicule sur l'autoroute. Si je m'étais comporté en gentleman, j'aurais laissé Love aller aux toilettes la première et j'aurais vu les flics faire irruption, discrets et en silence.

Je pousse la porte, sors des toilettes femmes, mémorise les carreaux du sol de ce Taco Bell, mange une dernière bouchée du gordita de Love. Et voilà. J'ouvre la première porte qui donne sur le sas de l'entrée. J'ouvre la seconde qui donne sur le parking. Le soleil m'aveugle. Un flic est posté sur le toit en face de moi.

— Les mains en l'air !

Je m'exécute.

Il me lit mes droits. D'autres flics surgissent de toutes parts. De derrière les voitures garées, depuis les côtés du bâtiment, des buissons. Je ne me préoccupe pas d'eux. Je ne me préoccupe pas d'être en état d'arrestation pour les meurtres de Guinevere Beck et Peach Salinger.

Ce qui me préoccupe, c'est Love. Elle apparaît, des larmes ruisselant sur les joues. Elle essaie de courir vers moi, mais ils la retiennent. Si elle fait une fausse couche à cause des singeries ridicules et délirantes du système judiciaire fédéral des États-Unis, je les tuerai tous.

Toutes les idées développées dans *Charlotte & Charles* au sujet de la confiance et de l'optimisme sont bien belles, mais pas quand votre femme enceinte sanglote sur le parking du Taco Bell, du gordita plein le chemisier, et que vous ne pouvez rien faire parce que vous devez aller en prison. Mais je n'ai pas à m'inquiéter. Je fais partie des riches maintenant, des intouchables. Ces connards ne peuvent pas me pincer. Je serai entouré des meilleurs avocats. Laissez-les donc prouver sans le moindre début de preuve que j'ai tué ces filles, sans le mug d'urine que Love a récupéré pour moi.

Je la regarde dans les yeux. Je lui dis que je l'aime. Elle hoche la tête. « Moi aussi. » Le flic me demande si c'est bon, mais avant que je réponde, il ouvre la portière et me pousse sur le siège arrière. C'est réel. Ce n'est pas une infraction mineure au code de la route pour laquelle on vous donne un avertissement avant de vous poser des questions sur New York. Ce n'est pas une amende pour avoir traversé au rouge délivrée par un flic en mal de pouvoir. C'est : « Deux chefs d'accusation pour meurtre, suspect interpellé, terminé. »

Je t'emmerde, radio. Ce n'est pas terminé. Loin de là.

56

Les flics sont obsédés par le passé et j'ai envie de leur expliquer qu'il est loin. J'ai changé. J'ai croisé Amy sur la plage. Amy, la raison pour laquelle je me suis installé ici, la personne qui m'a volé et m'a brisé le cœur, et je ne l'ai pas tuée. Je ne suis plus cet homme-là. La démonstration semble convaincante, mais aux yeux de la loi, elle ne l'est pas. Mon cerveau se gave d'éléments pour ma défense, ceux que je ne peux pas révéler parce que, merde, l'accusation contre moi n'a rien à voir avec Amy, même si je préférerais.

Voici le résumé de l'histoire : L'inspecteur Peter Brinks et la police de New York ne se chauffent pas du même bois que les blogueuses féministes. Ils ont pris au sérieux les récriminations du docteur Nick Angevine. L'une d'elles concernait le patient X, un certain Danny Fox. Ils n'ont pas réussi à le localiser. C'était comme s'il n'avait jamais existé.

Pendant ce temps, à Little Compton, dans le Rhode Island, l'agent Nico patrouillait très souvent aux alentours de la résidence des Salinger. Dans le travail de police, il y a beaucoup de temps morts, beaucoup de temps passé assis, un gobelet de café à la main, à attendre. Pendant qu'il était là, désœuvré, l'agent Nico a eu envie de feuilleter un magazine de voile et, dans ce magazine de voile, il a reconnu la photo d'un type sur un bateau. Le type était identifié sous le nom de Spencer Hewitt.

— J'ai regardé cette photo, déclare l'agent Nico. Et je me suis dit : quelle est la probabilité qu'il existe deux Spencer Hewitt ?

Les Salinger ont insisté pour clore le chapitre Peach, mais l'agent Nico s'est tout de même rendu dans le garage où ma Buick était en réparation. Il a voulu savoir s'il y avait une trace de transaction, un numéro d'immatriculation, peut-être. Il y avait un numéro d'immatriculation et un reçu. L'agent Nico a découvert que la voiture était enregistrée au nom de M. Mooney. Il a vu passer le nom de la boutique dans un article de BuzzFeed sur les vieilles librairies de New York. Il a vu le nom Joe Goldberg et m'a ensuite trouvé sur cette saloperie de Facebook.

Saloperie de Facebook.

Il m'a reconnu, après quoi il a montré la photo du magazine aux Salinger, qui me connaissaient, bien entendu : le livreur, le type dans le bar. Alors on a tiré le signal d'alarme. L'agent Nico n'est pas un imbécile. Il savait que la copine de Peach, Beck, avait elle aussi connu une fin prématurée. J'aimerais presque avoir été là le jour où l'agent Nico a rendu visite au docteur Nicky en prison pour lui montrer ma photo – saloperie de Facebook – et lui demander : « Est-ce Danny Fox ? »

Le tourbillon s'est donc arrêté de cette façon, comme toute tempête dans la nature, à la suite d'un concours de circonstances. Une conjoncture aussi absurde que ma rencontre fortuite avec Amy sur la plage de Malibu après l'avoir poursuivie à Hollywood pendant des mois. Les éléments convergent – ou non – dans l'univers de manière injuste. Ma décision concernant Amy a été judicieuse. Je l'ai laissée partir. Je ne l'ai pas punie. Les acteurs du système judiciaire devraient constater le chemin que j'ai parcouru, toutes les belles choses que j'ai à perdre. On devrait arrêter de fouiller mon passé. C'est tellement rancunier, puéril, de vouloir réduire mon existence entière à ces deux filles décédées.

Rien ne m'a laissé entrevoir la tempête qui allait s'abattre sur moi, mais grâce à Love, j'ai pu me préparer au pire. J'ai un avocat, Edmund, assis à mes côtés pendant chaque interrogatoire. C'est mon conseiller juridique. Il m'indique d'un signe de tête les moments où je peux répondre et ceux où je dois me taire. Edmund m'engage à rester concentré sur les faits et me rappelle que la police doit produire des preuves de ma culpabilité. Tout ce dont les enquêteurs sont sûrs, c'est que j'aime utiliser des pseudonymes. « Regardez les auteurs. Regardez les gens célèbres quand ils prennent une chambre d'hôtel », leur ai-je fait remarquer.

Cela fait trois jours. La vie ne ressemble jamais à ce qu'on imaginait. Les repas ne sont pas mauvais. Ils ne sont pas bons non plus, mais au moins je ne meurs pas de faim. La presse me surnomme « Killer Joe ». C'est décevant, cette faillite des médias modernes, ce manque d'originalité. Love vient me rendre visite. Son père aussi. La nuit, je m'inquiète. Je me demande s'il y a d'autres mugs d'urine, si je les ai négligés. Je pense à *Charlotte & Charles*. La journée, je rêve de Love. Je pense au bébé qui courra d'elle à moi, de moi à elle. Je rêve du bébé en train d'apprendre à marcher et je me réveille prêt à affronter mes longues journées de mauvais café et d'interrogatoires.

Leonard Carr est le « gentil flic ». Selon lui, je suis trop malin pour qu'ils prennent la peine d'ajouter un « méchant flic », et il ne va pas m'ennuyer à jouer à des petits jeux avec moi. Il croit que je vais me détendre et finir par avouer accidentellement que j'ai tué quelqu'un. Il a des enfants. Il devrait avoir plus de jugeote. Mais bon, il est humain. Nous le sommes tous.

Après le déjeuner, il retourne dans la pièce dépourvue de fenêtre où se déroulent nos conversations. Il m'offre un verre d'eau et pose les pieds sur la table.

— Bien, commence-t-il. J'ai pensé au *Loup de Wall Street*.

Il est un peu agité. Je manque à ma règle de ne pas regarder la caméra, celle braquée sur moi en permanence, toute la journée, le globe de verre qui veut à tout prix saisir mon image pendant que je me compromets. Edmond me donne une petite tape sur la jambe, un rappel, pour que je reste calme. L'inspecteur Carr détient de nouvelles informations. Je le sais. Il jubile. Il s'efforce tellement de ne pas le laisser paraître qu'il se trahit. Mais bon, ça fait peut-être partie de sa stratégie.

— Voilà ce que j'aime dans ce film, explique-t-il. J'aime le passage où le type mange le poisson rouge. C'est si simple. Ça suscite une émotion. Je l'ai gardé en mémoire. Je n'ai jamais vu personne manger de poisson rouge. Et vous ?

— Non.

Je me demande ce qu'il sait. J'ai soif, mais je ne bois pas l'eau.

— Jamais ? insiste-t-il.

— Non.

J'aimerais ouvrir son crâne pour découvrir ce qu'il sait, que nous nous épargnions ce bavardage, et que je puisse sortir d'ici et poursuivre ma vie.

Il hoche la tête.

— Vous n'avez rien vu d'approchant à Cabo ?

Je jette un coup d'œil à Edmund. Je peux répondre.

— Non. Je n'ai vu personne manger de poisson rouge à Cabo.

Fincher. Que savent-ils de Fincher ? Mon cœur cogne dans ma poitrine. Je lui ordonne de cesser. Il ne m'écoute pas. Je ne contrôle pas mon cœur. Personne ne contrôle son cœur. L'inspecteur Carr hoche de nouveau la tête, il me torture. Il se gratte le cou.

— Hé, me lance-t-il. Comment va votre ami Brian ?

Putain de capitaine Dave. Je déglutis.

— Il va bien.

— Il m'a tout l'air d'un gros fêtard, non ?

Il rit.

— Un type comme ça, je suis sûr qu'il avalerait un poisson rouge. Non ?

— Je ne sais pas.

L'inspecteur Carr fixe le mur. Edmund me fixe. La pièce est plongée dans un silence particulier. Je sais ce qui vient de se passer. Le capitaine Dave est un homme craintif – « Les règles sont les règles, Joe » – et quand les flics lui ont demandé de raconter notre séjour à Cabo, il a balancé tous les détails. Il leur a parlé de mon ami imaginaire, Brian, celui que j'ai inventé quand j'essayais d'emprunter le bateau pour me débarrasser du corps de Fincher. Maintenant, la police va vouloir s'entretenir avec Brian. Ils sont probablement plusieurs sur l'affaire, des flics qui étudient de près les registres des compagnies aériennes, les passeports enregistrés, des flics à la recherche de Brian, l'Américain qui s'est rendu à Cabo San Lucas. Ils ne vont pas trouver Brian. Mais ils vont se rendre compte qu'un flic du nom de Robin Fincher a pris un vol pour Cabo. Ils vont voir qu'il a disparu pendant mon séjour là-bas. J'aime Love, mais nous sommes en Amérique. Si vous tuez un flic, on ne vous lâche pas. Les flics protègent les leurs. Ils sont la famille suprême, loyaux jusqu'au bout.

— Comment avez-vous rencontré Brian ? me demande l'inspecteur Carr.

— Dans une fête.

— La fête d'Henderson ?

Bien joué, connard.

— Non. Je ne l'ai pas rencontré à la fête d'Henderson.

Henderson, bien entendu, est leur sujet de conversation favori. Oui, je me trouvais là-bas, j'étais chez lui, sur YouTube, la nuit de sa mort. Ils pensent que ça fait trop de coïncidences. Mais ils n'ont aucune preuve.

— On dirait que vous n'êtes pas très proches.

— Non, en effet.

Les journées sont longues ici. Je ne me plaindrai pas, quand je serai libre, de rester éveillé vingt-quatre heures sur vingt-quatre pour m'occuper du bébé.

— Pourquoi Love le détestait-elle autant ?

Je le dévisage.

— Hein ?

Il sourit. J'ai merdé. « Hein » n'était pas la bonne réponse.

— On lui pose la question en ce moment même. C'est juste un de ces détails, vous savez, on se pose des questions sur vous, Joe, sur les gens avec qui vous fricotez, ce genre de trucs.

— Je ne sais pas pourquoi elle le détestait.

On se croirait dans ce vieux jeu télévisé, *Les Z'amours*, où on teste ce que vous savez de votre moitié. Mais ce n'est pas juste. Nous ne sommes pas en train de jouer pour remporter des vacances à Cabo. Nous jouons pour ma vie, mon droit à être le père de mon enfant. Mon enfant. Love et moi n'avons pas signé pour ça, mais je dois jouer.

— Devinez.

Il reçoit un texto, le lit, hoche la tête.

— Hein ?

Il vient de m'imiter. Il a la réponse de Love. Pas moi. Et j'ignore ce qu'elle a pu dire.

— Joe, vous n'avez pas à répondre, me rappelle Edmund.

Mais il a tort, je le dois. L'inspecteur Carr restera dans la pièce jusqu'à ce que je réponde à une question au sujet d'un homme qui n'existe pas. Si je me loupe, je ferai un pas de plus vers une vie sans amour. Milo élèvera mon bébé. Mon bébé courra dans ses bras.

La tête me tourne. Brian n'existe pas. Il n'y a pas de Brian. Mais Love a répondu à la question. Qu'a-t-elle dit ? C'est comme dans *Magnolia* quand le gamin s'effondre. Je craque sous la pression et l'inspecteur Carr le sait. Il cogne son portable sur la table. C'est le bruit de ma vie qui se termine.

— Vous avez soif ?

Il pousse le verre vers moi.

— Allez-y. Croyez-moi, on n'a rien mis dedans.

Je le regarde. Je recommence, je creuse ma propre tombe. Est-il au courant pour le cactus ? Y avait-il une caméra dans la maison ? Y avait-il une caméra dans le ciel ? Un drone ? Il boit une petite gorgée d'eau.

— Quand Love a-t-elle rencontré Brian ? Était-ce avant que vous quittiez la ville pour tourner le film ? Ou à Palm Springs ?

Il ment peut-être. Love a pu refuser de répondre. Elle joue peut-être le même jeu que moi. J'essaie d'imaginer que je suis Love, enceinte, amoureuse, qu'un homme me pose des questions et que si je réponds mal, l'homme que j'aime tant sera fini. Mon cœur bat de plus en plus vite. Je voudrais pouvoir le transporter dans une valise à roulettes. C'est ennuyeux qu'il soit déconnecté de mes autres fonctions physiologiques, que mes saletés de pores autorisent la sueur à suinter sur mon front, que mes foutues pupilles se rétractent et se dilatent sans que je puisse les contrôler. Je ne suis pas un sociopathe.

L'inspecteur Carr pose de nouveau ses pieds sur la table.

— Joe. Quel était le nom de famille de Brian ? Love ne s'en souvient pas. Vous vous en souvenez ?

Edmund m'adresse un regard éloquent.

— Non. Je ne m'en souviens pas.

Je ne m'en souviens pas. Les mots magiques, d'après mon avocat, d'après Love. Si je continue simplement d'affirmer que je ne me souviens pas, je sortirai bientôt d'ici. Je ne laisserai pas l'inspecteur Carr me briser. Love et moi ne sommes pas censés jouer aux *Z'amours*. Nous ne sommes même pas encore mariés. Enfin, je soumets mon cœur à ma volonté, je lui dis de ne pas s'emballer, je bois un peu d'eau. J'ai hâte que cette cession se termine. Il me tarde de retourner dans ma cage. Je me sens autonome quand je suis là-dedans, enfermé.

L'amour est la clé du bonheur et je ne doute pas qu'il me libérera. Love, et Edmund, c'est tout ce dont j'ai besoin, et j'ai tout. Si je crois en Love et que je respecte les règles – ne rien dire, ne rien se rappeler, en dire aussi peu que possible, ne rien dire –, je sortirai bientôt d'ici, je regarderai mon enfant sortir du vagin de Love, mon endroit préféré au monde.

Si Love était là, dans cette pièce, elle m'enlacerait de ses bras, me dirait pourquoi elle déteste Brian, me donnerait son nom de famille, partagerait avec moi tous les détails de leur rencontre, lieu et date, avec précision et minutie, m'expliquerait comment il l'a offensée. Bien sûr, penser à ça est absurde. Après tout, Brian n'existe pas. Ils ne se sont jamais rencontrés. Je l'ai inventé pour pouvoir accéder à un bateau. Puisqu'il n'existe pas, Love ne peut rien savoir. Toutefois, je suis persuadé qu'elle saurait, parce que c'est ce qui se passe quand on ressent une telle proximité avec quelqu'un, un tel attachement. Je pense qu'elle me connaît mieux que je ne me connais moi-même et, avec un peu de chance, je la connais aussi bien qu'elle me connaît.

— Joe.

— Oui ?

— Comment Love et Brian se sont-ils rencontrés ?

Je ne dis rien. Que dirait Love ?

— Quel était son nom de famille ?

Je ne dis rien. Que dirait Love ?

— Pourquoi déteste-t-elle ce type ?

Je ne dis rien. Que dirait Love ? Je connais Love et il faut que je croie en moi, là, maintenant. Je dois marcher jusqu'au bout du plongeoir et sauter. J'arrête de transpirer. Mon cœur se calme et mes pores se resserrent. C'est le moment.

— Tout d'abord, commencé-je, je connais à peine ce Brian. Et Love ne le déteste pas.

L'inspecteur Carr déglutit. C'est le signe évident que j'ai passé le test. Love a dit la même chose à ses collègues. Je me rappelle ses mots exacts dans la piscine ce jour-là, quand elle m'a parlé de Sam, la salope au boulot, je me rappelle notre conversation sur Forty à Little Compton. « Je ne déteste personne. » Quand on aime quelqu'un, on écoute. On se souvient de tout.

— Pour être honnête. Love ne déteste personne.

Il serre les dents.

— Oui. C'est ce que j'ai cru comprendre.

Je lève intérieurement le poing, victorieux. Je le savais. Je la connais. Je l'aime.

Mais la plupart des amoureux rencontrent des obstacles. Voici le nôtre : l'inspecteur Carr qui revient à la charge.

— Mais vous avez déclaré au capitaine Dave que Love détestait ce type. Pourquoi ?

— Je ne voulais pas m'engager sur cette voie… Ray et Dottie ont assez souffert…

Je fais monter des larmes. Mon avocat demande une minute, mais je refuse.

— Écoutez, inspecteur, c'est important. J'aimerais autant que Ray et Dottie n'apprennent pas que Forty était impliqué là-dedans, mais bon, tant pis. Brian était l'ami de Forty.

C'est la scène qui fait vendre le film, la réplique ultime. Celui qui aurait été mon beau-frère revient de l'au-delà pour me sauver.

— Je l'ai rencontré à Cabo. Forty et lui se sont défoncés sérieusement. Forty ne voulait pas le laisser sur place, mais il était trop défoncé pour s'en occuper lui-même.

Je hausse les épaules.

— J'essayais juste de le dépanner.

— Pourquoi ne pas le laisser s'écrouler à la fête ? *La Groceria* comporte assez de chambres d'amis, non ?

C'est au tour de l'inspecteur Carr de transpirer. Il pianote sur la table. C'est toute la beauté du doute raisonnable. Il peut soupçonner que j'invente tout ça, mais il ne peut pas le prouver et Forty n'est plus là pour lui fournir une autre version.

— Parce que c'était notre soirée de fin de tournage. Elle n'était pas ouverte à tout le monde.

— Qui d'autre a rencontré ce Brian ? Qui d'autre qui soit encore en vie ?

Je hausse les épaules.

— Je ne me souviens pas.

J'ai eu peur de paraître sarcastique, à l'instar d'un fils de sénateur pendant un procès pour viol, mais il n'en est rien. Je m'en suis tiré. J'ai fait un acte de foi, une supposition logique des déclarations de Love et j'ai correctement deviné. J'ai réussi. Nous avons réussi. L'inspecteur Carr se lève, irrité. Il dit que c'est étrange que je connaisse autant de gens qui n'existent plus. Je le laisse râler. Je me garde de lui faire remarquer que la dernière personne à m'avoir dit ça est morte aujourd'hui.

J'ai des priorités : Love arrive en premier, avant tout. Elle est patiente et gentille comme il est écrit dans les Épîtres aux

Corinthiens. J'apporte de la patience et de la gentillesse dans la pièce en regardant ce pauvre abruti tourner en rond. Il est plus âgé que moi, plus fatigué ; il vit probablement à Torrance, dans une maison pleine de bouteilles de Bud Light, de coupons de réductions périmés, d'armes à feu, et de couches-culottes sales. Ce ne doit pas être facile d'être flic en Californie. En outre, il n'est ni très photogénique ni très bon orateur. Je parie qu'il n'a jamais voulu être acteur. Il ne devait même pas être amoureux de sa femme quand il l'a demandée en mariage. Je parie qu'il sortait juste avec elle, qu'elle lui tendait des perches, qu'il était de ces types qui font leur demande parce qu'ils ont trente ans, qu'ils se disent qu'il est temps de se marier et de se poser. Il n'y avait probablement pas d'amour dans son cœur quand il a mis un genou à terre pour demander à sa petite amie de l'épouser, enfin, pas plus que d'habitude.

— Vous ne pouvez rien me dire de plus au sujet de ce Brian ?

— Je suis désolé. Pour ce que j'en sais, ce n'était peut-être même pas son vrai nom.

— Ne vous foutez pas de moi.

— Je ne me fous pas de vous. Je l'ai rencontré brièvement. C'était l'ami de Forty. Forty connaissait des tas de gens louches, vous savez. Il prenait de la drogue, il traînait un peu partout.

— Ça porte malheur de dire du mal des morts.

— Je ne dis pas du mal. J'essaie de vous aider.

L'inspecteur Carr se rassied sur sa chaise. En un sens, je crois que ce serait terrible de vivre à L.A. sans rêves. Comment faire ? Comment supporter la circulation, la monotonie du soleil, les gens qui emploient tout le temps du vocabulaire cool et mentent si ouvertement ? Comment supporter de vivre ici sans aspirer à mieux ? Oh, c'est vrai : il a aimé *Le Loup de Wall Street*. Il aspire à faire tomber quelqu'un comme moi, un tueur en série. Mais il n'a pas choisi le bon. J'en ai fini de tout ça. Et je ne laisserai pas mon passé déterminer mon avenir.

Il se frotte le front.

— Vous savez, Joe, tous nos agents sont à la recherche de Brian. Vous savez que nous le trouverons. Nous allons nous assurer qu'il va bien. Nous vérifions les registres d'hôtel, nous allons tout trouver. Qui il était, ce que vous avez fait avec lui et pourquoi.

— Très bien.

— Très bien, répète-t-il.

J'ai de la peine pour lui. Il est si près du but. Et il va encore s'approcher. Il viendra ici demain, il fera référence au *Parrain III*, me demandera si j'ai entendu parler de la disparition d'un flic au Mexique, un type du nom de Fincher, qui a aussi visité le plateau de *Bottes et Toutous*. Mais ce ne sont que des preuves indirectes. C'est insuffisant pour me garder ici. J'étais très bon en meurtre quand il le fallait.

J'étais. Au passé. Je suis à la retraite.

Et vraiment, quand on grandit, qu'on arrête de se regarder le nombril, qu'on envoie balader le narcissisme et qu'on laisse les hashtags à la porte, on prend conscience de ce qui compte réellement dans la vie. Ce qui compte, c'est ce qu'on fait ensuite. Je saisis. Et nous sommes en Amérique. Il faut apporter des preuves pour reconnaître quelqu'un coupable, et ils ne peuvent pas prouver ma culpabilité.

Dans *Fast & Furious 5*, Dom est assis dans un bus qui l'emmène à la prison, triste. Ses amis provoquent un accident pour le libérer. Mais mon équipe n'a pas à faire ça pour moi. La police ne pourra ni me reconnaître coupable ni m'obliger à monter dans un bus, parce qu'il n'y a aucune preuve de mes actes passés. Hormis le bébé qui grandit dans le ventre de Love.

La prison n'est pas si terrible que ça et je savoure la solitude. D'après ce que je sais sur la parentalité, dans quelques mois je serai heureux d'avoir pu passer du temps seul avant de devenir père. Nous avons tous besoin de nous retrouver avec nos pensées. À Los Angeles, les gens aiment méditer et contempler des statues de Bouddha très chères. Moi, je contemple le ciment. C'est pareil. J'apprends à sourire à tout le monde et je sens que le monde me le rend bien.

Les gardiens sont polis. Quand je ne suis pas seul, je suis dans la salle d'interrogatoire. J'aime bien me trouver là, en compagnie de l'inspecteur qui me défie tous les jours. Mon avocat trouve que je supporte « sacrément bien » la pression. Cette expérience est du super matériau pour ma carrière de scénariste. Je m'imagine dans un film qui se déroule pendant un procès. J'utilise ce temps pour apprendre comment devenir le meilleur père possible, pour trouver comment subvenir aux besoins de ma famille. Un jour, Love et moi serons enterrés ensemble. Ou incinérés, je n'ai pas encore décidé. L'inspecteur Carr, lui, passera sans doute l'éternité dans une existence décidée par une épouse qui tire les ficelles.

— Ne bougez pas, me lance Carr.

Il sort de la pièce. Ce sont les moments les plus étranges, ceux où je crains le plus pour ma sécurité, quand je sais qu'ils m'observent, qu'ils étudient mon visage, essaient tant bien que mal de me comprendre, racontent des trucs sur moi, font des suppositions. Je n'ai pas de téléphone avec lequel jouer, pas de télé à regarder. Je fixe l'orbe qui me relie à eux. J'attends. Je récite l'Épître aux Corinthiens dans ma tête : *l'amour est patient, l'amour est bon.*

C'est comme ça qu'on s'en sort en toute impunité, qu'on sort de la salle d'interrogatoire. Une flic vient me dire : « C'est bon, on vous remet en cellule. » De cette façon, vous vous faites escorter, vous retournez dans la sécurité de votre cellule, enfermé, on vous laisse seul pour vous remettre des tracas de la journée, pour rêver à ce qui pourrait se passer le lendemain ou le surlendemain. Vous croyez en l'amour. C'est vraiment tout ce dont on a besoin. Bien que, oui, un bon avocat aide aussi. Mais je crois en l'amour, en Love, et un jour je tiendrai notre bébé dans mes bras. Cette pensée m'apaise et le matelas me semble plus moelleux.

La vie vous met en cage pour que vous chérissiez votre liberté, que vous ayez conscience de votre chance d'avoir pu courir sur la plage, d'avoir une petite amie qui se soucie de vous, de ne pas avoir fabriqué de bague avec une paille. Tous les moments sont bons. Aucun n'est difficile si vous les considérez comme des occasions de célébrer l'amour.

Je me tourne sur le côté en position fœtale. Je pense à mon enfant, dans la même position, tellement plus jeune, inconscient, en gestation, enfermé, comme papa, qui attend. Il n'existe pas encore complètement, mais Love et moi avons créé un être humain, garçon ou fille, nous ne savons pas, nous ne pouvons pas. Il est trop tôt. On pourrait en dire autant de mon destin. L'avenir est une frontière impossible à explorer avant de l'atteindre, mais on l'atteint un jour ou l'autre et l'horizon distant devient autre chose, devient moins romantique. Seul le présent existe – les ressorts du matelas dans mon dos, les barreaux de ma cellule, Love qui attend mon retour.

Vous pensez à tout ça en prison pour ne pas sombrer dans la folie. Vous comprenez que votre intuition est plus forte que la science, plus vraie qu'une molécule. L'homme enfermé que je suis en a l'intuition. Je serai bientôt libre. Je sais que nous allons avoir une fille. Je n'ai pas besoin de fermer les yeux pour voir cette petite version de Love avec mes iris bruns et un visage en forme de cœur. Je souris. Nous existons. Nous sommes tous les deux en voyage, nous sommes tous les deux amoureux et c'est tout ce qu'on peut espérer dans la vie.

Remerciements

Il est temps de remercier tous ceux qui ont œuvré avec ferveur pour que vous puissiez tenir ce livre entre vos mains. Merci à tous chez Emily Bestler Books, Atria, et Simon & Schuster. Mes éditrices Emily Bestler et Megan Reid posent des questions pertinentes. Ligne après ligne, vous vous intéressez et vous investissez. Je suis constamment ébahie. Je suis ravie d'avoir rencontré Josh Bank, Lanie Davis, et Sara Shandler chez Alloy Entertainment. Votre regard et votre écoute représentent énormément pour moi. Vous comprenez tout ☺. Je remercie Les Morgenstein, Judith Curr, David Brown, et Jo Dickinson. Vous êtes des champions. Natalie Sousa, merci de cet incroyable talent pour raconter une histoire en images. Santino Fontana, merci pour ta voix.

Un grand merci à l'équipe de WME. Jennifer Rudolph Walsh, Claudia Ballard, Laura Bonner, Maggie Shapiro, et Katie Giarla, vous faites des merveilles.

À ma mère : Tu m'as toujours donné l'impression que ce que j'écris était un événement, que c'était important. Tu es courageuse et honnête. Merci d'avoir dit hmmm.

À mon père : Merci pour ta voix. Tu es toujours à mes côtés. Ta clarté et ton culot, ton âme de poète et ton amour des mots, tu m'accompagnes.

J'aime le monde des livres. C'est une joie d'entrer en contact avec les lecteurs, les blogueurs, les bibliothécaires, les libraires, les auteurs, les journalistes et les podcasteurs.

La technologie a du bon, comme quand vous recevez un tweet de la part d'un lecteur que votre livre a tenu éveillé toute la nuit. Je vous aime de m'avoir contactée pour me demander de continuer les aventures de Joe.

Enfin, je lève mon verre de vodka à mes amis et ma famille chéris. Vous me faites mourir de rire. Vous me faites réfléchir. Merci de croire en moi. Merci pour votre amour.

Photocomposition Belle Page

Achevé d'imprimer en mai 2019
par CPI BRODARD & TAUPIN (72200 La Flèche)
pour le compte des Éditions Calmann-Lévy
21, rue du Montparnasse, 75006 Paris

PAPIER À BASE DE FIBRES CERTIFIÉES

CALMANN LÉVY s'engage pour l'environnement en réduisant l'empreinte carbone de ses livres. Celle de cet exemplaire est de : 1,250 kg éq. CO_2
Rendez-vous sur www.calmann-levy-durable.fr

N° d'éditeur : 6229634/01
N° d'imprimeur : 3033405
Dépôt légal : juin 2019
Imprimé en France.